Sangue fresco

CB062408

SASHA LAURENS

Sangue fresco

Tradução de Sofia Soter

ROCCO

Título original
YOUNGBLOOD

Primeira publicação nos EUA por Razorbill,
um selo da Penguin Random House LLC, 2022

Copyright © 2022 *by* Sasha Laurens

Todos os direitos reservados, incluindo o de reprodução no todo
ou em parte sob qualquer forma.

Copyright edição brasileira © 2023 *by* Editora Rocco Ltda.

Direitos para a língua portuguesa reservados
com exclusividade para o Brasil à
EDITORA ROCCO LTDA.
Rua Evaristo da Veiga, 65 – 11º andar
Passeio Corporate – Torre 1
20031-040 – Rio de Janeiro – RJ
Tel.: (21) 3525-2000 – Fax: (21) 3525-2001
rocco@rocco.com.br | www.rocco.com.br

Printed in Brazil/Impresso no Brasil

Preparação de originais: PAULA LEMOS

**CIP-BRASIL. CATALOGAÇÃO NA PUBLICAÇÃO
SINDICATO NACIONAL DOS EDITORES DE LIVROS, RJ**

L412s

Laurens, Sasha
    Sangue fresco / Sasha Laurens ; tradução Sofia Soter. - 1. ed. - Rio de Janeiro : Rocco, 2023.

    Tradução de: Youngblood
    ISBN 978-65-5532-376-4
    ISBN 978-65-5595-218-6 (recurso eletrônico)

    1. Ficção americana. I. Soter, Sofia. II. Título.

23-85236   CDD: 813
                              CDU: 82-3(73)

Gabriela Faray Ferreira Lopes - Bibliotecária - CRB-7/6643

Este livro é uma obra de ficção. Referências a acontecimentos históricos, pessoas reais ou lugares foram usadas de forma fictícia. Outros nomes, personagens, lugares e acontecimentos são produtos da imaginação da autora, e qualquer semelhança com fatos reais, localidades ou pessoas, vivas ou não, é mera coincidência.

O editor não tem nenhum controle ou assume qualquer
responsabilidade pela autora ou websites de terceiros.

O texto deste livro obedece às normas do
Acordo Ortográfico da Língua Portuguesa.

Para as garotas que ainda estão se entendendo

1

KAT

Eu me debrucei sobre o balcão da lanchonete do Country Club de El Dorado Hills e olhei para a piscina. A água fresca e azul-clara seria uma delícia na minha pele suada e oleosa. Era início de agosto e fazia um calor do cão, então a piscina ficou lotada de crianças aos berros o dia inteiro. O movimento do almoço foi tão intenso que se misturou ao movimento da hora do lanche, e meu cabelo ainda estava sujo de milk-shake. Finalmente, o sol começou a descer abaixo das árvores, e uma sombra fresca se estendeu pela fileira de espreguiçadeiras. Os salva-vidas iam buscando as crianças na piscina e devolvendo os pimpolhos às babás, às governantas e aos pais.

— Kat, se eu tiver que fazer mais uma salada Ceasar sem croutons nem molho, vou gritar — disse Guzman, da pia. — Tipo, é literalmente só alface pura?

Eu ri, mas com o olhar ainda fixo na piscina. No fim da tarde, um tipo diferente de gente vinha ao clube. Desde o começo do verão, eu os via surgir: nadadores se exercitando ao sol poente e mulheres bem-vestidas tomando vinho branco no bar coberto. O mundo inteiro parecia relaxar apenas para dar um momento de paz a esses sócios do clube.

Eu queria ser um deles.

Guzman jogou um jato d'água no copo do liquidificador.

— Shelby tá paquerando aquele salva-vidas bonitinho? Como é mesmo o nome dele? Ryan?

Olhei de relance para a sala dos salva-vidas a tempo de ver Shelby, com a camiseta de lycra vermelha dos salva-vidas e os óculos de sol esportivos levantados, bater com um espaguete de piscina no braço de um cara sem camisa.

— Uhum, Shelbs tá definitivamente paquerando — falei, e puxei o galão de ketchup pela janela de serviço. — Será que até o fim do verão a gerência deixa a gente ficar ali fora um pouco, depois do turno?

— Como assim? Tipo deixar a gente nadar, pedir batata frita, pegar um sol?

Era impossível. Eu não podia comer batata, e o sol me fazia meio mal. Ainda assim, algo em mim pulsava de desejo.

— Só quero sentir como é a vida dos sócios do clube, sabe?

— Uhum, sei bem, e acho que minha família toda deve saber também, inclusive todo mundo que ficou lá em El Salvador. E, não, não acho que deixariam de jeito nenhum a gente tirar uma tarde de folga pra fingir que isso aqui é pro nosso bico. Aqui, só de uniforme.

Eu me virei para a cozinha escura, os olhos ardendo por causa da luz brilhante da piscina.

— Temos que ficar milionários antes. Aí podemos nos associar ao clube também.

Guzman estava revirando a geladeira.

— Adorei esse plano para o futuro, mas, como ato de resistência mais imediato, vou fazer uma quesadilla. Esta instituição roubou nosso horário de almoço. Quer rachar?

Na verdade, eu não tinha pulado o almoço por estar ocupada. Evitei comer por causa da presença de Guzman. Nas férias, eu podia trabalhar horas o suficiente para economizar um pouco de dinheiro para o resto do ano. Guzman planejava o mesmo, então tínhamos nos candidatado para vagas na lanchonete. Com Shelby trabalhando de salva-vidas, parecia o arranjo perfeito para um verão perfeito — mesmo que eu e Guz fôssemos passá-lo em uma cozinha apertada e quente.

Só havia um problema: eu tinha me esquecido de considerar Hema naquele plano. A presença de Guzman o tempo todo significava que o substituto de sangue humano que eu bebia no café da manhã precisaria me sustentar até o fim do turno de trabalho. Nos primeiros dias, eu tinha chegado ao fim do dia tão faminta que começara a olhar com atenção um pouco excessiva para os pulsos e pescoços expostos dos sócios do clube. Considerei levar um pouco de

Hema e esconder na cozinha, para tomar um golinho quando Guzman não estivesse de olho. Mas muito pior do que passar fome seria preciso explicar uma garrafa de sangue ao lado dos hambúrgueres.

Encostei a mão na testa, um pouco tonta. Em geral, eu dava conta. Entendia de autocontrole. No entanto, eu e minha mãe não costumávamos estocar Hema em grandes quantidades, e tinha muito pouco de manhã. Ao dividir a última garrafa, nós duas sabíamos que chegaríamos ao jantar famintas. Nenhuma de nós falou do assunto. Eu precisaria comprar mais na volta do trabalho.

— Tô de boa — falei para Guzman.

Ele jogou uma tortilha na grelha.

— Se eu descobrir que você está fazendo uma dessas dietas que proíbem glúten, queijo, diversão e felicidade, vou ficar puto.

Desliguei a fritadeira e joguei as últimas batatas, já frias e salgadas, no lixo.

— Meu estômago anda meio esquisito.

Guzman soltou um arquejo dramático.

— Foi mal, esqueci *completamente*.

— Guzman, se eu te pegar tratando a Kat mal, vou te denunciar por desrespeitar as regras da piscina.

A cabeça loira de Shelby apareceu na janela de serviço. O bronzeado caprichado delu deixava seus dentes brilhantes de tão brancos ao sorrir.

— Não é nada — falei. — Só coisa do meu estômago.

Fingi não notar o olhar de Shelby para Guzman.

No começo do segundo ano do ensino médio, eu começara a perder a habilidade de digerir comida — pelo menos o tipo de comida que meus amigos comiam. Foi um ano difícil, triste, em que eu comia sem saber se estava provando meu último sorvete, ou meu último morango maduro, ou meu último pedaço de pizza. Minha mãe arranjou documentos da clínica dela para comprovar que eu sofria de um transtorno digestivo. Quando saí de férias, eu já estava subsistindo inteiramente à base de Hema, o que significava que, para as outras pessoas, eu não comia nada. Nunca. Era difícil aceitarem, mesmo sabendo que era uma questão de saúde. Nada disso impedia a psicopedagoga da escola de me entregar panfletos sobre nutrição adequada, nem meus amigos de trocarem olhares de preocupação quando achavam que eu não estava vendo.

Não que eu não fosse agradecida pela existência de Hema. Era uma sorte incrível nunca ter precisado enfiar as presas no pescoço de alguém, especialmente sabendo que uma mordida errada poderia ser fatal. Mas eu já estava exausta de mentir. Não sabia como sobreviveria aos últimos dois anos de escola, tomando goles escondidos de uma garrafa térmica de sangue morno enfiada no armário junto com as minhas roupas de educação física.

Não só dois anos. Não só até o fim da escola. Para sempre.

Ou qualquer que fosse a expectativa de vida de vampiros.

Shelby pulou para se sentar no balcão.

— Me dá metade. Tô morrendo de fome.

Guzman, agitando a faca em uma das mãos e um abacate na outra, olhou para Shelby por cima do ombro.

— Aposto que está mesmo, depois de um dia trabalhoso de *paquera sem vergonha*... Ai, cacete!

Shelby estalou a língua.

— O carma sempre vem.

Eu me virei para Guzman. Ele estava falando alguma coisa do tipo *acredita nisso?*, e me mostrando a mão. De um corte no polegar, um fio vermelho escorria até a palma.

Sangue.

Minha fome saltou de uma tontura leve para completa vertigem. Minha visão se estreitou, limitando-se àquela poça preciosa de vermelho-escuro se acumulando na mão dele.

— Vou pegar um kit de primeiros socorros — disse Shelby. — Kat, pega um papel toalha para ele?

Eu não conseguia.

Estava com água na boca e, antes que conseguisse contê-las, minhas presas espetaram meus lábios por dentro. O pânico me dominou, e levei as mãos à boca correndo. Aquilo *nunca* acontecia, eu nunca perdia o controle e deixava as presas escaparem. Se alguém visse, minha vida já era. Mas, sob todo o terror que sentia, alguma coisa — *fome* — latejava na minha cabeça, e uma voz fraquinha choramingava, dizendo que talvez só um golinho não fizesse mal...

Não. Com a mão ainda apertando a boca, me afastei, recuando até me encostar no balcão, o mais longe que conseguia chegar naquela cozinha minúscula. No que eu estava *pensando*? Em *beber o sangue de Guzman*? Era horrível, era errado, e eu não era capaz de fazer isso. Mesmo se fosse, não *poderia*. Não dava para saber quem era portador da infecção. Só bastava uma gota do sangue errado e a imortalidade não faria diferença alguma.

— Alô, Kat?

Guzman arrancou um pedaço de papel toalha do rolo e embrulhou a mão. Quando o sangue sumiu de vista, respirei fundo, trêmula — foi suficiente para eu conseguir recolher as presas. Um segundo depois, Shelby voltou, tirando uma dezena de antissépticos e curativos diferentes do kit de primeiros socorros.

Shelby me olhou.

— Tudo bem aí?

Eu estava suando frio, nervosa e trêmula. Passei a língua pelos caninos, conferindo uma vez, depois outra.

— É que eu tenho, tipo, fobia de sangue. Vejo uma gotinha e já fico enjoada — murmurei. — Guzman, por que você não vai na frente? Não vai conseguir fechar a cozinha machucado assim.

O que eu queria mesmo era ir embora, mas, se o fizesse, perderia uma hora de pagamento. Não podia arcar com isso, considerando os preços de Hema recentemente.

— Mas a gente ia sair — protestou Shelby.

— Tenho que buscar minha mãe no trabalho — falei, e forcei um sorriso sem presas. — Tenho certeza de que vocês conseguem se divertir sem mim.

Guzman puxou a mão de volta depois de Shelby fazer o curativo, jogou o avental em um canto e me abraçou rápido, me envolvendo com o cheiro de batata frita.

— Você é oficialmente minha amiga menos divertida, e obrigado.

— Manda mensagem se quiser encontrar a gente depois, tá? — disse Shelby.

— Claro.

Eu sabia que isso não aconteceria. O nó em meu estômago só começou a se desfazer quando os dois foram embora, a quesadilla abandonada foi para o lixo, e eu joguei uma névoa espessa de desinfetante em spray pela área toda, até o único rastro do sangue ser o incômodo grave e persistente da minha própria fome.

Entrei no estacionamento ao lado da Clínica Geral de Sacramento e mandei mensagem para minha mãe. Quinze minutos depois, desisti de esperar e entrei. Minha mãe tinha nascido em 1900, e estava prestes a fazer 122 anos. Apesar do corpo vampírico que mantinha a aparência dos trinta e tantos anos, ela sempre esquecia que celulares existiam.

Quando empurrei a porta da clínica, aqueles cheiros marcantes e enjoativos me envolveram — desinfetante químico; o perfume sintético e adocicado que disfarçava os produtos de limpeza; e, no fundo, o toque sempre presente de sangue.

De sangue *infectado*.

A recepção tinha uma energia atroz. As paredes eram decoradas por prints de ondas em aquarela, como se arte barata fosse elevar a atmosfera. Os pacientes que aguardavam nas cadeiras remendadas com fita adesiva tinham aquela expressão distante que eu reconhecia como sinal de DFaC grave, mesmo que não fosse um sintoma oficial. Eles estavam com a cabeça em outro lugar, preocupados com a dor ou com as finanças. No canto, uma mulher exausta e o filho pequeno empurravam bolinhas de madeira por trilhos de arame — o brinquedo mais deprimente do mundo, exclusivo de ambientes deprimentes como aquele.

A clínica atendia pacientes com deficiência de fator de coagulação — também chamada de DFaC. Desde a descoberta do vírus na década de 1970, mais de metade da população humana havia sido infectada pelo vírus que causava DFaC. A maioria não tinha sintomas piores do que os de uma gripe normal. Os pacientes que acabavam na clínica da minha mãe eram os que tinham o azar de desenvolver a versão crônica da doença. A DFaC fazia o sistema circulatório entrar em curto. O sangue coagulava rápido demais, ou devagar demais, ou nem coagulava, nas horas e nos lugares errados, e, sem tratamento, aquelas pessoas poderiam morrer. Na maior parte das vezes, a DFaC não prejudicava ninguém... até prejudicar *você*.

Vampiros sempre tinham entendido a doença perfeitamente, muito antes de os primeiros casos graves surgirem. Qualquer vampiro que se alimentasse do sangue de um humano portador de DFaC, com ou sem sintomas, morria em questão de minutos. Chamávamos o vírus de Perigo: quando a DFaC explodiu na população humana, nós quase entramos em extinção.

A única coisa que nos salvou foi Hema.

Mesmo que não tivesse sido o suficiente para salvar meu pai.

— Oi, Kat — disse a recepcionista. — Angela já deve estar acabando. Hoje ficamos meio sobrecarregados.

— Que nem todo dia, né? — falei.

A clínica nunca tinha o suficiente de nada. Nenhuma clínica de DFaC tinha. Mesmo quando tinham plano de saúde, muitos dos pacientes da minha mãe torravam as economias para pagar o tratamento, na esperança de sobreviver até a cura ser descoberta. A Fundação Black pela Cura — o principal grupo de pesquisa sobre DFaC — já trabalhava naquilo fazia uns quarenta e cinco anos. Se houvesse uma cura para DFaC, seria a Fundação Black que a encontraria. Era, afinal, administrada por vampiros. Não que vampiros encontrassem muitos pontos de acordo com humanos, mas se abria uma exceção a respeito de sangue saudável.

A outra exceção, é claro, era minha mãe, que vivia como se quisesse esquecer completamente que era vampira.

Quando me ajeitei em uma cadeira para esperá-la, mandei mensagem para Donovan — nosso fornecedor de Hema — pedindo para buscar um carregamento mais tarde, dei uma curtida em um vídeo de Shelby, e então, mais por hábito do que qualquer outra coisa, deslizei o dedo para a última tela do celular, abri uma pasta de jogos que nunca jogava, e encontrei o ícone de um aplicativo de e-mail escondido.

Eu já deveria ter apagado a conta. Tinha prometido que o faria assim que saísse de férias. Minha mãe ficaria furiosa se descobrisse que eu tinha aberto uma conta de e-mail em nome dela. No entanto, as férias já estavam quase acabando, e o e-mail continuava ali. Em todas as mil vezes em que eu o abrira, a caixa de entrada estivera vazia. Meu penúltimo ano de escola estava praticamente começando, e eu tinha me inscrito no começo de janeiro. Já tinha passado muito do prazo — mas como desistir, se não tinha recebido resposta alguma?

Olhei para o corredor, para conferir que minha mãe não estava a caminho, e abri o aplicativo.

Conta: AngelaFinn1900
Caixa de entrada: 1
Matricula@ColegioHarcote.edu — Decisão de Matrícula para Katherine Finn

Fiquei paralisada, olhando a tela.
É agora.
Abri a mensagem.

Com o Wi-Fi horrível da clínica, demorou para carregar. Primeiro, apareceu a imagem do cabeçalho, o brasão de castelo e morcego que eu reconheceria em qualquer lugar. Abaixo dele, um texto em latim com uma fonte cursiva — *Optimis optimus*, que eu sabia que queria dizer "Melhor dos Melhores". Eu mal estava respirando quando o corpo do e-mail finalmente carregou.

Cara sra. Finn,

Temos o prazer de oferecer uma vaga a Katherine Finn no Colégio Harcote para o ano vindouro.

Peço perdão por não termos enviado notícias do aceite no início da primavera, como é costumeiro, mas preparamos uma oferta de bolsa acadêmica especial, que causou nosso atraso. Uma doação anônima financiará a matrícula de Katherine. Esta oferta generosa está descrita em detalhes na página seguinte.

O ano acadêmico se inicia em pouco mais de duas semanas. Estamos prontos para fornecer toda a assistência necessária e garantir que

Katherine esteja preparada. Por favor, nos devolva o documento em anexo assinado assim que possível.

Permita-me que eu seja o primeiro a dar as boas-vindas a Katherine no aniversário de vinte e cinco anos do Colégio Harcote!

Atenciosamente,
Roger Atherton
Diretor

Eu tinha entrado.
Eu tinha mesmo entrado.
Minha pele se arrepiou inteira, e eu fiquei tonta, mas não era de fome, e sim de uma empolgação que nem parecia verdade.

O Colégio Harcote era um dos melhores internatos do país. No mundo humano, era conhecido por ser ultraexclusivo — a porcentagem de alunos aceitos dentre os candidatos não chegava a dois dígitos. Isso ocorria porque, embora os humanos não soubessem, Harcote aceitava apenas um tipo de estudante: vampiros Sangue-Fresco, nascidos depois do Perigo.

E não qualquer Sangue-Fresco — a elite Sangue-Fresco, descendente das figuras mais ricas e poderosas da Vampiria.

E, finalmente: eu.

Reli a carta sem parar, tentando marcar a ferro a sensação de satisfação no cérebro. Se ficasse marcado o bastante, talvez eu pudesse carregar a emoção comigo para sempre. Porque, quando abrisse os detalhes da bolsa, teria que abrir mão de vez do sonho de estudar em Harcote.

A mensalidade totalizava dezenas de milhares de dólares ao ano, e as bolsas eram notoriamente inexistentes, por mais que os candidatos preenchessem e enviassem os formulários necessários. Não fazia diferença para os estudantes de lá: eram filhos de vampiros líderes da indústria e zilionários, e seus presancestrais — os vampiros que tinham transformado seus pais — provavelmente eram lendários. Eu era filha de uma vampira enfermeira e, quanto ao meu pai, tinha sobrevivido ao pior do Perigo, mas perdido a vida ao se alimentar de um humano quando acabou o dinheiro para comprar Hema. Ou seja, a mensalidade de um colégio particular de elite estava bem longe do meu alcance. E, mesmo se a gente pudesse pagar, minha mãe estava convencida de que Harcote não era meu lugar.

Mesmo que eu sonhasse em frequentar o colégio desde muito antes das minhas presas descerem.

Minha mãe e eu nunca nos encaixamos na comunidade Vampiria. Não era só o fato de ela me matricular na escola pública, enquanto a maioria dos Sangue-Frescos estudavam em casa com professores particulares, nem da nossa conta corrente estar sempre entrando no cheque especial. A gente não tinha o pedigree valorizado pela Vampiria. Antes do Perigo, pelo que minha mãe dissera, seu presancestral era quem definia sua posição no mundo. O presancestral era um vampiro mais velho que selecionava uma pessoa para a vida imortal, e a transformava para conceder esse presente. Um verdadeiro presancestral ensinava o novo vampiro a caçar e se alimentar, a hipnotizar humanos e usar carisma vampírico, a se ajustar à vida sem fim. Basicamente, a *ser vampiro*. Presancestral e dentescendente tinham um vínculo eterno. Desde que os novos vampiros passaram a nascer, em vez de ser transformados, a tradição fora adaptada: os presancestrais dos nossos pais se tornavam nossos também. Quando outros vampiros perguntavam do meu pedigree — antigamente, porque fazia anos que eu não encontrava algum —, eu dizia que meus dois presancestrais tinham morrido no Perigo e levava a conversa à presancestral do meu pai, que de fato não sobrevivera. Não dava para falar do presancestral da minha mãe. A verdade era que não sabíamos se ele tinha sucumbido ao vírus ou se ainda estava entre os sempre-vivos, nunca-mortos. Não sabíamos nem se era um *ele*. Porque minha mãe não fazia a menor ideia de quem era.

Ela não tinha sido escolhida para aquela vida, e sua imortalidade não lhe fora outorgada como presente. O presancestral não planejava transformá-la: tinha se alimentado dela e a largado para morrer. Ela passara anos acreditando ser o único vampiro no mundo.

Quando finalmente encontrou outros como ela, notou que preferia não ter encontrado. Todos a tratavam como se ela não merecesse existir, como se sua vida imortal fosse um engano, desejando que o vampiro que a mordera tivesse terminado o trabalho. Não queriam nada com ela.

Era por isso que minha mãe tinha começado a mentir sobre suas origens — mentiras que herdei e também sempre contava.

Exceto por uma vez.

As consequências vieram rápido. E eu tive muito tempo para pensar na merda que fiz durante a longa viagem de carro que fizemos, deixando para trás nossa vida na Virginia e nos mudando para a Califórnia. Em Sacramento, minha mãe prometeu (a si mesma; eu não fora consultada) que não queria mais saber de outros vampiros. Fazia três anos que morávamos lá e, fora Donovan, eu não conhecia um vampiro sequer no estado todo.

De início, fiquei feliz de deixar a Vampiria para trás, depois de tudo que passei. Contudo, conforme fui crescendo e meus aspectos vampíricos tornaram-se mais difíceis de ignorar, o isolamento começou a me destruir. Talvez fosse errado querer a aprovação de um mundo que me rejeitara, mas eu não conseguia conter o diamante de ambição que se endurecia dentro de mim ao pensar em Harcote. O colégio obliteraria tudo que me tornava diferente, inferior. Eu faria verdadeiramente *parte* de algo.

Minha mãe não entendia o sentimento. Nem um pouco. Ela dissera que me candidatar estava fora de cogitação. E que, de qualquer forma, a gente nunca teria como pagar a mensalidade.

Por isso, desisti de pedir permissão. Preenchi e enviei a inscrição sozinha, em segredo.

Suspirei. Melhor acabar logo com a parte difícil. Abri a oferta de bolsa.

Bolsa Acadêmica

Financiamento oferecido por ano, pelo período de dois anos (Terceiro e Quarto), na condição de concordância com o Código de Honra do Colégio Harcote:

— Mensalidade e taxas anuais: financiamento integral.

— Alojamento, alimentação, uniformes: financiamento integral.

— Gastos adicionais, inclusive livros didáticos, materiais de computação e custos ligados a clubes, times esportivos ou viagens educativas: financiamento integral, sob solicitação, ilimitado.

— Traslado para o campus de Harcote e uma visita domiciliar por semestre: financiamento integral.

— Gastos pontuais, inclusive roupas novas e outros itens necessários, prévios à chegada ao campus: financiamento integral, sob solicitação, ilimitado.
Financiamento oferecido integralmente por doação anônima.

Um sentimento de êxtase, quente e brilhante, irrompeu em mim. Apertei os lábios com força. Não me parecia adequado sorrir naquela recepção deprimente.

— Por que está feliz desse jeito?

Minha mãe tinha chegado ao corredor. Ela tinha uma aparência pálida e meio doentia de quem teve um dia longo, mas abriu um sorriso de curiosidade.

Eu me levantei em um pulo.

— Mãe, eu vou estudar em Harcote! Eu passei!

O rosto dela se contraiu em um espasmo de raiva: olhos arregalados, lábios repuxados. Mas ela se recompôs rapidamente. Apertou a boca em uma linha firme, segurou forte a alça da bolsa e passou direto por mim, atravessando a recepção e saindo para o estacionamento. A porta da clínica bateu antes que eu conseguisse alcançá-la.

2

KAT

— Você me escutou?

Corri atrás da minha mãe. Ela estava atravessando o estacionamento a passos largos, e só a alcancei quase no carro.

Parada na frente da porta do carona, ela me olhou com dureza, mordendo as bochechas a ponto de parecerem ocas.

— Kat, abra o carro.

— Eu passei para *Harcote* — repeti.

— Eu escutei da primeira vez. Por favor, abra o carro.

— Você não tem mais nada a dizer? — insisti, segurando a chave no punho fechado. — Nem "Parabéns, Kat, minha única filha, por passar para um dos colégios mais concorridos do país?".

— Sim, Kat, parabéns por se candidatar em segredo depois de eu explicitamente mandar você não fazer isso. Com esse comportamento, é claro que te aceitaram.

As palavras dela me machucaram — muito —, mas o pior era a expressão em seu rosto, uma raiva severa que indicava que ela só dissera uma fração de tudo que estava pensando.

— Não entendo — gaguejei. — Achei que você ficaria orgulhosa de mim.

O calor que emanava do teto do carro ondulou no rosto dela quando ela voltou a me olhar.

— Sempre fico orgulhosa de você, Kat. Mas não vou te mandar para Harcote. Agora vamos, o dia foi longo, e eu estou cansada.

De repente, um choque de raiva me atingiu, rasgando a mágoa e a confusão do momento anterior. Cansada, é mesmo? Quem diria! *Eu* estava cansada.

Cansada de trabalhar naquela lanchonete idiota, de servir pessoas cem vezes mais ricas do que eu jamais serei, sendo que poderia ter arranjado um estágio ou feito algum curso de extensão que cairia bem no currículo para a faculdade e, no futuro, uma pós em direito; cansada de me preocupar com dinheiro e com Hema; cansada de me sentir como se fosse a única vampira de menos de um século de idade em toda a Califórnia.

Estava cansada de desejar mais e nunca conseguir, e cansada de temer que minha vida fosse ser sempre assim — que, pelo resto da minha imortalidade, nada nunca melhoraria.

Trinquei os dentes, mas obedeci. Dirigi o carro até em casa no que eu esperava ser um silêncio devastador. Um prelúdio calculado para a briga que teríamos quando chegássemos. Na minha cabeça, imaginei cem discussões diferentes, fazendo estratagemas dos melhores ataques e de como me esquivar de sua defesa. Esperei a porta do apartamento fechar e ela pendurar o casaco para começar.

Fui firme, racional, controlada.

— Sei que já estamos quase no fim das férias, mas eles me ofereceram uma bolsa integral. Cobre todas as mensalidades, o alojamento, as refeições, *tudo*.

— Isso não muda o fato de que você mentiu para mim.

— Tecnicamente, eu não menti. Você nunca perguntou.

Ela bufou.

— Que estúpido da minha parte nunca perguntar se você estava se candidatando a internatos em segredo.

— Tá. Eu me candidatei escondido, e isso foi errado — concedi. — Mas a situação agora é que fui aceita, e não precisamos nem pagar. Talvez desse até para economizar algum dinheiro se eu estivesse na escola com tudo pago.

— Não é só pelo dinheiro, nem pelo momento, que, francamente, é ridículo. Não quero que você estude em um internato, especialmente em Harcote. Só vampiros, sem humanos. Quero que você conheça um mundo maior do que esse.

— Desde quando Sacramento é *um mundo maior*?

Pelo olhar furioso dela, percebi que dizer aquilo tinha sido um erro. Mudei de tática.

— E eu *sou* vampira, mãe. Viver entre humanos não vai mudar esse fato.

— De onde você tirou essas ideias, Kat? — Ela estendeu as mãos para a frente, como se as *ideias* em questão fossem uma presença invisível na sala. — Você tem várias amizades aqui.

— Sim, *humanos*, para quem minto todo dia a respeito de quem sou. Você já pensou em como é difícil passar a vida toda sem conhecer um vampiro da minha idade sequer?

— Não sabia que sua vida tinha começado quando nos mudamos para Sacramento, Kat. Pelo que lembro, você passou bastante tempo com uma vampira da sua idade antes de virmos para cá.

Aquilo me doeu mais do que deveria. Era verdade: antes da mudança para a Califórnia, tínhamos passado quatro anos morando com uma família de vampiros. Bem, não *com* eles, mas na casa de hóspedes que havia na propriedade enorme em que moravam. A filha tinha sido minha melhor amiga — até trair minha confiança e fazer com que eu e minha mãe fôssemos expulsas.

— É diferente — argumentei, explodindo de irritação. — Éramos crianças, mal éramos vampiras de verdade. E você sabe que não falo com ela desde que fomos embora. Preciso conhecer outros Sangue-Frescos *agora* que é importante.

— Você tem a mim, e isso já é uma sorte. Vampiros sempre foram solitários, Kat. É da natureza da transformação.

— E todo mundo concordou que isso não era exatamente uma coisa boa. Por que eu deveria viver assim hoje, se as coisas mudaram?

Antes do Perigo, vampiros não tinham interesse em crianças — vampirismo era uma atividade apenas para adultos, e era difícil engravidar com um corpo imortal que se curava super-rápido. Foi só depois da DFaC, que tornara impossível transformar seres humanos, que vampiros começaram a ter filhos.

— Existe toda uma *geração* de vampiros Sangue-Fresco que nem eu — continuei —, e eu estou aqui, sozinha.

Ela estava massageando as têmporas de novo. Eu ia vencê-la pelo cansaço.

— Por que você vai ganhar uma bolsa tão completa?

— Porque a gente é pobre e eles são todos ricos. Porque eu mereço.

Ela me olhou com cansaço.

— O mundo não funciona assim, você sabe muito bem.

Ela estava certa: eu sabia, mesmo. Já sabia há muito tempo. As paredes do apartamento pequeno me pareciam apertadas demais, e o ar, parado e quente. Passei as mãos pelo rosto. Por motivos que não sabia identificar, eu tinha perdido a vantagem na discussão. Era impossível, inaceitável, mas eu estava tão frustrada que não entendia como retomar o controle.

— Harcote pode *mudar minha vida*, mãe!

— Eu tentei te dar a melhor vida que pude.

Os olhos dela estavam marejados, o que me enfureceu. Ela *sempre* fazia isso. Se fazia de frágil e trágica, como se fosse um jeito legítimo de ganhar uma discussão, e não uma saída covarde e constrangedora.

— Para de jogar a culpa em mim, sendo que é você que está errada! Você pode até estar feliz aqui, desperdiçando sua imortalidade, mas eu não estou. *Não mesmo.* Não posso viver assim para sempre.

Para sempre.

Um aperto no peito bem familiar me sufocou, o pânico que me tomava sempre que eu me permitia pensar naquilo.

Humanos falavam de imortalidade como se fosse uma dádiva incrível. Parecia mesmo legal se o plano fosse passar a eternidade em um castelo, sentada em uma montanha de dinheiro, com todo o tempo do mundo à disposição para ficar à toa, que nem os vampiros de filmes e livros. Também me parecia uma ótima vida.

Mas não era a minha.

A imortalidade era muito diferente diante de décadas de incerteza. Eu só tinha planos para as poucas décadas mais próximas. Vampiros Sangue-Fresco cresciam que nem humanos normais até o fim da adolescência; a partir daí, o processo de envelhecimento tornava-se muito arrastado. Talvez eu aparentasse trinta anos quando comemorasse cem. Assim, era difícil construir a vida em algum lugar de forma permanente. Meu plano era fazer faculdade e uma pós em direito, pegando empréstimos para pagar, e me esforçar para virar sócia em um escritório de advocacia. Eu passaria alguns anos economizando centavos, tomando golinhos discretos de Hema à mesa, até começarem a estranhar o fato de eu continuar parecendo uma caloura universitária. Aí, eu faria o que outros vampiros fizeram antes de mim: me mudaria para outro lugar, arranjaria uma vida nova, e esperaria o processo se repetir. Sem amizades de longa data, sem ver ninguém envelhecer, sem reencontros vinte anos após a formatura. Não servia muito para conseguir o que eu realmente desejava: segurança, estabilidade, uma vida sem a preocupação de cometer assassinato e suicídio por acidente caso a conta entrasse no vermelho.

— Quero ir, mãe — falei, com a voz embargada, prestes a jogar meu trunfo. — Acho que o papai também gostaria que eu fosse. Para garantir que eu não acabaria que nem ele.

Duas rugas finas surgiram entre as sobrancelhas dela, como era costumeiro logo antes de ela concordar com algo que achava ser má ideia. Lá estava: meu *sim*. Até que ela falou:

— Não concordo que ele gostaria que você fosse para Harcote. Ele acreditaria que você daria um jeito de se virar sem isso.

Fiquei rígida, boquiaberta. Durante toda a briga, um motor de raiva fumegava dentro de mim, mas de repente eu tinha batido com tudo em uma parede. Não podia discutir com ela a respeito do que meu pai gostaria. Ele tinha morrido antes que eu o conhecesse bem. Na maior parte do tempo, aquilo não me fazia mal, mas, naquele momento, me pareceu que minha mãe estava propositalmente me lembrando do que eu tinha perdido.

— Acredite em mim, Kat — disse ela, com a voz mais calma. — É o melhor para nós.

Nem consegui olhá-la ao pegar as garrafas vazias de Hema do balcão da cozinha.

— Tenho que encontrar Donovan.

É o melhor para nós.

As palavras se perseguiam em círculos na minha cabeça no caminho até Donovan.

Harcote era uma escola de renome mundial, um lugar de poder, privilégio e excelência, com aulas a nível universitário. Os alunos de Harcote *se tor-*

navam alguém, se já não fossem alguém desde o início. Todas as oportunidades estavam ao alcance deles, e aquela bolsa garantia que eu teria o mesmo.

Como minha mãe poderia acreditar que Harcote não era o melhor para mim?

Eu tinha que admitir que a bolsa parecia boa demais para ser verdade, mas eu era uma das melhores alunas da minha escola e tinha escrito uma redação de arrasar no processo seletivo. Eu tinha mérito, e definitivamente tinha necessidade. Apertei o volante com mais força. Meu único obstáculo, *como sempre*, era ela.

Cheguei à galeria onde ficava o Donovan's, e dei a volta de carro. Na frente, era um boteco com uma placa de neon pifada e janelas escuras. Nos fundos, era um comércio de Hema, e contávamos com ele para conseguir um bom preço. Apertei a campainha e esperei entre as lixeiras, os engradados de madeira e as guimbas de cigarro. Fedia a lixo misturado a urina. Chutei uma lata de cerveja vazia.

Queria que aquele estacionamento escuro me deixasse nervosa. Ou assustada. Ou enojada. Ou deslocada.

Mas não.

Na verdade, tudo o que eu sentia era a familiar ansiedade comprimindo meu peito: *uma eternidade assim, uma imortalidade assim.*

Para sempre. Eu viveria para sempre assim.

A porta se abriu e Donovan botou a cabeça para fora, uma guimba de cigarro na boca.

— E aí, Kat?

Ele saiu e puxou um cigarro novo para acender. Donovan tinha uma aparência atemporal, misturada ao charme vampírico que atraía humanos, mesmo que não soubessem identificar o motivo. Especialmente porque não se cuidava: o cabelo vivia seboso e os poros emanavam o fedor de um século de tabagismo sem consequências.

— Duas garrafas, né?

— Isso.

Entreguei as duas garrafas vazias que levara.

— Com um descontinho pelos cascos... — falou, digitando no celular com um dedo manchado de nicotina. — Dá trezentos e dez dólares.

Senti um aperto no estômago.

— Subiu vinte dólares!

Donovan soltou uma nuvem de fumaça e coçou a cabeça.

— O preço vem da CasTech, gata. Sou só o intermediário.

— Se eu te der duzentos agora, dá para pendurar o resto?

Donovan fez uma careta de desculpas.

— Você sabe que vai ter que pagar essa conta um dia, né? Mas topo por essa sua carinha bonita.

Eu me forcei a sorrir enquanto contava o dinheiro. Já estava com um nó no estômago quando cheguei à última nota.

— Tem só noventa aqui. Achei que tivesse mais.

— Assim você me quebra, Kat — disse Donovan, jogando o cigarro fora. — Olha, tenho um pouco de produto que preciso desovar. Faço por noventa, redondinho.

Donovan desapareceu para dentro do bar, e voltou com duas garrafas. O conteúdo estava quase preto. Inclinei uma delas, vendo o líquido espesso grudar ao vidro, e abri a tampa para cheirar. Quase cuspi na rua.

— Já está praticamente podre!

— Cavalo dado não se olha os dentes. O produto mais fresco está saindo por quinhentos a dose.

Eu queria chorar, gritar, ou as duas coisas. Quase me vi jogar a garrafa no chão, estilhaçá-la em cacos de vidro e sangue velho grudento, deixar Hema molhar os pés de Donovan e ver o que ele achava do cheiro.

No entanto, eu não fiz nada disso. Não podia.

O que fiz foi tampar a garrafa e aceitar a outra. Entreguei o dinheiro e agradeci pela ajuda. Donovan deu uma piscadela e falou que era um prazer, como sempre. *Como sempre* — a expressão me pareceu uma humilhação a mais. Então peguei o carro e voltei para casa.

Quinhentos dólares por uma garrafa de Hema fresca. Com preços assim, era impressionante qualquer vampiro pobre sobreviver. Senti um calafrio. Será que um dia chegaria a esse ponto conosco — comigo? Se os preços de Hema continuassem a subir, se a clínica perdesse mais patrocínio... Estávamos sempre a um passo em falso de despencar do penhasco. Fome levava a desespero, e vampiros desesperados corriam riscos impensáveis. Riscos que custavam tudo.

É o melhor para nós.

Minha mãe estava errada. Eu sentia a dureza da verdade no mesmo lugar em que as garras da imortalidade arranhavam minhas costelas. Talvez ela não conseguisse ter esperança de nada melhor do que aquilo, mas eu tinha. E, pela primeira vez na vida, consegui uma oportunidade. Harcote era uma saída, o caminho para algo melhor, para um lugar ao qual finalmente pudesse *pertencer*.

Se ela não entendesse isso, não havia mais nada que eu pudesse dizer.

Quando estacionei na frente do apartamento, peguei o celular e abri o e-mail do diretor Atherton. Rápido, antes que desse tempo de perder a coragem, assinei os documentos com o nome da minha mãe, marquei todos os campos necessários e enviei.

O penúltimo ano de ensino médio começaria dali a duas semanas e, quando começasse, eu seria aluna de Harcote.

3

TAYLOR

Na colina que subia o campus, me sentei na balaustrada do pórtico da biblioteca e ajeitei os óculos de sol no nariz. A armação era enorme e me fazia parecer um inseto, mas a lente era a mais escura que consegui encontrar ao longo das férias, quase escura demais para enxergar. Infelizmente, não o suficiente para obscurecer o que acontecia colina abaixo: Dia da Mudança no Colégio Harcote.

Torci a boca em uma careta que provavelmente ficaria estampada na minha cara até chegarem as férias em junho.

Eu já tinha passado pelo Dia da Mudança duas vezes — deslumbrada, no primeiro ano, e exausta, no segundo —, e aquele não era diferente. Era todo um teatro, cheio de tradições inventadas, como o fato do corpo docente precisar usar capas compridas e pretas no primeiro dia de aula, apesar de o calor úmido no norte de Nova York fazer a gente se sentir esmagado em um sovaco. Parecia até que Atherton tinha medo de que não fossem reconhecíveis como vampiros caso não seguissem os conselhos de moda dos desenhos animados. O propósito todo era dar aos pais vampiros superprotetores a impressão de que confiavam seus preciosos Sangue-Frescos a uma instituição renomada, tão antiga quanto eles — assim, seria mais fácil esquecer que Atherton só pusera as mãos no colégio e o vampirizara vinte e cinco anos antes.

Bati o calcanhar do tênis na grade de madeira repetidamente. Eu tinha chegado havia menos de três horas e já sentia os nós se formando nos ombros, a tensão crescendo no maxilar. Era difícil acreditar que, ainda de manhã, eu me sentia até um pouco animada para voltar ao colégio. De volta ao campus, contudo, ficou óbvio que três meses presa em casa com meus pais tinham danificado minha capacidade mental. Eu confundira o desespero para fugir deles com um desejo de voltar a Harcote.

Descendo o campus, entre as famílias vampíricas abrigadas sob guarda-sóis de seda preta e enormes guarda-chuvas de golfe, notei Radtke, a professora de Ética Vampírica. Ela estava secando a testa com um lencinho de renda. Radtke era uma vampira tradicionalista, uma sanguessuga vitoriana das antigas — literalmente, pois tinha sido transformada cento e cinquenta anos antes. Ela ainda usava os mesmos trajes de luto, com espartilho e tudo. As saias dela tinham manchas de sangue da época em que ainda era possível se alimentar de humanos. Ela visivelmente se continha para não recriminar todas as garotas que ousassem ir de regata ao Jantar Formal, mas era claro que também não gostava das minhas camisas de botão conservadoras. Radtke também era a intendente da Hunter, minha residência daquele ano. Mesmo sem ela, eu já tinha motivos o suficiente para evitar a casa.

Ao redor de Radtke, os serventes — humanos hipnotizados que mal sabiam o que estavam fazendo — solicitamente tiravam as malas de SUVs de luxo no estacionamento. Todo ano havia uns baús que, juro, deviam ser da era do *Titanic*, porque vampiros eram incapazes de deixar o passado para trás. Alguns dos pais já estavam começando a se emocionar com a ideia de ficar um semestre todo longe de seus queridos monstrinhos. Meus pais tinham agido igual da primeira vez, mas desde então eu ia para o colégio sem eles; no entanto, quando fosse a vez do meu irmão mais novo, minha mãe certamente se despediria com lágrimas nos quatro Dias da Mudança, e ainda arrastaria nosso presancestral para o Dia dos Descendentes em novembro. Um calouro estava cometendo o erro trágico de abraçar a mamãezinha bem na frente de todo mundo; eu imaginava que sua reputação só teria salvação lá para as férias de primavera, se tanto.

O resto do estimado corpo discente de Harcote — os Melhores dos Melhores, filhos dos sempre-vivos e nunca-mortos, símbolos especiais e únicos de nossa perseverança diante do Perigo, e colegas queridos desta que vos fala — estava agindo que nem os palhaços selvagens que sempre eram sem supervisão. Corriam a galope pelo gramado, gritavam das janelas das residências e pulavam em abraços como se tivessem acabado de voltar da guerra, e não de três meses de férias. Eu praticamente conseguia escutá-los comparando fofocas de redes sociais, mesmo de longe: sabe quem acabou de voltar de uma temporada como modelo em Milão? Sabia que fulaninho saiu em turnê com um grupo de K-pop? Como bons harcotinhos, tentavam estabelecer rapidamente quem tinha ficado mais gostoso, mais rico ou mais charmoso nas férias, e quem estaria no alto do castelo de cartas social do ano. Podiam até sorrir e se fingir de simpáticos, mas todo mundo, era óbvio, tinha presas. Destruiriam uns aos outros, se necessário.

Ou se parecesse divertido.

Suspirei. Já tinha passado muito da época de me importar com qualquer uma dessas coisas. Com qualquer um *deles*.

Atrás de mim, as tábuas do pórtico rangeram sob passos.

— Já fez sua mudança?

Passei uma perna de volta pelo outro lado da balaustrada e deixei os óculos escorregarem pelo nariz.

— Eu vivo um estilo de vida minimalista, Kontos, precisamente por esse motivo. Moleza.

O bigodinho de Kontos tremulou quando ele tentou abrir um sorriso cínico (ele era bonzinho demais, sem talento para cinismo). Ele carregava a capa preta no braço e a camisa estava encharcada de suor.

— Quantos pares de tênis um estilo minimalista permite, exatamente?

— Este ano? Dezessete. Sempre tem espaço para o essencial.

— É bom vê-la de novo, Taylor — disse ele, sorrindo.

Abri um sorriso, pulei da balaustrada e o abracei. Kontos era professor de ciências, e sua presença era uma das poucas coisas — talvez a única — de que eu gostava em Harcote. No meu primeiro ano, ele dava aula de Inquérito Científico, e era à mesa dele que eu ficava no Jantar Formal. Mas só ficamos amigos mesmo depois que eu saí do armário, porque Kontos também era gay, e Harcote era definitivamente um deserto homossexual. O senso de estilo de Kontos tinha parado de se desenvolver em algum momento nas décadas após sua transformação, então ele continuava a adotar um look que eu chamava carinhosamente de pai dos anos 1970, com direito até a um bigode cheio.

— Como está a divisão de quarto este ano? — perguntou ele.

Meu sorriso murchou, se desfez em pó e sumiu em um sopro ao pôr do sol.

— Está literalmente na pior situação possível, catástrofe total, chame a emergência.

— Não pode ser assim tão ruim.

— Eu não exagero no *literalmente* — falei, arrancando os óculos para olhar com mais firmeza para ele. — Evangeline Lazareanu.

Kontos abriu e fechou a boca várias vezes, hesitando, preparando-se para procurar o lado bom da situação.

— Pode não ser ideal, mas vocês já não foram amigas?

Como se fosse uma resposta, um gritinho agudo ecoou campus abaixo. Nós dois viramos ao mesmo tempo e vimos a sombra de um cabelo preto comprido esvoaçando quando uma garota correu pelo gramado e derrubou alguém ao chão com um abraço. Risadinhas! Sorrisinhos! Menininhas!

— Imagine morar com *isso* — falei. — E acrescente uma boa dose de ódio mútuo, e as amigas metidas... Que bom que sou imortal, senão provavelmente morreria asfixiada com a quantidade de produto que ela usa no cabelo. Para de rir!

Kontos fingiu alisar o bigode para esconder a gargalhada. Não deu certo.

— Sou professor, tenho que me manter imparcial. Por que não vê se consegue uma transferência?

— Você sabe que não aceitam transferências por "motivos pessoais". Como aprenderíamos a amar os compatriotas de nossa horda vampírica se não passássemos nove meses trancados juntos em um quartinho?

— Não tem problema algum em se esforçar um pouco. Você vai conhecer esses vampiros pelo resto da vida, e isso é muito tempo.

Pus os óculos na cara de novo. Kontos podia até ser meu melhor amigo em Harcote — por mais patético que isso fosse —, mas nem por isso eu tinha contado a história completa do que acontecera comigo e Evangeline. Apontei com o queixo para a capa dele.

— Não é para você vestir isso aí?

Ele me olhou com severidade.

— Não posso ensinar os jovens a celebrar nossas tradições se sofrer insolação. Vamos lá — disse Kontos. — Temos que nos aprontar para a Convocação.

Se um único lugar pudesse transmitir a idiotice completa dos vampiros, seria o Salão Principal de Harcote. Quando Atherton decidiu criar uma escola apenas para Sangue-Frescos, definitivamente quis criar um astral meio Oxford- -Harvard. A capela capenga que veio com o internato masculino que ele comprou não daria conta. Além do mais, considerando que a escola seria para malignas criaturas das trevas, uma capela típica não faria muito sentido. Não que houvesse problema com as cruzes — elas não provocavam nem mesmo a leve reação alérgica que às vezes tínhamos com alho. A questão era que, se a gente esperava viver para sempre, muitas das partes mais impressionantes do cristianismo, como a ressurreição, não eram mais tão interessantes. No lugar da capela, Atherton construiu uma estrutura duas vezes maior, e um milhão de vezes mais rebuscada, e chamara de Salão Principal. De longe, parecia uma catedral transportada diretamente da Europa para o campus. De perto, dava para ver que as pedras tinham sido esculpidas todas em estilo vampiresco, com imagens de morcegos, corvos, caveiras e humanos (em geral mulheres com peitos chamativos) caindo nos braços de vampiros dentuços de capa, que sugavam seu sangue. As cores fortes e o aço grosso dos vitrais davam a impressão de terem sido copiados de uma história em quadrinhos.

Em suma, uma sutil elegância morta-viva.

Na minha opinião — para a qual ninguém ligava, mas que eu sempre compartilhava mesmo assim —, Atherton poderia ter projetado algo muito mais emocionante que uma imitação de igreja. Como podiam vampiros serem tão *superpoderosos* e *superiores*, se a gente só reproduzia os mesmos tipos de poder que são a base da sociedade humana? Mas inovação não era o forte do pensamento vampírico.

Deixei Kontos se arrumando e subi para o Salão. Cinco fileiras de vampiros saíam das portas de madeira: professores, alunos do quarto ano, do terceiro, do segundo, e por fim os calouros mal adolescidos do primeiro. Quando encontrei meu lugar na fila do terceiro, alguns alunos que eu conhecia do time de corrida *cross country* ou do teatro me cumprimentaram com acenos, mas ninguém ficou emocionado de me ver a ponto de me derrubar no chão. Ninguém nem me perguntou como tinham sido as férias.

Tanto faz. Era tranquilo eles não fingirem ligar para mim; eu também não pretendia fingir ligar para eles.

Por isso, quando Carolina Riser, que há dois anos era sempre a pessoa na minha frente na fila, se virou para bater um papo, quase imaginei que estivesse procurando outra pessoa.

— Taylor! Quer dizer que você está na Hunter este ano?

Começou. A maior desvantagem dos óculos escuros era que ninguém me veria revirar os olhos. Eu revirava os olhos de um jeito destruidor.

— Pois é. Com a Evangeline. Você vai dividir quarto com quem?

Ignorando descaradamente minha tentativa de mudar o rumo da conversa, Carolina disse:

— Ai, a Evangeline é tão *divertida*. A Lucy também não tá na Hunter?

Ótimo. Perfeito, na verdade.

Carolina trazia um sorrisinho ávido no rosto, esperando que eu me incriminasse. *Vocês não vão acreditar no que Taylor falou sobre Evangeline e Lucy.*

Nada de dar essa satisfação para Carolina. De boca fechada, dei de ombros.

Já era de se esperar que as pessoas fossem fofocar sobre eu e Evangeline termos que dividir o quarto. Fofocas sobre tensão entre colegas de quarto eram um presente do Dia da Mudança. Geravam drama o suficiente para os dois primeiros meses de aula, até o Baile da Fundação trazer uma nova dose. Evangeline tinha o tipo de popularidade que fazia com que metade da escola a visse como Maria Antonieta, e a outra metade como Madre Teresa, enquanto eu era universalmente — e corretamente — vista como uma gay esquisita e escrota. Todo mundo sabia que a gente não se dava bem. Eu nem imaginava o que aconteceria comigo e Evangeline presas no mesmo quarto o ano todo, mas conseguia facilmente imaginá-la distorcendo o que quer que fosse em uma história que a tornasse mais temida, mais querida, mais poderosa. Para ser sincera, o talento de Evangeline para manipulação era impressionante (e um tiquinho sexy). Mas nem por isso eu queria morar com ela. Estalei o pescoço, depois os dedos. Talvez Kontos conseguisse convencer a reitoria a fazer uma exceção e me botar em um quarto sozinha, só para poupar todo mundo do estresse.

As filas começaram a entrar no Salão. Primeiro os professores e depois o quarto ano, todos orgulhosos, de peito cheio. Minha fila de terceiranistas foi atrás, se instalando nos bancos de capela profundamente desconfortáveis, de espaldar reto (inteiramente desnecessários, já que o Salão Principal nunca foi de fato uma igreja). O coral cantou o hino de Harcote — "Juro a ti, ó, Harcote" —, que era praticamente um canto fúnebre. Eu me larguei no banco, os joelhos pressionando o banco à frente, e a cabeça encostada na madeira dura. Estava prestes a cair no sono quando a porta do Salão Principal se abriu com um rangido.

Alguns minutos depois, Carolina cochichou com o pessoal do banco na frente do nosso, falando que tinha uma nova aluna sentada no fundo.

Isso quase nunca acontecia em Harcote.

Interessante.

Talvez eu e Evangeline não fôssemos a única fonte de entretenimento no ano.

4

KAT

Quando a limusine preta brilhante finalmente entrou pelo portão do campus de Harcote, eu já estava mais do que um pouco ansiosa. Meu voo tinha atrasado, e minha mala tinha sido literalmente a última a chegar na esteira de bagagens. Não que eu tivesse muita coisa para levar. O Benfeitor — era como eu chamava, em pensamento, o doador anônimo que financiava minha bolsa — tinha acertado para que todo o uniforme de Harcote e a maior parte dos materiais escolares necessários fossem entregues diretamente ao meu quarto. No dia seguinte à entrega de documentos de matrícula, uma representante de Harcote enviara por correio expresso um cartão de débito para eu pagar por literalmente todo o resto, inclusive meu voo (como menor de idade viajando sozinha) e um notebook novo. No fim, todas as minhas coisas couberam em uma só mala: algumas roupas, uns poucos objetos pessoais. Com todos os atrasos, eu estava tão ocupada pedindo desculpas à motorista vampira que o Benfeitor arranjara para me levar ao campus que só quando estávamos já na estrada me ocorrera que eu realmente tinha sido *buscada no aeroporto por uma motorista vampira*.

Queria mandar uma mensagem para Guzman e Shelby contando aquilo tudo, mas, claro, não podia. Enfim, eles não tinham entendido exatamente por que eu estava mudando de escola no penúltimo ano. E eu certamente não estava a fim de mandar mensagem para minha mãe.

Em vez disso, passei o caminho sentindo meu coração bater cada vez mais forte conforme nos aproximávamos do campus.

O portão do campus se abriu para nós — para *mim*. Ao descer a colina até a parte baixa do campus, me senti como se estivesse vendo o set do meu programa de TV preferido ao vivo: os prédios aninhados entre os grandes carvalhos e o gramado bem cuidado me eram tão familiares, depois de tantas horas no site de Harcote, que eu sentia que tinha mergulhado na tela do computador.

O carro parou em um estacionamento, e eu imediatamente cometi o erro amador de abrir a porta da limusine sozinha. Um vampiro de rosto pontudo e olhos fundos estava à minha espera. Ele usava uma capa preta pesada, e os dedos compridos percorriam um tablet.

— Senhorita Katherine Finn — disse ele, a voz anasalada. — Seja bem-vinda a Harcote. A Convocação já começou no Salão Principal. Um servente cuidará de suas malas… quer dizer, sua mala.

Ele fez um gesto, e um homem de calça cáqui e camisa pólo com o símbolo de Harcote pegou minha mala do carro. Havia algo praticamente mecânico nos gestos dele, e seu rosto mostrava uma expressão distante e imóvel, como se mal nos notasse.

— Ele é humano? — arrisquei.

— Naturalmente — respondeu o vampiro de cara pontuda. — Não deixamos esse tipo de trabalho braçal para vampiros.

Fiquei tensa. Manter as mentiras e disfarces que escondiam vampiros de humanos era prioridade, sempre fora. Era inimaginável que humanos estivessem em um lugar como Harcote, a não ser que…

— Eles foram *hipnotizados*?

O vampiro tocou meu ombro com a mão ossuda. Acho que pensou que eu me sentiria reconfortada por aquele toque desconhecido.

— O diretor Atherton hipnotiza os serventes pessoalmente.

Hipnotizados. Ou seja, estavam sob controle do diretor Atherton. Não só tinham que fazer tudo que o diretor mandasse; não eram nem capazes de *querer* fazer outra coisa. Quando saíssem do transe, nem saberiam que tinham sido serventes de um colégio de vampiros.

Uma gota de suor escorreu pelo meu pescoço.

— Eles… Como eles se oferecem para este trabalho?

— Eles são pagos generosamente — disse ele, sem responder minha pergunta, e apertou meu ombro de novo. — Se nos apressarmos, o tempo ainda deve estar a nosso favor. O diretor Atherton está prestes a começar o discurso.

Se aquilo era normal em Harcote, não devia ter problema. Não é?

Deixei o vampiro me conduzir por uma escadaria até o andar superior do campus, na direção de uma igreja antiga gigante. O Salão Principal de Harcote. Parecia saído de um livro de história, mas nem tive tempo de admirar antes do vampiro puxar uma porta de madeira enorme.

Lá dentro, todos estavam sentados em bancos, escutando um coral que estava acabando de cantar. Por azar, bem quando a última nota se esvaiu, a porta de madeira bateu com um baque que ecoou pelo teto abobadado. Todos os alunos se viraram para me olhar enquanto eu tentava esconder o rosto corado sob o cabelo e entrar em um lugar na última fileira. Mantive os olhos fixos no chão até alguém pigarrear no microfone.

Aquele era o diretor Atherton?

No púlpito encontrava-se um homem de rosto tão jovial e bochechas tão coradas que poderia facilmente ser um aluno. Diferente do resto do corpo docente, ele usava uma camisa de botão azul-clara, um pouco amarrotada pelo calor, e calça cáqui. A roupa apenas enfatizava o quão obviamente jovem ele era. Ou tinha sido, quando ainda era capaz de envelhecer. Ele estava radiante, quicando nos calcanhares com entusiasmo.

— Meninos e meninas, sejam bem-vindos a mais um ano no Colégio Harcote! — exclamou. — Nunca me canso dessas palavras, e as digo há vinte e cinco anos. É isso mesmo, estamos comemorando um quarto de século! Para alguns de nós — ele apontou para si mesmo com um gesto exagerado —, vinte e cinco anos não é nada, mas muita coisa mudou nesse tempo. Quando abri as portas de Harcote, com apenas quinze alunos, o pior do Perigo já passara, mas não estávamos a salvo ainda. A Vampiria ainda era uma ideia nova. Os *Sangue-Frescos* ainda eram uma ideia nova! Não sabíamos como eles iriam se desenvolver, mas sabíamos, *esperávamos!*, que, se tudo corresse bem, não seria apenas uma questão de sobreviver ao Perigo. Seria uma questão de *prosperidade*. Vampiria e Sangue-Frescos estão eternamente conectados — o diretor Atherton entrelaçou os dedos em demonstração —, por isso a geração Sangue-Fresco é tão importante para nós. E por isso é uma honra para todos em Harcote preparar vocês, jovens vampiros, para caminhar pela terra até o fim! Tiremos um minuto para olhar ao redor e pensar na nossa *sorte* de estar aqui, cercados pela nossa espécie. Por vampiros *exatamente como nós*.

Eu não cheguei a criar muita expectativa sobre a Convocação — na minha antiga escola, a gente só ia para as aulas normalmente no primeiro dia, sem cerimônia —, mas, ao olhar para os bancos diante de mim, meu coração se encheu de uma dor estranha e satisfeita. *Vampiros Sangue-Fresco, exatamente como eu.* Não só um, ou dois, mas quase duzentos.

— Agora, temos um monte de surpresas divertidas preparadas para nosso aniversário especial este ano... e, sim, vamos estudar um pouco também. Mas tenham em mente que, apesar de a vida de vocês durar para sempre, estes anos preciosos não durarão. — O diretor Atherton parecia sinceramente animado. — Agora, nos ergamos, revelemos nossas presas, e recitemos o juramento Harcote.

Revelemos nossas presas?

Eu me levantei rapidamente, as mãos fechadas em punhos ansiosos. Presas, pelo que eu aprendera, deviam se manter escondidas. Se escapassem sem querer, era para ficar de boca fechada até conseguir recolhê-las. Quando elas tinham começado a crescer, minha mãe me fizera treinar toda noite, soltando e retraindo à força. Ela fazia questão de me lembrar que tinha precisado aprender tudo aquilo sozinha. Era sorte minha tê-la para me ensinar a passar por humana.

Só que eu não estava mais entre humanos. Estava cercada por vampiros, e aparentemente todos eles estavam habituados a soltar as presas de propósito, como se fosse um aparelho ortodôntico móvel.

Tentei me concentrar para soltá-las: era como a sensação de alongar músculos tesos, ou de soltar uma respiração contida. No entanto, só consegui focar na leve vibração de pânico que sentia no peito, escutando o silvo sutil ao meu redor quando os outros alunos soltaram suas presas.

Não consegui.

Um coro de vozes começou a recitar o juramento Harcote. Eu me dedicara a aprendê-lo de cor, mas fiquei com a boca bem fechada. Não podia correr o risco de verem aquilo como prova de que eu era uma impostora ali, de que nunca pertenceria ao lugar.

De repente, me senti de volta à Virginia, naquele último dia com os Sanger. Nos quatro anos que passamos com eles, a família tinha ficado feliz em ajudar uma mãe solo e sua filha a se reestabelecer. Minha mãe não estava exatamente estável após a morte do meu pai, e a gente se mudou muitas vezes. A casa de hóspedes dos Sanger era o mais próximo de um *lar* que eu jamais tivera. Não que fosse tudo perfeito lá — por exemplo, eu sabia que deveria me manter longe da casa principal quando eles recebiam hóspedes, para poupar a todos o constrangimento de explicar nossa presença. No entanto, era bom, era seguro. Certa manhã cinzenta de dezembro, tudo mudou. A sra. Sanger foi conversar com minha mãe assim que chegou do trabalho. A expressão da minha mãe arrepiou meus cabelos da nuca. A gente ia embora na mesma hora.

Eu não queria acreditar. Implorei por uma explicação: *o que mudou? O que fizemos?* Enquanto minha mãe enfiava nossos pertences em malas, eu andava atrás dela, tirando de novo tudo que ela empacotava.

Finalmente, ela se virou e me olhou nos olhos.

— Não sei como, mas eles descobriram a verdade sobre a minha transformação. Estão preocupados com a reputação, especialmente por causa das crianças. Pediram para irmos embora, então nós vamos.

Parei de reclamar imediatamente. Porque eu *sabia* como os Sanger tinham descoberto nosso segredo: eu mesma tinha contado a um deles.

Minha boca se encheu de amargura. A culpa, a perda, a *traição* — nenhum desses sentimentos jamais foi embora.

Eu não podia deixar o mesmo acontecer em Harcote.

— Quer este ano em Harcote seja seu primeiro, ou seu vigésimo-quinto, que nenhum seja seu último, mas que os façamos contar como se fossem! — exclamou o diretor Atherton.

O sol se derramava pelos vitrais atrás dele, enchendo o salão com uma luz avermelhada.

— Que o ano letivo comece!

Fui atrás das garotas que saíam do Salão Principal em direção ao conjunto residencial feminino. Era uma sequência de prédios de quatro andares, com fachada de tijolo, molduras brancas nas janelas, venezianas verde-floresta e, no alto, janelinhas que se sobressaíam da inclinação dos telhados de ardósia cinza.

A residência Hunter ficava do lado norte da quadra. No jardinzinho entre os prédios, alguns pais e presancestrais estavam se despedindo. Parecia que a família de *todo mundo* tinha ido ao Dia da Mudança.

Eu os ignorei e segui para Hunter, meu novo lar. A residência era toda de madeira escura, com paredes de caixotão e moldura, o piso gasto pelo uso. Subindo a escada até o segundo andar, escutei portas sendo batidas, as gargalhadas das minhas novas colegas de alojamento e baques de malas sendo largadas no chão. Estava conferindo o número do meu quarto quando a porta foi aberta. Duas garotas surgiram no batente.

— Você que é a Katherine? — perguntou uma delas, que era de origem chinesa, com olhos redondos e grandes e um rosto em formato de coração que me pareceu familiar. — Eu sou a Lucy, e essa... — falou, apontando com a cabeça para a outra garota, que era branca — é a Evangeline.

Lucy e Evangeline abriram sorrisos idênticos, e meu cérebro entrou em curto-circuito.

Elas eram completamente, absurdamente *lindas.*

A beleza delas parecia pertencer à televisão e às revistas, não à vida real, tão perto, ao alcance das mãos. Os olhos de Lucy eram de um tom quente de mogno, combinando perfeitamente com os cílios grossos, assim como o desenho do arco fundo no centro do lábio combinava com uma pinta perfeitamente posicionada. Mechas de cabelo escuro e sedoso emolduravam seu rosto. Já Evangeline tinha uma cascata de cabelo preto, ondulado e grosso, olhos azuis reluzentes que se destacavam na pele pálida, e bochechas redondas. Deviam ser as meninas mais bonitas da escola, talvez até de todo o estado, e estavam só paradas, me *olhando.* Os olhos de Lucy brilhavam com malícia, e Evangeline pressionava a boca carnuda e macia com o polegar; era como se as duas estivessem tentando não rir da minha cara.

Eu quase queria que rissem.

Depois de um silêncio constrangedor que durou dez mil anos, consegui falar:

— Na verdade, é só Kat. Meu nome.

Evangeline sorriu como se eu fosse um bebê que acabara de dizer as primeiras palavras. Era difícil não olhar para sua boca.

— Tá, *Kat*, é o seguinte: você foi selecionada para dividir quarto com Lucy, mas eu e Lucy somos melhores amigas. A gente queria *muito* morar juntas este ano.

Lucy passou o braço pelo ombro de Evangeline e a puxou para mais perto.

— Então a gente ficou megachateada quando botaram Evangeline em um quarto no último andar. Seria muito gentil da sua parte se você pudesse trocar com ela.

— Eu vou ficar o tempo todo aqui embaixo de qualquer jeito, e seria sinceramente uma chatice para você — disse Evangeline, franzindo a cara em uma expressão meio compreensiva e meio irritada. — A gente ia virar a noite conversando enquanto você tenta estudar ou sei lá, e aí você também precisaria ficar quieta quando fosse nossa hora de estudar. Assim, vai ser *muito* mais fácil.

— Eu fiquei sabendo que não é permitido trocar de quarto.

— Ah, falando sério, ninguém dá a mínima — disse Lucy —, desde que a gente se resolva entre nós, e todo mundo aceite. Já pedimos para os serventes subirem com suas coisas e descerem com as da Evangeline. Tá legal?

As garotas esperaram. Evangeline mostrava um meio-sorriso enquanto Lucy tamborilava os dedos na porta, e nenhuma das duas escondia completamente o prazer caótico logo sob a superfície. Eu estava perdendo alguma coisa, só não fazia ideia do que seria. Talvez não tivesse muita importância.

— Tranquilíssimo. Eu prefiro o último andar, de qualquer jeito. Assim não tenho que lidar com vizinhas de cima, né?

As duas me olharam sem reação por tempo suficiente para eu começar a me recriminar. Essas garotas nunca tinham morado em prédios com vizinhos: provavelmente foram criadas em mansões. Ou em terrenos enormes, que nem o dos Sanger. Ou em ilhas particulares.

— Você é um anjo — disse Evangeline.

Elas fecharam a porta. Atrás dela, as gargalhadas esganiçadas que eu esperava finalmente soaram.

No quarto andar, havia apenas um quarto. Como esperado, era menor do que o que tinham selecionado para mim no segundo. Como era a mansarda, o teto era inclinado dos dois lados, forçando as duas camas de solteiro a ficarem um pouco mais próximas. Havia também duas escrivaninhas, dois armários e uma porta que levava ao banheiro. Pela grande claraboia, o sol inundava o quarto, e tínhamos uma linda vista das árvores atrás do prédio e, no canto, da trilha que subia o campus.

Minha mala estava do lado direito do quarto. Era o único jeito de saber que aquela era a minha cama, porque eu nunca vira nenhuma das outras coisas: havia lençóis e travesseiros novos, com uma manta vermelho-granada (a cor de Harcote) na cama, além de cadernos, canetas e os livros necessários para as aulas na escrivaninha, tudo adquirido pela equipe do Benfeitor.

E no armário...

O cabideiro continha todas as peças possíveis do uniforme de Harcote — saias plissadas em cinza e vermelho-escuro; camisas de botão em branco, preto e cinza; três paletós com detalhes em variações diferentes das cores de Harcote e o brasão, com o morcego e o castelo, bordado no bolso do peito; cachecóis; chapéus; e, finalmente, um casaco cinza-escuro de inverno. Enfileirados no chão estavam pares de tênis, sapatilhas, sapatos sociais e mocassins. Abri as gavetas da cômoda: camisas pólo de Harcote, camisetas e shorts para a educação física, suéteres cujo propósito era ter uma aparência completamente adequada e um moletom que passava o recado de "meus pais se conheceram numa universidade de luxo". Na gaveta mais alta, encontrei dois arcos de cabelo (eu nunca usara um arco de cabelo na vida) e uma coleção de meias e meias-calças permitidas no uniforme. Parecia que estava olhando para o armário de outra pessoa: da aluna perfeita de Harcote.

Era difícil não me lembrar do que Shelby dissera antes de eu partir.

Quando contei que iria para Harcote, Guzman deu um gemido teatral, reclamando que estava magoadíssimo por eu não ter contado que me inscrevera em uma escola diferente, e dizendo que morreria sem mim. Ele era sempre exagerado, mas, daquela vez, havia mágoa de verdade por trás da palhaçada.

Shelby, que nunca fingia nada se pudesse evitar, dissera:

— Jura? Essas escolas são cheias de babacas ricaços.

— Se eu virar babaca, tenho certeza que você será a pessoa certa para me avisar, Shelbs.

Desesperado para aliviar o clima, Guzman abrira o site da escola no celular.

— Cacete, só tem *modelo* nessa escola?

Ele dera zoom em um cara com o suéter cinza e granada do uniforme, carregando um taco de lacrosse no ombro.

— Se esse garoto for de verdade, me *prometa* que vai encontrá-lo e namorar com ele!

Eu revirara os olhos.

— Você baba por qualquer pessoa musculosa.

Shelby pegara o celular e mexera um pouco no site. O colégio era apresentado como um típico internato conservador para famílias ricas, disfarçando o fato de na verdade ter apenas vinte e cinco anos. O estilo certamente seria o mesmo nos anos 1950 ou em 2022 — o que, sem dúvida, era a preferência dos vampiros. Colarinhos pontudos eram dobrados por cima da gola dos suéteres. Todo mundo usava arcos de cabelo, saias plissadas, casacos acinturados, brincos de pérola — as mesmas coisas que eu tinha acabado de encontrar no meu armário.

— Esse lugar tem uma energia cis-hétero extrema — dissera elu.

— Bom, vocês vivem dizendo que sou sua aliada cis-hétero preferida, né?

Era uma piada recorrente entre Shelby e Guzman o fato de eu ser a amiga chaveirinho hétero. Normalmente, era engraçado — pelo menos um pouco —, mas Shelby não tinha sorrido.

— Nada disso é a sua cara.

— Vai virar a minha cara quando eu chegar.

— A questão é, tipo, por que ir para um lugar em que se encaixar dá tanto trabalho?

Só que era aquele o propósito do uniforme, não era? Não exigia que todos os dias da vida fossem uma declaração sobre seu carisma, singularidade, coragem e talento. E, de qualquer forma, eu não precisava me justificar para Shelby.

Eu me ajoelhei e revirei a mala. Mal tinha levado roupas de casa, mas ainda assim desejei não ter levado nenhuma. Nada serviria ali, já estava óbvio, e eu não queria que servisse. Não precisava me lembrar de casa.

Peguei uma blusa de moletom com as mangas puídas e uma bermuda esportiva da escola antiga, umas peças que comprara com Shelby no brechó, algumas camisetas e calças jeans que mal eram estilosas o bastante para Sacramento, e enfiei tudo no fundo do armário. Bati a porta e me recostei nela.

Olhei para o outro lado do quarto, o da minha colega. Evangeline nem me dissera o nome dela. A porta do armário estava escancarada, mostrando uma quantidade verdadeiramente excessiva de tênis e uma coleção de camisas de botão. Na mesa, havia um notebook chique coberto de adesivos. Ao lado dele, vi um exemplar gasto de *1000 filmes para ver antes de morrer*, as páginas todas dobradas e marcadas com post-its. Abri o livro para folhear e parei numa página sobre um filme do Hitchcock que eu nunca vira, as margens repletas de anotações aglomeradas. Olhei melhor para a letra, que me pareceu um pouco familiar.

— O que você está fazendo com as minhas paradas? Evangeline, eu juro que, se você...

— Desculpa, eu não...

Eu me virei para minha nova colega de quarto.

O conteúdo do meu estômago pareceu subir à garganta em um refluxo abrupto. A garota na minha frente era alta e magra, e usava calça jeans e camiseta. Seu cabelo cacheado resplandecia, caindo aos ombros, e os óculos escuros não escondiam o fato de ter as feições andróginas e delicadas de uma modelo, e eu a odiava completamente.

— *Taylor?* O que você está fazendo aqui?

Taylor estava boquiaberta. Mesmo com os óculos bloqueando seu olhar, dava para ver que as sobrancelhas estavam muito levantadas. Finalmente, ela conseguiu dizer:

— O que *eu* estou fazendo aqui?

Taylor fez um gesto, como se fosse dona do lugar. *Mas é claro.*

— Esse quarto é meu — falou. — O que *você* está fazendo aqui? *Você nem estuda aqui.*

Cruzei os braços. O horror da coincidência foi um soco na boca do meu estômago, e eu realmente não queria vomitar. De todos os vampiros de Harcote, eu acabara no quarto de *Taylor Sanger*. Taylor, cujos pais tinham nos expulsado para proteger a reputação da família. Taylor, que contara a eles a verdade quanto à transformação da minha mãe. Um dia, tínhamos sido melhores amigas, mas, depois daquela fatídica manhã, eu nunca mais ouvira falar dela, bem como eu desejava.

— Que esquisito deixarem alguém que *nem estuda aqui* vir morar no alojamento.

Recuei ao meu próprio território, do outro lado do quarto, enquanto Taylor avançava para a cama e se largava lá. Ela parecia esguia e magra, como sempre, mas tinha ficado mais alta e, sentada na cama baixa com o rosto entre as mãos, seus braços e pernas compridos eram cheios de ângulos.

— Nem acredito que vou dizer isso, mas e a Evangeline?

— Eu ia dividir quarto com Lucy, e elas me pediram para trocar. Obviamente, não sabia para que quarto ia mudar — falei, sacudindo a cabeça. — Como foi que eu nunca nem pensei que poderia te encontrar aqui?

— Onde mais eu estaria?

Taylor tirou os óculos, e vi o rosto dela pela primeira vez desde os treze anos. Ela tinha desenvolvido maçãs do rosto mais pontudas, e sobrancelhas mais grossas, que ainda formavam duas linhas retas sob a testa. Apesar de ela não me olhar de frente, eu sabia que, sob o volume de cílios, os olhos teriam o mesmo tom castanho com reflexos dourados.

— Harcote é o único colégio de vampiros do país — disse ela.

— Alguns de nós estudam entre os humanos.

Aquilo fez Taylor se calar por um minuto. Ela se jogou de costas na cama, apoiou o braço acima da cabeça e olhou para o teto inclinado. Só então notei que ela pregara uma bandeira arco-íris, do orgulho LGBTQIAP+, naquela parte do teto.

— Você é... — comecei, e me interrompi.

Eu não estava surpresa — ninguém que a conhecesse ficaria surpreso por Taylor não ser hétero, especialmente ao vê-la naquele momento. No entanto, senti uma espécie de mágoa por ela nunca ter me contado. Quantas vezes tínhamos prometido que não teríamos segredos?

Por outro lado, olha só aonde aquela promessa tinha me levado.

Taylor percebeu que eu tinha notado a bandeira.

— Se for ser um problema para você, pode ir se foder.

— Eu adoraria ir me foder, mas não é nada disso — falei, olhando-a com irritação. — Que pronome você usa? — acrescentei, porque tenho modos.

Ela estreitou o olho ainda visível sob o cotovelo, como se fosse alguma armadilha. A cada segundo que Taylor demorava para responder, minha boca ficava mais seca e minhas mãos mais suadas. De onde eu vinha, os jovens falavam de pronomes o tempo todo. Se Taylor estivesse ofendida pela pergunta, podia ser ela a se foder. Eu me virei para a mala praticamente vazia.

— Eu uso ela/dela — falei. — Caso você queira saber.

— Eu também — respondeu Taylor. — Ela/dela.

Eu me obriguei a me concentrar na organização da cestinha de cosméticos. Eu não sabia o que Evangeline tinha contra Taylor, mas de uma coisa tinha certeza: Taylor não estragaria um segundo sequer do meu tempo em Harcote, não depois de já ter estragado tanto da minha vida.

— Estou tão infeliz com essa situação quanto você. Não vamos ser amigas. Só peço para você não estragar isso para mim — falei, olhando para ela por cima do meu ombro. — Prometa que não vai contar nada de mim para ninguém.

— *Ka-the-ri-ne Finn* — disse Taylor, arrastando meu nome como sempre fazia quando criança, se demorando no "e" que a maioria das pessoas ignorava completamente.

— Não me chame assim. Você sabe que é Kat.

— Não se preocupe — disse Taylor, rolando para fora da cama antes de pegar os óculos escuros e sair pela porta. — Vou te deixar em paz.

5

TAYLOR

Desci a escada da Hunter dois degraus por vez até sair pelo gramado, correndo na direção da quadra esportiva, sem motivo além da necessidade ardente de estar em *outro lugar*. A reunião da residência começaria em breve, e Radtke ficaria furiosa se eu me atrasasse, mas ela já vivia furiosa comigo de qualquer jeito.

Naquele momento, eu precisava era me recuperar da porrada que o destino me dera.

Cacete, Katherine Finn.

Na minha escola.

Na minha casa.

No meu quarto.

A ideia de morar com Evangeline tinha sido tão atraente quanto viver ao lado de um escorpião enfiado em pele humana, mas aquilo, impossivelmente, era *muito pior*.

Acabei no campo vazio de lacrosse, a grama de um verde tão alegre que, dada a situação, chegava a ofender. Fui batendo os pés até o último andar da arquibancada de metal, e me joguei de costas fazendo barulho. O metal estava quente.

Deveria haver algum tipo de lei contra aquilo, tipo uma prescrição. Se fizesse três anos que sua melhor amiga tinha desaparecido sem nem se despedir, você não seria obrigada a morar com ela. Se a última comunicação com a pessoa em questão fosse uma mensagem que dizia *Nunca mais quero falar com você*, não se esperaria que você passasse nove meses dormindo em uma cama a menos de um metro da dela. Se você não fizesse ideia do que dera errado, mas estivesse disposta a aceitar que provavelmente era mesmo sua culpa, não teria que revisitar uma das piores épocas da sua vida.

Obviamente vivíamos em um mundo sem justiça, pois tais leis não existiam.

Não era que eu nunca tivesse imaginado que Kat pudesse aparecer em Harcote. Eu imaginara exatamente a mesma situação aproximadamente um zilhão de vezes, e admito que, em mais de uma ocasião — tá, muito mais de uma —, não conseguira resistir a dar uma olhada nas redes sociais dela. Não era como se eu não soubesse que ela ainda deixava comprido o cabelo sedoso e castanho-arruivado, que na luz certa brilhava em vermelho, nem que ainda tinha as mesmas bochechas redondas que encolhiam os olhos dela ao sorrir. No entanto, nada disso me preparara para de fato *ver* Kat de novo, para a sensação daqueles olhos cor de mel, daquelas íris esverdeadas, ardendo de pura fúria ao me reconhecer.

Eu a vi parada ali e, de repente, senti os contornos do meu coração, tremendo no meu peito que nem um coelhinho apavorado, à espera da morte. *Deve ser assim que os humanos se sentem*, pensei, *logo antes de serem hipnotizados*.

Bati com o pé na arquibancada, um baque que reverberou pelo meu crânio.

A gente se conheceu quando ela tinha nove anos e eu tinha acabado de fazer dez. Ficamos inseparáveis logo de cara. Ela era a única pessoa com quem eu queria estar, e sei que ela sentia exatamente o mesmo por mim. Bem, a partir de certo ponto, não era mais *exatamente* o mesmo, mas nem eu entendia o verdadeiro significado do que eu sentia na época. Até que, um dia, ela e a mãe simplesmente *foram embora*, desapareceram com todos os seus pertences. Sem explicação, sem despedida.

Eu nunca tinha me sentido tão mal, como se tivesse uma ferida aberta no peito, incapaz de sarar. Quando minha mãe me contou que as Finn tinham ido embora, eu enterrei a cara no travesseiro para chorar e lá fiquei até não restarem mais lágrimas. Meu sofrimento devia ter sido especialmente grave, porque até minha mãe — cuja capacidade emocional se assemelhava à de uma tartaruga de trezentos anos — chegou a tentar me reconfortar. Eu ainda não tinha saído do armário para ela na época, mas poderia jurar que ela sabia o que estava acontecendo.

Era coração partido.

Aproximadamente 33 meses sem nenhuma comunicação não tinham feito nada para mudar o fato de que Kat tinha a dúbia honra do título de Primeira Paixonite de Taylor Sanger. Vê-la outra vez — *no meio do quarto que íamos passar meses dividindo* — tinha confirmado esse título com a sutileza de uma marretada.

Eu me levantei um pouco, apoiada nos cotovelos, e olhei para a quadra do conjunto residencial feminino. As reuniões das residências talvez já tivessem começado. Ajeitei os óculos no rosto e voltei a me deitar.

Não era como se Harcote oferecesse muitas oportunidades de substituir Primeira Paixonite por Primeira Namorada. A única outra garota queer assumida que eu tinha conhecido no colégio estava no quarto ano quando eu estava no primeiro, e era maneira demais para saber da minha existência; desde que ela se formou, sigo reinando invicta no cargo de Lésbica Oficial do campus.

Honestamente, o posto tinha suas vantagens, como as garotas que perguntavam discretamente se eu queria beijá-las. Elas nunca queriam saber se eu queria beijá-las de verdade — só supunham que eu queria, porque Sapatão É Assim —, mas era o jeito delas de dizer que gostariam de tentar me beijar. Como se estivessem me fazendo um favor. Algumas chegavam a acrescentar algum comentário sobre estarem curiosas, quererem saber se era diferente com garotas. Não que eu desse a mínima para a motivação delas; eu não era terapeuta delas, nem mesmo amiga.

Obviamente, eu sempre as beijava mesmo assim.

Por que não deveria me divertir um pouco? Elas estavam se aproveitando de mim, claro, mas era bom vê-las reconhecer que eu tinha algo que elas desejavam. Além do mais, era gostoso demais ver as harcotinhas perfeitinhas com medo de fazer algo que não deveriam — mesmo que fosse uma doideira do caralho elas acreditarem que beijar garotas se encaixava em tal categoria.

A desvantagem óbvia era que nenhuma dessas garotas se tornaria cliente fiel da Barraca do Beijo da Taylor. Elas normalmente deixavam isso claro logo que o beijo acabava, então o que vinha depois era menos divertido. Havia uma alquimia cruel naqueles pequenos lembretes. Transformavam uma conquista divertida em uma rejeição de alguém que eu nem quisera para começo de conversa. A maioria das garotas cumpria o prometido: um beijo, e estava resolvido.

Exceto por uma. Eu não conseguia entender o sentido de implorar para alguém tirar seu sutiã e depois fingir que a pessoa era o horror da sua existência, mas, sinceramente, muito do que Evangeline fazia fugia à minha compreensão.

Mas e se Kat pudesse mudar aquilo tudo?

Se controla, pensei, me endireitando tão rápido que fiquei até tonta. Kat não tinha brotado de um sonho para virar minha *namorada*. Até *pensar* na palavra *namorada* me parecia idiotice. Na vida real, Kat nem queria me *conhecer*, muito menos ser minha amiga. Além do mais — e disso eu me lembrava vividamente —, Kat era hétero. Meu sexto sentido lésbico saberia se não fosse.

Eu me permiti sorrir, pelo menos um pouquinho, ao pensar nela me pedindo meu pronome. Nunca ouvira tal pergunta de vampiros, apesar de saber que podia ser comum entre certos humanos. No entanto, aquilo só indicava que Kat passara muito tempo entre humanos. Ela podia ser diferente das outras garotas de Harcote por enquanto, mas não continuaria sendo por muito tempo. Seria burrice esperar outra coisa.

E eu não era burra.

Pelo menos tentaria não ser, dali em diante.

Estalei os dedos e desci a arquibancada batendo os pés com mais força ainda, para cada passo ecoar pela quadra.

Eu me recusava a sair magoada, muito menos em Harcote, e muito menos por Katherine Finn.

6

KAT

No quarto, temporariamente livre de Taylor, comecei a andar em círculos. Não conseguia me acostumar à ideia de dividir aquele espaço com Taylor por um ano. Eu podia estar escovando os dentes: Taylor. Escrevendo no diário: Taylor. Estudando cálculo: Taylor de novo. Seria que nem viver assombrada por um fantasma projetado especificamente para me impedir de esquecer justamente aquilo que eu queria deixar para trás ao vir para Harcote. Eu só podia torcer para ela ficar de matraca fechada quanto à minha família e me permitir seguir em frente.

Eu já não tinha mais tempo sobrando para surtar. A reunião da residência começaria em poucos minutos e, logo depois, seguiríamos para o primeiro Jantar Formal do ano. O código de vestimenta dos jantares era "semiformal elegante". Eu não sabia bem o que queria dizer, mas não fazia diferença. Remexi no armário, em busca do que o Benfeitor arranjara. O que encontrei foi preto.

Muito preto.

Tirei os vestidos do armário e os joguei na cama. Não tinha nada de errado com eles exatamente. Alguns eram perfeitamente adequados, se eu fosse uma bibliotecária deprimida, ou alguém muito obcecada por tarô. Levantei um monte de renda preta e passei dois minutos tentando encontrar as mangas antes de desistir. Outros eram inteiramente de outra era. Um deles tinha um espartilho de verdade, e parecia o uniforme de uma carpideira. Outro parecia perfeito para um teste de dublê da Elvira.

Franzi a testa olhando para a pilha de tecido escuro. Em casa, eu quase nunca usava preto. Como deveria escolher, se nada daquilo era a minha cara?

Peguei um dos vestidos que me parecia menos bizarro, vesti e me olhei no espelho. Eu parecia uma dama de honra sombria no casamento de Satanás. Abri a boca e tentei soltar minhas presas. Os incisivos estavam crescendo quase imperceptivelmente quando ouvi um rangido nas escadas e fechei a boca. Eu não deixaria Taylor me ver assim, insegura e vulnerável. Esperei ela irromper no quarto, um turbilhão, como fizera mais cedo.

Mas não havia ninguém na escada.

De repente, senti tanta saudade da minha mãe que foi quase insuportável. Queria contar a ela sobre Taylor, sobre como eu me sentia deslocada e assustada, e ouvi-la me garantir que eu era capaz daquilo.

Eu só não confiava mais nela para tal.

A situação entre a gente tinha ficado horrível desde a noite em que voltei do Donovan e disse a ela o que tinha feito. Eu esperava que ela acabasse cedendo e aceitando minha decisão, mas isso nunca aconteceu. Mal discutimos o fato de eu estar indo embora. Na verdade, mal conversamos. Ela nunca antes me tratara com tanta frieza. Afinal, só tínhamos uma à outra.

Quando finalmente nos despedimos na fila da segurança do aeroporto hoje de manhã, foi quase um alívio. No último abraço, parte de mim não queria soltá-la. No entanto, o ressentimento continuava ali, que nem uma coceira incômoda. Era *ela* o motivo para eu precisar fazer aquilo sozinha. Quando nos afastamos, ela tentou ajeitar uma mecha de cabelo atrás da minha orelha, mas me desvencilhei.

— Prometa que não vai se esquecer de quem é — disse ela.

— As pessoas mudam, mãe — respondi. E então me virei e fui embora.

Que diferença fazia minha mãe achar ou não que eu era capaz daquilo? Era o que eu estava fazendo, de qualquer jeito.

Eu me forcei a respirar fundo e endireitei os ombros para ajeitar o vestido.

Harcote era minha chance. Eu tinha apostado tudo. Tinha queimado minhas amizades e jogado uma granada no relacionamento com a minha mãe. Precisava que desse certo.

Olhei o reflexo e me concentrei nas presas. Com o incômodo de um músculo atrofiado, elas desceram: mal compridas o suficiente para chegar às gengivas de baixo, quase translúcidas de tão brancas, e perigosamente afiadas.

Não dava para saber se a sensação era anormal, ou só desconhecida. No entanto, era prova de que eu tinha passado tempo demais escondendo meu vampirismo, que Harcote era mesmo meu lugar.

Treinei de novo e de novo na frente do espelho, até não sentir mais o desconforto.

A área comunal do primeiro andar da residência Hunter era uma série de salinhas aconchegantes. O escritório era forrado de estantes e continha uma mesa de madeira comprida e luminárias verdes. No fundo da casa ficava um espaço mais casual, com sofás e um projetor para filmes. A sala de estar principal tinha uma moldura de lareira enorme (mas a lareira em si era fechada por tijolos, pois vampiros são facilmente inflamáveis), e estava repleta de sofás e poltronas confortáveis. Era agradável. *Muito* agradável. Eu me via encolhida em uma das poltronas, estudando, ou acordada até tarde para ver um filme com meus novos amigos ainda desconhecidos. Talvez eu pudesse evitar ficar no quarto a todo custo.

Ao pé da escada, analisei as garotas aglomeradas na sala. As residências agrupavam alunas de todos os anos. As do quarto ano estavam sentadas umas por cima das outras, tentando dividir um sofá de couro de braços altos que claramente era Território Veterano. As calouras não falavam com ninguém, e usavam roupas escolhidas pelos pais. As do segundo e do terceiro estavam misturadas.

Entretanto, todas elas — *cada uma delas* — eram um absurdo de lindas. Minha boca ficou seca.

Quando conheci Evangeline e Lucy, supus que elas deveriam ser as meninas mais bonitas da escola. Raridade era a única coisa que fazia sentido para aquele grau de beleza. Mas, ao olhar para aquela sala cheia de garotas, parecia que Evangeline e Lucy eram até *normais*.

Vampiros adultos eram atraentes de um jeito peculiar, mas normalmente era mais questão de carisma do que de aparência física. Quase todos tinham nascido humanos: a transformação só podia melhorar a aparência que já tinham antes. Os alunos de Harcote eram diferentes: vampiros Sangue-Fresco tinham nascido assim, e dava para notar.

Aquelas garotas eram lindas de um jeito devastador e avassalador, que dificultava até pensar. Todas pareciam possuir formas únicas de perfeição. Cabelo sedoso, cílios volumosos, bocas desenhadas. Até o corpo delas — que eu estava me esforçando muito para não reparar, já que seria grosseria — era espetacular. Assim, elas eram *gostosas*. Não era nem que fossem todas iguais — algumas eram mais magras, outras mais gordas, umas musculosas, outras cheias de curvas, que nem as garotas da minha antiga escola. Só que havia algo de gracioso, específico e marcante em todas elas, como se cada uma fosse sua versão mais plena. Parecia que eu tinha tropeçado em uma reunião de deusas júnior ou princesas desaparecidas, todas chegadas em Harcote de ilhas paradisíacas próprias, e não do aeroporto internacional de Sacramento, que nem eu.

Mas aqui estava eu, entre elas. Toquei cuidadosamente minha mandíbula. Será que *eu* tinha aquele efeito nas pessoas?

Sempre me diziam que eu era bonita. Para ser sincera, não precisavam me dizer; eu sempre soube, como sabia que tinha duas pernas, dois braços e presas, e que também não fizera nada de especial para adquiri-las. Não que isso impedisse desconhecidos de comentarem as partes do meu corpo que acreditavam ser de seu direito. Até Guzman e Shelby implicavam comigo por eu nunca ter passado por uma fase desengonçada. Ser bonita — e especialmente ser uma menina branca e bonita — trazia privilégios. No entanto, eu ainda sentia que cada dia da minha vida era uma fase desengonçada, e que minha aparência só tornava mais difícil disfarçar quem eu era.

Em Harcote, eu não precisaria disfarçar nada.

Uma parede de tecido preto desbotado, fedendo a naftalina, surgiu no meu caminho.

— Senhorita Katherine Finn? — perguntou a mulher.

— Pode me chamar de Kat — respondi.

— Sou a intendente da residência Hunter, sra. Radtke. É um prazer conhecê-la.

A sra. Radtke parecia que tinha saído direto do livro *Grandes esperanças*. O cabelo estava penteado em um coque elegante, preso por pentes de marfim, e ela usava um vestido longo que arrastava no chão, com anquinha e gola alta de renda. O espartilho era bordado com contas esculpidas na forma de crânios humanos. Tudo nela — o tecido do vestido, o cabelo, a pele — tinha o tom seco e cinzento de pó. Era impossível adivinhar sua idade: ela parecia uma múmia, mas os olhos mal tinham rugas.

Em suma, ela era a figura mais gótica que eu já tinha visto.

— Seja bem-vinda ao Colégio Harcote — continuou a sra. Radtke, seca. —, Evangeline registrou uma mudança na divisão dos quartos, e a partir de agora a senhorita residirá no 401, junto a... Taylor Sanger. Correto?

A voz da sra. Radtke azedou um pouco ao falar o nome de Taylor. Evangeline e Lucy não deveriam ser as únicas com quem ela não se dava. Confirmei com a cabeça, e ela fez uma anotação rápida a lápis na agenda de capa de couro.

— Pedi a Lucy para auxiliar em sua orientação — disse a sra. Radtke, a chamando.

Lucy tinha trocado de roupa e agora usava uma frente-única azul-bebê com saia de cintura alta combinando, o cabelo liso preso em um rabo de cavalo alto. Era definitivamente um pouco exagerado, mas ficava mais do que bem nela. Remexi na barra de renda da manga do meu vestido. Em comparação com Lucy, eu parecia uma agente funerária de folga.

A roupa de Lucy tinha um efeito muito diferente na sra. Radtke.

— Srta. Kang, é preciso insistir em usar uma vestimenta tão ultrajante no primeiro Jantar Formal do ano?

— Nossa, nunca que eu faria isso, srta. R! Vou vestir isso aqui antes de sair.

Lucy mostrou uma bola de pele felpuda azul-bebê, e me pegou pelo braço, me puxando para longe. O sorriso doce sumiu de seu rosto.

— A filha da puta da Radtke me deixa doida. Ela é uma vatra total.

— Como assim, vatra?

Lucy me olhou de soslaio.

— Vampira tradicional? Sabe, esses doidões retrô com cara de casa assombrada. Parece até que Nosferatu foi um guru e não um personagem fictício totalmente inventado.

Nitidamente todo mundo sabia daquilo, menos eu.

— De onde eu venho, hum, a gente chama por outro nome. Escuta, sei que pode soar esquisito, mas você me parece muito familiar. A gente se conhece?

— Escuto muito isso.

Lucy pegou a ponta do rabo de cavalo e piscou com um dos olhos.

Eu congelei.

— Nossa. Que vergonha... você é a LucyK, né?

Todo mundo na minha antiga escola, especialmente Guzman, era obcecado pela LucyK. Os vídeos dela não eram nada demais, mas as pessoas a *amavam*. Eu tinha amigas que usavam o mesmo batom da LucyK, compravam os moletons que LucyK usava nos vídeos, imitavam as poses das fotos da LucyK. Guzman um dia chegara a dizer que sentia que eles eram praticamente amigos. Nunca tinha me ocorrido que ela poderia ser vampira.

— Eu sigo você, tipo, em *tudo* — falei.

— Que amor! — disse Lucy, fazendo biquinho. — Meus seguidores vampiros são muito especiais. Com humanos, nunca dá para saber se o apoio é sincero, mas com vampiros eu sei que é de coração.

— Como assim, se é sincero?

— Carisma vampírico é uma ferramenta de marketing e tanto — disse Lucy, sacudindo o rabo de cavalo por cima do ombro. — Eu fui a primeira vampira a usar esse talento para virar influencer. Já sou especialista. Todos os meus seguidores sentem uma *conexão* comigo. — Ela riu. — Às vezes eu penso no poder que tenho sobre eles e, tipo, aaaaaaah, é tão intenso, né?

Lucy não estava fazendo um bom trabalho em fingir sentir qualquer coisa além de êxtase com a ideia. Eu estava tentando decidir o que dizer quando a sra. Radtke chamou nossa atenção.

— Sejam bem-vindas à residência Hunter e, às nossas novas alunas, sejam bem-vindas a Harcote — disse ela, e a porta se fechou com um rangido quando Taylor entrou. — As meninas ao seu redor serão sua família pelo próximo ano. Vocês estudarão juntas, morarão juntas, comerão juntas. Esperamos que as amizades formadas na residência sejam fortes a ponto de durar pelo resto de suas vidas imortais.

"Esperamos muito de vocês em Harcote. Vocês são as Melhores das Melhores, e nosso padrão é alto, tanto no comportamento pessoal quanto no desempenho acadêmico. É esperado que vocês respeitem as regras e os princípios do colégio em tempo integral, de acordo com o Código de Honra. Nosso toque de recolher vai de dez da noite às seis da manhã, com a única exceção dos passes de fim de semana, que eu aprovo pessoalmente. E, sem exceção alguma, a presença de garotos na casa é *proibida*."

A sala irrompeu em gemidos e resmungos. Olhei de relance para Taylor, que tinha contorcido o corpo comprido para se sentar em um parapeito estreito que não servia de assento. Ela estava sorrindo; ficar trancada em uma casa cheia de garotas não era o mesmo tipo de tortura para todo mundo.

A sra. Radtke bateu palmas e as garotas se calaram.

— Espero que todas vocês ajam como damas o tempo inteiro. Se não puderem ser convencidas a evitar passar vergonha, considerem que o mau comportamento tem impacto nas suas colegas de residência, em mim, em Harcote, e, na verdade, em toda a Vampiria — disse a sra. Radtke, com um esforço caprichado para sorrir. — Agora, temos novas alunas a acolher na família Harcote, inclusive uma nova estudante no nosso terceiro ano.

Ai, não, não, não, não.

— Por favor, se apresente, Kat Finn.

Vinte e três pares de olhos se viraram para mim, em rostos perfeitamente simétricos.

Fiquei com a boca seca de novo. Não deveriam ter me avisado disso antes? Porque definitivamente *não tinham* me avisado disso antes.

— Oi, sou a Kat, prazer. Sou de Sacramento. Estou muito animada por estar aqui — falei, meu cérebro desconectando da boca de forma suave, mas firme. — É uma oportunidade incrível, e mal posso esperar para conhecer todo mundo. Hum, viva Harcote!

O silêncio que se seguiu foi profundo e perturbador. Durou tempo o bastante para eu me perguntar se era possível desmaiar de vergonha. Apesar de eu estar de costas para ela, eu tinha certeza que Taylor estava se esforçando para não gargalhar.

A sra. Radtke pôs fim ao meu sofrimento:

— Que maravilha. E agora, as calouras. Lembrem-se de que o jantar começará logo, então não sintam como se precisassem recitar um discurso tão animado quanto esse.

Depois da reunião, Lucy e eu nos juntamos a Evangeline na caminhada ao refeitório. Elas mantiveram distância das outras duas alunas do terceiro ano na Hunter, além de Taylor. Anna Rose Dent e Jane Marie Dent eram gêmeas idênticas que pareciam universitárias cristãs do sul.

— Tão esquisitas — resmungou Evangeline. — Sabe quando gêmeas ficam, tipo, íntimas *demais*?

Eu não sabia ao que ela se referia, mas fiquei feliz por não falar com as meninas Dent. Elas me lembravam das garotas da minha antiga escola que argumentavam com "mas todas as vidas importam!" em conversas sobre violência policial.

— Não deixe Radtke e as Dent te passarem a impressão errada — continuou Evangeline enquanto acompanhávamos as trilhas de tijolinho que cruzavam o campus. — A maioria de nós não são vatras nem nada. Tipo, talvez as meninas Dent sonhem com caçar humanos...

— Que *horror*, e que nojento — acrescentou Lucy, e entramos na fila de alunos na entrada do refeitório, esperando para consultar o mapa de assentos.

— ... mas eu sonho com estudar em Yale, sabe? A maioria dos meus colegas seria humano.

Era um alívio ouvir aquilo.

— Antes de vir para cá, eu na verdade frequentava, hum, acho que posso dizer que era uma escola humana — falei.

— Jura? — disse Lucy. — Tipo uma escola comum?

— Tipo uma escola pública comum.

Sorri, feliz por ter dito algo que as impressionava.

Os olhos azul-piscina de Evangeline cintilaram.

— Mas essas escolas não são meio toscas?

— Assim... minha antiga escola não era tão boa quanto essa.

Quando Evangeline foi conversar com as garotas na nossa frente, Lucy abriu um sorriso que aqueceu meu peito.

— Estou sendo uma péssima orientadora! — exclamou. — Veja, tem dois Jantares Formais por semana, e sua mesa é a mesma durante ano todo. Misturam garotos e garotas de todos os anos, além de um membro do corpo docente. É um saco total. Nas outras noites, a gente pode comer o que quiser. Normalmente, a gente sai para jantar umas sete, se quiser vir com a gente.

— Obrigada, seria ótimo — falei. — Fico mesmo muito agradecida por tudo que você está fazendo por mim.

Lucy se aproximou, estreitando os olhos.

— Fica a dica, Kitty Kat, tenta segurar essas merdas de *muito obrigada* e *estou tão feliz de estar aqui*. Ninguém quer sentir que você é de dar dó, sabe? Só relaxa.

Eu sabia que estava com a aparência devastada. Dava para sentir a fraqueza no rosto, os olhos arregalados, e me senti horrível, como se tivesse pulado do trampolim e meu biquíni tivesse desamarrado.

— Claro, saquei — gaguejei. — Obrigada pela dica. É só o nervosismo do primeiro dia.

— É para isso que servem as amigas — disse Lucy, e se virou para abraçar as meninas com quem Evangeline estava conversando.

De dar dó.

Em cinco minutos de conversa, elas sacaram que eu não era como elas. Eu precisava agir melhor. *Ser* melhor.

Chegamos à frente da fila. Evangeline folheou a lista de assentos e apontou o papel com uma unha vermelha afiada.

— Olha quem está na mesa da novata.

Lucy olhou por cima do ombro dela e soltou um gritinho.

— *Não.*

— Quem?

Tinha que ser Taylor, de novo Taylor, *sempre* Taylor. Pensar em jantar na frente dela duas vezes por semana, sendo que já tínhamos que morar no mesmo quarto, tirava meu apetite.

Lucy me olhou de frente e declarou, com seriedade:

— Galen Black.

Olhei de relance para a placa de metal presa ao prédio ao nosso lado: REFEITÓRIO SIMON E MEERA BLACK.

— Galen Black tipo... da Fundação Black?

Sem responder, Evangeline largou a lista de volta na mesa. As duas se endireitaram, jogando o cabelo para todo lado e ajeitando os vestidos. Olhei para o que tinha chamado a atenção delas.

Não era difícil notar: garotos.

Grupos de garotos subiam a trilha vindo do conjunto residencial masculino. Os calouros estavam mais ou menos na mesma fase de transição estranha de humanos de quatorze anos, mas era óbvio que não duraria muito. Os garotos Sangue-Fresco descendo a trilha lembravam mais os homens escalados para o papel de adolescentes em um elenco de televisão do que os adolescentes de verdade com os quais eu estudava. Dava vontade de usar uma expressão como *passos largos* para descrever seus movimentos. Nenhum deles era magricela, nem desengonçado. Em vez de acne ou pelos desgrenhados na cara, tinham a pele lisa, exceto por alguns que deixavam a barba por fazer só para exibir que tinham barba. Tinha muito produto para cabelo envolvido, alguns segurando penteados que teriam ficado ridículos em reles mortais. Como era de se esperar, alguns usavam gravatas cômicas ridículas ou roupas propositalmente descombinadas, mas todas as peças caíam perfeitamente, exibindo ombros largos e bíceps marcados nas mangas do paletó. Quando eles se aproximaram, uma névoa de perfume masculino-montanhoso-extremo-refrescante nos envolveu devagar.

— Galen não mudou nada desde o ano passado — disse Evangeline.

Eu não fazia ideia de quem era Galen — quem sabe o jogador de lacrosse que Guzman achara gato? Honestamente, por mais bonitos que fossem, os garotos eram difíceis de distinguir.

— É melhor não mudar mesmo — disse Lucy, ajeitando nos ombros o tecido felpudo azul, que no fim das contas era só um casaquinho curto. — Se aquele garoto ficar mais gostoso, vai explodir... Aaah, ele tá olhando pra gente.

Um garoto de cabelo escuro, um pouco mais alto que o resto e vestido todo de preto, virou a cabeça para nós. Evangeline o olhou, fazendo biquinho.

— Vou entrar — disse ela, e empurrou a porta, os saltos ecoando no chão de mármore polido.

Lucy me pegou pela mão e me puxou junto.

— Não se emocione demais com o Galen, Kitty Kat. Ele e Evangeline vão terminar juntos.

O sr. Kontos, um professor de ciências que usava óculos e um bigode espesso, era o responsável pela minha mesa. Ele emanava um astral de nerd inveterado, e me perguntou como eu estava me adaptando. Gostei dele na hora.

Em vez de outra construção antiquada que nem o Salão Principal, o refeitório era moderno, todo cheio de janelas, ângulos retos, tinta branca e madeira clara. Do outro lado da sala, notei os cachos de Taylor. Ela estava largada na cadeira, mexendo a colher como se não desse a mínima para nada daquilo — o jantar, os outros alunos, a própria vida. Taylor estava mordendo o lábio e, de repente, lembrei que ela fazia aquilo quando estava concentrada, ou nervosa. Ela levantou o rosto abruptamente e encontrou meu olhar, como se soubesse exatamente onde eu estaria, e que estaria olhando pra ela. Desviei o olhar o mais rápido possível.

— Quem é você?

O lugar à minha frente tinha acabado de ser ocupado por um garoto-vampiro de cabelo escuro e um metro e oitenta.

O sr. Kontos estalou a língua.

— Galen, te mataria ter um pouco de educação?

— Não me mataria, sr. Kontos. Sou um dos sempre-vivos, nunca-mortos.

Galen me olhou com atenção. Seus cílios eram grossos e escuros, os olhos de um tom marcante de cinza esfumaçado — lindos, de um jeito óbvio. Ele inclinou um pouco os cantos da boca, mas não parecia que sorria para mim. Era como se sorrisse só para si.

— Meu nome é Galen Black — falou.

— O meu é Kat. Sou nova, entrei agora no terceiro ano.

Galen arqueou uma sobrancelha escura. Era o ideal platônico de uma sobrancelha arqueada. Ele tinha o estilo vampírico clássico: cabelo preto volumoso e levemente ondulado, em um comprimento que ameaçava cobrir o rosto com mechas charmosas. A pele era marrom-clara, mas um pouco mais escura, quase arroxeada, sob os olhos. As olheiras poderiam fazê-lo parecer doente, mas, na verdade, acabavam enfatizando seu ar de arrogância, como se ele tivesse acabado de acordar de um cochilo e preferisse voltar a dormir. O rosto dele era perfeitamente simétrico, até o queixo quadrado. Assim como eu, usava roupas pretas; parecíamos vestidos para o mesmo enterro.

— Eu gosto de coisas novas — falou devagar.

A voz afetada dele provavelmente deveria ser sexy, mas, na verdade, era só nojenta. Era *aquele* o cara que todo mundo desejava?

Na mesma hora, um servente humano chegou à nossa mesa, trazendo uma sopeira de prata. Fiquei paralisada. Antes daquele dia, eu nunca tinha encontrado humanos hipnotizados. Como deveria agir com eles? Com base na expressão dos outros quando o sr. Kontos agradeceu o servente que trazia nosso Hema, parecia que não se esperava nem o mínimo da educação.

Mas esqueci tudo isso quando o sr. Kontos tirou a tampa da sopeira. Minha cabeça entrou em curto. O ar se encheu do cheiro marcante de Hema quente: metálico, um pouco adocicado, um pouco salgado, com um leve toque químico que o distinguia de sangue de verdade.

Ele mergulhou uma concha no líquido espesso e saboroso, emanando uma nuvem de vapor. A tontura já conhecida zumbiu na minha cabeça e senti um aperto no estômago. Eu não comia desde aquela manhã, uma era e muitos fusos horários antes. O sr. Kontos serviu as tigelas, e Galen e eu as distribuímos pela mesa. A cada uma que eu passava, a fome enfiava as garras mais fundo nas minhas costelas. As porções individuais eram tão generosas — será que haveria o suficiente para todos?

Quando o aluno ao meu lado foi servido, arrisquei olhar para a sopeira. Certamente só restariam os resquícios coagulados. Meu queixo caiu: ainda tinha metade. Parecia impossível — dezenas de milhares de dólares de Hema deveriam estar fumegando naquelas sopeiras. Pensei na nossa geladeira vazia, nas visitas ao Donovan, no fedor de Hema quase podre. E, além de tudo, o medo de passar fome, e do que faríamos se a fome fosse demais. Quantos daqueles vampiros já tinham sentido aquilo?

— Tudo bem, Kat? — perguntou o sr. Kontos.

— É só que é tanto Hema...

Assim que falei, me arrependi. O que Lucy tinha avisado mesmo?

— Quer dizer — acrescentei —, espero que não desperdicem as sobras, considerando os preços exorbitantes determinados pela CasTech.

— Victor Castel doa Hema à escola diretamente — disse Galen, como se isso tivesse alguma relação com o que eu estava dizendo.

Franzi as sobrancelhas. Certamente, considerando a mensalidade de Harcote, o colégio podia alimentar os alunos sem doação. Os pais de Galen eram os maiores filantropos de toda a Vampiria. Eu esperava que ele entendesse.

— Seria legal se ele garantisse que todos os vampiros tivessem o mesmo acesso.

— Ele garante — disse Galen, seco. — Vampiros só têm acesso a Hema porque Victor Castel inventou o produto. Nossa espécie teria sido extinta pela doença se não fosse por ele.

Levei a colher à boca (depois de ver todo mundo fazer o mesmo; em casa, a gente bebia da caneca) e senti o primeiro gole de líquido quente lamber meu estômago. Eu não podia deixar Galen me afetar, mesmo que falasse comigo como se eu fosse criança.

— Todo vampiro vivo sabe o que Victor Castel fez. Sou agradecida pela existência de Hema. Mas um produto tão essencial quanto o substituto de sangue não deveria ser tão caro. Ele poderia vender por um preço mais acessível.

— Isso é alguma novidade reunionista?

Eu não fazia ideia do que era reunionista, mas, pelo tom de desdém na voz de Galen, não queria me envolver.

— É só minha opinião — falei.

— O preço de Hema é completamente justo.

Eu duvidava que Galen soubesse qual era o preço. Ele não parecia já ter precisado pechinchar por uma garrafa de sangue em um beco fedendo a mijo.

— Victor Castel é generoso — acrescentou —, mas não faz caridade.

— Você acabou de dizer que ele doa esse Hema para Harcote. Isso não é caridade? Me parece bem hipócrita.

Galen se enfureceu.

— Não ouvirei ofensas ao meu presancestral.

Quase engasguei.

Victor Castel era *presancestral* de Galen? Eu, uma zé-ninguém, estava discutindo com alguém cujo pedigree vampírico tinha linha direta com *o vampiro mais importante de todos*. Não só Victor Castel inventara o substituto de sangue vendido como Hema, era um herói por causa disso. Vampiros só tinham sobrevivido ao Perigo porque ele e sua empresa, CasTech, tinham conseguido distribuir Hema bem a tempo.

A garota do quarto ano ao lado dele deu uma olhada no celular.

— Nove minutos e trinta e quatro segundos. Parabéns, Galen. Por sua causa, acabei de ganhar cem dólares.

Levei o guardanapo à boca por um segundo para me recompor. Eu não fui a Harcote para brigar por preços mais justos para Hema. Fui ido a Harcote para, um dia, não precisar mais pensar sobre esses preços. O primeiro passo para isso era me encaixar ali, o que nitidamente envolvia me dar bem com Galen.

— Ele é mesmo seu presancestral? — perguntei, tentando soar impressionada. — Como ele é?

Antes que Galen pudesse responder, o diretor Atherton se levantou da mesa na frente do salão e chamou nossa atenção. O rosto dele estava vermelho. Eu me perguntava se ele tinha qualquer emoção além de empolgação.

— Meninos e meninas, tenho um anúncio muito especial.

Estreitei os olhos. Na minha antiga escola, ninguém mais falava "meninos e meninas", já que excluía tanta gente.

— Como vocês sabem — continuou ele —, o Colégio Harcote tem a honra de receber o apoio do sr. Victor Castel. Vocês o conhecem como presidente da CasTech, responsável pela sobrevivência da nossa espécie, e inventor do substituto de sangue no qual nos refastelamos neste instante, além de presidente do nosso conselho administrativo. Mas é novidade que, neste semestre, para comemorar nosso vigésimo-quinto aniversário, um estudante de muita sorte poderá conhecê-lo de modo inteiramente diferente: como *mentor*.

Uma onda de animação percorreu o refeitório.

— É isso mesmo que vocês ouviram! O próprio Victor Castel será mentor de um estudante de Harcote este ano. Ele quer retribuir a nossa comunidade. O mentorado terá a oportunidade de se encontrar com o sr. Castel ao longo do ano, conhecer melhor a vida dele como um líder da Vampiria, e aprender um pouco sobre o que o espera na imortalidade. É uma oportunidade extraordinária, hein? E tudo que *vocês* precisam fazer é escrever uma redação a respeito do significado de Harcote em suas vidas — disse ele, sorrindo. — Sei que nosso comitê de seleção terá muita dificuldade de escolher só uma.

Quando me voltei para a mesa, vi que Galen provavelmente esperava que o sorriso irônico em sua boca perfeitamente esculpida parecesse animação. Eu não estava convencida. Ele estava apertando o maxilar com tanta força que todos os músculos do rosto pareciam tensos. Seus olhos de água e fumaça me encararam. Ele arqueou aquela sobrancelha insuportável.

— Talvez você possa descobrir pessoalmente.

7

KAT

Eu sempre adorei o primeiro dia de aula. Cadernos novos, agenda imaculada, o ano inteiro à minha frente. De todas as preocupações que eu tivera a respeito de entrar em Harcote, nenhuma envolvia o curso em si. Eu sempre tinha sido excelente aluna, e meus professores me amavam. Esperava que as aulas fossem exigir muito de mim, mas não além da minha capacidade.

No entanto, ao final da terceira aula do primeiro dia, estava começando a achar que tinha me superestimado.

Eu já tinha recebido mais lição de casa para uma noite do que recebia ao longo da semana toda na antiga escola. Teria teste de francês toda sexta-feira, problemas de cálculo toda noite, três dias para ler *A odisseia* de Homero inteira, e, além disso, o prazo da redação para a seleção de mentoria com Victor Castel.

Ao fim do dia, minha nova agenda já estava repleta de prazos. Enquanto procurava a biblioteca, esbarrei com Evangeline. Ela estava usando calça de montaria marrom-clara, justa que nem uma legging, e botas altas em couro bem engraxado. Trazia uma sela inglesa apoiada no quadril e uma vergasta na mão. Parte de mim não acreditava que tinha gente que usava roupas assim de verdade, mas outra parte, insistente, se perguntava se eu não deveria me vestir assim também, porque, na verdade, era até meio atraente.

— Vai cavalgar? — perguntei, porque era ótima em puxar assunto.

Evangeline mudou a sela de lado e sacudiu as ondas de cabelo preto lustroso.

— O estábulo fica fora do campus. Sou capitã da equipe equestre. Isso é para a nossa mesa.

— Que mesa?

— Da feira dos clubes.

Enfiei o polegar por baixo da alça da mochila.

— Isso é hoje? Já tenho muita lição de casa, e ainda nem comecei a redação da mentoria.

Evangeline balançou a vergasta, desprezando a ideia.

— Eu não desperdiçaria tanto tempo nisso.

— Achei que fosse meio importante — falei, desconfortável.

Ela levantou uma sobrancelha.

— E é, para um de nós. Galen é dentescendente de Victor Castel. Você sabe disso, né?

Revirei os olhos.

— Sim, já estive no mesmo ambiente que ele.

— Bem, Castel não tem Sangue-Frescos próprios... na verdade, dizem os boatos que ele não *pode* ter filhos. Por isso, Galen é seu único descendente. Então a mentoria obviamente é para ele.

Sacudi a cabeça.

— Que ridículo. Victor Castel não precisa fazer um concurso para ser mentor do único descendente.

— Não seja burra. Galen é o Escolhido. Ele vai liderar a Fundação Black um dia, e, pessoalmente, acho que Castel também quer que ele lidere a Cas-Tech. Só que ele não pode apenas anunciar que vai dar tratamento preferencial para Galen. Ninguém é o Melhor dos Melhores por causa de quem enfiou os dentes no pescoço do seu papaizinho cem anos atrás. Se é o Melhor dos Melhores por esforço.

— Então fazem um concurso para parecer que Galen ganhou de todo mundo — falei, devagar.

— Exatamente.

Aquilo só faria sentido se o lema da escola não fosse apenas uma metáfora inspiradora, e os Sangue-Frescos de Harcote fossem mesmo os Melhores dos Melhores. Considerando o preço da mensalidade, deveria haver dezenas de Sangue-Frescos que nem eu, que precisariam de um milagre para ter a oportunidade de entrar na concorrência da mentoria. Algo me dizia que Evangeline não seria capaz de esclarecer aquilo para mim, então, em vez disso, perguntei:

— Se a mentoria já é do Galen, por que *alguém* vai se dar ao trabalho de se inscrever?

Ela abriu um sorriso cínico.

— Somos todos responsáveis por manter a farsa, não é?

Fazia sentido. Eu já tivera sorte o bastante naquele ano, por causa do Benfeitor; não valia a pena exagerar e desperdiçar meu tempo com uma mentoria que nunca ganharia. No entanto, era difícil não me decepcionar.

Deixamos a sela no lugar certo, e Evangeline me apresentou aos grupos que se sentavam nas mesas montadas no refeitório: clubes de latim e mandarim, revistas literárias, uma sociedade de debate filosófico, e grupos de alunos interessados em história vampírica ou xadrez. Na minha antiga escola, quase ninguém tinha a oportunidade de se tornar jogador profissional de squash, de descobrir um planeta novo no clube de astronomia, nem de viajar à França com a sociedade gastronômica. Entre meu emprego e os estudos, eu mal tinha tempo para atividades extracurriculares, e era o mesmo caso da maioria das pessoas que eram próximas de mim.

Harcote era diferente. Além da equipe equestre, Evangeline também era do teatro. Ela estava planejando um monólogo sobre Joana d'Arc, em que teria o papel principal; tinha passado as férias escrevendo a peça. Lucy era presidente do clube de biologia marinha e capitã da equipe de tênis, Carolina Riser era uma violinista supostamente talentosa o bastante para tocar em concertos, e até as gêmeas Dent estavam envolvidas em uma espécie de incubadora de empreendedorismo. Só que, enquanto Evangeline falava, eu não conseguia parar de pensar na mentoria.

Ela não tivera nenhuma dificuldade de admitir que todo mundo fingia por Galen, para a Vampiria em si poder fingir que ele se esforçara em nome de algo que lhe fora dado de berço. Contudo, quanto mais eu pensava naquilo, mais me parecia que quase todo mundo em Harcote se beneficiava da mesma coisa. Harcote era *academicamente* de elite, mas, claramente, não era o único tipo de status valorizado pelo colégio. Para ter a chance de se provar como Melhor dos Melhores, era preciso nascer com pedigree vampírico chique, status social, e, principalmente, dinheiro. Tendo tudo isso a seu favor, quem não seria bem-sucedido?

— Tem algum tipo de clube com foco em justiça social? — perguntei a Evangeline.

— Tipo um clube de direitos humanos? — perguntou ela, franzindo o nariz bonitinho. — Ano passado, um veterano tentou montar um. Não lembro por que deu errado... acho que Atherton vetou. Honestamente, o que temos a discutir? Considerando o DFaC e o Hema, a gente nem caça mais, né? Essas coisas humanas de justiça social e política não são mesmo uma questão aqui.

Eu a encarei. Mesmo que Harcote fosse uma bolha isolada, justiça social era uma questão em todo lugar em que existisse *sociedade*.

— Estava pensando em, tipo... tipo Vidas Negras Importam? Na minha antiga escola, eu fazia parte do Coletivo de Alunos Antirracistas.

— Ah! — disse Evangeline, olhando ao redor da sala com certo desconforto. — Tem o Centro de Alunos Racializados, mas não é exatamente *para a gente*.

Acompanhei o olhar dela para uma mesa que não chamava muita atenção. Estavam lá um quartanista negro que eu conhecia, chamado Georges — falava-se George, o *s* do final era mudo —, e uma garota que eu não conhecia, e parecia latina. Olhei para as outras mesas.

— Georges não é o único estudante negro do colégio, é? — perguntei.

— É claro que não!

Evangeline listou alguns nomes de cada ano. No total, não passava de sete.

— É meio bizarro dar para listar todos de uma vez. A Vampiria deve ser mais diversa do que isso.

— Tá bom, Senhorita Política, é um colégio pequeno. Provavelmente consigo listar o nome de *todos* os alunos, ponto. E Harcote é bem diverso. Lucy é chinesa, e Galen é indiano.

— Ah, é?

— Bom, metade, pelo lado da mãe. O pai dele é britânico — disse ela. — Ah, esqueci do Ação Climática Já! Todo mundo faz parte desse clube.

Já era melhor do que nada.

À noite, fui jantar com Evangeline, Lucy e algumas garotas das outras residências. Muito depois de acabar o Hema, continuamos conversando para que elas pudessem discutir todas as fofocas importante do ano anterior. No entanto, com o relógio chegando às onze, e aproximadamente trinta milhões de páginas de *A odisseia* ainda me aguardando, o pescoço pendendo de sono era a única coisa me mantendo acordada.

— A Operação Puxa-Saco é exaustiva assim? — disse Taylor.

Ela estava deitada na cama, vendo alguma coisa no computador. Parecia ser sua ocupação principal.

— Você jura que está me zoando por tentar fazer amizade?

— Estou te zoando por tentar fazer amizade com gente tosca, sendo que nós duas sabemos que você preferiria estudar, porque é uma nerd nata.

— Então está me zoando por tentar fazer amizade *e* por fazer minha lição?

— É por aí, sim — disse Taylor.

— E daí se eu estiver sendo um pouquinho puxa-saco? Não quero passar dois anos sem amigo nenhum.

Eu nunca teria dito aquilo para mais ninguém, mas, se Taylor quisesse destruir minha vida — de novo —, já tinha munição mais do que suficiente. Além do mais, eu nunca fora boa em esconder coisas dela.

— Cuidado para não te ouvirem falar assim. Elas odeiam gente que se esforça demais. Somos vampiros, temos que manter a pose gélida.

— Posso te perguntar uma coisa?

— Manda ver.

Ela pausou o vídeo e se apoiou nos cotovelos.

— Hoje eu dei um pulo na feira dos clubes e o colégio é... tão branco. A Vampiria deve ser mais diversa do que sete alunos negros em, tipo, trezentos e cinquenta.

— O problema é sua expectativa — bufou Taylor. — O que te fez achar que Harcote representaria a Vampiria toda?

— Pelo que o diretor Atherton fala, é assim. E... e sei lá. Só não achei que seria assim tão branco.

— Duvido muito que Atherton se preocupe com diversidade. Quem isso impressionaria?

— Não é questão de impressionar ninguém, é de fazer a coisa certa.

Taylor abriu um sorriso torto, como se eu tivesse contado uma boa piada.

— Olha, os vampiros por trás de Harcote, e os pais e presancestrais de nossos queridos colegas, não estavam exatamente presentes nas passeatas por direitos civis, sabe? Atherton tem uns quatrocentos anos. E nossas princesas sulistas residentes, Anna Rose e Jane Marie Dent, já fizeram para você o discurso a respeito de como a família delas *perdeu tudo* na Guerra de Secessão? Por que vampiros negros iam *querer* estudar aqui? — Ela riu de repente. — Você está fazendo aquela cara.

— Que cara?

— Sua cara de *puta merda*. Fica com os olhos todos arregalados e saltados. Você nem sabe onde se meteu, *Ka-the-ri-ne*.

Todos os músculos do meu corpo se retesaram de frustração.

— Eu sei onde me meti, e meus olhos não são *saltados*! E para de me chamar assim!

— Ou eu posso continuar a te chamar de Ka-the-ri-ne, aí você pode reclamar com a Evangeline, e aí vocês duas vão ficar *realmente* amigas por causa do quanto *realmente* me odeiam.

Taylor colocou os fones de ouvido e se virou para a parede, me deixando perdida em busca de alguma resposta esperta, o que só me deixou mais irritada.

— Ótima ideia, valeu! — falei, finalmente, quando ela já não estava mais escutando.

Pelo menos, sentia que seria capaz de passar a noite lendo, se necessário. No entanto, quando voltei ao livro, percebi que esqueci completamente onde tinha parado.

8

TAYLOR

MORALIDADE VAMPÍRICA

Radtke arranhou as palavras no quadro-negro e as sublinhou, para o caso de alguém não ter entendido. O som seco de pó de giz entre os dedos dela arrepiou os cabelinhos da minha nuca.

— Qual é a questão fundamental da moralidade vampírica? — perguntou.

Todos os nerds e puxa-sacos levantaram a mão correndo. Eu me afundei ainda mais na cadeira. Era uma injustiça tremenda as salas de aula de Harcote serem montadas em "estilo seminário", com as carteiras formando um semicírculo. Sem fileira do fundão, não tinha lugar seguro para cochilar.

Previsível, Radtke apontou para Dorian, um imitador de Drácula pretensioso que usava sempre roupas incompreensivelmente horrorosas. Naquele dia, parecia ter sacrificado aos deuses da moda o estofado de um pobre banquinho inocente para fabricar o colete cinza e granada. Dorian adorava se gabar por seu nome vir *daquele* Dorian, Dorian Gray, pois seu pai tinha sido "amigo íntimo" de Oscar Wilde.

Se me perguntassem, era bem gay, mas ninguém perguntava.

— Seres imortais são capazes de ter moral? — disse Dorian.

Radtke concordou com a cabeça.

— Princípios morais humanos tradicionalmente partem da premissa de que todos os seres morrem. Alguém sabe dar um exemplo?

Radtke apontou para Evangeline.

— A religião cristã — respondeu ela. — É baseada na ideia de que, seguindo um conjunto de leis morais em vida, na morte encontraremos recompensa ou castigo. O sistema não funciona para vampiros, pois não morremos.

— Bem colocado, srta. Lazareanu. A moralidade humana depende de um sistema de regras que eles devem ser treinados para obedecer.

— Que nem adestrar um cachorro! — acrescentou Dorian.

Em resposta, alguns alunos riram, e o olho de Radtke tremeu. Ela odiava que falassem sem permissão.

Do outro lado da sala, Kat tinha parado com as anotações normalmente frenéticas, e estava perfeitamente imóvel. A maioria dos Sangue-Frescos não passava muito tempo entre humanos. Parecia que nossos pais temiam que, com excesso de exposição, esqueceríamos que éramos monstros mortos-vivos. A mãe de Kat, contudo, a mandara para a escola pública humana, apesar de minha mãe — *muito generosamente,* dizia — ter se oferecido para deixar Kat estudar com o mesmo professor que dava aulas particulares para mim e meu irmão mais novo. Aquele deveria ser o primeiro gostinho que Kat tinha de filosofia vampírica na vida. Ela ia ver o que era bom para a tosse.

— Qual é a implicação disso para a moralidade *vampírica*? — continuou Radtke.

Galen indicou que desejava falar. O Príncipe do Cabelo Macio nunca levantava a mão que nem o resto de nós. Em vez disso, punha os cotovelos na mesa e erguia dois dedos, como se Radtke fosse uma garçonete e ele estivesse pedindo a conta.

— Moralidade vampírica existe em um plano superior, pois não se baseia na ameaça de morte. Sabemos que não há vida após a morte, pois não há morte. Não tememos castigo futuro. Podemos tomar decisões com base em uma lógica superior.

Aí estava meu ponto de entrada na discussão.

— Se isso for verdade, que lógica superior é essa?

— Nesta sala, levantamos a mão para falar, Taylor — Radtke me cortou, o olho tremendo.

Levantei a mão bem alto para dar a Radtke o prazer de apontar para mim.

— Do jeito que você fala, parece que vampiros nem têm que pensar na consequência das próprias ações, só porque não podem morrer. Mas isso não é moralidade superior... não é moralidade nenhuma — falei, aquela emoção especial de começar uma boa discussão fervilhando em mim, e me debrucei na mesa para me aproximar de Galen. — Se não pudéssemos agir de forma moral por sermos imortais, seríamos *inferiores* a humanos. Porque humanos são capazes de moralidade, e nós não.

Os murmúrios agitados provocados por meu comentário eram incrivelmente satisfatórios.

— Essa é a maior burrice que já escutei — disse Galen. — Você não pode de jeito nenhum achar que humanos são melhores do que a gente. *Nós nascemos para beber o sangue deles.*

— Sanguessugas também — observei, sorrindo. — E mosquitos. Vampiros são parasitas, e, desde o Perigo, nem *isso* a gente consegue fazer direito.

— Somos *criaturas imortais* — disse Galen, socando a mesa. — Os sempre-vivos, nunca-mortos!

Evangeline voltou à discussão. O olho de Radtke tremia sem parar, mas claro que ela nunca chamaria a atenção deles como chamou a minha.

— Que absurdo. Milhares de humanos trabalham para meus pais, e a gente paga o plano de saúde da maioria deles. Quem é o parasita aí?

— Isso é capitalismo, não moralidade. Além do mais, não é verdade que vampiros são imortais. Dá para morrer com fogo, estaca, DFaC.

Assim que falei aquilo, congelei e olhei para Kat. Ela estava apertando a caneta com tanta força que quase a quebrava ao meio. Notei esse detalhe porque estava propositalmente evitando o olhar dela, o que me parecia ao mesmo tempo inútil e extremamente necessário. Eu já tinha lembrado ela da morte do pai.

Radtke chocou a todos, inclusive a mim, ao dizer:

— Taylor levantou um argumento interessante. O que acham?

Evangeline levantou a mão com tudo.

— Sabe o que acho imoral? Vampiros que não tomam precauções contra DFaC e desperdiçam a dádiva da imortalidade. E, se vampiros podem agir de forma imoral, é lógico que podem também agir de forma moral, e, portanto, você está errada, Taylor, e moralidade vampírica existe.

Ela completou o argumento com um sorriso satisfeito que me deu vontade de empurrá-la para um canto e tascar-lhe um beijo.

— Então tudo bem se alimentar de humanos, desde que se tome *precauções*? — falei.

Evangeline me fuzilou com o olhar. Eu sabia que ela não ia querer retrucar; todo mundo já tinha ouvido os boatos. Por sorte, ela foi resgatada por Galen e sua necessidade de fazer propaganda da Fundação Black.

— Em breve, vampiros estarão protegidos de DFaC. Nossos cientistas estão trabalhando todo dia para garantir isso. Uma vacina ou cura está a caminho, pode ter certeza.

— Vou esperar sentada — resmunguei. — Que bom que não fico dormente.

Radtke franziu a testa, o equivalente idoso de revirar os olhos.

— Isso nos leva a um dilema interessante — disse ela. — A DFaC aumentou muito o risco de se alimentar de humanos, mas também reduziu muito a perda de vida humana em mãos vampíricas. E se a DFaC fosse curada, e vampiros pudessem se alimentar de humanos sem perigo algum?

Dorian ficou tão excitado com a possibilidade que quase babou.

— Aí a ordem natural seria restaurada. Poderíamos viver como vampiros viviam desde os primórdios!

Todo mundo revirou os olhos. Vampiros tinham vivido de várias formas desde os primórdios, e muitas delas eram meio escrotas. Mas é claro que a história não impedia os vatras de idealizar um passado que só existia em *Castlevania*.

— Vocês todos estão cientes dos reunionistas, correto? Aqueles que acreditam que, com a cura da DFaC e acesso livre a Hema, vampiros podem viver em harmonia com humanos. O que acham?

— Se Hema fosse grátis, o vovozinho do Galen ia falir — falei.

— Cala essa boca — disse Galen, com uma voz grave que poderia intimidar o tipo de pessoa que se intimidava por fumantes inveterados.

— Por quê?

— Mais respeito — advertiu Radtke.

— Reunionismo é uma fantasia — disse Evangeline. — Com muito respeito à Fundação Black, DFaC protege os humanos, e Hema protege os vampiros.

— Você não confia em si mesma? Acha que não continuaria a beber Hema sem a ameaça de se transformar em uma gosma preta? — questionei.

— Não devemos beber sangue de humanos só porque podemos. Se a DFaC fosse curada, eu continuaria a tomar Hema de qualquer forma. Eu sei que *eu* preferiria não ser assassina.

— Olha quem está pronta para ser canonizada — disse Galen.

Não consegui mais me conter. Todo mundo na escola era obcecado por Galen, pelo cabelo elegante e pelo pedigree de riquinho, como se não enxergassem que ele era só um babaca.

— Larga de ser cuzento.

— *Taylor* — disse Evangeline.

Cruzei os braços.

— Por favor, pode defendê-lo. Mal posso esperar.

Ela entreabriu a boca em um esgar de desdém, os olhos faiscando.

— Você é *tão* lésbica — murmurou Evangeline.

Todo mundo na sala escutou.

Por um momento, preciso e cortante, tudo em mim parou: coração, pulmões, sangue, todos os músculos tesos e apertados; era como um sonho daqueles em que a gente tenta correr, mas fica paralisada. Nem era exatamente uma ofensa — era uma descrição factual. Não tinha poder de me magoar, então eu não estava magoada, especialmente não na frente daqueles idiotas todos. Eu não podia deixar Evangeline ganhar a discussão. Só não conseguia pensar no que dizer...

— Que *porra* é essa, Evangeline?

Olhei bruscamente para Kat. Ela estava corada, estreitando os olhos.

Os outros alunos soltaram arquejos e um choque reverberou pela sala. Radtke tinha batido no quadro-negro com uma régua, e uma mecha de cabelo escapara de seu coque poeirento.

— Basta!

Olhei para Kat, esperando que ela me olhasse de volta, mas ela continuou virada para a mesa. Estava mordendo a boca, ofegante.

— Kat, Taylor — disse Radtke —, venham à minha sala após a aula. Evangeline, com você conversarei mais tarde.

KAT

Esperar na sala da sra. Radtke era como passar o purgatório em uma loja de antiguidades. A iluminação vinha de lâmpadas incandescentes fracas e antigas, e os móveis eram todos de franja e brocado. Pó de giz e pó de *poeira* cobriam todas as superfícies. Não tinha nem computador na mesa, apenas um livro-caixa e uma caneta-tinteiro.

Eu me sentei em cima das mãos para estabilizá-las. Nunca antes tinha me metido em encrenca na escola. Em menos de duas semanas de Harcote, já tinha xingado uma aluna no meio da aula. Eu me perguntei que tipo de castigo arcaico a sra. Radtke aplicaria. Torci para que não questionasse minha bolsa acadêmica.

— O que fizemos não foi assim tão grave, né? — perguntei a Taylor, ansiosa. — Alunos levam bronca por coisa pior o tempo todo. Ano passado, alguém foi esfaqueado na minha escola. Em comparação, isso não é nada.

Taylor estava largada na cadeira antiga ao meu lado, as pernas bem abertas, como se tivesse dado um pulo na sala de Radtke só para jogar videogame.

— Já levei bronca de Radtke um milhão de vezes. Não é grave. Pode parar de se remexer? Está me deixando nervosa.

— A sua *falta* de nervosismo está me deixando nervosa.

Ela afundou ainda mais na cadeira.

Eu sacudi o joelho com ainda mais agressividade.

— Sabe, o que Evangeline disse foi horrível e totalmente homofóbico.

Ela me olhou, e desviou o rosto.

— Eu sei.

Eu me repreendi. Era *óbvio* que ela sabia.

— Quer dizer, a conversa toda foi tão *idiota*. Humanos precisam de adestramento para se comportar, que nem cachorros? Não estamos mais na Idade Média. Não é todo mundo cristão, e…

— Argumentos interessantes — disse uma voz atrás de mim, e eu empertiguei as costas. — Adoraria que a senhorita os tivesse mencionado na aula.

— Perdão, sra. Radtke, não notei que estava aqui.

A sra. Radtke se instalou à mesa, ajeitando a saia para caber na cadeira, e nos olhou com severidade.

— O corpo discente de Harcote é regido pelo nosso Código de Honra — começou ela. — Srta. Finn, a senhorita assinou o Código na matrícula. Sra. Sanger, pode nos lembrar quais são os princípios?

Taylor pigarreou.

— O Código de Honra exige que tenhamos respeito à Vampiria em tudo que fazemos: respeito a nós, aos outros vampiros da nossa comunidade, e a Harcote — recitou, apoiando a cabeça no ombro e me olhando de soslaio com insolência. — Basicamente, em vez de só dizer para a gente não colar na prova, coisa e tal, querem que a gente adivinhe o que não devemos fazer, e, se adivinharmos errado, nos ferramos.

A sra. Radtke torceu a boca.

— Não pedi sua opinião. Por exemplo, a postura de Taylor neste momento, apesar da gravidade da situação, é muito desrespeitosa, e possível violação do Código de Honra. Taylor, por favor, sente-se direito.

Taylor se ajeitou na cadeira a contragosto.

— Obrigada — continuou a sra. Radtke. — Agora, hoje, na aula, vocês violaram o Código de Honra?

— Não foi minha intenção — falei rapidamente. — Só estava respondendo a Evangeline…

— Eu também! — interrompeu Taylor. — Só estava respondendo Galen.

— Suas respostas não foram respeitosas — disse Radtke. — Kat, não tenho familiaridade com sua escola anterior, mas, em Harcote, não utilizamos impropérios, muito menos ao nos dirigir a nossos colegas. Valorizamos o espírito do debate. Às vezes esses debates podem nos desafiar, mas o desconforto nos ajuda a crescer.

Estava ardendo de vontade de responder que o que Evangeline dissera não tinha nada a ver com o debate, mas me contive. Retrucar deveria ir contra o Código de Honra.

— Eu deveria ter escolhido minhas palavras com mais cuidado, e sinto muito. Vou melhorar.

— Por favor, faça isso — disse a sra. Radtke, e se virou para olhar Taylor. — Não vamos nem fingir que a senhorita nunca esteve nesta situação, srta. Sanger. O que tem a dizer em sua defesa?

— Honestamente, se considerar o que a gente *poderia* ter feito, acho que demonstramos muito respeito para com Galen e Evangeline.

Senti um nó no estômago.

— Que *a gente* é esse? Não tem nada de *a gente*.

— A gente podia ter *esfaqueado* eles — continuou Taylor, me atropelando. — Era assim que resolviam as coisas na antiga escola de Kat, mas a gente pensou: *Não, vamos argumentar*. Honestamente, deveríamos estar ganhando prêmios por nossas conquistas no campo de respeito.

— Não íamos esfaquear ninguém — falei, apressada. — Não é como se tivéssemos planejado isso!

Taylor me olhou, fazendo beicinho. Ela tinha dado um jeito de voltar à postura que a sra. Radtke acabara de dizer que era falta de respeito.

— Ah, Ka-the-ri-ne, achei que éramos parceiras no crime.

— Você é incapaz de levar qualquer coisa a sério? — explodi. — E é *Kat*.

— Srta. Finn, não há motivo para erguer a voz, apesar de eu certamente concordar que a srta. Sanger é um teste de paciência — disse a sra. Radtke, sacudindo a cabeça antes de anotar algo rápido no livro-caixa. — Não aceitarei que as mocinhas da Hunter se envolvam neste comportamento arisco. Vocês me encontrarão aqui na sala amanhã após as aulas para escrever cartas de desculpas para Galen e Evangeline. Estão dispensadas.

Nós nos levantamos e pegamos nossas mochilas. Taylor olhou para a sra. Radtke.

— O que vai acontecer com Evangeline?

A expressão da sra. Radtke era tensa.

— Isso não é da sua conta no momento. Agora, por favor, saiam da minha sala.

Assim que a porta da sra. Radtke se fechou, me virei para Taylor.

— Cacete, qual é o seu problema?

Taylor deu de ombros, mexendo no celular.

— No último exame, disseram que não tenho problema nenhum. Mas *você* parece um pouco chateada.

Ela avançou pelo corredor, me obrigando a ir atrás dela na escada.

— É óbvio que estou chateada. É a reação adequada na minha posição!

Pensei na pressão que crescera em mim enquanto eu fingia não me importar com aquela discussão horrível, na raiva aguda quando a pose desmoronara.

— Se você não tivesse provocado eles desse jeito, eu nunca teria violado o Código de Honra! — insisti.

— Daqui em diante, vou considerar sua reação antes de fazer qualquer comentário em sala de aula — disse Taylor. — O Código de Honra é a maior falcatrua, de qualquer forma. Só querem ensinar a gente a pensar que nem eles. Fazer a gente fingir que tem um Athertonzinho ou uma Radtkezinha na nossa cabeça, de olho o tempo todo, fazendo a gente duvidar do que decide. É só um monte de merda.

— E daí? São as regras, então temos que cumpri-las. É tão horrível assim pensar que nem eles, se for para evitar problemas?

Taylor parou no meio da escada e se virou para mim. O desdém em seus olhos era tão honesto que eu me encolhi.

— É horrível, sim, porque pensar que nem eles me mataria. Você acha que é culpa minha eu não me encaixar aqui. Só que essa escola, e a porra da *Vampiria* inteira, só tem espaço para um certo tipo de pessoa. Se não nasceu assim, é melhor se forçar a mudar rapidinho. Talvez você fique feliz de fazer isso, mas eu não. Não *posso*. Alguém como Radtke nunca vai me entender. Ela tem uns duzentos anos, e vive pegando no meu pé por eu me vestir que nem menino. E você quer que eu deixe ela entrar na minha cabeça, que dê a ela ainda mais autoridade do que já tem? Nem fodendo.

Eu estava no degrau acima do dela, o que, considerando nossa diferença de altura, nos equiparava. Abri a boca, pronta para dizer que não tinha aquele luxo, que só estava ali graças à generosidade de um desconhecido e precisava provar que merecia. Mas aí eu vi o brilho no dourado de suas íris. O coração dela batia rápido, vibrando no pescoço, e o queixo tremia levemente. Era a primeira vez desde que Taylor entrara no nosso quarto no Dia da Mudança que eu não escutara um pingo de sarcasmo em sua voz.

— Tá bom — falei.

Uma expressão estranha e suave surgiu no rosto de Taylor, mas, antes que eu pudesse interpretá-la, ela desceu correndo o resto da escada. No último patamar, parou e se virou para mim.

— Obrigada pelo que disse a Evangeline. Só para deixar claro, não preciso que você me defenda, muito menos dela.

Cruzei os braços.

— De nada. E só para deixar claro, eu não estava te defendendo. Evangeline estava sendo... cuzenta.

Taylor chutou de leve o degrau mais baixo.

— É, tá bom. Até mais tarde, Ka-the-ri-ne.

Ela deu meia-volta e se foi antes que eu pudesse corrigi-la.

TAYLOR

Desci os degraus do Velho Monte de dois em dois.

Cacete, Katherine Finn.

Eu estava quase trêmula, pensando na ferocidade aguda das palavras que Kat dirigira a Evangeline, de como eletrizara a sala. Ninguém nunca me defendia assim, só eu mesma.

Não... eu estava vendo coisa onde não tinha. Kat era aliada da comunidade queer em geral. Nem por isso era uma aliada *pessoal* minha. Ela teria defendido qualquer pessoa, porque ela era assim. Kat me dissera, sem meias palavras, que não seríamos amigas, e eu precisava aceitar isso. De qualquer forma, seu olhar fervendo de crítica na sala de Radtke praticamente me queimou.

Era melhor assim. Kat e eu podíamos até ter um passado, mas ela não era confiável. A verdade era que não dava para confiar em ninguém para me amar, nem mesmo gostar de mim. Certamente não para me entender, e só em poucos casos para me respeitar. Se eu esquecesse aquilo e me deixasse ser magoada, a culpa seria toda minha.

A verdade era fria, simples e sólida, e eu me agarrei a ela como um bote salva-vidas enquanto digitava uma resposta à mensagem que tinha acabado de receber.

Chego em cinco minutos.

Na frente do Velho Monte, tirei os óculos de sol do bolso e coloquei. Em vez de seguir para a biblioteca, ou descer o campus até a Hunter virei à direita e fui ao prédio do teatro.

O melhor escudo contra o julgamento alheio é ser agressivamente você mesma, o tempo inteiro. Se eu estivesse constantemente desafiando os outros a me rejeitarem, obviamente a rejeição não significaria nada. Com isso, eu retomava o controle. Claro, tinha afastado quase todo mundo de Harcote, mas eu tinha uma liberdade que os outros não tinham.

A situação de Kat, contudo, era diferente.

Primeiro, eu não podia afastar Kat de mim inteiramente; acontecesse o que acontecesse, ela não podia ir muito mais longe do que o outro lado daquele quartinho idiota.

Segundo, Kat tinha me conhecido antes de minhas barreiras estarem estabelecidas. Na verdade, ela era parcialmente responsável pelas barreiras em questão. Era que nem um agente duplo, em território inimigo, à espera da oportunidade de me magoar de novo.

Terceiro, e pior ainda, eu não *queria* afastar Kat de mim.

Nem um pouco.

Diria até o contrário.

E esse era um caso tão completamente perdido que só *pensar* nisso me fazia desejar uma lobotomia.

Como eu não tinha ferramentas para uma lobotomia no momento, dei a volta na entrada do teatro e segui para a portinha lateral que levava aos bastidores. Só estudantes do Elenco Teatral Avançado tinham chave de acesso àquela porta, e eu não entraria no Elenco Teatral Avançado nem morta. Convenientemente, um pedaço de papel tinha sido enfiado na tranca, para eu poder abrir a porta sem chave. Do outro lado de um corredor escuro, luz escapava por baixo da porta do armário de figurinos.

Uma sensação conhecida apertou meu estômago — um pavor delicioso. Querer o que não devia querer. Fazer o que não devia fazer.

Guardei os óculos de sol no bolso, passei a mão pelo cabelo e abri a porta. Chamar aquilo de *armário* era um pouco ridículo. O cômodo era maior que meu quarto na Hunter, e repleto de araras de figurinos de peças anteriores, alguns perfeitamente insossos, outros mais escandalosos. Um balcão corria ao longo de uma parede, debaixo de um espelho cercado de lâmpadas incandescentes que jogavam luz dourada na sala. Tranquei a porta ao entrar.

— Levou *mais* de cinco minutos.

Evangeline estava sentada no balcão, balançando os pés. O cabelo estava penteado por cima do ombro, uma onda sedosa de breu, e a boca era um biquinho irritado. Seus olhos glaciais refletiam uma espécie de fome entediada, como se ela estivesse prestes a destruir tudo que cruzasse seu caminho.

Como de costume, estava um espetáculo.

Eu hesitei. Não ia me desculpar por ter demorado, sendo que tinha ido quando fui chamada. No entanto, acabei falando:

— Foi mal. Fui interrompida. O que você quer?

Evangeline pulou do balcão. A saia plissada roçou no linóleo com um barulho que eu poderia passar o dia todo escutando. Enquanto ela diminuía a distância entre nós, tive que me segurar para não morder minha boca. Ela notou. E abriu um sorriso malicioso.

— Fala sério, Taylor. O que você acha que quero?

— Cansou de me humilhar em público, agora quer me humilhar em particular?

Ela inclinou a cabeça. Vi um triângulo de seu pescoço lindo, que eu não ia tocar.

— Está chateada comigo?

Eu estava, sim, mas fiquei quieta.

Ela lambeu os lábios. *Merda*.

— Eu gostei quando você ficou toda irritada na aula.

— Não dou a mínima para o que você gosta.

Era a resposta correta. Era até verdade — ou fora verdade em algum momento do passado, talvez até cinco minutos antes. Eu não sabia mais se ainda era. No fim do último ano letivo, eu tinha jurado que não me meteria com Evangeline de novo na volta às aulas. Era uma Decisão, que eu tomara com base em Motivos, mas me parecia muito distante. E agora Evangeline estava bem ali, incorporando um argumento *a favor*, maior que qualquer argumento *contra*.

Contra: aquilo nunca iria me levar a lugar nenhum. A favor: nada mais iria também.

Contra: ficar com garotas malvadas só porque elas exigem não está no alto da lista de Maneiras de Se Respeitar. A favor: a boca de Evangeline.

Contra: depois, eu me sentiria péssima. A favor: *depois* era um problema para o futuro. No presente, eu podia me sentir incrível.

Evangeline estava parada bem perto de mim, fazendo aquela coisa irresistível de passar um dente incisivo de leve por cima do lindo lábio, olhar para minha boca, para meus olhos, e de novo para minha boca... como se imaginasse um beijo nosso.

— As férias foram tão longas — suspirou ela.

Um fato inegável, do qual meu corpo tomou consciência intensa e insistente no momento.

— Por favor? — sussurrou.

Fiquei ofegante. Evangeline estava *dando mole* para mim. Evangeline me desejava a ponto de *tentar*, de me olhar que nem olhava para todos aqueles garotos idiotas.

Colei a boca na dela tão bruscamente que ela arfou, e então começamos a nos beijar, um beijo pleno e elétrico, os corpos apertados, as costas de Evangeline apoiadas no espelho, na auréola de luz dourada. Beijei o triângulo pálido do pescoço, a respiração dela no meu ouvido, e era tão ridiculamente, insuportavelmente *bom* que chegava a ser crueldade, e eu queria desaparecer naquele sentimento horrível para sempre.

Mais tarde, me demorei um pouco perto da porta, sem jeito, fingindo não ver Evangeline enfiar a camisa pólo de volta na cintura da saia. Depois de acabar, a sensação ruim estava chegando rápido. Eu me perguntava por que a deixava ter tanto poder sobre mim, e por que a deixava me convencer de que, quando estávamos juntas e sozinhas, era eu quem tinha poder sobre ela. Tudo que eu queria era lavar minhas mãos para tirar o cheiro dela, mas, por algum motivo, eu nunca ia embora antes de Evangeline me dispensar.

— Você vai encher o saco da Kat por causa do que ela disse hoje? — perguntei, quebrando o silêncio.

— Ainda não decidi — disse Evangeline, me olhando pelo reflexo do espelho. — Por quê?

— Por nada.

Ela se virou, as mãos na cintura e um brilho horrível nos olhos. Uma deusa do caos.

— *Taylor*.

— O que foi?

Para meu total pavor, eu conseguia sentir — ver, até, no espelho do outro lado da sala: eu estava corada.

— Não *acredito* que você está a fim da sua *colega de quarto*!

— Não, eu… eu não disse isso. É só… que eu conhecia ela antes. E você é tão escrota. Sei como você trata as pessoas.

Já era tarde. Evangeline me olhava como se eu fosse um cachorrinho machucado: um candidato perfeito à tortura.

— Ah, Taylor. Essa é mesmo a coisa mais patética do mundo.

As palavras me atingiram no peito, bem perto do coração. Tentei manter a expressão casual ao pegar minha mochila. Eu não deixaria Evangeline me ver magoada de jeito nenhum. Porque eu não estava magoada. Na verdade, estava com raiva — mas não de Evangeline. Era da natureza dela enfiar as presas em qualquer lugar vulnerável que eu expusesse. Não, eu estava furiosa comigo mesma, por ser idiota a ponto de mencionar Kat, por encontrar Evangeline para começo de conversa, pelo fato de que mesmo então, naquele segundo, eu *queria muito* o mínimo de gentileza dela. Algum sinalzinho de que ela gostava de mim além da pegação. De que sentia muito por ter visto a verdade em mim tão fácil.

Eu era *mesmo* a coisa mais patética do mundo.

— Vou vazar, tá? — consegui dizer.

Evangeline já tinha se virado para o espelho, para retocar o brilho labial na boca inchada de beijos.

— Não deixa ninguém te ver na saída.

KAT

Naquela noite, deitada olhando para o teto inclinado no quarto escuro, minha cabeça não parava. Não tinha nada para me distrair de repetir os momentos mais importantes do dia mentalmente, vez após vez, sem parar. Eu daria tudo pelo estardalhaço de um alarme de carro que rompesse o silêncio. Em vez disso, escutava apenas os rangidos baixos da casa velha e o movimento ocasional dos lençóis da Taylor.

Eu me virei para o lado mais fresco do travesseiro. A poucos metros de mim, Taylor estava deitada de barriga para cima, o peito subindo e descendo devagar, a boca um pouco entreaberta. Vê-la confortável assim deixava ainda mais óbvio seu nível de tensão durante o dia.

Quanto mais eu tentava me encaixar, mais óbvio ficava que Taylor fazia o contrário. Ela não tinha nenhuma amizade próxima, nem gastava tempo tentando corrigir a situação. Eu raramente a via na biblioteca, no refeitório, ou nas áreas comunais da Hunter. No quarto, a mera presença dela me distraía. Ela mal precisava falar para deixar claro que me julgava, que nem o tom que usara para perguntar "*A cappella?*" ao ver o panfleto do teste na minha mesa, ou insistir em me chamar de "Ka-the-ri-ne" mesmo sabendo que eu odiava.

Não era a Taylor de quem eu me lembrava.

Só porque desfilava pelo campus de tênis e óculos de sol, denunciando as merdas que encontrava e agindo como se ninguém na Terra pudesse lhe dar ordens, as pessoas achavam que ela não ligava para nada.

Só que não era verdade.

A própria Taylor me dissera isso à tarde. Ela não seguia o Código de Honra porque não queria deixar Harcote e a Vampiria controlá-la. Eu nunca tinha pensado nas regras dessa forma antes, como se fossem um caminho que a gente pudesse escolher ou não seguir. Taylor sabia até que seria castigada por aquilo — pela sra. Radtke, por gente que nem Evangeline e Lucy —, mas o fazia de qualquer forma. Eu não precisava gostar dela para admitir que isso era corajoso.

Eu me virei de costas e vi as sombras das árvores se mexerem pelo teto sob o luar.

Talvez eu também não quisesse mais obedecer às regras. Não era como se eu adorasse a ideia de aprender a pensar que nem a sra. Radtke, de *deixar ela entrar na minha cabeça*. Mas eu não era como Taylor. Ela podia se meter em encrenca mil vezes, e nunca teria que enfrentar as mesmas consequências que eu. Os pais dela dariam um jeito de impedir a escola de expulsá-la, e, mesmo que ela fosse expulsa, teria um lar para onde voltar.

Eu não tinha. Não mais. Precisava proteger a bolsa. Meu futuro eterno dependia do que eu faria e do quanto eu me dedicasse naquele momento, naquele lugar, com aquelas pessoas. Chutei a manta para longe, depois a puxei de novo, mas não estava conseguindo ficar confortável.

Harcote e a Vampiria eram a mesma coisa. Se eu quisesse subir, precisava seguir as regras. Taylor deixava tudo ainda mais complicado do que já era.

Finalmente, me virei de volta para a parede.

— Nossa, Kat — resmungou Taylor. — Se for se masturbar, pelo menos espera eu pegar no sono.

Eu fiquei paralisada.

— Achei que você estivesse dormindo. Quer dizer... eu não... não era o que eu estava fazendo, estava só me ajeitando.

— É esse o nome que você prefere?

O colchão de Taylor rangeu quando ela mudou de posição na cama.

Não consegui conter um sorriso, e, de repente, parecia que eu estava finalmente respirando, depois de prender o ar o dia todo. Escutei a respiração de Taylor desacelerar, entrando no ritmo do sono, e logo adormeci também.

9

KAT

A primeira reunião do Ação Climática Já! aconteceu no tempo de aula de sexta-feira que era dedicado aos clubes extracurriculares. Evangeline não tinha exagerado: metade do corpo discente estava enfiado no auditório. Fazia sentido. Como seres imortais que não toleravam temperaturas altas, vampiros tinham muito a perder com o aquecimento global. Ainda assim, eu sabia com quem precisava me sentar.

Não era que eu me arrependesse do que dissera a Evangeline. Ela não podia sair por aí chamando as pessoas de *lésbica* como se fosse uma ofensa, em vez de, tipo, uma característica a celebrar. Taylor alegava estar bem, mas uma *tentativa* de humilhação era apenas um pouco menos humilhante do que uma humilhação bem-sucedida. Se os Sangue-Frescos de Harcote fossem que nem o pessoal de Sacramento, Evangeline já teria sido excluída socialmente. No entanto, ali, se alguém fosse enfrentar consequências pelo ocorrido na aula da sra. Radtke, não parecia que seria Evangeline. Era óbvio que ela seria importante em Harcote — e na Vampiria — ainda por muito tempo. Enquanto isso fosse verdade, eu precisava que ela gostasse de mim.

Para isso era necessário um pedido de desculpas sincero, e não apenas uma daquelas cartas da sra. Radtke.

Evangeline e Lucy estavam mexendo no celular quando me aproximei. Antes que elas pudessem levantar o olhar para me dar um gelo, eu me sentei e comecei a falar.

— Evangeline, me desculpe pelo que falei na aula. Saiu tudo errado, e espero não ter te ofendido.

O olhar de gelo de Evangeline me atingiu por cima do celular. Senti a mesma coisa do dia em que a conhecera, como se ela tivesse considerado me esmagar, mas decidido que seria mais divertido brincar comigo antes. De repente, ela sorriu e abaixou o celular.

— Ah, aquilo? Tranquilo. Não se preocupa.

— Sério? — insisti.

— Pra ser sincera, foi até meio engraçado — disse ela.

Eu não sabia se ela estava mentindo ou não.

Começou a reunião, e Evangeline e Lucy voltaram a mexer no celular. Na verdade, parecia que quase todo mundo no auditório estava fazendo lição de casa, batendo papo ou tirando selfies. Eu estava prestes a perguntar se o grupo organizava protestos nas greves pelo clima, mas, antes que conseguisse falar, os três líderes estudantis começaram a discutir quanta responsabilidade vampiros de fato tinham por mudanças climáticas antropogênicas, porque na verdade a culpa era dos humanos — afinal, não era mudança climática *vampirogênica*.

Evangeline se aproximou de mim, apoiando o queixo na mão.

— Deu tudo certo com a mudança de quarto, né? Tudo tranquilo com a Taylor?

— Com certeza — respondi rapidamente, pois não queria saber se ela estava perguntando se eu tinha surtado por minha colega de quarto ser queer. — Na verdade, a gente já se conhecia. Fomos amigas de infância.

— Que aleatório — disse Evangeline, fascinada. — Vocês eram próximas?

Era uma pergunta simples, mas me deu um aperto no peito. Fazia tempo que eu tinha guardado as lembranças da minha amizade com Taylor o mais fundo possível. Queria esquecer que ela me magoara, o que fizera — esquecê-la totalmente —, mas revê-la era como entrar em uma máquina do tempo. Eu não tinha esquecido nada: a forma como nossas barrigas doíam de tanto rir, sua tendência de me meter em encrenca, os olhares entre nós que eram um idioma inteiro, a sensação que brotou no meu peito quando prometemos: *sem segredos*.

Dei de ombros.

— Fazia séculos que a gente não se via.
— Tipo quanto tempo?
Dois anos, nove meses.
— Não sei. Uns anos? Qual é a dela, por sinal?
Evangeline se recostou na cadeira com um sorriso viperino. Ela deu uma cotovelada em Lucy.
— Lucy, Kat quer saber qual é a da Taylor.
Lucy piscou, o olhar se ajustando a algo a mais de vinte centímetros do rosto.
— É só que a Taylor tem uma energia muito ruim. Ano passado, ela literalmente abandonou o Ação Climática Já! porque achou que a gente não estava fazendo nada de útil. Tipo, fala sério, claro que não estamos solucionando as mudanças climáticas, estamos na escola, né? Mas ela fez todo um escarcéu, aí todo mundo ficou se sentindo culpado por não fazer a mesma coisa, e aí mesmo é que mais um monte de gente foi embora porque odiava o drama. Essa é a Taylor.
— Sem graça — disse Evangeline. — O oposto da graça.
Lucy voltou a olhar para o celular.
— Achar que é melhor do que todo mundo não é personalidade.
As duas riram.
Foi covardia, mas eu também ri.

À noite, saindo da Hunter para ir ao Jantar Formal, usando um vestido adequado para uma atriz que trabalhasse em uma casa mal-assombrada de parque de diversões, fui interrompida pela sra. Radtke.
— Kat, ainda não recebi sua inscrição para a mentoria com o sr. Castel. Lembre-se de que o prazo é hoje.
— Ah, certo. Eu não planejava me inscrever.
— Por quê?
— Eu só achei...
Apertei as mãos. A sra. Radtke deveria saber que a inscrição era uma perda de tempo, que era tudo uma armação em nome de Galen. Eu já tinha mais

lição de casa do que aguentava, todos aqueles clubes, e o que Taylor chamara de Operação Puxa-Saco. Não fazia sentido escrever uma redação para me inscrever em uma mentoria que nunca ganharia.

— Chega de suspense — disse a sra. Radtke. — O que você achou?

— Que outra pessoa seria melhor.

O olhar de granito da sra. Radtke se fixou em mim de forma peculiar e inteiramente desagradável.

— Eu não sabia que você estava comigo no comitê de seleção.

— Eu… eu não estou.

— Ainda assim, presume ser capaz de dizer que não é uma candidata qualificada. Que *outra pessoa* seria uma escolha superior. Por favor, me diga quem devemos selecionar, pois nos pouparia muito tempo.

— Não quis dizer isso. Pode escolher quem quiser.

— Precisamente. Que generosidade a sua. É uma oportunidade excelente, e você é uma candidata excelente. Você tem uma perspectiva singular que outros alunos daqui não têm — disse a sra. Radtke, e se empertigou, os colares compridos de pérola tilintando. — Lembre-se, Kat, quem não arrisca, não petisca.

Eu alcancei as outras garotas no caminho do refeitório. Estavam falando do filme que planejavam ver mais tarde na residência, mas eu mal prestei atenção. Durante o jantar, ignorei Galen, que estava vestido inteiramente de preto de novo e me olhando com a cara soturna de sempre, como se tivesse acabado de chegar de um brejo tempestuoso. Eu não tinha tempo para aquela arrogância emburrada. Precisava pensar.

A sra. Radtke estava certa: a sensação de que eu era inadequada para a mentoria não era motivo para deixar de me inscrever. Podia ser improvável, mas probabilidades nunca me impediram antes. Afinal, eu tinha conseguido entrar em Harcote, com bolsa integral, contra todas as expectativas.

Eu *queria* a mentoria. Queria que chamassem meu nome. Queria apertar a mão de *Victor Castel*. Ser escolhida para a mentoria provaria que eu pertencia mesmo àquele lugar, não por caridade, mas por ser a Melhor dos Melhores, como o resto.

Inclinei a tigela e vi a última gota de Hema traçar uma linha vermelha na porcelana.

Eu provaria o mesmo à minha mãe também.

Olhei ao redor. Cada mesa estava cheia de alunos largados nas cadeiras, estressados, entediados, ou tendo conversas forçadas e desconfortáveis com o professor responsável. De fora, ninguém diria, só de olhar, que eu era diferente; que alguns deles tinham sobrenomes de renome mundial, enquanto o meu não dizia nada; que seus presancestrais eram celebrados, e os meus, desconhecidos. Eu poderia até não ter o que eles tinham, e talvez nunca tivesse, mas ainda estava ali. Entre os Melhores dos Melhores. Não precisava da permissão de mais ninguém para agir de acordo.

A ideia flamejou no meu peito. Era *aquele* o significado de Harcote na minha vida: o lugar poderia nos tornar iguais, se eu o permitisse.

Olhei o relógio. Podia dar uma desculpa para as meninas e escapar para uma das salas de estudo do Velho Monte bem quando acabasse o jantar. Se corresse, acabaria no prazo.

TAYLOR

Era sexta-feira à noite e eu estava sentada em uma sala de aula escura no Velho Monte com meu professor de química. Kontos era muito mais maneiro que qualquer outra pessoa no campus, e, além do mais, não era culpa minha que ninguém tivesse interesse no Cineclube Francês. Na verdade, o desinteresse fora tamanho que não era um clube, só eu e Kontos. Por isso, quando perdi o interesse no cinema francês e decidimos assistir a *Killing Eve* (parte da série se passava na França, então tecnicamente valia), ninguém pôde reclamar.

Mesmo que fosse meio esquisito passar as noites de sexta com meu professor de ciências, o que mais eu deveria fazer? Ver um filme na Hunter com Evangeline e Lucy? Nem fodendo. A mera ideia de estar na mesma sala que Kat sob o olhar de Evangeline me deixava apavorada. Desde o dia anterior, eu não parava de me xingar por ter mencionado Kat, e me xingar ainda mais por deixar Evangeline vislumbrar meus sentimentos. Eu não temia que Evangeline contasse a Kat — apesar de que isso seria um saco, e eu definitivamente não queria que acontecesse. Mas a questão era que Evangeline não precisava contar nada a ninguém para fazer eu me sentir mal. Ela só precisava me jogar um olhar daqueles quando estivesse por perto de Kat, e o recado estaria claro: *eu sei seu segredo.*

Era incrivelmente injusto que gostar de garotas tornasse a presença delas uma tortura.

Estalei o pescoço. Na tela, Villanelle estava assassinando alguém de forma extremamente charmosa, mas eu tinha perdido quem era. Droga de Evangeline, droga de Kat, me distraindo de uma das minhas séries preferidas, sendo que nem estavam ali.

Eu tinha zoado a Kat por causa da Operação Puxa-Saco, mas, na verdade, odiava que ela andasse com Evangeline — e não era por ciúmes. Kat não saberia lidar com a mente perversa de Evangeline, que era o tipo de pessoa capaz de fazer alguém se perder antes mesmo de notar que isso estava acontecendo. Kat já gastava todo minuto dos dias ali se esforçando ao máximo. Ela podia esconder bem, mas não de mim. Eu conhecia a pressão do esforço constante para ser alguém diferente de quem se era de um milhão de formas microscópicas. Tinha o poder de estilhaçar alguém, e era exatamente o tipo de coisa que Evangeline tentaria explorar.

Eu não queria que Kat se magoasse.

— O que você achou?

Saí do devaneio. Kontos estava acendendo as luzes.

— Ah, hum... ótimo! Ótimo episódio — falei, esfregando os olhos.

— Ótimo episódio? Só isso? Normalmente você destrincha os episódios todos.

Cocei a sobrancelha.

— Você não achou ótimo?

— Achei. Ótimo episódio — disse Kontos, tamborilando os dedos na mesa. — Quer falar da série, ou me contar o que está incomodando você?

— Depende.

Inclinei a cadeira até apoiá-la nas duas pernas de trás. Eu e Kontos éramos próximos, e ele era meu único amigo gay, mas também era meu professor de ciências, um homem, e uns setenta e cinco anos mais velho que eu. Ele só sabia a versão leve da situação com Evangeline, e eu não tinha intenção de desabafar sobre o que sentia por Kat.

— Você vai se sentar ao contrário na cadeira, para eu saber que é um Professor Legal? — falei.

— Sou um Professor Legal sentado de qualquer jeito — protestou Kontos. — Eu soube o que aconteceu na aula da sra. Radtke essa semana.

Eu revirei os olhos.

— Sei que cuzento não foi minha melhor ofensa. Foi só um experimento.

Kontos não achou graça.

— Radtke já me passou o sermão sobre o respeito — continuei —, então, se for fazer o mesmo, vou...

Kontos esticou a mão.

— Não vou.

Voltei a me largar na cadeira, sacudindo a cabeça.

— Eu deveria saber que Radtke me deduraria para você.

— Ela só mencionou porque sabe que somos próximos. Ela não é mesmo tão ruim.

— Isso não significa nada, vindo de você. Você gosta de *todo mundo*.

Ele levou a mão ao peito.

— Que estaca, Taylor! Você está mesmo perdendo o jeito, se acha que essa foi uma boa ofensa. Eu poderia dizer o mesmo de você.

— Que, se eu odeio todo mundo, também não quer dizer nada? É aí que você está errado. Tem gente de quem eu não gosto, gente que eu odeio, e gente que eu *detesto*, e eu *detesto* Radtke. Ela provavelmente acredita que mulheres não deveriam poder andar de bicicleta nem usar calça.

Ondas de raiva fervilhavam em mim. Era melhor sentir raiva do que sentir qualquer outra coisa.

— Ela castigou Kat por responder a Evangeline — continuei —, porque *as mocinhas da Hunter não podem se envolver em comportamento arisco*. Mas o que aconteceu com Evangeline? Porra nenhuma.

— Evangeline também foi desrespeitosa com você.

Decifrar o porquê de eu não estar tão irritada quanto deveria com Evangeline ia além da capacidade do meu cérebro. Definitivamente ia além do que eu queria explicar a Kontos. Dei de ombros.

— E daí que ela me chamou de lésbica? O que vai fazer da próxima vez… me chamar de sanguessuga morta-viva?

Kontos não riu.

— Não precisa fazer piada com isso.

— Não me diga o que fazer — falei, com ferocidade repentina.

Minha respiração ficou presa no peito, meu coração estava batendo rápido. Eu não pretendia dizer nada daquilo. Pretendia fazer outra piada, provar de novo que Evangeline não podia me magoar, que ninguém podia.

— Não me diga o que sentir — continuei. — Se eu disse que não foi nada, não foi nada.

— Perdão, Taylor — disse ele, gentil, como se eu fosse uma criatura frágil, e isso me deu vontade de morrer. — Quero que você saiba que foi errado o jeito que ela falou com você, e que já conversamos com ela. Ela também escreverá um pedido de desculpas.

Mal podia esperar para jogar aquele bilhete direto no lixo. Eu me levantei.

— E você está aqui disponível para conversar, se necessário. É isso? Já vai bater o toque de recolher.

— Não é isso, não. Sente-se.

Ele apontou a cadeira.

Eu não gostava do tom dele, mas me sentei.

— Soube que, na aula da sra. Radtke, você falou que, se houvesse cura para DFaC, continuaria a beber Hema, e não tomaria sangue humano.

— Foi por aí. Ela queria abrir uma discussão sobre a capacidade de vampiros de viver entre humanos.

— As vozes mais fortes da Vampiria querem que a gente se sinta diferente dos humanos, mas, de muitas formas, somos iguais. Pessoalmente, eu gostaria que estivéssemos procurando mais abertura, uma comunidade compartilhada.

— Radtke provavelmente mandaria demitir você se ouvisse essa conversa. É o básico da Vampiria: não importa o que a gente come, contanto que a gente seja melhor que os humanos. Os Melhores dos Melhores, né?

— Esqueça a sra. Radtke por um momento. No que *você* acredita?

Eu não acompanhava muito da política da Vampiria — de hipocrisia já me bastava Harcote —, mas definitivamente pensara na ideia da integração com humanos. Eu me lembrava de Kat perguntando meus pronomes, e que eu mal soubera responder. Na hora, tinha sido emocionante e surpreendente, mas, quanto mais pensava naquilo, mais ficava triste. Cacete, tinha vários vampiros que nem sabiam o que a palavra *gay* queria dizer. Se vampiros quisessem progresso — e eu definitivamente queria —, os humanos eram nossa maior esperança.

— Acho que seria bom vampiros terem mais proximidade com humanos. Mas não vejo como isso pode acontecer.

— E por que não? — perguntou Kontos, se debruçando para a frente, os cotovelos nos joelhos. — Se pensar bem, agora que temos um substituto de sangue e não precisamos caçar, o que nos impede?

— Você está parecendo até um reunionista.

Kontos abriu as mãos e sorriu.

— Bom, a carapuça serviu!

Fiquei boquiaberta.

— A carapuça *o quê*?

— Eu sou um reunionista — disse ele.

Eu nunca tinha ouvido alguém se chamar de reunionista. Era senso comum — em Harcote, em casa, na sociedade vampírica — que se falava de reunionismo como se falava de pisar em bosta de cachorro. Amplamente detestado, meio nojento, quase vergonhoso.

— Acredito que vampiros podem viver em harmonia com humanos — continuou ele —, com a cura da DFaC e acesso livre a Hema. Parece que você também acredita em algumas dessas coisas.

Eu não sabia o que dizer. Acreditava *mesmo* naquelas coisas, mas, ditas dessa forma, chegavam a um conceito — reunionismo — que não parecia se encaixar para mim. Pelo menos, eu nunca achei que encaixaria. De repente, hesitei um pouco demais, e Kontos olhou o relógio. De repente, tudo voltou ao normal.

— Droga, já vai bater o toque de recolher — disse ele.

Eu me levantei e ajeitei a gola da jaqueta jeans.

— Valeu. Não quero que a Radtke encha a porra do meu saco de novo.

Kontos fez uma careta.

— Você poderia, por mim, tentar maneirar na linguagem?

Olhei para o corredor escuro.

— Foi mal, cara, mas nem fodendo.

Os corredores do Velho Monte estavam todos escuros. Olhei o celular e soltei um palavrão. O relógio de Kontos devia estar atrasado. O toque de recolher tinha batido havia cinco minutos, e o prédio estava tecnicamente fechado. Considerei voltar e pedir para ele me acompanhar até a Hunter, como desculpa oficial para meu atraso, mas não podia deixar as residências todas verem o professor de ciências me levar para casa numa noite de sexta-feira.

Desci pela escadaria leste e segui para a diretoria. Os arquitetos do Velho Monte, construído muito antes de Atherton comprar a escola, queriam que ninguém se perdesse a caminho da diretoria. As escadas leste e oeste convergiam no primeiro andar, formando uma escadaria larga e única que conectava a diretoria à entrada do prédio. Basicamente, todo mundo que entrava ou saía tinha que passar pelo funil diante da sala de Atherton. Em certos dias, ele ficava ali parado, cercado de serventes humanos, sorrindo para nossa privação de sono. Ele também deixara os decoradores de interiores de Harcote capricharem na simbologia vampírica. Os andares mais baixos do Velho Monte eram repletos de entalhes em madeira escura que seguiam o tema de morcego e castelo, colunas e grades esculpidas com gárgulas esquisitinhas, e nichos que expunham suvenires da escola e antiguidades pré-Perigo, como os cálices elegantes que eram basicamente copinhos de criança para a força vital sanguínea que nos sustentava.

Eu estava prestes a pisar nos últimos degraus quando notei um feixe de luz amarela no assoalho diante da diretoria. A luz se espalhou quando abriram a porta. Não esperei ouvir vozes para me esconder nas sombras de um dos nichos. Foi sorte, porque, quando comecei a escutar, reconheci quem falava: Radtke.

10

KAT

Quando acabei minha redação, passei um bom momento olhando para o e-mail. Galen podia até ser o ganhador designado, mas minha redação estava *ótima*. Todo mundo em Harcote alegava estar ali por mérito, por sermos os Melhores dos Melhores. Eu ia dar a eles a oportunidade de provar. Enviei o e-mail.

Em seguida, olhei o celular e meu estômago quase saiu pela garganta. Tinha esquecido completamente o toque de recolher. Precisava voltar para Hunter correndo. Não podia me meter em confusão duas vezes na mesma semana, tudo no primeiro mês de aula. Radtke não seria tão generosa na segunda vez. Enfiei meu material na mochila e saí correndo da sala de estudos.

Olhei para os corredores escuros e desconhecidos, e quase caí de susto quando um servente humano apareceu, empurrando um carrinho de limpeza. Eu não sabia se os serventes delatavam alunos que quebravam o toque de recolher, mas, mesmo se não fosse o caso, as expressões vazias hipnotizadas me apavoravam. Eu não queria ser pega por um deles à noite. Peguei a escadaria leste, descendo de dois em dois degraus, e empurrei a porta do primeiro andar.

A luz da sala do diretor era inconfundível. A porta estava aberta, projetando a sombra de duas silhuetas no corredor.

Eu estava completa e inteiramente ferrada.

Precisava me esconder, fugir ou tentar me proteger de alguma forma, mas como? Minhas pernas tinham virado gelatina.

A porta da escadaria leste se fechou atrás de mim, rangendo. As vozes mudaram de tom — *O que foi isso?* —, as sombras em movimento, e eu só consegui pensar que Harcote tinha sido legal, que foi bom enquanto durou.

Alguém — algo? — me agarrou por trás. Eu arregalei os olhos e quase berrei, mas uma mão apertou minha boca com força. Por instinto, minhas presas escaparam e se enfiaram na pele apertada contra meu rosto. Outra pontada aguda de pânico: será que eu tinha mordido um servente humano? Um transmissor de DFaC? Eu me debati contra quem estivesse me segurando, mas a pessoa era forte e me puxou para o espaço escuro entre a parede e um mostruário de memorabilia de Harcote. Apesar de estar de costas para a pessoa, eu poderia jurar que ela tinha um cheiro estranhamente familiar, que eu quase identificava.

Cheiro de tênis novo.

— Para de se debater e *fica quieta* — cochichou Taylor no meu ouvido.

Eu parei de me mexer. Taylor me soltou e eu me desvencilhei, virando para ela, pronta para exigir saber o que exatamente ela estava pensando… quando o clique-claque de salto alto no chão de madeira me provocou outra pontada de medo, e eu acabei me apertando ainda mais perto dela. Apoiei o braço na parede, e Taylor me envolveu com o dela, nós duas escondidas em uma só sombra.

Fazia séculos que eu não a tocava.

Da sala do diretor Atherton, vinha uma voz:

— Isso já passou dos limites… A Vampiria é melhor do que isso.

— É a sra. Radtke? — sussurrei.

Meus cílios roçaram o maxilar de Taylor, de tanta proximidade. Senti e vi Taylor confirmar com a cabeça, o rosto tenso do esforço para escutar melhor.

— … não vou mais aceitar e não estou sozinha… — a voz da sra. Radtke foi sumindo.

— Você não pode fazer esse tipo de exigência, Miriam!

A voz do diretor Atherton estremecia que nem a de uma criança emburrada dando piti. Mais uma vez, me perguntei que idade ele tinha ao ser transformado.

— O que ele está fazendo é uma ameaça para todos nós…

De repente, fiquei com medo — um medo mais amplo do que a ansiedade de perder o toque de recolher. Estávamos escutando uma conversa que definitivamente não era para nossos ouvidos. Eu estava respirando com tanta dificuldade que meu peito mal se mexia. Cheguei ainda mais perto de Taylor. Ela também mal respirava.

Uma breve pausa, até que Atherton soltou uma gargalhada incrédula.

— Leo Kontos não é ameaça nenhuma.

Ao ouvir o nome dele, Taylor ficou rígida.

O som de salto alto na madeira de novo, e então a voz da sra. Radtke, com clareza:

— Caso ele recuse, tomaremos medidas drásticas. Ponto final.

A porta da sala de Atherton foi fechada com estrondo. Os saltos de Radtke chegaram aos degraus, e a porta do Velho Monte se abriu e se fechou de novo.

Nós duas suspiramos. Eu me larguei no ombro de Taylor quando a adrenalina se esvaiu. Ela apoiou o rosto na minha testa, ainda com os braços nas minhas costas...

De repente, meu corpo ficou quente. O que eu estava *fazendo*?

Taylor devia ter pensado a mesma coisa, porque, de repente, me empurrou, e saímos rápido do nicho, abrindo espaço. Ela me chamou com um gesto e nos guiou para fora do Velho Monte, pela escuridão nos entornos do prédio.

— Porra, você me *mordeu*?

A voz de Taylor saía em um cochicho áspero. Ela esticou a mão na luz fraca. A pele entre o polegar e o indicador estava marcada por dois pontinhos vermelhos.

— É *isso* que você tem a dizer? — perguntei, secando a boca, suja do sangue de Taylor. — O que você estava fazendo lá?

— Salvando sua pele, para começo de conversa. E o que *você* estava fazendo lá? Achei que estivesse vendo filme na residência.

— Estava na sala de estudos terminando a redação para me inscrever na mentoria.

— Você deve ser a primeira aluna na história de Harcote a perder o toque de recolher para fazer *lição de casa*.

— Se eu tivesse escrito no quarto, você ficaria me enchendo o saco o tempo todo!

— Você poderia pedir para eu deixar você em paz. Já pediu antes.

Eu fiz uma careta. É claro que eu sabia ao que ela se referia: a última mensagem que eu mandara depois de ela destruir minha vida. Duas semanas morando juntas, e era a primeira vez que ela mencionava o que acontecera. Eu não estava esperando um pedido de desculpas, mas certamente também não estava esperando que ela me *culpasse*.

— Precisamos voltar antes da ronda da Radtke — falei. — Vamos nessa.

Descemos o campus correndo. Adiante, as saias da sra. Radtke farfalhando no chão de ladrilhos facilitava que ficássemos de olho nela. Em certo momento, tropecei no escuro e Radtke virou a cabeça, olhando bem na nossa direção, mas conseguimos nos esconder atrás de uma árvore a tempo.

Finalmente, eu e Taylor demos a volta para os fundos da Hunter. Nosso quarto, no último andar, parecia impossivelmente distante.

— A janela não está trancada — sussurrou Taylor.

— E como exatamente você acha que vamos chegar à janela?

A pergunta soou mais grosseira do que eu planejava. Apesar do meu rancor generalizado por Taylor, aquela situação não era culpa dela. Na verdade, tinha sido bastante sorte encontrá-la. Engoli em seco, me lembrando de que ela me puxara para as sombras, me salvara, e ali estava eu, tratando ela mal.

— Desculpa — falei —, só não posso me meter em mais confusão.

— Idem, eu odeio confusão — disse Taylor.

Não consegui me conter: dei um sorriso. Taylor apontou para a calha que descia do telhado, presa aos tijolos.

— Vamos escalar por aí — falou.

— Somos vampiras, não mulheres-aranha.

— Tem alguma ideia melhor?

Olhei para o cano, franzindo a testa. Não parecia capaz de sustentar nem o peso de um esquilo.

— Vamos lá, *Ka-the-ri-ne* — disse Taylor, arrastando devagar a voz no meu nome. — É um desafio.

Quando Taylor sorriu, a boca dela ficou torta, um lado mais alto que o outro, e o luar azulado frio pareceu se agarrar ao branco de seus dentes. Encontrei o olhar dela, reluzindo em contraste ao leque escuro dos cílios — de certa forma, vivo demais para a noite. De repente, ela parecia a garota que eu conhecia, que me fizera sentir como se tivesse encontrado uma parte perdida de mim.

Meu coração acelerou.

Segurei o cano e comecei a subir.

11

TAYLOR

Quando acordei no sábado, Kat estava penteando o cabelo depois do banho, e imagens da noite anterior me inundaram — ela apertada contra mim, meu rosto junto ao seu cabelo. Especialmente o jeito que ela me olhou quando eu a desafiei a escalar a calha. Naquele momento, cheguei a senti-la fisicamente, entre nós — aquela conexão que tínhamos.

Que *tivéramos*, um dia.

Eu mal tinha colocado as pernas para fora da cama quando ela falou:

— E aí, decidiu o que vai fazer? Porque sei que você vai fazer alguma coisa a respeito daquela história do sr. Kontos, e espero que não seja nenhuma idiotice.

— Uau, estou me sentindo muito julgada agora.

Kat parou de se pentear e me lançou um olhar irritado, que de jeito nenhum fez meu coração bater mais forte.

— Então você não vai fazer nada?

— Nossa, quem você acha que sou? Não podemos deixar Radtke perseguir Kontos!

Ela voltou a se olhar no espelho.

— Nem tenho certeza se é isso mesmo que está acontecendo. A sra. Radtke estava falando de uma enorme ameaça, e o sr. Kontos é... ele é tão *gentil*.

Mordi o lábio. Um dia antes, eu teria concordado com Kat, mas teria sido antes de Kontos ter me confessado ser reunionista. Eu não pretendia contar para Kat, mas, se por acaso Radtke soubesse disso, explicaria muita coisa.

— Radtke é uma vatra. Vatras ainda se sentem ameaçados pela invenção da luz elétrica. Kontos... não é um vatra — falei. — Talvez seja essa a questão.

— O que os vatras querem, afinal? Achei que fosse só um estilo horroroso.

— São supremacistas vampiros — expliquei. — Não que essas ideias sejam raras na Vampiria, mas os vatras são especialmente vidrados nelas. Eles acham que, desde que a DFaC impossibilitou que vampiros se alimentassem de humanos, a cultura vampírica se perdeu. Acham que os Sangue-Frescos precisam saber que existiu um *passado*, quando fazer cosplay de morcego não era absurdo, e vampiros eram criaturas obscuras da noite que dormiam em caixões mofados.

E, lembrando que Kat não fora agraciada com dois anos de educação vampírica, acrescentei:

— A parte mais idiota é que isso é basicamente uma fantasia inspirada em filmes do Bela Lugosi e livros da Anne Rice. Até onde eu sei, antes do Perigo, não *existia* cultura vampírica. Nem existia a Vampiria. Um vampiro solitário podia passar décadas sem nem esbarrar em outro sanguessuga, então era literalmente impossível que surgissem tendências estéticas idiotas.

Kat estava de testa franzida.

— Nunca ouvi falar disso... então o Perigo uniu os vampiros?

— Os vampiros que não matou, sim. Quem sobrevivia tinha acesso regular a Hema. Ou seja, pela primeira vez, os vampiros começaram a se juntar, a conversar entre si. É a essência da Vampiria. Os vatras surgiram como uma moda nostálgica.

— Então é por isso que a sra. Radtke ensina Ética Vampírica, para que os Sangue-Frescos sejam bons vampirinhos — disse Kat. — Não que isso tenha nada a ver com o sr. Kontos. Ele é só um professor de química. Não está exatamente corrompendo a juventude.

— Isso mesmo.

É claro que a conversa da noite anterior dava um pouco a impressão de que ele estava tentando me recrutar para uma seita reunionista, mas nós já éramos amigos há quase dois anos antes de esse assunto ser mencionado. Ele não estava nem perto de iniciar uma insurreição pelo campus.

— O que quer que esteja rolando, definitivamente não é da nossa conta — disse Kat. — Então, quando você se meter, não menciona meu nome, tá?

— Claro. Geralmente eu mal lembro que você existe.

Só na tarde de terça-feira consegui finalmente encurralar Kontos na sala dele, anexa ao laboratório de química. Provavelmente era a sala menos elegante de Harcote. A mesa estava coberta por pilhas enormes de papéis e provetas cheias das canetas retráteis que ele adorava. Uma estante gigantesca se destacava da parede, dando à sala uma sensação ainda mais apertada. No parapeito da janela, uma família de cactos envasados sobrevivia a duras penas.

Ele sorriu debaixo do bigode volumoso.

— Taylor, olá!

Eu não me sentei. A única cadeira disponível já estava ocupada por uma pilha de livros.

— Precisamos conversar. Você está metido em encrenca.

Contei tudo para ele, deixando Kat de lado: que ouvira Radtke tentando convencer Atherton que Kontos era uma espécie de ameaça. Enquanto eu falava, Kontos tamborilava com o polegar no queixo, como se achasse *graça* de uma colega tentar destruir sua vida.

— Atherton ficou bem furioso com ela, mas não parecia que ela aceitaria não como resposta — concluí.

Ele suspirou.

— Obrigado por compartilhar isso comigo, Taylor, mas não há motivo para preocupação. Miriam Radtke e eu temos uma ótima relação. Se ela tiver algo a discutir comigo, ela me procurará.

— *Medidas drásticas,* Kontos! Foi exatamente o que ela disse.

— Ficarei de olho em tudo que me parecer drástico, então. Sério, você não tem por que se preocupar.

Fechei a cara, e continuei de cara fechada no caminho da aula seguinte. Eu me sentia zero por cento melhor quanto à situação. Kontos podia ter certeza que era um mal-entendido inofensivo, mas ele era ingênuo — *bondoso* — demais para acreditar no contrário. Eu não estava disposta a deixar ele se ferrar assim, especialmente nas mãos de Radtke.

Alguma coisa estava acontecendo, e eu ia descobrir o que era.

KAT

O cheiro metálico e adocicado de Hema encheu o salão no Jantar Formal de terça-feira. Ainda me causava um frenesi bem específico, mas a pontada de desespero se fora. Eu estava me acostumando devagar com o fato de que sempre haveria Hema suficiente — o quanto eu quisesse, quando eu quisesse.

O primeiranista sentado ao meu lado esbarrou com o dente na colher e derramou um fio vermelho pela roupa. Abri um sorriso tranquilizador.

— Eu também levei um tempo para me acostumar com Hema, mas depois de um tempo você nem vai mais sentir falta de comida humana.

Ele me olhou com azedume.

— Eu bebo Hema desde *bebê*. Comida humana é nojenta.

Galen observou a cena do outro lado da mesa. Ele estava todo de preto, de novo, com uma roupa que deveria lembrar um garçom, mas dava a impressão de que ele passara a tarde tomando café expresso e lendo poesia em um café parisiense.

— Não é culpa minha ninguém nunca ter dado Doritos para essa criança — falei.

Uma ruga elegante surgiu entre as sobrancelhas de Galen.

— Um Do-quê?

O diretor Atherton chamou a atenção do salão para os anúncios. Sempre que fazia isso, o impacto emocional de uma sala cheia de Sangue-Frescos ameaçava atordoá-lo, mas, naquele dia, o rosto dele estava ainda mais vermelho do que de costume.

— Tenho notícias muito emocionantes a compartilhar com vocês, meninos e meninas — ele começou. — Sei que estão todos ávidos para saber quem foi selecionado para a mentoria com o sr. Victor Castel. É mesmo emblemático do colégio que tantos de vocês tenham se inscrito, pois essa atitude de iniciativa é uma das virtudes vampíricas que distingue os estudantes de Harcote!

Enquanto o diretor Atherton falava, Galen se virou elegantemente no assento na direção da frente da sala, o braço apoiado no encosto da cadeira. Ele manteve a expressão educadamente neutra, parecendo quase entediado.

Eu me perguntei se ele já desejara qualquer coisa que não tinha certeza de conseguir. Será que ele estava ciente de que todos os alunos e professores no refeitório fingiam acreditar em uma mentira, só por causa dele?

— É um prazer anunciar que a mentoria será outorgada a...

O diretor parou para efeito dramático, o que ninguém valorizou.

Naquele breve momento, Galen levou o punho à boca e apertou os dentes. Era um gesto sutil, que teria parecido casual se eu não conseguisse ver a tensão em suas mãos, ou no músculo tremendo no maxilar.

Ele se importava, *sim*, com aquilo, mesmo que sua vitória fosse garantida.

— Galen Black! — anunciou o diretor.

Galen abaixou a mão imediatamente, um sorriso confiante se abrindo em seu rosto, aquela maldita sobrancelha fisgada em um arco de novo. Aplausos educados encheram o ambiente, quase barulhentos o suficiente para esconder os gemidos de decepção. Galen se levantou um pouco e fez uma reverência curta e tranquila — como se tivesse tido tantas ocasiões dignas de reverência em sua vida que soubesse exatamente como calibra-la para as pessoas saberem que ele agradecia o apoio, mas sem exagero.

Aplaudi com todo mundo, fingindo que a decepção não florescia no meu peito. *Quem não arrisca, não petisca,* dissera a sra. Radtke. Mas era possível arriscar e ainda assim passar fome. Pessoas como eu deveriam ficar felizes de terem a oportunidade de serem consideradas. Ganhar mesmo era exclusividade dos Galens do mundo.

— Não é só isso! — continuou Atherton. — As inscrições foram *excepcionalmente* impactantes, de tanta qualidade, de fato, que o sr. Castel aceitou ser mentor de *dois alunos*. Tenho um segundo nome a anunciar!

De repente, minha decepção se esvaiu, e senti um frio na barriga — não, frio na barriga é mais para coisas boas, e aquilo ia ser ruim. Estava mais para um soco na barriga.

— O segundo nome é...

O soco ficou mais forte.

— Ah, que linda surpresa! Nossa nova terceiranista, Katherine Finn!

Fez-se silêncio por um segundo eterno. Fiquei paralisada na cadeira, boquiaberta.

Até que o sr. Kontos apertou meu ombro, e o resto da mesa me mandou levantar. Esbarrei com a cadeira na mesa atrás da minha ao ficar de pé.

O primeiro rosto que vi foi o de Taylor. Ela olhou bem nos meus olhos enquanto o resto do refeitório ainda se perguntava onde a tal aluna nova estava sentada. Ela não estava sorrindo. Havia uma expressão estranha e amarga em seu rosto, quase de decepção. Eu sabia que Taylor era uma das poucas pessoas que não se inscrevera para a mentoria — ela disse que seria uma punhetagem e que preferia passar os dias dormindo do que puxando o saco de um safado de terno de quinhentos anos. Talvez Taylor passasse a vida toda tentando provar que era melhor que todo mundo, mas eu queria provar outra coisa: que era tão boa quanto o resto, nem pior, nem melhor. Eu era como eles. Igual.

Quem não arrisca, não petisca.

Levantei o queixo para ela.

— Acreditam nisso? — disse Kontos, quando voltei a me sentar. — Quando falaram dos Melhores dos Melhores, acho que estavam se referindo à mesa doze do Jantar Formal! Parabéns, Galen e Kat!

12

KAT

Eu estava vibrando de animação quando o jantar terminou. Galen e eu fomos pessoalmente parabenizados pelo diretor Atherton, que nos informou que a primeira reunião com o sr. Castel seria no dia seguinte. Eu nem me incomodei de ter que descer o campus com Galen, que ficou basicamente em silêncio enquanto eu tagarelava sobre a mentoria. Apesar de toda a defesa (completamente desnecessária e arrogante) que Galen vivia fazendo de Victor Castel, ele não parecia nem um pouco satisfeito, não desde o momento em que o diretor chamara seu nome. Bom, para ele, tudo aquilo era inevitável. Para mim, era a realização de um sonho.

De volta à Hunter, encontrei as garotas espalhadas pelos sofás do térreo. Lucy ergueu o olhar de corça do celular.

— Como é ser a Escolhida, Kitty Kat?

— Sinto muito por vocês não terem sido selecionadas — falei, porque parecia adequado, mesmo que eu não sentisse muito. — Sei que todo mundo queria a mentoria.

Evangeline bufou.

— Até parece que *eu* preciso da ajuda de Victor Castel. Todo mundo estava falando sobre isso, e acho que sabemos por que escolheram você.

— Foi um concurso — falei, desconfiada. — Escrevi uma boa redação.

Lucy voltou a digitar no celular.

— Só queremos que você saiba o que dizem por aí.

— Ah... obrigada — consegui dizer. — Então, por que eu ganhei?

Evangeline me encarou com olhos azuis límpidos e inexpressivos.

— Porque você não é ninguém. A gente pesquisou no diretório, e ninguém nunca ouviu falar da sua mãe. Seu pai não está nem *listado*.

— Meus pais não estão juntos.

Tecnicamente era verdade, apesar de não ser muito preciso. Eu não devia a Evangeline nem a Lucy a história da morte do meu pai.

— Não vejo qual é a importância disso — acrescentei.

— A importância é que seus pais não têm nenhum tipo de contato. Talvez seus presancestrais tenham mexido uns pauzinhos, mas nem sabemos quem eles são — disse Evangeline.

— Honestamente, é meio estranho — acrescentou Lucy.

Fiquei paralisada.

Lucy levantou as sobrancelhas.

— Agora é o momento em que você conta quem são seus presancestrais, Kitty Kat.

Ela estava certa. Eu tinha escondido por bastante tempo, e elas não parariam de perguntar até saber. Pelo menos, se eu contasse diretamente — ou seja, *mentisse* diretamente —, poderia controlar, pelo menos um pouco, o que diziam pelas minhas costas.

— Hum, na verdade, eles não sobreviveram ao Perigo. Os dois morreram antes de eu nascer. Mas realmente, não eram pessoas muito importantes. Quer dizer, meus presancestrais nunca foram consortes do imperador chinês, nem conselheiros de Vlad, o Empalador, nem nada disso, que nem os seus. Eles eram ninguém, que nem eu.

— Uau, é ainda melhor do que imaginamos — disse Evangeline, torcendo a boca. — Você faz *mesmo* tudo parecer igualitário.

Senti o rosto arder. Evangeline estava certa, é claro. Era a imagem perfeita: o Menino de Ouro e a Menina de Lugar Nenhum. Galen se destacaria ao meu lado.

— Nada nunca é justo, certo? — falei.

— É verdade — disse Evangeline, com um sorriso de pena.

Eu não gritei com ela. Não chorei. Segurei a tempestade de sentimentos no meu punho e o mantive cerrado ao sair do salão. Não dei a elas a satisfação de me verem subir a escada correndo. No entanto, para aguentar, precisei prender a respiração até a porta do quarto estar fechada atrás de mim, e eu me largar contra ela, no chão.

Lágrimas quentes de frustração desceram pelo meu rosto. Não deveria doer tanto assim. Afinal, eu não tinha ilusão alguma de que Lucy e Evangeline fossem pessoas *gentis*. Era só que eu andava desempenhando meu papel da melhor forma que podia. Tinha me convencido de que, pelo menos às vezes, isso seria suficiente para as garotas esquecerem que eu não vinha do mesmo mundo delas. No entanto, no segundo em que eu ganhara algo que elas queriam, elas não perderam tempo em me lembrar do que eu merecia, ou não.

O pior era terem cutucado a ferida que mais doía: o pedigree vampírico que eu não tinha, a história pessoal que eu desconhecia. O fato de o presancestral da minha mãe não ser uma boa pessoa — ele tentara matá-la, e a transformara sem querer — não impedia que eu me perguntasse quem ele era de fato. E se ele estivesse, sim, no nível dos presancestrais das outras harcotinhas? Como seria minha vida se ele tivesse se mantido presente, agido como presancestral para minha mãe e eu? A parte mais estranha era que, como eu *sabia* quem era a presancestral do meu pai, não precisava imaginar nada a respeito dela, o que tornava mais fácil aceitar sua ausência. Porém, ao pensar no da minha mãe, a sensação era de uma frase inacabada. Parte de quem eu era como pessoa — como vampira — estava faltando.

Além disso, o pouco que eu sabia sobre ele precisava ser mantido em segredo. Os costumes vampíricos, especialmente desde o Perigo, davam muito valor a saber o pedigree. Era o presancestral que deveria nos guiar pela vida como vampiro, nos ensinar a caçar ou a lidar com deixar a vida humana para trás. Era claro que, desde o Perigo e a geração Sangue-Fresco, vampiros não precisavam mais aprender essas coisas, mas não fazia diferença. Era tradição, e o fato de ser irrelevante fazia alguns vampiros se agarrarem a ela com ainda mais força.

Vampiros como os Sanger.

Taylor e eu sempre tínhamos nos prometido: *sem segredos*. Deveria ser uma promessa fácil para uma criança de dez anos, mas, desde que cruzamos os dedos mindinhos e beijamos os polegares, eu entendi que não poderia cumpri-la. Tinha feito outra promessa, muito mais séria, a minha mãe: que nunca contaria a verdade a respeito de seu presancestral. Não era da conta de ninguém, ela dizia, o que tornava aquilo uma mentira inocente.

No entanto, quanto mais eu crescia, mais sentia o peso da desonestidade. Minha mãe inventara toda uma história a respeito de seu presancestral, mas, sempre que a repetia, eu estava mentindo sobre *mim* também. Tinha perdido a conta de quantas vezes repetira aquelas mentiras para Taylor.

Eu contara a verdade a Taylor por volta da época em que ela se inscrevera em Harcote — no inverno dos nossos treze anos. Estávamos no quarto dela, supostamente fazendo dever de casa, mas, na verdade, só conversando. Lembro que estávamos deitadas na cama, ela com a cabeça no meu colo, rindo de alguma coisa que já esqueci. Ela se virara de lado para me olhar.

— Não acredito que estão me obrigando a ir para aquela escola idiota sem você.

— Nem eu — dissera, enrolando um cacho do cabelo dela no meu dedo. — Mas estarei aqui quando você voltar nas férias.

Ela sorrira para mim, um sorriso enviesado.

— Talvez eu sabote a inscrição. Sabe, tenho que escrever uma redação sobre uma lição importante que aprendi com meus presancestrais. Talvez eu só conte que não tenho nenhum.

Minha mão paralisara no cabelo dela.

Ela se sentara. Sabia que tinha algo de errado.

— Sem segredos — cochichara.

Ainda assim, eu não *precisava* contar a verdade. Mas eu quis. Éramos tão próximas. Eu sentia, do fundo do meu coração, que podia confiar nela. Queria confessar para minha melhor amiga que eu não sabia exatamente quem eu era.

Tentei me perdoar por esses erros.

Mas não perdoei Taylor. Ela mal esperara para contar aos pais. E eles mal esperaram para nos expulsar.

De repente, senti tanta saudade da minha mãe que ficou difícil respirar. Nossa vida em Sacramento podia até me sufocar às vezes, mas ainda fazia sentido de um jeito que Harcote e os vampiros dali nunca fariam. Desde que chegara em Harcote, eu só havia mandado mensagem para ela para lembrar que estava viva.

Estava com o celular na mão. Podia ligar e contar a boa notícia da mentoria. Ela ficaria feliz, não?

Mas e se não ficasse?

Apertei o rosto no cotovelo e fechei os olhos com força para segurar as lágrimas. Eu não queria chorar, não mesmo. Queria descer e ouvir minhas novas amigas dizerem que eu merecia aquilo, queria estar ao lado de Galen Black sem me sentir um bebê idiota. Naquele momento, odiei minha mãe, porque eu teria conseguido passar por tudo aquilo fingindo normalidade, se ela ao menos sentisse orgulho de mim.

Bem nessa hora — *é claro* —, Taylor subiu a escada. Eu não podia deixar ela me encontrar à beira do surto total. Eu me levantei de um pulo e consegui fingir estar fazendo alguma coisa à mesa antes de ela escancarar a porta.

Por algum motivo horrendo, ela estava *cantando.*

— *Olha que coisa mais linda, mais cheia de graça, é a queridinha da Vampiria, que morde e que passa...*

Eu não a olhei.

— Tem como não ser uma escrota comigo, só hoje?

Minha voz saiu pesada, mas pelo menos sem tremer.

— Que campeã graciosa — falou, tirando o paletó que usara no jantar. — Achei que você fosse ficar feliz.

— Fiquei...

Minha voz falhou.

Merda.

Escondi o rosto nas mãos, lágrimas escapando pelas curvas das palmas.

— Ah, não, ei... o que houve?

A voz de Taylor era tranquilizadora. Ela levou a mão ao meu ombro, apertando com uma pressão calma, o que só me fez chorar mais, porque como era possível *Taylor Sanger* estar me confortando? Eu não podia contar para ela o que tinha acontecido — mas que diferença fazia, se ela fingia se importar comigo bem quando eu precisava que alguém se importasse?

— As meninas foram escrotas com você? — perguntou. — Porque elas são péssimas quando sentem inveja. Quer dizer que gostam de você.

Continuei cobrindo o rosto com as mãos — por algum motivo, ainda me parecia importante que ela não me visse chorar —, mas me virei para ela, e ela levou a outra mão ao meu braço, os polegares massageando meus ombros em círculos ritmados.

— Tudo aqui é tão... — comecei, mas não consegui falar mais, de tanto chorar.

Funguei dramaticamente para impedir um rio de catarro de escorrer pelo meu rosto.

— Eu sei — disse ela, baixinho. — Às vezes, isso aqui é uma merda, né?

Inspirei fundo, trêmula.

— É.

Devagar, Taylor tirou minhas mãos do rosto. Eu deixei. Ela me olhou, as sobrancelhas franzidas, fazendo biquinho.

— Oi — falou.

— Oi — murmurei.

— Posso te abraçar?

Funguei e concordei com a cabeça, e então Taylor me envolveu com braços fortes e firmes, e eu retribuí. De algum modo, apesar de ainda estar chorando — apesar de nem ter contado a Taylor o que acontecera —, me senti mais equilibrada, mais eu mesma.

Quando Taylor me soltou, eu quase não quis soltá-la, mas acabei me afastando.

— Obrigada. Desculpa, eu só...

— Jura que vai se desculpar por chorar?

Assim, de repente, não havia mais aquela suavidade. Taylor já estava do outro lado do quarto, guardando no armário os tênis que tinha usado. A sapateira era a única parte do quarto que ela mantinha minimamente organizada.

— Daqui a pouco você vai o quê, se desculpar por ter presas pontudas demais? — acrescentou.

— Mas elas são *mesmo* pontudas demais. Daria para matar alguém com esses troços.

Taylor riu, mas havia alguma agitação ali. O quarto parecia desequilibrado, cheio de energia mal canalizada.

— De quem é a carta? — perguntou Taylor, apontando minha cama com a cabeça.

Tinha um envelope cor de creme no meu travesseiro. Eu não tinha notado. Meu nome estava escrito na frente. Eu o rasguei.

Cara Kat — eu não planejava entrar em contato diretamente, contudo, me satisfaz saber que você demonstrou excelência em suas primeiras semanas em Harcote. Meu investimento em você não foi inadequado. Parabéns por ganhar a mentoria com o sr. Victor Castel. Use esta oportunidade para desafiar seus limites.

A carta não estava assinada, e o papel de carta não indicava nada, mas eu sabia de quem era: do Benfeitor. Ele provavelmente sabia da seleção antes do anúncio. É claro — ele obviamente era algum tipo de amigo do colégio, talvez amigo do diretor Atherton. Mesmo que minha mãe não entendesse o que eu estava fazendo ali, pelo menos o Benfeitor entendia.

— De quem é? — insistiu Taylor.

Enfiei a carta na gaveta da escrivaninha. Eu já tinha aprendido a lição: Taylor não precisava saber do que não era da conta dela.

— É da diretoria, me parabenizando — tratei de mudar de assunto. — Você já acabou de estudar para a prova de cálculo?

Taylor afundou na cama.

— Vou no improviso. Sou péssima em matemática.

— Como mulher, você está proibida de dizer que é péssima em matemática. É ilegal, porque é machismo internalizado. Você é internamente machista?

— Não... espero que não.

Revirei minha mochila. Não era exatamente que eu *devesse* a ela pelo abraço; eu só queria fazer algo gentil em troca.

— E você muito provavelmente *não* é péssima em matemática, porque nunca vi você estressada e nem estudando, e ainda assim você passa de ano. Só posso concluir que é um gênio com atitude horrível.

Taylor coçou a orelha.

— Achei que todo mundo adorasse minha atitude.

Ofereci um caderno para ela.

— Dá uma olhada no meu guia de estudos, e aí a gente pode trabalhar tudo que você não entender. Tá bom?

Taylor pegou o caderno.

— Tá bom.

TAYLOR

Era para eu fazer o quê? Ficar ali parada e deixar ela chorar?

13

KAT

No dia seguinte, depois das aulas, um helicóptero pousou no campo de lacrosse.

Um *helicóptero*.

Estava à minha espera. Bem, de mim e de Galen. O piloto prendeu nosso cinto e nos entregou os fones de ouvido, e então subimos, subimos, e subimos. Fiquei com o rosto grudado na janela. Enquanto os prédios e as árvores do campus iam diminuindo lá embaixo, os outros alunos se viravam para o barulho, os cabelos esvoaçantes, acompanhando nossa subida.

— Dá pra acreditar? — perguntei a Galen.

Pelo fone, eu soava um pouco ofegante. Ele me olhou de relance, com a compostura de sempre. Será que Galen já ficara emocionado com *qualquer* coisa?

— É claro que sim — falei. — Você provavelmente vive voando de helicóptero.

— Pode-se dizer que já fui convocado, sim.

Ele voltou a olhar pela janela. Eu não sabia ao que se referia — não tínhamos sido *convocados*, Victor Castel queria uma reunião —, mas Galen não elaborou. Pouco depois, descemos em um terreno residencial, o vento do helicóptero achatando o gramado verde e sacudindo os arbustos mais próximos.

Uma espécie de mordomo vampiro nos indicou o caminho, passando por uma quadra de tênis, o que parecia um labirinto de sebes, e uma piscina enorme alimentada por um chafariz chique, até uma casa tão gigantesca que nem era justo chamá-la de casa. Descemos por um corredor de mármore atrás do outro. Eu já tinha perdido a noção do trajeto e de quantos cômodos tinham passado quando pegamos um elevador para o segundo andar — que tipo de casa tinha *elevador?* — e fomos levados a uma biblioteca. Galen, mais retraído do que nunca, não se sentou, então eu também não.

Estantes subiam até o teto, repletas de livros que pareciam legitimamente antigos. Uma parede exibia um quadro que parecia pertencer a um livro didático de história da arte. Olhei com mais atenção — talvez estivesse *mesmo* em algum livro de história da arte.

Claro que eu sabia que era pobre comparada aos outros alunos de Harcote. Era nítido em tudo que eles faziam, e não só na sala dos correios, sempre transbordando de compras que tinham feito na internet, ou no fato de trocarem de celular assim que a tela rachava um pouco. Era nítido na confiança que exalavam, na certeza com a qual nasciam e na qual nem precisavam pensar. Eu pensei que entendia de onde vinham, por causa dos anos passados com os Sanger, mas a riqueza de Victor Castel era tanta que fazia com que os Sanger parecessem humildes. Galen ver aquilo tudo sem comoção, achar *normal,* deixava claro que havia todo um mundo de dinheiro do qual eu não sabia nada. Por algum motivo, isso tudo me parecia mais um teste no qual eu estava reprovando.

Até que a porta se abriu, e Victor Castel entrou.

Em uma primeira olhada, ele não era nada demais: apenas um homem mais velho com olhos fundos, vestindo um suéter de gola larga, alguém que eu poderia ter servido lá na lanchonete do clube. Ainda assim, ao mesmo tempo, a energia que emanava dele preenchia a pequena biblioteca até explodir. Era a energia suave e forte dos ternos discretamente caros, das viagens de helicóptero para fugir do trânsito, da autoridade de dizer *está resolvido* e ser verdade. Uma energia que poderia cortar os problemas da minha vida como uma faca afiada separando a gordura da carne.

Ele se aproximou de mim com passos largos e diretos. No caminho, sorriu, revelando presas compridas e estriadas.

— Você deve ser Kat Finn — falou, estendendo a mão. — É um prazer conhecê-la.

Quando fui apertar a mão dele, me lembrei do que Lucy dissera. Não podia demonstrar minha empolgação, nem que meu coração batia tão rápido que eu estava quase tremendo. Soltei minhas presas com a maior tranquilidade que consegui e entreabri a boca o suficiente para revelá-las.

— Obrigada, sr. Castel. É uma honra estar aqui.

Ele apertou minha mão. Ao fazê-lo, me olhou com muita atenção, como se buscasse algo em mim — algum defeito, certamente, que provaria que eu não deveria estar ali, ou que desequilibraria a comparação com Galen. Endireitei os ombros sob seu olhar. Finalmente, ele desviou o rosto.

— Por favor, me chame de Victor — falou, antes de apontar para o sofá de encosto arredondado. — Sentem-se — ordenou.

Nós nos sentamos. Victor se sentou na poltrona diante de nós e nos analisou, as mãos em campanáric. Ele ainda não tinha falado nada sobre a presença de Galen.

— Parabéns por terem sido selecionados para a mentoria. A competição foi de altíssimo nível, então é uma conquista e tanto. Galen, nós nos conhecemos bem, então, Kat, gostaria que você me contasse sua história.

Minhas sobrancelhas saltaram.

— Minha história?

Eu não queria dizer nada que ele não gostaria, nada que enfatizaria o quão deslocada eu estava em uma casa daquelas, com ele e Galen.

— Certamente não é tão interessante para alguém como o senhor — falei.

Victor se inclinou para a frente, concentrado em mim.

— Nunca diga isso a respeito de si mesma, Kat. Estou aqui. Estou ouvindo.

— Certo. Perdão.

Engoli em seco e comecei. Esbocei a narrativa da minha vida, nossas muitas mudanças até alguns anos na Virginia e, finalmente, Sacramento. Fiquei surpresa pois, quando comecei a falar, Victor pareceu genuinamente interessado em ouvir. O olhar dele se fixou no meu, e ele fez perguntas a respeito do trabalho da minha mãe na clínica de DFaC, da experiência de estudar com humanos, e de crescer sem outros vampiros por perto. Percebi que eu realmente queria responder. Nenhum adulto me ouvira assim antes.

Finalmente, ele perguntou:

— E o seu pai?

— Ele faleceu quando eu era pequena.

Senti Galen ficar tenso ao meu lado. Joguei um olhar de soslaio que esperava ser devastador. Queria que ele soubesse que eu estava contando aquilo para Victor, e que ele só estava escutando também por acaso.

— Foi DFaC — expliquei.

Victor sacudiu a cabeça.

— É uma pena que alguns vampiros tenham continuado a tomar riscos desnecessários apesar da disponibilidade de Hema.

— Não foi um risco desnecessário — falei, irritada, sentindo um gosto amargo na boca. — Quando nasci...

Eu não acreditava que ia dizer aquilo para Victor Castel, na frente de Galen Black.

— ... meus pais nem sempre podiam pagar por Hema — continuei. — Meu pai não se alimentava de humanos por diversão. Ele estava com fome.

Galen me olhou levemente boquiaberto. Victor o olhou com frieza, e notei Galen endireitando a postura.

Eu queria continuar, perguntar sobre a questão do preço de Hema, mas Victor falou:

— Seus presancestrais certamente poderiam intervir.

Prendi a respiração e abaixei o olhar para as pregas da saia. Esperava que, se eu parecesse chateada o bastante, ele mudaria de assunto por educação.

— Eles faleceram no início do Perigo — sussurrei.

Victor estendeu o braço e apertou minha mão.

— Não é justo que você tenha crescido sem seu pai, nem seus presancestrais. Que tragédia perdê-los dos dois lados.

Eu o olhei. Ele estava com aquela expressão caída de pena que todo adulto fazia ao saber do meu pai e, se fossem vampiros, dos meus presancestrais. Sempre me incomodava, mas, por algum motivo, dessa vez senti uma tristeza repentina e profunda — por meu pai ter partido, por não ter presancestrais, por haver pessoas que deveriam ter estado presentes na minha vida, mas não estiveram. Não era *mesmo* justo, e não só porque chamava atenção em Harcote. Eu raramente sentia, mas me faltava parte de mim.

— Meus pêsames, Kat — disse Victor. — Fico muito feliz por você estar aqui. Quero que saiba que estou aqui para ajudar como puder.

Mesmo depois de ele se recostar na poltrona, senti o calor de seu toque em minha mão. *Victor Castel*, o vampiro mais poderoso do mundo, estava me tranquilizando, prometendo me ajudar como pudesse. E se a mentoria compensasse parte do que eu tinha perdido? Pensar nisso fez um nó tão grande apertar minha garganta que não sabia se conseguiria falar mais. Felizmente, Victor mudou de assunto, voltando à questão da mentoria.

— Serei muito direto. Não estou interessado em ser mentor de um aluno. Estou interessado em um sócio júnior. Alguém que possa representar a geração Sangue-Fresco.

Meu coração afundou. Era o que Evangeline dissera: a história toda era armação para coroar Galen como realeza vampírica. Galen estava ainda mais sério do que de costume, as costas muito eretas, as mãos apoiadas de leve nos braços da cadeira. Eu me perguntei se ele sabia o que Victor diria.

— Na história da Vampiria — continuou Castel —, nunca houve nada semelhante à geração Sangue-Fresco. Um grupo de vampiros, sem experiência humana, poupados do trauma da transformação. Os Sangue-Frescos ainda estão começando a amadurecer, mas já correspondem a um terço dos vampiros deste país. A Vampiria entra em uma nova era. É hora dos Sangue-Frescos terem seu lugar na mesa.

— Seu lugar em que mesa? — perguntei estupidamente.

Victor concentrou o olhar em Galen.

— O que acha que quero dizer, Galen?

Galen se encolheu, só um pouco — como se a camada de confiança que sempre carregava fosse um pouco mais fina sob a atenção de Victor.

— A Vampiria é um organismo vivo — começou Galen, como se respondesse de memória, repetindo as palavras de outra pessoa, talvez do próprio Victor. — É uma sociedade de vampiros que cresce e muda, floresce ou fratura. Sua saúde é moldada pelas escolhas de seus líderes. Victor acredita que é hora de termos representantes entre esses líderes.

Eu nunca tinha pensado que a Vampiria tivesse líderes.

— Parece que está falando de, tipo, um *governo* vampírico. Não deveria ser formado por eleição, para todo mundo opinar?

Victor sorriu para mim de um jeito apenas um pouco condescendente.

— Você tem uma mente ativa e uma perspectiva única, Kat. Foi por isso que a selecionei para a mentoria, pois me enxergo nisso, mas você não pode esperar que todos a seu redor pensem da mesma forma. O que aprendi, em centenas de anos nesta Terra, é que as pessoas precisam de líderes, mas ficam mais felizes se não se sentem lideradas.

— E esse líder deve ser o senhor? — falei, antes que conseguisse me conter.

— Poderia ser *você*.

Mordi a bochecha. Não podia ser eu. Eu sabia, mas, mesmo assim, meu peito acelerara. Não dava para me conter: eu queria que Victor visse tal potencial em mim. A atenção dele em mim, os músculos do canto dos olhos apertados e a sobrancelha franzida, me dava a sensação de que talvez visse.

— Pense na sua imortalidade, no quanto ainda vai viver. Tente, tente de verdade, compreender isso. Que mundo construiria, se tivesse o poder para tal?

Quem não arrisca, não petisca.

— Vou dar um exercício para vocês fazerem antes da próxima reunião. Quero que identifiquem de onde surgirá a próxima maior ameaça à Vampiria, e se preparem para me apresentar a resposta.

Ameaça à Vampiria. Não era o que eu ouvira naquela noite, com Taylor — a sra. Radtke dizendo que o que o sr. Kontos fazia era uma ameaça para todos nós? Eu nunca pensara seriamente na Vampiria como algo que poderia ser ameaçado, como o organismo vivo que Galen descrevera.

— Galen, não quero saber de preguiça. Espero o máximo de você. Não quero dizer aos seus pais que me decepcionei.

— Não se preocupe, senhor — disse Galen. — Não vou decepcioná-lo.

— Nem eu, senhor... Victor — falei. — Não vou decepcioná-lo. Muito obrigada pela oportunidade.

O brilho quente de seu foco voltou-se para mim.

— Não me agradeça, Kat. Você mereceu.

Naquele segundo, eu soube que faria qualquer coisa para provar que ele estava certo.

Galen passou o trajeto de helicóptero da volta com uma carranca elegante. Tive que me esforçar muito para não permitir que ele acabasse com meu entusiasmo. Quando estávamos andando do campo de lacrosse até as quadras residenciais, ele finalmente falou.

— Você deveria tomar cuidado com o que diz perto dele — disse, hesitante. — Quando perguntou se ele seria o líder, por exemplo. Victor não gosta dessas coisas.

Olhei feio para ele. Precisava dos conselhos de Galen tanto quanto confiava neles: nem um pouco.

— Ele disse que está interessado na perspectiva da geração Sangue-Fresco. Ele quer saber o que pensamos.

Um vento frio soprou colina abaixo, espalhando as folhas ao nosso redor.

— Ele gosta de controlar o que lhe pertence — disse Galen. — Tome cuidado, Kat.

14

TAYLOR

Kat estava praticamente efervescente depois da reunião com *o* Victor Castel. Helicópteros, aquela casa enorme, um especial tempo a sós com o especial do Galen. Eu estava esperando a parte em que ela notaria que Castel era um tremendo canalha.

Eu o conhecera uma vez. Por algum motivo, ele fora lá em casa visitar meus pais. Lembro que foi no mesmo inverno em que Kat e a mãe deram no pé, porque, nos três minutos em que fui deixada a sós com ele na sala, ele me perguntara se eu ia me inscrever em Harcote e dissera que estava orgulhoso de mim — como se fosse da conta dele. Ele me olhara como se me analisasse, me avaliando como um dos valiosos membros da geração Sangue-Fresco. Às vezes dá para notar quando há algo de errado com alguém, e eu soube na hora que era o caso de Victor Castel.

Olhei pela janela enquanto Kat trocava o uniforme por um moletom. Sabia que seria um moletom de Harcote, porque Kat nunca usava roupas que trouxera de casa.

Lá fora, vi uma silhueta sombria vestida com anáguas decrépitas subindo o caminho do campus.

— Olha, Radtke está saindo.

— E daí? — perguntou Kat. — Ainda falta duas horas para o toque de recolher.

— *E daí* que ela nunca sobe o campus tão tarde.

Depois de conversar com Kontos, eu havia feito um rápido inventário de tudo que sabia sobre Radtke: ela gostava de me encher a paciência, não tinha problema nenhum em cobrar o Código de Honra idiota sempre que estava a fim, e o perfume preferido dela era naftalina.

Não havia praticamente nada sobre ela na internet. Havia um perfil em uma rede social, aparentemente criado para participar de um grupo de famílias de pessoas que morreram de DFaC, mas ela nunca postara nada. Eu não sabia como interpretar aquilo, honestamente. Tinha recorrido a investigar vinte e cinco anos de anuários de Harcote para confirmar que ela estava ali desde que Atherton se apossara do antigo internato masculino, expulsara os alunos, e o convertera em uma agradável incubadora de Sangue-Frescos. Desde então, ela morava no anexo da residência Hunter. Tomar cuidado para entrar e sair da parte da biblioteca dedicada à história de Harcote sem que ninguém notasse minha tosquice foi minha primeira tentativa de ser uma espiã.

Eu precisava de mais.

Foi assim que eu acabei praticamente perseguindo ela, na esperança de vê-la fazer alguma coisa incriminatória.

Normalmente, ela saía para caminhar depois do jantar, então eu esperava ela sair da Hunter — ela precisava usar a mesma porta das alunas — e a seguia pelo campus. Até então, tinha sido uma perda de tempo completa: ela estava mesmo apenas caminhando, o tipo de entretenimento que tinha disponível em 1850. No entanto, ela nunca saía tão tarde. Enfiei os tênis e peguei minha jaqueta.

— Aonde você vai? — perguntou Kat.

— Atrás dela, óbvio.

— Não vai, *não*!

Peguei as chaves.

— Você não vem?

Ela me olhou com raiva.

— Óbvio.

Radtke tinha um pouco de vantagem, então precisamos correr para acompanhar, mas uma das vantagens dos tênis, que Radtke ainda não descobrira, era que não anunciavam com estrondo cada passo dado. Ela não se virou nenhuma vez.

Enfiei as mãos nos bolsos da jaqueta para me proteger do frio noturno. Mesmo assim, senti calafrios, pois imediatamente ficou óbvio que Radtke estava se desviando da rota habitual e seguindo para os prédios acadêmicos da parte alta do campus.

— Será que ela está indo ao Velho Monte? — sussurrou Kat. — Talvez vá falar com o diretor Atherton de novo.

No entanto, no alto da escada que subia o campus, ela passou direto pelo caminho que levava ao Velho Monte, e seguiu para o Prédio de Ciências.

O Prédio de Ciências — tecnicamente Prédio de Ciências Victor Castel — tinha apenas dez anos e era uma ofensa a todos os arquitetos. Tinha sido projetado para lembrar uma molécula, então a planta não fazia sentido nenhum, e as salas de aula eram octogonais. No segundo em que Radtke empurrou a porta (também octogonal), eu soube aonde ela ia. A sala de Kontos ficava no térreo.

Seguimos atrás dela pelo corredor, o que foi mais difícil do que eu esperava: não há muitos esconderijos para duas pessoas em corredores, e até mesmo meus tênis faziam barulho no chão de linóleo sempre polido pelos serventes. Kat e eu nos apoiamos na parede — definitivamente sem nos encostarmos, dessa vez — quando Radtke se aproximou da sala de Kontos. Ela nem testou a porta para ver se estava trancada, apenas tirou uma chave do bolso. A maçaneta girou tranquilamente, e ela entrou, fechando a porta ao passar.

— A luz está apagada — falei.

Kontos provavelmente estava no anexo em que morava na quadra residencial masculina, fazendo alguma coisa típica de Kontos, como comprar calças cáqui vintage pela internet ou pensar na bondade geral das pessoas. Ele não fazia ideia de que Radtke estava invadindo sua sala, que tinha *roubado uma chave*.

Fomos nos esgueirando até a porta. Kat mexeu de leve na maçaneta. Estava trancada.

— Quer entrar atrás dela? — sibilei. Fiquei meio impressionada por ela considerar algo tão arriscado.

— Como mais vamos saber o que ela está fazendo?

Apontei para o teto. Acima da porta ficava uma janelinha que deixava a luz do corredor entrar na sala.

— Melhor do que nada.

Encontrei uma cadeira, carreguei-a até ali e subi nela. Era perfeito. A gente só precisava dar no pé antes de Radtke acabar com o que quer que estivesse aprontando ali. Eu estava encostando o rosto no vidro quando senti a cadeira balançar, e Kat se levantou ao meu lado, encaixando os pés ao redor dos meus no assento. Com a boca seca, olhei para ela como se perguntasse o-que-você-está-fazendo. Ela acotovelou meu braço.

— Também quero ver.

Então nós duas espreitamos a sala. Radtke estava escondida de nós, na salinha anexa de Kontos. A porta estava entreaberta, mostrando a luz branca que iluminava parte da sala. Eu sabia bem como era a sala de Kontos, e as sombras daquela luz me pareciam muito erradas.

De repente, meu celular vibrou, o zumbido muito mais barulhento do que deveria ser. Quase perdi o equilíbrio ao arrancá-lo do bolso.

Lucy só vai voltar na hora do toque de recolher. Vem pro meu quarto.

Puta que pariu, Evangeline. Apertei o celular no peito, na esperança de Kat não ter visto a mensagem.

— Não podia ter colocado o celular no silencioso para isso?
— *Está* no silencioso.
— Se eu escutei vibrar, é porque não está.

Eu me remexi na cadeira para Kat não me ver responder.

Tô meio ocupada.

Mordi a boca e acrescentei:

Quem sabe mais tarde.

Apertei o rosto de volta no vidro. As sombras da sala estavam esquisitas, mas nada mais se mexia. Será que Radtke estava lá dentro, perfeitamente imóvel?

Até que, de repente, algo tocou minha perna... *alguém* segurou minha perna, uma mão firme apertando minha panturrilha direita. Meu coração subiu com tanta força à garganta que senti que ia continuar o caminho e explodir pelo crânio. Olhei para baixo.

Um servente me olhava. A expressão dos serventes era sempre distante, mas aquele estava ainda mais vago do que de costume — era como se as luzes estivessem acesas, mas não houvesse ninguém em casa.

Kat soltou um gritinho e caiu da cadeira, mas eu fiquei presa pela mão dele, os dedos apertando o músculo da minha panturrilha.

Eu não podia gritar — chamaria a atenção de Radtke. Mas talvez isso não fosse tão ruim? A expressão vazia do servente era extremamente bizarra, como se ele fosse uma espécie de robô. Atherton controlava todos os serventes, mas será que aquele ali podia estar meio... possuído?

— Este prédio está fechado para alunos depois das cinco — disse ele.

Foda-se esse negócio de espiã. Eu me joguei da cadeira, caindo ao lado do servente e quase esmagando Kat. O servente tropeçou para a frente, me largando e batendo com a cadeira na porta da sala. Nós duas nos levantamos aos tropeços e saímos voando pelo corredor.

Corremos até descer o campus.

— Que porra foi essa? — perguntou Kat, ofegante. — Por que aquele servente...

— Não sei! Eles não deviam poder nem encostar na gente.

— O diretor controla eles. Será que os usa para, sei lá, *vigilância*?

Aquilo nunca me ocorrera. Para ser sincera, eu raramente prestava atenção aos serventes. O que, pensando bem, era uma estupidez enorme.

— Espero que não.

De volta ao quarto, nos sentamos às escrivaninhas em uma pose exagerada de Alunas de Harcote Estudando Casualmente, até dar o toque de recolher e Radtke bater na porta.

Fiquei sentada imóvel na frente do livro de cálculo, e Kat abriu a porta.

— Estamos só fazendo lição, sra. Radtke — disse Kat, seca.

— Não esqueçam o sono de beleza, meninas — disse a sra. Radtke.

KAT

Naquela mesma semana, no horário dos clubes, me reuni com Galen e o diretor Atherton na biblioteca. Eu tinha passado dias com medo do diretor falar alguma coisa a respeito do que acontecera no Prédio de Ciências, mas ele estava corado como sempre, de bermuda de futebol e camisa de rúgbi, as roupas manchadas de grama. Depois da reunião, ele tinha um jogo de frisbee.

Eu sempre ficava meio desconfortável pelo diretor Atherton não parecer mais velho do que um adolescente. Ele era alto, mas de um jeito desengonçado, como se não tivesse acabado de crescer. O rosto era marcado por cicatrizes de acne que nunca melhorariam. Parecia que nunca teria barba, mas aquela boca exageradamente rosa em contraste com a pele pálida de pergaminho me fazia desejar que tivesse. Meu cérebro entrava em parafuso ao pensar que esse era o mesmo cara que fundou Harcote no meio do Perigo, que passou centenas de anos antes disso bebendo sangue humano. Ele tinha poder o bastante para controlar todos os serventes humanos, mesmo quicando pela sala silenciosa da biblioteca, falando alto sobre o próximo jogo do time de frisbee. Ele nos conduziu até um canto esquecido com uma porta trancada, acessível apenas por meio de um cartão. A placa ao lado dizia COLEÇÃO ESTENDIDA ROGER ATHERTON.

O diretor lambeu a boca que nem um lagartinho ávido.

— A biblioteca de Harcote à qual vocês tiveram acesso até agora, que veem atrás de si, é apenas nossa coleção educativa. Mas ela é muito maior! — falou, passando o cartão no scanner. — Sejam bem-vindos à Coleção Estendida.

Quando ele abriu a porta, uma corrente de ar frio escapou da escuridão. Galen levantou um pouco as sobrancelhas, apenas o bastante para indicar que também não fazia ideia do que estava acontecendo. E então seguimos o diretor Atherton no escuro.

Do outro lado, saímos em uma passarela de metal que levava a uma escada, descendo por — olhei para baixo — quatro andares. Apesar de termos entrado pelo térreo da biblioteca, estávamos na altura do teto de um espaço que descia para o subsolo. Quase não era iluminado, exceto por luzes no chão que marcavam o caminho. No centro da caverna sombria ficava um cubo de vidro gigantesco. Quatro andares de arquivo, protegidos por vidro, afundavam no chão abaixo de nós, iluminados por um brilho vermelho sinistro vindo dos sinais de saída. Parecia que tínhamos entrado em uma espécie de reator nuclear literário.

Atravessamos a passarela que levava ao andar superior do cubo. O diretor Atherton parou diante da porta.

— Sendo a principal instituição da Vampiria no país, Harcote contém o arquivo mais extenso de vampirologia da América do Norte. Nosso arquivo cobre tudo, de "folclore antigo" — ele fez aspas no ar — a pesquisas médicas deste ano. Como o Código de Honra de Harcote diz que devemos nos comportar?

— Com respeito — disse Galen, automaticamente.

O diretor Atherton socou o ar.

— Exatamente! Com respeito, sempre. Os itens desta coleção não devem sair desta ala: vocês devem fazer toda a pesquisa dentro da Estante.

— Da Estante? — perguntei.

Ao abrir a outra porta, veio o som de sucção de um lacre aberto, e mais um sopro leve de ar. Ele nos conduziu, e lacrou a porta atrás de nós.

Luzes piscaram acima de nós, ativadas por um sensor. O silêncio era tão profundo que minhas mãos começaram a suar.

— Sejam bem-vindos à Estante — disse o diretor Atherton. — Essas portas devem ser mantidas fechadas. A Estante mantém uma concentração inferior de oxigênio no ar, para mitigar o desgaste da coleção. Em termos gerais, não queremos que serventes humanos entrem aqui, exceto em situações de emergência.

— Porque morreriam sufocados? — perguntei.

— Toda vida humana tem seu fim, Kat.

Ele deu meia-volta.

Descemos um lance de escadas atrás dele, passando por alguns corredores escuros de prateleiras, conforme as luzes fluorescentes iam se acendendo no alto. Era difícil esquecer que estávamos em uma caixa de vidro, dentro de uma caixa de concreto maior, descendo cada vez mais fundo no subsolo. Galen estava passando a mão pelo cabelo um pouco mais do que de costume, mas, se fosse por desconforto, não dava para ver em seu rosto. Nunca dava.

— A pedido do sr. Castel, liberei acesso para vocês por meio de seus cartões de estudante. O arquivo inteiro está a seu dispor, mas esta seção deve ser de interesse especial... a Coleção CasTech — ele parou e apontou para uma série de prateleiras e gaveteiros de arquivo. — Aqui, encontrarão todos os livros e artigos já escritos, por humanos ou vampiros, sobre Victor Castel. Tem biografias, perfis de revista e tudo mais. Também tem estudos da CasTech por uma perspectiva de negócios, a descoberta de Hema e a história da produção, inclusive documentos a respeito da fabricação na época do Perigo.

— Que acervo extraordinário — disse Galen, respeitoso.

— Extraordinário, sim! — disse o diretor Atherton, quicando na ponta dos pés de satisfação. — A história é nossa conexão com o passado. Vampiros, como criaturas eternas, são a encarnação viva dessa conexão. Vocês se sentirão em casa aqui, como eu.

Com isso, o diretor Atherton deu meia-volta e nos deixou, os tênis guinchando no chão impecável até ficarmos sozinhos no silêncio.

Galen estava de braços cruzados, os cachos pretos caindo charmosos na testa. Mesmo sob a luz fluorescente, ele parecia ter saído diretamente de uma pintura de um mestre renascentista. Eu sabia que passaríamos muito tempo juntos por causa da mentoria, mas não esperava que fosse em um estacionamento de livros subterrâneo, sem janelas e a prova de incêndios.

— *Encarnação viva* — resmungou Galen, olhando as prateleiras. — Se eu for a encarnação viva de alguma coisa, definitivamente não é disso.

— Estamos em um arquivo dedicado ao seu presancestral. Isso tudo é literalmente parte do seu passado.

Galen esfregou o nariz, como se aquilo fosse uma inconveniência enorme.

— Meu presancestral não é a coisa mais interessante sobre mim.

— E por isso você se esforça tanto para nunca mencioná-lo.

— É o que esperam de mim. Quando me olham, pensam em Victor Castel. Não importa o que eu faça.

— Deve ser mesmo muito difícil. Especialmente considerando o quanto ele assusta você.

Galen tentou soltar um barulho de desdém, mas não foi muito convincente. Seus olhos cinzentos mostravam desconforto.

— Por que você diria isso?

Dei de ombros. Gostei de pegá-lo desprevenido — ele nem tentara negar.

Galen passou a mão pelo cabelo.

— É complicado. Victor espera muito das pessoas em quem investiu. Se você soubesse como é...

Ele se interrompeu, e retomou aquela expressão vazia.

— É uma honra ter a atenção dele — concluiu.

— Na verdade, *é*. Essa oportunidade é mesmo importante para mim.

Senti um aperto no peito, protegendo o calor que eu sentira sob o olhar de Victor.

— Não é todo dia que posso estar na presença de alguém como Victor Castel — continuei. — Meus presancestrais... se foram. Quero saber como é viver tanto quanto ele, ou como ele conseguiu desenvolver Hema quando a sobrevivência de todos os vampiros estava em risco.

— Não foi isso que aconteceu — disse Galen. — Ele já tinha desenvolvido Hema. Dez anos antes do Perigo.

Fiquei tão irritada que achei que poderia chorar.

— Viu? — falei, mas não consegui concluir.

Viu? Eu não sei nada da nossa história. *Viu?* Você já tem tudo que eu quero.

Galen suspirou e tirou a mochila dos ombros.

— Sei que Victor nos colocou um contra o outro nesta competição, mas, já que estamos juntos, vamos aproveitar. Não sou seu inimigo, Kat.

— Quer trabalhar em dupla?

— Eu estava pensando mais numa amizade.

Então ele sorriu. A curva da boca dele era ainda mais perfeita quando não estava franzida. Eu não gostava de Galen, mas seu sorriso tornava fácil entender por que todo mundo gostava.

Engoli em seco, na esperança de não me arrepender.

— Uma amizade seria legal.

Descobri que, sozinha com alguém em um sarcófago de livros enorme com baixo oxigênio, a aproximação acontecia rápido.

Já que não podíamos tirar livros da Estante, e nós dois tínhamos medo de descer lá sozinhos, eu e Galen começamos a passar muito tempo juntos no Poço do Desespero da Coleção Estendida. Não sabíamos quando Victor pediria o relatório das ameaças à Vampiria, então queríamos estar o mais preparados possível. Até então, tínhamos feito apenas muita pesquisa histórica. Galen lera relatos em primeira pessoa do início do Perigo, nos anos 1970. Eu começara pela história da CasTech e do desenvolvimento de Hema por Victor. Galen estava certo: Victor tinha começado a desenvolver Hema quase duas décadas antes do Perigo. A decisão era um pouco mercenária: se eu não tinha esperança de ganhar de fato, poderia pelo menos tentar impressionar Victor sendo lisonjeira.

Galen não gostava de ler histórias do Perigo, assim como eu não gostava dos livros que pareciam escritos pelo presidente do Fã-Clube de Victor Castel, mas ele relaxava um pouco quando estávamos sozinhos na Estante. E, quando relaxado, eu me surpreendi ao descobrir que ele não era tão escroto: os ombros se soltavam, ele não passava a mão pelos cachos a cada trinta segundos, e as sobrancelhas, na maior parte do tempo, não ficavam arqueadas.

— O que você acha que Victor está procurando em um líder Sangue-Fresco? — perguntei.

Galen uniu as sobrancelhas escuras em uma expressão pensativa.

— Nunca soube muito bem. Ele diz que quer alguém capaz de liderá-los sem que eles se sintam liderados.

— Ele deveria ter escolhido Lucy, ou Evangeline. Lucy tem literalmente milhares de pessoas que se chamam de seguidores. Não sei por que ele me escolheu.

Por um segundo, esqueci que sabia, *sim* — as meninas tinham me dito. Galen e eu nunca falávamos do fato de que a mentoria era toda uma armação para Galen ascender oficialmente ao papel de Príncipe Herdeiro da Vampiria. Eu era só enfeite. De certa forma, parecia importante nunca mencionarmos aquilo. Eu sentia que Galen ficaria magoado se eu criticasse o esforço das outras pessoas para ele seguir tranquilamente pela vida, e, caso Galen se magoasse, tudo seria em vão.

Mudei de assunto.

— Ameaças à Vampiria — falei, pois nós dois estávamos fazendo listas. — Pronto?

— Pronto.

— Vai!

— Falha na rede de distribuição de Hema — ele disse. — Um acidente ou desastre poderia impossibilitar a chegada de Hema aos pontos de distribuição, e vampiros morreriam de fome ou voltariam a beber sangue humano.

— Ou o abastecimento de Hema poderia ser infectado por DFaC. É possível, né?

Galen pareceu meio assustado.

— DFaC poderia sofrer mutação, tornando-se tão contagioso em vampiros quanto em humanos.

— Um asteroide poderia atingir a Terra, e matar todos nós.

Dei uma olhada na minha lista, mas nenhuma das catástrofes me parecia correta.

— Há um milhão de cenários que matariam vampiros — falei. — Mas ele quer ameaças à *Vampiria*, não aos vampiros. É diferente para ele, não é?

Galen concordou com a cabeça.

— Vampiria é a comunidade. É maior do que os vampiros individuais.

— Que tal a fachada? — sugeri. — Se acabasse a ilusão e os humanos descobrissem nossa existência, poderia começar a integração… Mas isso não quer dizer que acabaria a Vampiria. Ainda seríamos uma comunidade de vampiros, só um tipo diferente.

— Victor não veria assim. Ele não gosta muito de humanos, e *odeia* reunionistas.

Bati com a caneta no caderno.

— Talvez a maior ameaça seja o reunionismo. Eles literalmente querem um mundo sem Vampiria, certo?

— Querem, mas não estão nem perto de conseguir. Pelo menos é o que dizem meus pais.

Os pais de Galen, que comandavam a fundação de DFaC.

Minha caneta caiu na mesa.

— A cura! — exclamei. — Se a DFaC fosse curada, vampiros poderiam voltar a se alimentar de humanos. Não precisaríamos de Hema, então ninguém teria que morar perto de pontos de distribuição. E Victor...

— Meu vovozinho ia falir?

Ele conseguiu repetir as palavras de Taylor sem nenhuma animosidade.

— Você já pensou nisso.

Ele abriu um sorriso irônico e charmoso.

— Se já pensei em como seria viver em um mundo sem ser completamente dependente de Victor Castel? O tempo todo.

De repente, ele baixou os olhos cinzentos, como se tivesse acabado de notar que não estava fazendo piada, pelo menos não que outras pessoas pudessem entender.

— Victor se dedica muito a encontrar uma cura, sabe — acrescentou. — Ele é o maior doador da Fundação, além de presidente do conselho. Meus pais o atualizam do progresso todo mês. Estamos todos trabalhando por um objetivo comum... um mundo em que vampiros estejam protegidos da DFaC.

— E humanos também, né?

— É claro — disse ele, sinceramente. — Somos os bonzinhos, Kat.

— Eu sei — o tranquilizei.

De repente, como se apertasse um interruptor, o clima ficou estranho de novo. Ele sentiu o mesmo, porque olhou o celular, apesar de não ter sinal ali.

Peguei o item seguinte da pilha de materiais que estava estudando: documentos do início da CasTech, quando Hema ainda estava sendo desenvolvida. Nós dois sabíamos que um dos problemas que Victor encontrara de início, antes do primeiro vampiro morto por DFaC, fora comunicar aos vampiros que Hema existia como alternativa a se alimentar de humanos. Vampiros não estavam se reunindo em grupos do Facebook no fim dos anos 1950, quando ele fizera a descoberta. Achei que estudar os primeiros obstáculos poderia trazer revelações, ou no mínimo impressionar Victor. Até então, no entanto, era apenas *chato*.

Folheei um artigo de revista de 1957 sobre a pesquisa de Victor por substitutos de sangue para humanos. Tinha sido uma das iniciativas de marketing da CasTech. A empresa nunca tentara de fato criar um substituto para sangue que pudesse servir para transfusão em humanos, pois era mais complicado do que o que vampiros precisavam beber, mas se promovera assim para tentar gerar interesse vampírico em Hema. A esperança era que os vampiros os procurassem. Pelo que eu entendia, não tinha dado certo.

Virei a página e encontrei fotos coloridas do laboratório. Ali estava Victor, de óculos de armação preta dos quais não precisava, segurando um tubo de Hema próximo à luz. Em seguida, havia uma foto com a legenda "A equipe de pesquisa da Castel Tecnologias". Na foto, oito pessoas de jaleco cercavam uma mesa no laboratório, com Victor bem no centro.

Galen apontou para a página.

— Esse é meu pai, à esquerda de Victor.

Simon Black era branco, alto e largo sob o jaleco, com feições afiadas que Galen herdara em uma versão mais suave. Em seguida, Galen apontou uma mulher menor, de pele marrom-dourada, cabelo preto e olhos claros e marcantes.

— E essa é minha mãe.

Olhei a foto de Meera Black.

— Você puxou os olhos dela.

— Os olhos e o cabelo. Fora isso, todo mundo diz que pareço meu pai.

— Ela é indiana, né?

Ele concordou com a cabeça.

— Meu pai antigamente era envolvido com a Companhia Britânica das Índias Ocidentais, foi assim que se conheceram.

— A Companhia Britânica das Índias Ocidentais que colonizou a Índia?

Ele estremeceu.

— Eu sei que é bizarro. Minha mãe não fala muito disso. Ela é de uma família rica de comerciantes em Gujarat, e ele passou anos atrás dela até ela aceitar. Ele não sequestrou ela nem nada — falou, a testa franzida de tensão. — Não que seja melhor. Enfim, faz muito tempo.

— Não *tanto* tempo… achei que os britânicos só tinham saído da Índia mais ou menos na época dessa foto.

— Foi dez anos antes, em 1948. Quis dizer que ele transformou ela muito tempo antes disso — falou, me olhando. — Ninguém aqui pergunta disso. Por causa de meu pai e de Victor, mesmo que eu não seja parente de sangue dele, todo mundo me vê como branco.

Eu não tinha feito o mesmo? Galen parecia ter todos os privilégios possíveis, mas eu ignorara completamente que talvez ele também se sentisse deslocado em Harcote.

— Parece muito difícil — falei. — Você está no Centro de Alunos Racializados?

— O negócio do Georges? Não é muito minha praia.

— Como assim?

— Não quero passar o horário extracurricular falando de ser um vampiro racializado. E é na mesma hora do clube de xadrez. Espero virar presidente ano que vem.

Ele puxou a revista para mais perto, e franziu a testa ao analisar a foto.

— Ah, que interessante! — falou. — Meredith Ayres está nessa foto.

— Quem?

Ele virou a revista de volta para mim, e apontou para a única outra mulher, parada do lado oposto do grupo em relação à mãe de Galen. De repente, senti meu coração bater nos ouvidos.

— Meredith Ayres. É uma figura meio lendária… pelo menos na minha opinião. Ela foi parte da equipe fundadora, bem no começo, e fez algumas das descobertas fundamentais para o desenvolvimento de Hema.

Engoli em seco.

— Ah, é?

— Victor adoraria ter feito tudo sozinho, mas ela foi essencial. Até que ela desapareceu antes do sucesso de Hema. Victor nitidamente ficou muito chateado, porque ela basicamente foi apagada dos registros, e definitivamente nunca é mencionada.

— O que aconteceu com ela?

Ele sacudiu a cabeça.

— Provavelmente morreu no Perigo.

— Que pena — me forcei a dizer, fechando a revista, mas segurando a página da foto com o dedo. — Vou guardar isso na prateleira certa.

Um zumbido distante encheu minha cabeça enquanto eu andava pela Estante. Estava segurando a revista com tanta força que, mesmo plastificadas, as páginas estavam amassando sob minha mão.

Afastada de Galen, voltei a abrir a revista. Olhei para a mulher que Galen dissera se chamar Meredith Ayres. Tirei o suéter e embrulhei a revista. Em seguida, voltei à mesa e enfiei o suéter na mochila.

Eu nunca vira aquele nome na pesquisa, mas conhecia aquele rosto.

Aquela na foto era minha mãe.

15

KAT

Enquanto eu descia o campus, a revista era como um peso de cem quilos na minha mochila. Eu tinha guardado por impulso, e precisava escondê-la antes de ser pega roubando do arquivo especial do diretor Atherton. No entanto, quando cheguei, Evangeline e Lucy estavam na sala, fazendo dever de casa no sofá.

— Oi, lindinha — disse Evangeline. — Vem aqui falar com a gente.

Evangeline pegou minha mão e me puxou ao seu lado no sofá. Não havia espaço, então fiquei meio esmagada junto a ela. Minha mochila — com a revista — caiu no chão. Ela se ajeitou um pouco para abrir lugar, mas ainda estávamos muito próximas, meu rosto a centímetros de seus olhos azuis enormes e lábios carnudos. Senti que devia me afastar. Eu normalmente não tinha tanta intimidade *física* com minhas amizades. Mas Lucy e Evangeline viviam agarradas, e sempre se abraçavam quando se despediam antes de uma aula.

— Então você e Galen andam bem íntimos — disse ela.

Por dentro, meu sistema entrou em alerta total. Minha nova amizade com Galen era um símbolo de status crucial, mas eu precisava tomar cuidado. As meninas podiam até fingir que não queriam a mentoria, mas não eram capazes de fingir que não queriam Galen. Era a única atividade extracurricular que todas tinham em comum. Lucy tinha começado a namorar um dos melhores amigos de Galen — Carsten, o jogador de lacrosse que deixara Guzman babando —, e nem ela tinha parado completamente de falar de Galen.

Ao mesmo tempo, Evangeline tinha algum direito especial a ele, que todas reconheciam. Toda garota que começava a suspirar por Galen concluía:

mas Galen e Evangeline vão acabar juntos. Eu sabia que eles tinham namorado por poucas semanas no primeiro ano, mas aquilo não bastava para serem amores predestinados.

— A gente tem passado muito tempo juntos. É inevitável — falei.

— Você está a fim dele? — perguntou Evangeline, com um sorriso provocador.

— Assim, ele é absurdamente gato — falei, me esquivando.

— Ai, eu sei — concordou Lucy. — Ele é todo *misterioso*, parece que prefere levar uma estaca no peito a deixar a gente ver suas emoções.

— Honestamente, às vezes olho para ele no meio da aula e esqueço totalmente o que estava fazendo — disse Evangeline.

— Imaginem o que eu sinto, passando tanto tempo sozinha com ele na biblioteca — falei, e as garotas gemeram de compreensão.

Do outro lado da sala, ouvi um caderno se fechar com um baque. Quando me virei, vi Taylor tamborilar os dedos no caderno de cálculo. Eu não tinha notado a presença dela, e de repente senti vergonha por ela ter escutado o que eu dissera a respeito de Galen.

— Podem falar mais baixo? Tem gente aqui tentando estudar.

— É para isso que serve a biblioteca — disse Lucy.

Taylor recolheu o material e subiu para o quarto, batendo os pés. Eu quis ir atrás, mas Evangeline estava enroscando meu cabelo nos dedos.

— Não sei qual é o problema dessa garota — disse Lucy, como se Taylor sofresse de uma doença fatal. — Enfim, o Baile da Fundação está chegando. Você acha que Galen vai convidar você?

As garotas falavam do baile praticamente desde o primeiro dia de aulas. Parecia uma mistura de formatura e baile de boas-vindas, e acontecia na noite de Halloween — mas, Taylor me explicara, não era à fantasia. O traje do baile era alto rigor: formal, mas ao estilo vampiro.

— Galen *com certeza* não me vê dessa forma — falei. — Se for convidar alguém, vai ser Evangeline.

Evangeline abriu um sorrisinho tímido que me agradecia por reconhecer que ela merecia o garoto mais gato da escola, mas ao mesmo tempo deixava claro que meu reconhecimento era irrelevante, já que ela nascera sabendo que o merecia. Com um movimento do ombro, podia lembrar a todos que acabaria conseguindo o que queria, e que o período de espera, em que ele não a levaria ao baile, era mera inconveniência.

Por isso, acrescentei:

— Mas é só uma suposição. Não quero passar a ideia errada. Ele não falou nada de você. Nenhuma vez.

A expressão de Evangeline ficou mais seca. *Ótimo*. Por outro lado, Lucy estava tão satisfeita que parecia que os olhos iam saltar da cara.

— Kitty Kat, você vem no sábado, né? — disse Lucy. — Festa na minha casa na cidade. Dura a noite toda. Já pedi permissão para Radtke, então é só colocar seu nome na lista — falou, e apontou com a cabeça para a escada. — É só para meus amigos mais íntimos, então seja discreta.

Como se Lucy precisasse se preocupar com a possibilidade de eu arrastar Taylor para sua festinha do pijama em Nova York. Provavelmente seria mais fácil eu levá-la direto para o inferno.

— Eu topo — falei.

Foi só na tarde de sexta que arranjei alguns momentos sozinha no quarto (Taylor tinha sido obrigada a parar de assistir filmes na cama, porque tinha uma competição de corrida) para olhar a revista de novo. Eu a tirei de onde a escondera, atrás da cama. Era um esconderijo idiota. Se Taylor ou um dos serventes encontrasse, seria totalmente suspeito. Mas era *mesmo* suspeito. *Suspeita* era o que emanava daquilo que nem o cheiro de gasolina derramada. Eu ficava tonta só de olhar.

Abri na página da foto. Não havia dúvida de que era minha mãe. Ela literalmente não envelhecera nem um dia desde aquilo, apesar do cabelo estar diferente e, como alguns outros no retrato, fingir precisar de óculos.

Meredith Ayres.

O que minha mãe fazia na CasTech?

Galen dissera que ela era uma das funcionárias fundadoras, que fizera descobertas fundamentais e desaparecera. Não dava para encaixar aquilo no que eu sabia da vida da minha mãe — ou no que *achava* saber. Ela sempre dissera que precisara se virar sozinha, uma vampira solitária sem presancestral, até conhecer meu pai. Alguns anos depois, eu nascera, e ele morrera. Trabalhar para Victor Castel não era minha ideia de se virar sozinha.

Talvez ela não tivesse trabalhado muito tempo na CasTech, ou tivesse mesmo brigado com Victor, como Galen sugerira. Mesmo assim, não explicava por que ela mentira para mim.

Ela mentira sobre quem era pela minha vida toda.

Eu nem sabia qual era meu nome de verdade, notei, com uma pontada que fez o quarto cambalear. E se eu não fosse mesmo Kat Finn, e sim Kat Ayres?

Fechei a revista, batendo a mão na mesa com força o bastante para sentir dor no braço, e a enfiei de volta atrás da mesa, sem dar bola para as páginas amassadas. Minha mãe era uma mentirosa hipócrita. Ela pregava que era melhor a gente se afastar da Vampiria, sendo que tinha estado no cerne da comunidade, trabalhando ao lado de Victor Castel e Simon e Meera Black. Ela me culpara por querer estudar em Harcote sem ter dinheiro, sendo que deixara para trás um emprego que nos daria a estabilidade financeira que eu sempre quisera. Ela fizera eu me sentir um lixo por me inscrever escondido, sendo que ela mentira para mim durante *minha vida inteira*. Ela tinha quebrado minha confiança muito mais do que eu compreendia.

Vir a Harcote foi a melhor decisão que eu tomei. Se ficasse em casa, teria que me sentar na frente dela, bebendo Hema, fingindo que não estava furiosa, ou então enfrentar a briga do século. Já em Harcote, eu podia ir a uma festa em Nova York com meus novos amigos ricos e glamourosos e esquecer que a traidora da minha mãe existia.

A casa de Lucy em Nova York ficava em um bairro chamado SoHo, e Evangeline me deu uma carona até lá. A viagem levava duas horas, mas a SUV dela era *ridiculamente* confortável, e passamos o caminho todo ouvindo música alta e cantando junto. Foi tão divertido que só pensei na minha mãe para notar como eu estava pensando *pouco* nela.

Mesmo se eu não o reconhecesse dos posts nas redes sociais, o apartamento de Lucy seria o lugar mais maneiro em que eu já estivera. A sala de estar era um espaço enorme e aberto, com pé-direito de seis metros e chão de concreto polido. Tudo ali parecia caro: tapetes felpudos de pele de carneiro, dois sofás enormes, uma mesa de centro de vidro gigantesca e, no canto, uma palmeira de verdade. Uma placa de neon na parede iluminava a sala, na forma de uma boca vermelha carnuda com presas brancas compridas.

Lucy nos levou ao quarto para trocar de roupa. Eu estava nervosa. Era culpa de Taylor: o olhar que ela me lançou enquanto eu me arrumava — como se me divertir com meus amigos fosse a pior coisa do mundo — me deu nos nervos.

— Tome boas decisões, *Ka-the-ri-ne* — disse, como se ela tivesse alguma experiência com boas decisões.

Além do mais, eu não levara a Harcote nenhuma roupa digna da festa de uma influencer famosa, e o Benfeitor certamente também não incluíra nada disso no meu armário. Só me restavam as roupas do Jantar Formal. Evangeline me viu enfiar o vestido preto *menos* preto que tinha, e falou:

— Você não vai usar isso *de jeito nenhum.*

— Só trouxe isso. Peguei a roupa errada no armário — menti.

Evangeline revirou a própria mala — ela levara dezenas de opções — e me jogou uma bola de tecido verde. Era um vestido de um ombro só, recortado na lateral, que mostrava *muito* mais pele do que eu costumava revelar. Fiz uma careta quando me olhei no espelho: o vestido colado, o cabelo solto parecendo ainda mais ruivo em contraste com o verde, o batom escuro que Evangeline me prometera que ficaria *lindo de morrer.*

Mordi o lábio. Lá vinha aquela ansiedade conhecida, o medo de estar sendo testada, prestes a reprovar. Puxei o vestido um pouco para baixo.

— Está legal, né?

— Você está *gostosa para caralho* — disse ela, me olhando de cima a baixo, com um brilho feroz nos olhos que fez meu rosto arder. — Somos vampiras Sangue-Fresco, Kat. Você nunca esteve só *legal* um dia sequer.

Ela passou a mão no meu ombro nu, e apoiou o queixo ali, nossos rostos lado a lado no espelho.

— Aposto que Galen vai amar — falou.

Parte de mim queria se desvencilhar dela. Outra parte, porém, a parte que eu queria escutar, gostava de nos ver juntas no espelho. Além do mais, ela me encurralara: eu não tinha aonde ir.

— Os garotos acabaram de interfonar! — gritou Lucy. — Venham logo, suas piranhas.

16

TAYLOR

As noites de sábado estavam sempre chegando de novo para me irritar: era um lembrete constante de que eu não tinha planos, nem amigos, e deveria ter as duas coisas. Em vez disso, eu tinha Kontos. Dessa vez, ele marcou o Cineclube Francês no sábado para compensar a reunião cancelada da última semana. Na verdade, andava bem difícil encontrar Kontos ultimamente. Eu nem tivera tempo de contar que Kat e eu tínhamos visto Radtke na sala dele.

Mal esperei ele fechar a porta da sala do Velho Monte reservada para o filme, e logo desembuchei. Pelo menos, dessa vez, Kontos não desmereceu o que eu estava dizendo. No entanto, o que mais o desagradou fui eu.

— Você não pode fazer esse tipo de coisa, Taylor. Vai acabar se metendo em encrenca, e eu não estarei lá para protegê-la.

— Não sou eu que preciso de proteção. Além do mais, um servente pegou a gente, me pegou, mas não aconteceu nada.

Kontos arregalou os olhos.

— Um servente viu você perseguir Miriam até minha sala?

— Tecnicamente, um servente me viu olhar pela janela da sua sala, enquanto Radtke estava lá dentro. Tive certeza de que eu me meteria em confusão com o Atherton, mas nada aconteceu. Mas, *se* eu me desse mal, valeria a pena, porque...

Porque me preocupo com você era o que eu queria dizer, mas engasguei nas palavras.

— Porque seria uma ótima história para contar — concluí. — Vadiagem no internato, coisa e tal.

Kontos passou a mão no rosto, ajeitando o bigode. Parecia cansado.

— Só me conta o que está acontecendo — pedi. — Por que Radtke está tão incomodada? É só porque ela é vatra e você, reunionista?

— Eu vou fazer uma pergunta, e quero que você responda honestamente. Pode ser?

Ele estava tão exageradamente sério que senti um calafrio. Foi preciso usar toda minha força para não fazer uma piada.

— Vou tentar.

— Você já considerou que Miriam pode estar certa? Que eu estou mesmo fazendo algo perigoso?

Fiquei um pouco chocada.

— Não. Não precisei considerar. Radtke é completamente péssima, e você... você é *você*.

— Bom, ela não está errada — disse ele, baixinho. — A verdade é que faço parte de uma rede reunionista. Estamos trabalhando pela mudança. Por um mundo sem tanta separação entre vampiros e humanos. No qual podemos todos viver juntos, unidos por nossa humanidade comum.

Olhei para ele, boquiaberta.

— Está falando de abandonar a fachada? — perguntei. — Vampiros por todo lado, expostos para os humanos?

— Por enquanto, não, mas queremos poder falar disso no futuro.

— Tipo, daqui a anos-luz? Vampiros e humanos *sempre* viveram separados.

— Parece argumento de vatra — disse Kontos, casualmente me ferindo no fundo do peito. — Como imortal, a gente aprende que muito do que achamos ser eterno na verdade é temporário. Passei a maior parte da vida entre humanos. Não só para me alimentar, mas como parte de uma comunidade. Amigos, namorados, emprego normal. É possível.

— Aí você deixou tudo isso para trás e veio morar em um internato de adolescentes Sangue-Fresco?

— O Perigo mudou tudo. Alguns de nós, vampiros mais jovens e mais tolerantes com humanos, notamos que Hema e a DFaC criavam uma oportunidade incrível: era possível a verdadeira integração. Hema substituiu a necessidade de beber sangue humano, e a DFaC ofereceu uma garantia a mais. Mas, no início da Vampiria, não foi essa a ideia que ganhou terreno. A DFaC fez com que muitos vampiros temessem humanos, e já tinham morrido tantos que a ameaça de extinção era real. Ninguém gosta de sentir medo. Outra facção conseguiu canalizar o medo para essa ideia de supremacia vampírica em relação aos humanos. A ideia já existia há muito tempo, mas, depois do Perigo, ganhou força, e finalmente vieram os Sangue-Frescos.

"Antes do Perigo, era extraordinariamente raro vampiras engravidarem. Você certamente sabe que ainda é muito difícil, e muitas vezes não dá certo. Francamente, a maioria de nós sentia que não valia a pena, visto que dava para transformar quem a gente quisesse e marcar a pessoa para sempre, como pre-sancestral. No entanto, com o Perigo, a transformação se tornou impossível, e alguns estimam que restaram menos de dois mil de nós na América do Norte inteira. Vampiros 'natos' eram nossa única esperança de sobrevivência. Começou a circular a ideia que a nova geração seria superior à de vampiros transformados, porque, se vampiros fossem naturalmente superiores aos humanos, vampiros sem traço algum de humanidade seriam ainda melhores. Os Sangue-Frescos precisavam ser protegidos, mantidos separados."

— Você parece o Atherton falando: *acredito que as crianças sejam nosso futuro* — eu disse.

— Exatamente. Queremos ver se dá para mudar esse futuro.

— Sem ofensa, mas parece difícil pra caralho.

— Difícil, mas não impossível — disse Kontos, se inclinando para a frente, apoiando os cotovelos nos joelhos. — O movimento reunionista precisa de três coisas. Primeiro, acesso universal e gratuito a Hema ou outro substituto de sangue. Segundo, uma cura para a DFaC...

— Peraí, é o quê? Você acabou de dizer que a DFaC garantia a segurança dos humanos. Nada mais impediria os vampiros de chupá-los.

— Você faz ideia do efeito negativo da DFaC na comunidade *humana*? Precisamos nos livrar dessa doença, é de interesse mútuo. Vampiros sempre praticaram autocontrole. O que me leva ao terceiro item da lista: precisamos da geração Sangue-Fresco do nosso lado.

Fiquei meio tonta. O que Kontos dizia ia ficando cada vez mais fantasioso, e eu tinha chegado ao fim do pé de feijão. Pensei na festa na casa de Lucy, e nos boatos do que acontecia lá. Será que Kontos consideraria aquilo se também os ouvisse?

— Metade deles estão, tipo, desesperados para virar assassinos. Você acha que pode convencê-los de uma nova ordem mundial vampírica?

— Você mesma disse que as crianças são o futuro.

O fato de que ele estava tentando fazer piada, por mim, sendo que estava falando tão sério, me causou uma vergonha horrenda.

— Os Sangue-Frescos têm um papel especial na Vampiria — continuou —, e têm número, já são um terço da população. Se puderem liderar o caminho do progresso, outros irão atrás. Outros que talvez sintam medo de fazer isso sozinhos.

Cruzei os braços.

— Kontos, esse é o pior plano que já ouvi.

— Você consegue pensar em um melhor?

— Isso é coisa *sua*!

— Pode ser coisa *sua* também, Taylor. É por isso que estou falando com você. Achei que talvez tivesse interesse em se juntar a nós.

Antes que eu pudesse responder, ele levantou a mão.

— Você vê as coisas por outro lado, Taylor. Muitos dos Sangue-Frescos ainda não acordaram para isso. Mas você, sim. Se um mundo melhor for possível, nós temos que torná-lo real. Não vou passar a imortalidade toda esperando pacientemente que aconteça. Também acho que você não quer fazer isso. E eu... espero que não me entenda mal, mas está tudo bem se importar com alguma coisa.

As palavras dele eram que nem uma mão enfiada na água gelada, tentando me agarrar para me puxar de volta à superfície. Era de um desconforto cruel. Eu entendia o que ele me oferecia: a chance de ser parte de algo maior que os dramas mesquinhos de Harcote. Ele vira algo em mim — algo que eu acreditava carregar sozinha, que nunca me marcara como boa, especial ou digna, e que mais ninguém entendia. A raiva, a negatividade, a solidão. Eu não era só uma esquisitona sanguessuga gay excluída — ou era exatamente isso, e era o que, segundo ele, me tornava digna.

Mas isso não significava que eu era digna de verdade.

De jeito nenhum eu seria a melhor pessoa para ajudá-lo. Eu não era a melhor pessoa nem para conversar casualmente sobre aquilo. Se eu aceitasse, acabaria apenas por decepcioná-lo. Não sei se esse sentimento era algo que eu conseguia aguentar.

Levantei uma sobrancelha.

— Talvez eu tope entrar na sua sociedade secreta. Os rituais de iniciação são muito esquisitos? Se tiver nudez, vou ter que recusar.

Assim que falei, me arrependi. Eu tinha estragado o momento, como sempre. Em um instante, a distância ressurgiu entre nós, e eu acabei sozinha na minha ilha outra vez.

Kontos esfregou as mãos e alisou as dobras da calça cáqui cafona.

— Tira um tempo para pensar nisso, tá?

— Pode deixar.

Eu me levantei para ir embora. Parecia a decisão certa, mesmo sem termos visto o filme.

— É sério — falei. — Às vezes sou um porre, mas você pode confiar em mim.

Ele tentou sorrir.

— Eu sei.

17

KAT

A música estava alta e o espaço todo estava iluminado pelo brilho vermelho da placa neon. Não tinha muita gente, só uma mistura de alunos do terceiro e do quarto anos dançando, tirando fotos e fumando vape. Eu estava sentada no braço do sofá conversando com Carsten, o namorado de Lucy. Ele estava bebendo uma garrafona de cerveja extraforte. Os garotos todos tinham levado aquela bebida, e Carsten não parava de falar que era boa à beça, melhor que champanhe. Eu achava que não beber nada seria melhor do que beber aquela cerveja barata de posto de gasolina. Por outro lado, eu não saberia dizer, já que não visitara a região francesa de Champagne, como Carsten. A maioria das pessoas que bebia aquela cerveja não tinha essa experiência.

Ele tomou um gole e me ofereceu a garrafa morna.

— Quer um gole?

— Não, bebi um pouco daquele Everclear que a Lucy passou.

A bebida estava deixando minha cabeça leve e confusa, meu corpo solto e relaxado. Eu não estava acostumada à sensação. Vampiros não podiam ingerir comida, mas álcool não era comida de verdade. Era uma molécula que o sangue levava ao cérebro, e nosso sangue era perfeitamente capaz disso. Quanto mais puro o álcool, menos se assemelhava a comida, e melhor era para vampiros. Por isso eu estava bebendo álcool retificado com 95% de teor alcóolico, apesar de arder da boca até o estômago. Os garotos morreriam de dor de barriga no dia seguinte, mas fazer cosplay de pobre devia valer a pena.

Em casa, eu raramente bebia. Sempre tinha medo de abaixar a guarda. Admitir que eu era vampira, ou soltar as presas, podia estragar minha vida.

Morder alguém teria consequências nas quais nem queria pensar. De qualquer forma, eu não tinha muito tempo para festas, considerando a escola e o trabalho, e Guzman e Shelby gostavam do fato de eu estar sempre apta a dirigir.

No entanto, ali, nada daquilo fazia diferença. Eu não precisava esconder ser vampira dos harcotinhos, apesar de ainda querer guardar certos segredos. O álcool tornava a festa toda mais fácil. Relaxava a tensão no meu peito. Eu tinha posado para uma selfie com Lucy logo depois da primeira dose de Everclear e, na foto, via a garota que Evangeline dizia que eu deveria ser: gostosa, confiante, pouco se fodendo. Postei a foto com a legenda "me achei gata, se flopar apago… brinks @lucyk".

Dei uma olhada nos likes enquanto Carsten falava do quanto estava ansioso para a estação de esqui. Guzman já tinha comentado: "tá de sacanagem???"

— Carsten, está tentando matar Kat de tédio?

Galen apareceu de pé ao meu lado. O rosto dele estava um pouco corado, o cabelo escuro caído na cara, e ele usava uma camisa de flanela digna de par romântico cafajeste de filme adolescente dos anos 1990. Sorri e me levantei do sofá, cambaleando só um pouco. O álcool me deixou tonta.

— Você está bonita — disse ele.

Levantei o ombro e pestanejei.

— Obrigada. Você também.

Ele abriu um sorriso irônico, os olhos cinzentos brilhando.

— É assim que é a Kat bêbada? Que paqueradora.

— Não estou te *paquerando*, Galen — ri. — É *você* quem está me paquerando.

Ele se inclinou para mais perto, ou talvez eu é que estivesse balançando.

— Ah, é?

— Mas não vai funcionar. Porque eu ainda te acho um babaca.

O sorriso dele murchou.

— Ah. Então tá. Nada de paquera, parece.

Merda.

— Não foi isso que eu quis dizer.

— Era para ser um elogio?

Ele passou a mão pelo cabelo. Os cachos pretos voltaram ao lugar perfeitamente.

— Não exagera na bebida — acrescentou.

Abri caminho para a cozinha pela multidão de gente dançando. Eu tinha a sensação desagradável de ter feito alguma coisa horrível, mas não tinha... ou tinha? Era uma piada, e Galen não entendeu. E talvez não fosse *hilária*, mas por que Galen ligava para o que eu achava dele, afinal?

Peguei a garrafa de Everclear e tomei um gole.

Lucy entrou na cozinha e pegou a garrafa de mim.

— Não esquece de deixar espaço na barriga, Kitty Kat — falou, com uma piscadela.

— Para de me chamar assim. É pior que a Taylor — respondi, acompanhando-a de volta à sala. — E deixar espaço para quê?

Lucy abaixou a música.

— Ok, meninos e meninas, todos sabemos por que vocês estão aqui — declarou Lucy.

Alguém assobiou. Eu me ajeitei, nervosa. Não fazia ideia do que ela estava falando.

— Vamos trazê-los! — exclamou ela.

Ouvi passos no corredor, e então quatro pessoas entraram na sala.

Humanos.

Eles estavam profundamente hipnotizados. Sorrisos vazios e olhares atordoados, sem foco, ainda piores do que os serventes de Harcote. Eles não se agitavam, nem pareciam nervosos. Não faziam ideia de onde tinham se metido.

— Apresento os sortudos que ganharam a chance de uma festa com LucyK!

Uma sensação horrível bateu no meu estômago. Lucy fazia concursos frequentes para seus seguidores passarem um fim de semana com ela. Seguidores que ela admitira manipular com o carisma vampírico.

— Meninos, conheçam Kayla e Vanessa.

Lucy apontou as duas mulheres humanas a seu lado. Elas não eram muito mais velhas do que a gente, tinham idade para estar na faculdade, ou talvez um pouco além disso. Kayla era branca, de cabelo cor de palha. Vanessa tinha pele marrom-clara e cachos soltos castanhos, e usava um moletom da Universidade de Nova York.

— E para as meninas: Eric e Clark.

Lucy olhou para eles, de cima a baixo, com exagero. Eric era negro, de cabelo curto e porte musculoso, e Clark tinha pele marrom-clara e os braços cobertos de tatuagens.

— Todos fizeram teste de DFaC hoje à tarde, e estão negativos — disse Lucy, juntando as mãos e inclinando os ombros em uma pose fofa que sempre fazia nos vídeos. — Vocês sabem as regras. Não os sequem: não queremos transformá-los e nem matá-los. Parem um pouco se eles desmaiarem. E, se mancharem o sofá de sangue, enfio uma estaca em vocês. Divirtam-se!

Aos assobios e vivas, os garotos não perderam tempo para atacar as mulheres humanas — mas as garotas também tinham olhares terríveis e famintos, um foco de laser, e não ficavam muito para trás; logo puxaram os homens para o sofá.

A névoa de álcool, a impossibilidade da situação, e a repulsa revirando meu estômago tinham emperrado meu cérebro. *Isso não pode estar acontecendo*, foi o que repeti sem parar, mesmo ao ver Carsten empurrar Vanessa para o lugar onde antes eu estivera sentada e afundar os dentes no pulso dela. Sangue brotou — no tom granada de Harcote — e manchou os lábios dele. Um prazer feroz se desenhou em seu rosto. Do outro lado da sala, uma garota do quarto ano estava praticamente montada em Clark para alcançar seu pescoço. Ao lado dela, Evangeline grudara os lábios no pulso dele. Sangue escorria do canto de sua boca, mas ela nem notou: o olhar sombrio de Evangeline estava fixo na garota mais velha, que descia as pontas afiadas das presas na artéria do pescoço. Dois, três vampiros chupavam cada humano ao mesmo tempo. Ninguém tinha aumentado o volume da música, e o apartamento estava tomado por sons violentos de sucção.

Ao meu lado, Lucy estava tirando fotos, com um sorrisinho satisfeito.

— Entra nessa! — disse Lucy. — Qual foi a última vez que você tomou sangue *de verdade*?

— Não podemos deixar eles fazerem isso — soltei. — Lucy, temos que impedi-los.

— Não se preocupa, Kitty Kat.

Lucy fez carinho no meu rosto. A mão dela era quente e grudenta na minha pele.

— Eles estão negativos — continuou. — Alguém já teria morrido se não fosse o caso.

— Não quis dizer isso.

Estava tonta. Não encontrava o jeito certo de explicar.

— São *pessoas* — falei. — Vocês não podem só... se alimentar delas.

A expressão de Lucy ficou dura, seu olhar, penetrante.

— Sei que são pessoas. É essa a questão, porra. São pessoas, nós somos vampiros, nos alimentamos delas. Não vamos matar ninguém. É *inofensivo*.

— Mas...

— Eu me *recuso* a ter essa conversa agora — disse Lucy. — Você está sendo uma convidada péssima.

Lucy passou por mim, esbarrando no meu ombro, e a sala girou por um momento. Eu me apoiei na bancada até me endireitar. Não iam matar os humanos, mas nem por isso estava tudo bem. Estava muito longe de estar tudo bem.

Do outro lado da sala, Carsten levantou a cabeça do pulso de Vanessa. Ele esticou a língua e lambeu o lábio inferior para pegar uma gota do sangue dela. Ela estava com a cabeça largada na almofada, o rosto pálido. O corpo dela estava inerte. Carsten viu como ela estava também — eu notei —, mas estava com um olhar delirante, arquejando de prazer. Em vez de parar, ele empurrou a cabeça dela para o lado e se abaixou para o pescoço.

— Para! — gritei, me jogando nele.

— Ih, caralho, a novata gosta de sangue de mulher? — disse um dos caras.

Carsten não me ouviu. Ele estava com a cabeça abaixada no pescoço de Vanessa. Eu o peguei pelo ombro — grosso, com aqueles músculos atléticos idiotas — e puxei com a maior força possível.

Eu não esperava que ele cedesse com tanta facilidade, ou talvez eu fosse mais forte do que imaginava. Carsten caiu na minha direção, e eu perdi o equilíbrio. Nós dois desabamos para trás — bem em cima da mesa de vidro, estilhaçando-a em um milhão de cacos. Senti meu cérebro quicar, a cabeça colidindo com o chão de concreto, e tudo se apagou por um segundo.

Mais de um segundo.

Uma das garotas gritou. Talvez mais de uma. Minha cabeça estava debaixo d'água, era difícil dizer.

O peso de Carsten estava em cima de mim, me esmagando que nem a tampa de um caixão, até que não estava mais, porque ele ficou de pé, me xingando enquanto eu tentava me sentar. A boca dele estava manchada do sangue de Vanessa.

Eu me impulsionei para olhá-la. Ela estava caída no sofá. A ferida do pulso sangrava diretamente na almofada. Ela não estava em segurança — nenhum dos humanos estava. Eu precisava tirá-los de lá.

Fui engatinhando até ela. Alguma coisa arranhava meus joelhos, mas eu ignorei. Tentei subir no braço do sofá.

— Irado! — gritou alguém. — Tem vidro, tipo, enfiado na cabeça dela!

— Puta que pariu, qual é o seu problema, Kat?! — gritou Lucy. — Você está ensanguentando meu apartamento todo, caralho!

Olhei para o chão. Estava coberto de vidro, com manchas enormes de sangue onde eu me ajoelhara. No entanto, isso não explicava as gotas vermelhas redondas ainda pingando. Levei a mão ao cabelo. Estava molhado onde não deveria estar. Meus dedos encontraram uma ponta afiada e dura. Puxei. Líquido quente escorreu pela minha cabeça, meu pescoço, meus ombros.

Deixei o caco de vidro ensanguentado cair ao chão quando a sala começou a girar...

E meu estômago se revirou de vez.

No banheiro, arranquei vidro dos joelhos, das costas e da cabeça. Cada fragmento caía com um estalido na lixeira. Em seguida, entrei no chuveiro e fiquei parada debaixo d'água até sair limpa. Depois, fui obrigada a vestir o trapo rasgado e imundo que era o vestido de Evangeline. Ninguém levara minhas roupas.

Eu me sentei no vaso, a cabeça entre as mãos.

Os cortes iriam sarar. Já nem precisavam de curativo, apesar de ainda arderem e sangrarem. A dor de cabeça terrível causada pela colisão da queda também passaria logo. No entanto, aquela sensação afiada e enjoativa não iria embora.

Estavam se alimentando de seres humanos a poucos metros de mim, e eu não podia impedi-los. Fiquei tonta pensando nas minhas amizades de Sacramento, nas quatro pessoas ali que não faziam ideia do que estava acontecendo com elas, no meu pai, obrigado a se alimentar de humanos para evitar a dor da fome. Os harcotinhos não faziam ideia de como era tomar uma decisão daquelas. Para eles, sangue humano era uma brincadeira de festa, outro luxo pelo qual podiam pagar sem ligar para as consequências.

Eu fui a Harcote em busca de outros Sangue-Frescos como eu. No entanto, eles não eram nada como eu, e eu não queria ser como eles. Não mais.

Alguém bateu na porta do banheiro.

— Kat?

Abri a porta. Galen estava lá, o rosto tenso. Trazia minha bolsa em uma mão.

— Tudo bem?

Eu não respondi; não consegui.

— Sei que você provavelmente quer voltar à festa, mas Lucy pediu para eu levar você de volta à escola.

— Você está sóbrio?

— Eu não bebo — falou, seco.

— Então, por favor, me tire daqui.

Galen fez o caminho todo de volta em alta velocidade. Mal nos falamos até ele entrar com a BMW no estacionamento e o motor parar de roncar.

— Obrigada — falei, finalmente. — Desculpa por fazer você perder o resto da festa.

— Eu não queria mais ficar lá — disse ele, mexendo nas chaves, sem me olhar. — Por que você fez aquilo?

— Você precisa perguntar? Você sabe que meu pai morreu de DFaC. Não para se divertir numa festa. Porque estava *faminto*.

— Lucy toma muito cuidado com DFaC.

— Porque ela pode! — gritei. — Porque é um risco que ela assume por diversão. Para alguns de nós, ainda é questão de vida ou morte.

— Eu entendo — disse ele, de um jeito que não me indicava se entendia mesmo. — Se servir de consolo, nunca drenam os humanos completamente. Lucy garante.

— E daí?

— E daí que é inofensivo, né?

A mesma palavra que Lucy usou. Mas ele não soava inteiramente convencido.

— Não vão lembrar de nada — continuou —, vai ser só uma ressaca pesada depois de uma festa com LucyK. E ela sempre paga.

Não sei qual era a expressão no meu rosto — ultraje, nojo, raiva por não ter notado que obviamente os Melhores dos Melhores ainda se alimentavam de humanos —, mas fez Galen dar um pulo.

— O que tem de *inofensivo* nisso? Eles foram hipnotizados para aceitar qualquer coisa, e vão acordar amanhã sem fazer ideia de que um bando de babacas ricos ficou montando neles, chupando sangue das veias deles. Se você acha que alguns dólares podem tornar isso minimamente razoável, você tá de sacanagem.

— Você nunca fez isso mesmo? — perguntou.

— *Não*. Nem acredito que preciso explicar, mas os humanos que Lucy enganou para irem à festa são pessoas, que nem a gente. Têm *nomes* e vidas próprias, coisas de que gostam, pessoas que amam. Não são *inferiores* a nós. São iguais. O que você acharia se alguém te enganasse para *comer* parte do seu *corpo*?

Galen ficou quieto. Era hora de sair do carro. Eu provavelmente já o ofendera demais. Eu podia imaginá-lo reclamando com os amigos de precisar levar a maluca da menina nova para casa. Mas eu precisava saber mais uma coisa. Olhei para ele, para sua pele lisa e azulada naquela luz.

— Você fez? — perguntei.

Galen engoliu em seco. Estava olhando para as chaves, apertando o dedo nas beiradas afiadas.

— Hoje, não — falou, cuidadoso.

A raiva ardeu mais forte no meu peito. Era para eu agradecer pela honestidade, ou por fingir entender meu ponto de vista, ou por não rir na minha cara, mas eu não conseguia me convencer a elogiá-lo por ser uma pessoa decente por algumas poucas horas. Que diferença fazia, se ele já tinha feito coisas que não podia desfazer, coisas das quais provavelmente nunca nem considerara se arrepender? Até onde eu sabia, eu só tinha surtado antes da vez de Galen chegar.

— Para ser sincero — continuou ele —, nunca me desceu bem. O que quero dizer é que é errado. Se alimentar de humanos é errado. Eu achei muito legal você ter enfrentado o pessoal.

Sacudi a cabeça, de queixo caído.

— Galen, você tem mais poder do que todo mundo daquele apartamento junto. Se é isso que acha, *por que não me ajudou*?

Ele parecia aflito, os belos lábios abertos, os belos olhos arregalados. Era a primeira vez que eu via o mínimo de feiura nele.

Saí do carro e bati a porta.

TAYLOR

A luz se acendeu. Puxei o edredom para cobrir o rosto. Kat não estava nem *tentando* fazer silêncio.

— O que aconteceu? Você não ia dormir na Lucy? — gemi, os olhos fechados com força.

— Mudança de planos.

A aspereza na voz dela... tinha alguma coisa errada. Abaixei o edredom para olhá-la e, em um instante, me sentei abruptamente na cama.

— O que houve?

— É sangue. Estou bem — disse ela, sem me olhar.

Ela abaixou o zíper do vestido — do que restava dele —, e eu esqueci que deveria desviar o olhar. Até o sutiã e a calcinha dela estavam manchados de um tom de vermelho amarronzado, e o cabelo estava molhado, embolado, caído em nós pelas costas. Kat pegou o vestido do chão e o arremessou na lixeira.

— Sangue de *quem*?

— Meu. Principalmente.

Ela abriu a gaveta de calcinhas com força, e eu desviei o rosto enquanto ela se trocava. Quando me virei, ela estava parada perto da cama, flexionando os dedos e olhando ao redor do quarto, como se não soubesse mais o que fazer. Estava descalça. Parecia sentir frio.

— Você está... bem? — arrisquei.

Ela focou o olhar em mim. Fogo puro ardia em seus olhos, o que me fez me encolher na cama.

— Você sabia, não sabia?

— Nunca fui a uma festa dessas. Mas ouvi boatos.

Eu nem sabia se era mesmo verdade, até aquele momento. Pensei no plano de Kontos, de convencer os Sangue-Frescos de que podíamos viver junto aos humanos. Como se fosse possível com gente se alimentando deles por diversão.

— Por que você não me contou?

— Eu não sabia que precisava contar. São *seus* amigos. Pra mim, você podia estar *animada* com isso...

— Você achava que eu estaria... que eu faria...

Ela estava com uma expressão terrível de horror lúgubre e manifesto. Como se tivesse perdido o equilíbrio no mundo sob seus pés. Por um segundo, fui tomada pela ideia de ir até ela, de que talvez meus braços pudessem firmá-la.

Até que ela apertou os punhos, os olhos brilhantes. Ela não precisava ser reconfortada.

— Quão fodido é esse lugar? — exclamou. — Tem algum outro pesadelo que você queira me contar?

— Sei lá, cara. Só estudo aqui.

Ela revirou os olhos.

— Que nem todo mundo, né?

— O que quer dizer com *isso*? Não sou que nem os idiotas dos seus amigos.

Ela me olhou com raiva.

— Não são mais meus amigos. Eu surtei quando começaram a se alimentar de humanos. Tentei impedir e... vamos só dizer que não espero mais convite nenhum.

Uma faísca se acendeu na minha barriga.

— Você tentou impedir?

— Bom, eu não podia ficar lá parada sem fazer nada, né? Não sou o *Galen*.

— O que tem o Galen?

— Ele fez uma pequena confissão depois de me trazer para cá. Aparentemente também acha errado se alimentar de humanos, mas nunca ocorreu a ele tentar impedir. Não acredito que estou em uma situação em que isso de fato parece positivo, em vez de uma merda por si só.

— *Galen* acha errado?

Eu sabia que *eu* nunca me alimentaria de um humano. Mas eu era eu. Nunca tivera muita esperança de outros vampiros concordarem. No entanto, se Kat, se alguém como Galen pensasse assim... talvez as ideias de Kontos não fossem tanta loucura.

Kat se largou na beirada da cama, a cabeça pesada nas mãos. Ela parecia pequena, assustada, solitária.

— O que vou *fazer*?

A ideia estourou no meu cérebro como a maré, pulsando e contida pelo meu crânio: *Vá até ela, vá até ela, vá até ela. Abrace ela, apoie a cabeça dela no seu ombro*. A voz na minha cabeça era tão forte que me perguntei se ela conseguiria escutar.

— Se preocupe com isso amanhã — me forcei a dizer. — Posso voltar a dormir agora, *Ka-the-ri-ne*?

Ela me olhou por entre os dedos, a boca curvada em uma carranca linda e perfeita, que não fazia nada para conter a vibração do meu cérebro.

— Por que você fala assim?

— Falo como?

— *Ka-the-ri-ne*. Quatro sílabas. Você sabe que todo mundo me chama de Ka-th'ri-ne, só três.

— Achei que todo mundo te chamasse de Kat. Uma sílaba só.

— Chamam mesmo.

Kat suspirou e apagou a luz.

18

TAYLOR

Quando Kat acordou, tarde na manhã seguinte, eu já estava à escrivaninha há uma hora, de caneta na mão. Eu não era de escrever em diário, então era estranho, até emocionante, encher páginas de caderno.

Apontei para o copo na mesinha de cabeceira.

— Trouxe Hema para você.

Ela esfregou os olhos.

— Valeu. Eu provavelmente nunca mais vou pisar no refeitório.

Mordi a ponta da caneta.

As palavras de Kontos estavam fervilhando na minha cabeça a manhã toda. Na noite anterior, eu duvidara dele. Duvidara *de mim*. Não sabia o que queria nem no que acreditava, e não achava que podia ser parte do que ele pedia.

Até que Kat chegara no quarto que nem uma princesa zumbi. Ela vira os amigos beberem sangue humano direto da fonte suculenta, e não pensara duas vezes. Não ficara parada, pensando no que acreditava, nem cogitando se estava pronta para se comprometer. Ela *agira*.

Eu a amava por isso.

Kontos se arriscara para me mostrar que achava que eu podia defender uma causa. Eu sabia sem dúvida que, se ele tivesse feito o mesmo com Kat, ela teria aceitado na mesma hora. Mesmo se não se sentisse digna, nem entendesse exatamente como ajudar. Eu me arrependia de muitas coisas, mas não iria me arrepender de deixar aquela oportunidade passar.

Havia, no entanto, uma questão complicada: minha nova missão era tentar converter os Sangue-Frescos para o reunionismo. Eu não sabia se era mesmo possível. Kat era uma pessoa só. Nenhum dos outros vampiros na festa de Lucy fizera nada além de rir da cara dela.

— Você acha que os Sangue-Frescos são uma causa perdida? — perguntei a Kat.

— Como assim?

— Lembra aquele debate na aula da Radtke, no dia que a Evangeline me chamou de...

— Lembro.

— ... lésbica? A gente estava falando do que aconteceria se a DFaC fosse curada. O que você acha que fariam se isso acontecesse?

Ela soltou um suspiro exausto.

— Provavelmente fariam muito pior do que já fazem. Admito que você estava certa. Eles dizem ser os Melhores dos Melhores, mas são monstros absolutos.

— Mas talvez possam, tipo, evoluir? Mudar de ideia?

— Desde quando *você* se importa com fazer alguém mudar de ideia?

Ela se largou de novo no travesseiro e voltou a se cobrir.

Seria de se esperar que a prova de que meus colegas andavam chupando suco vital de veias humanas teria me convencido de que a missão de Kontos tinha falhas irremediáveis. Sangue-Frescos estavam fazendo exatamente o que tínhamos esperança de que não fizessem. Estranhamente, porém, a confirmação de que não era apenas um boato me estimulava. Pelo menos sabíamos o que estávamos enfrentando. E era importante demais para desistir.

Arranquei a página do caderno, joguei-a na lixeira e comecei um segundo rascunho.

Kat estava cumprindo a própria profecia de nunca mais pisar no refeitório — apesar de isso ser basicamente deixar o inimigo vencer —, então, quando chegou a hora do jantar, eu ainda estava responsável pela entrega de Hema.

Não me incomodava. Não que eu estivesse feliz de ver Kat triste, mas tinha passado o dia inteiro só com ela. Para alegrá-la, eu a fizera ver *Crepúsculo*, um filme tão heterossexual que até Kristen Stewart, um ícone lésbico, pagava de hétero. Mas fez Kat rir da pele cintilante dos vampiros e do estranho fetiche por beisebol em alta velocidade. Vê-la rir me atingiu com o choque de uma droga, mais forte do que a euforia de estar ao lado dela na minha cama, de ombros colados, joelhos encostados, o perfume de jasmim do xampu dela entrando pelo meu nariz.

Era como já fora um dia — e talvez como seria dali em diante: eu e Kat contra o mundo. As outras meninas zombariam das esquisitas do último andar da residência Hunter, e a gente nem daria bola, porque esquisitas precisam se unir. Se tivéssemos uma à outra, quem daria a mínima para o que os outros diriam?

No entanto, eu não estava mais na segurança do nosso quarto. Estava no refeitório, para fins ao mesmo tempo pessoais e oficiais. Peguei dois copos de Hema para viagem e dei uma olhada pela sala. Senti a barriga afundar. Evangeline, Lucy e Galen estavam espalhados em uma mesa cheia de tigelas vazias e manchadas de vermelho. Evangeline olhou para mim, e então para os copos, e uma expressão arrogante a nível psicopata tomou seu rosto.

Torci para ela não falar nada, mas ela gritou:

— É para Kat? Como está a cabeça dela?

Todo mundo se virou para ver o biquinho lindo de Evangeline: um rosto que expressava *eu me importo de verdade!*, e também *sou uma daquelas enfermeiras assassinas*.

Se Kat fosse humana, o comentário de Evangeline seria passivo-agressivo, típico de uma riquinha metida. No entanto, Kat era vampira, uma criatura cujas feridas — até mesmo concussões — saravam com velocidade milagrosa. Evangeline não estava apenas lembrando todos do que acontecera na festa: estava sugerindo que Kat não era exatamente como a gente. Evangeline não sabia a verdade sobre o presancestral materno de Kat, mas, se Kat a ouvisse falar assim, surtaria de novo.

Infelizmente, a presença de professores no refeitório me impedia de mandar ela se foder, e os copos de Hema nas minhas mãos me impediam de usar um gesto para transmitir o recado.

— Não é da sua conta — falei.

Eu me arrependi imediatamente. A expressão de prazer diabólico — a sobrancelha inclinada, a boca levemente torcida — que surgiu no rosto de Evangeline era apenas para mim. Eu sabia o que queria dizer: que eu era *mesmo* a coisa mais patética do mundo.

Talvez, mas pelo menos Kat estava do meu lado agora.

Não tive tempo de decifrar mais nenhum movimento facial de Evangeline, pois, na mesma hora, Max Krovchuk entrou no refeitório. Ele usava um lápis preso atrás da orelha. Editor do *HarNotas* era uma identidade que ele carregava em tempo integral.

Corri até Max, que estava se servindo de Hema.

— Oi, Max, exatamente quem eu estava procurando!

Ele fez uma careta.

— Isso não parece bom, Taylor.

— Me escuta! Tenho uma história interessante para o *HarNotas*.

— Escreve um *pitch* que eu proponho na próxima reunião de pauta.

Revirei os olhos. Max agia como se editar o jornal de Harcote fosse praticamente tão prestigioso quanto editar o *New York Times*.

— Confia em mim, você vai querer incluir na edição de amanhã.

— Amanhã? A gente vai imprimir daqui a duas horas.

— Prometo, você vai querer. Soube do que está todo mundo falando hoje?

Max estreitou os olhos castanhos famintos. Ele era tão fofoqueiro quanto o resto de nós, só que podia fingir ser por motivo profissional.

— Tenho um texto de opinião a respeito do tema — falei.

— Se eu topar, Taylor, você vai ter uma hora para me entregar o texto.

— Já está pronto! Mas tem mais uma questão. Precisa ser anônimo.

— Você sabe que não pode. Código de Honra.

O Código de Honra proibia mesmo — ou parecia proibir, já que não envolvia regras explícitas — a publicação de textos anônimos. Esconder-se atrás do anonimato era, de acordo com Atherton, falta de respeito, e abria a porta para bullying. Acho que Atherton acreditava que essa porta estava bem fechada.

— Só assina com seu nome. Você ama controvérsia — disse Max.

— Não posso. Não fui eu que escrevi a coluna. Estou só ajudando uma pessoa... uma pessoa que tem algo a dizer, mas não sente segurança.

Ao ouvir *segurança*, Max estreitou ainda mais os olhos.

— Fala sério — insisti —, e o jornalismo de verdade? Sigilo da fonte! A voz do povo! Contar histórias que precisam ser contadas!

— Tá, chega de frase de efeito.

— Todo mundo vai falar disso. Não seria legal publicar alguma coisa para a qual as pessoas dão atenção?

— Tá legal. Me manda o texto em menos de uma hora.

— Tranquilo.

De volta ao quarto, enviei a coluna para Max, e levantei uma sobrancelha para Kat.

— Pronta para *Lua nova*?

KAT

Era inacreditavelmente cruel que, na segunda-feira, fosse esperado que eu me levantasse, saísse do quarto e comparecesse à aula. Apesar do desastre de sábado à noite, o domingo acabara sendo praticamente agradável. Taylor me convencera a fazer maratona dos filmes de Crepúsculo, e era muito mais divertido vê-los com outra vampira, mas não era só por isso que eu me sentira melhor. Era porque, sentadas juntas na cama dela, fazendo piada e gritando sempre que Kristen Stewart beijava algum dos garotos, eu me sentira que nem antigamente.

Antes de ela trair minha confiança.

Taylor dissera que eu estava me lamentando, e não era mentira. Era difícil explicar exatamente *do que* me lamentava. Eu não me arrependia de tentar proteger aqueles humanos; só queria ter feito um trabalho melhor.

No entanto, se não me arrependia, como podia me arrepender de estragar minhas amizades — com as mesmas pessoas que estavam chupando sangue? Eu me humilhara completamente na frente do pessoal mais popular da escola, coberta de sangue, com cacos de vidro enfiados na pele. Pelos cochichos — e comentários em alto e bom som — que me acompanhavam pelo campus, eu imaginava que iam estar falando sobre aquilo ainda muito depois da formatura.

A primeira aula, de química, foi tranquila. Cheguei em cima da hora para não precisar escutar nenhum papo.

No segundo tempo, entrei na sala de Radtke e todo mundo se calou, sinal óbvio de que estavam falando de mim. Eu praticamente ouvia as três letras do meu nome estalando na boca deles: *Vocês souberam o que a Kat fez?*

Exemplares do *HarNotas* estavam espalhados pelas mesas, cada aluno com um, como se pudessem fingir estar falando da programação do Dia dos Descendentes — o fim de semana em que pais e presancestrais podiam visitar o campus — que acabara de ser anunciado.

O único lugar vazio era minha cadeira de sempre, ao lado de Evangeline. Considerando que ela me fuzilava com o olhar, estava muito atenta àquele fato. Fiquei em pânico.

Taylor estava no canto, perto da janela, recostada na cadeira com os tênis branquíssimos apoiados na mesa. Encontrei o olhar dela. Eu devia estar com uma expressão bem apavorada, porque, assim que me viu, ela apoiou a cadeira no chão e passou o pé pela perna de uma cadeira extra largada no canto, puxando-a para perto da mesa.

— Valeu — murmurei, me sentando ao lado dela.

Ela empurrou o *HarNotas* para mim.

— Já leu?

— Tenho outras preocupações hoje.

Ela bateu insistentemente no jornal.

— Lê a coluna.

A manchete dizia VAMPIROS E HUMANOS TÊM UM FUTURO EM COMUM.

Eu achava que, por nunca ter matado um humano (e nunca querer fazê-lo), eu não fazia mal a eles, li.

Olhei de relance para Taylor. Ela levantou as sobrancelhas, como se dissesse: *Pois é, eu sei.*

É hora de falarmos de um segredo aberto. Há estudantes em Harcote que se alimentam de humanos. Não é por não saberem do perigo, ou por fome. Fazem isso por diversão. Porque podem.

Não importa as precauções que tomem, ou quão gentis sejam com eles. Com Hema, não há desculpa para nos alimentarmos de humanos. É errado tirar o sangue do corpo deles. É errado hipnotizá-los para que não resistam. Principalmente, é errado não pensar no efeito que nossas ações têm no mundo ao nosso redor.

Ouvimos a vida toda que a geração Sangue-Fresco é diferente dos pais e dos presancestrais, que é especial para a Vampiria.

E a diferença é essa: eles não tinham escolha além de beber sangue, mesmo que matassem o humano de quem se alimentavam. Nós temos essa escolha.

Podemos agir melhor do que os vampiros que vieram antes de nós. Não precisamos ser monstros, hipócritas nem assassinos. Não temos que abrir mão de nossa humanidade.

Um dia, talvez nem precisemos nos esconder dos humanos. Já ouvimos sua música, jogamos seus esportes, lemos seus livros na aula de literatura. Quero um mundo em que essas conexões se aprofundem, em que vampiros possam aprender com humanos. Um mundo em que não precisemos mais da Vampiria, em que haja apenas pessoas, vampiros e humanos, vivendo juntas.

Larguei o jornal. Meu estômago se retorceu de náusea — mas de um jeito bom, animado. Nos dias anteriores, eu abandonara minha esperança quanto aos Sangue-Frescos. Porém, algum deles estava defendendo o reunionismo no jornal da escola.

— Ousado, Kat — disse Carolina Riser, do outro lado da mesa do seminário. — Não bastava estragar a festa, precisou denunciar Lucy para o colégio todo?

— Eu não escrevi nada disso — falei. — *Acabei* de ler.

— Claro — bufou Carolina.

— Para de se fazer de inocente — disse Evangeline.

— Não é crime escrever uma coluna — argumentei.

— Mas uma coluna *anônima* é. Pelo menos vai contra o Código de Honra. Devemos assumir nossas ideias — disse Carolina.

— Eu assumiria, se fosse eu que tivesse escrito a coluna.

Reli por alto. Era fácil ver por que todo mundo achava que tinha sido eu. Parecia um manifesto escrito por alguém que acabara de arrancar o capitão de lacrosse da jugular de uma garota.

A percepção irrompeu em mim como uma revoada de gaivotas.

Eu sabia exatamente quem tinha escrito aquilo.

Era a pessoa sentada ao meu lado.

— Taylor, você *não...* — sibilei, rangendo os dentes.

— Kat, eu *nunca...* — sibilou ela em resposta.

Ela estava tentando muito conter um sorriso, girando uma caneta por cima da mão. Eu queria me irritar por ela violar o Código de Honra, por cutucar o vespeiro da escola, mas, para minha surpresa, não me incomodava. Na verdade, um sentimento orgulho cresceu no meu peito. Taylor era uma antagonista em Harcote. Soltava insultos cruéis, fazia graça, causava encrenca. Derrubava as coisas, se cercando de uma barreira protetora de destroços. Era a primeira vez que eu a via defender alguma coisa, mesmo que anonimamente.

A sra. Radtke entrou, trazendo uma nuvem de giz que se assentava no cabelo enroscado no alto da cabeça. Já tinha passado um pouco da hora, o que era estranho. Ela nunca se atrasava, e, pior ainda, estava agitada. Levou vários minutos para preparar o vídeo que deveríamos assistir, de um trecho de *Entrevista com o vampiro*. Era a parte em que Lestat transforma a menininha. Sempre que um dos vampiros enfiava as presas de forma melodramática no pescoço de um humano, eu sentia um aperto. Os detalhes da memória da noite de sábado estavam embaçados pelo álcool, mas eu ainda os via, em êxtase voraz, caírem de boca naqueles humanos coitados. A sra. Radtke provavelmente abriria um debate completamente óbvio sobre o filme — por exemplo, se era imoral transformar uma criança de cinco anos em vampiro, já que não cresceria, como acontecia com os Sangue-Frescos. Seria a segunda vez que a sra. Radtke nos advertiria para não transformar menores de idade em vampiros, mas eu nunca a ouvira falar de racismo e privilégio branco entre vampiros, do patriarcado, nem de desigualdade. Eu perguntara a Taylor se esses temas surgiam, e ela revirara os olhos e dissera: *até parece que as pessoas na sua escola humana falavam dessas coisas.* Fora preciso insistência para ela acreditar mesmo que falavam — que *eu* falava.

As luzes foram acesas.

— Sra. R., era melhor nos dar avisos de gatilho — disse Evangeline, forçando um tom triste. — Alguns de nós são muito sensíveis a ver humanos serem mordidos.

O rosto todo da sra. Radtke estava tenso quando ela respondeu:

— Eu esperaria que todos fossem.

Adiantava tentar fazer os harcotinhos pensarem na responsabilidade moral, se, no fim do dia, moralidade era um conjunto de regras? Se não acreditassem que as regras se aplicavam a eles, a moralidade nunca teria importância.

No entanto, Taylor acreditava que adiantava. Se ela acreditava, talvez fosse verdade.

19

TAYLOR

No almoço, o refeitório estava todo falando da coluna. Eu fiz o esforço de me sentar com a equipe de *cross-country*, depois puxei papo com um pessoal do teatro, e minha desconfiança foi confirmada: estava *todo mundo* falando disso.

Eu não podia ficar lá para conversar. Precisava encontrar Kontos.

Desde sábado, eu estava pensando no que diria para Kontos. O nosso mundo estava completamente fodido, mas eu acreditava, como ele, que melhorar era possível. No mínimo, queria acreditar. Estava disposta a tentar. Tinha escrito a coluna para provar isso a ele. Era o que eu ia dizer. Ou pelo menos parte disso.

Eu o encontrei na sala dele, olhando para o computador e apertando sem parar o botão da caneta.

— Taylor, eu esperava que você viesse.

Ele não soava especialmente feliz de me ver. Era muito atípico.

— Feche a porta — pediu.

— Ando pensando no que você disse outro dia — comecei, mas ele me interrompeu.

Ele apontou para o *HarNotas* na mesa.

— Suponho que você esteja por trás disso?

— O que achou? — perguntei, sorrindo.

Ele chupou os dentes, e soprou um suspiro.

— Queria que você tivesse falado comigo antes.

— Mas era o que você queria. Agitar a revolução! Está todo mundo falando nisso. Foi o momento perfeito, depois do que aconteceu na festa da Lucy.

Ele fez uma careta. Então ele também sabia do que tinha acontecido.

— Quem sabe que você escreveu isso? — perguntou.

— Ninguém, prometo. Max acha que estou escondendo um amigo que quer se manter anônimo. Ele curtiu a ideia de manter o sigilo da fonte. Disse até que achava as ideias muito boas.

Ele bateu no jornal.

— Isso é público demais, Taylor. Você está chamando muita atenção para a gente.

— Não podemos mudar a opinião das pessoas em segredo, né? Você disse que estava esperando os Sangue-Frescos acordarem, mas Radtke e Atherton fazem lavagem cerebral neles todo dia.

— Se descobrirem que você escreveu isso, você vai se meter em confusão grave.

— Não se preocupa. De qualquer jeito, todo mundo acha que foi a Kat.

Eu me sentia meio culpada por essa parte, apesar de não ter feito de propósito.

Kontos apertou os cantos do bigode.

— Precisamos tomar ainda mais cuidado por um tempo. Pode ser difícil de acreditar, mas essa coluna está causando agitação em lugares que você não vê. Você não pode falar disso com ninguém, nem se perguntarem.

— É para eu mentir? E o Código de Honra?

Era mais uma piada, mas, na verdade, achei estranho ouvir um adulto — especialmente Kontos — me encorajar a mentir.

— Isso é mais importante que o Código de Honra — disse Kontos. — Francamente, Taylor, pedi para você se envolver numa coisa que pode ser perigosa. Não vou dizer que não pensei duas vezes, pela sua segurança. Tem certeza que quer fazer isso?

Eu não tinha certeza, na verdade.

— Definitivamente — respondi.

— Preciso que você prometa não fazer mais nada sem falar comigo antes.

Levantei as mãos, me rendendo.

— Prometo. Vou tomar um supermegacuidado. Qual é minha próxima tarefa?

— Sua primeira tarefa é não fazer mais nada sem falar comigo.

— Fala sério, já disse, estou pronta!

Ele tirou um HD externo da gaveta, e me entregou.

— Sua *segunda* tarefa é guardar isso no seu quarto. Não precisa esconder, senão vai parecer suspeito. É só guardar em algum lugar seguro.

Eu mexi no objeto.

— O que é?

— Um HD externo.

Olhei para ele, com irritação.

— Quis dizer, o que *tem* nele?

— É backup de alguns dados que tenho juntado. Não pergunte. Mas sua coluna expôs a gente, e precisamos guardar uma cópia de reserva em um lugar seguro, até a poeira baixar. É só isso que posso contar. Tem também alguns dos meus filmes preferidos, por isso vai parecer...

Bati na fita grudada na lateral, onde ele escrevera CINECLUBE FRANCÊS com letras quadradas. Fiquei orgulhosa dele por estar sendo dissimulado. Kontos era meio contra dissimulação, mostrando sempre níveis de honestidade e prestatividade no nível de um guia turístico da Disney.

— Pode contar comigo — falei.

Fiz o que Kontos pediu. Escondi o HD supersecreto na minha gaveta não--tão-supersecreta da escrivaninha, e não fiz mais nenhuma manifestação da minha dedicação à causa reunionista. Ainda assim, a poeira não baixou.

Primeiro, Atherton tentou iniciar uma pequena inquisição em busca do responsável pela coluna. Parou antes mesmo de começar. Max era sua única pista. Não só Max não sabia quem escrevera a coluna, já que eu mentira para ele, como aproveitou a pressão de Atherton para testar sua ética jornalística. Ele não me entregou como seu contato editorial. Como castigo, Atherton convocou Max diante do Conselho de Honra — um comitê que ele presidia com Radtke, composto pelos dois alunos mais puxa-saco de cada ano — e o suspendeu por três dias. Diziam os boatos que Atherton ignorara a recomendação do Conselho, que fora de um dia de castigo após a aula. Depois disso, eu definitivamente senti que precisava ficar de olho para evitar confusão. Nem arrisquei agradecer a Max pelo que fizera. Pelo menos ele estava usando aquilo como uma medalha de honra.

Não foi o fim dos meus problemas. Apesar de Atherton não ter interrogado Kat, o corpo discente inteiro acreditava que ela escrevera a coluna a respeito do que acontecera na festa da Lucy. E, é claro, Evangeline não deixava ninguém esquecer. Abanar as chamas da fogueira da vida social de Kat era o novo hobby preferido dela. Eu estava começando a me arrepender de termos gastado todos os filmes de Crepúsculo em uma maratona só. Tinha subestimado o quanto seria necessário animar Kat.

Nem mesmo o drama do Baile da Fundação, que se aproximava, fazia a fofoca andar. Kat e eu fomos obrigadas a aturar o pesadelo do convite a cappella de Carsten para Lucy no jantar daquela semana. Depois, Kat anunciou que definitivamente não iria ao baile. Eu também não iria, mas ouvi-la dizer aquilo me entristeceu. Eu não queria ir ao baile porque era Taylor Sanger, e bailes obviamente não eram minha praia. Kat, no entanto, não era *eu*. Ela provavelmente se divertiria, mesmo que fosse uma besteirada.

Então, as coisas pioraram. Atherton finalmente começou a investigar o que acontecia nas festas da Lucy. Ele não encontrou nada, já que nenhum dos convidados especiais e seletos queria ser dedo-duro e abandonar o status de popular. Ainda assim, Atherton baniu todos os alunos de noites fora do campus pelo resto do semestre. Quando isso aconteceu, alguém (Evangeline) postou anonimamente uma foto de Kat na festa, com uma expressão aterrorizada e o rosto coberto de sangue, e eu voltei a ter que entregar Hema no quarto.

Foi a gota d'água.

Depois da aula, fui atrás de Evangeline. Ela estava no teatro, ensaiando a rubrica de sua peça de um ato. Foi no teatro que essa coisa entre nós duas começou. Ela tinha sido selecionada para ser contrarregra do musical no fim do primeiro ano. Eu estava trabalhando nos bastidores, cuidando das luzes. Sempre controladora, ela me fizera passar pela peça inteira, sem ninguém no palco, só nós duas na cabine, ela dando as ordens. Eu mal tinha saído do armário, e tentava não ter muita esperança no joelho dela roçando o meu — até ela se aproximar tanto, que só fazia sentido beijá-la.

O teatro estava vazio quando desci o corredor, batendo o pé: só Evangeline, parada no palco, sob o holofote. Ela estava de cabelo preso, com o texto em uma mão e uma caneta atrás da orelha. Curvou a boca em um sorriso de desprezo perfeito ao me ver, o que me fez querer devorá-la viva.

— O que você está fazendo aqui? — perguntou. — Ainda não estou pronta para as luzes.

— Precisamos conversar — falei, subindo os degraus laterais até o palco e a encontrando no brilho do holofote. — Sobre o que você está fazendo com Kat.

— Estou sendo perfeitamente civilizada com Kat.

— Não. Você está fazendo bullying e sabe muito bem.

— Como você *ousa*? Isso é, tipo, ataque ao meu caráter.

Mantive a voz firme.

— Pare de zombar dela. E faça Lucy parar também.

Evangeline endireitou os ombros. O gesto puxou a camisa de botão contra o peito. Não que eu estivesse olhando.

— É fofo você querer proteger sua namoradinha.

— Diz a garota com quem estou transando há meses.

Incrivelmente rápido, Evangeline pegou meu braço com força e me arrastou para fora do palco, para longe das fileiras da plateia vazia, para as cortinas pretas de veludo que abafariam o barulho.

— Qual é o seu *problema*? Alguém poderia ouvir — explodiu ela. — E a gente não *transa*, só se pega.

— Como você acha que garotas transam?

Uma expressão de confusão genuína tomou o rosto dela. Jesus, Harcote era mesmo o lugar mais hétero da Terra.

— Eu... eu estou ocupada, Taylor. Desembucha e me deixa voltar a trabalhar.

— Pare de infernizar a vida da Kat. Se não parar, isso acabou.

— Já ouvi isso antes. *Acabou, Evangeline.*

Ela se aproximou, abrindo um daqueles sorrisos safados de paquera — o que, em defesa dela, normalmente funcionava, porque era *sedutor para caralho*.

— Eu te conheço, Taylor — acrescentou.

Ela estava certa. Eu já dissera aquilo mais de algumas vezes em voz alta, e já tinha perdido a conta do quanto dissera em pensamento. No entanto, aquelas vezes eram só por mim. Era diferente. Dei um passo para trás, abrindo espaço entre nós. Só alguns centímetros, mas parecia mais.

— Mas você ainda acha que eu não te conheço — falei. — Acha que não vejo o jeito patético que você olha para o Galen, ou como faz as garotas aqui te amarem só para poder magoá-las, ou como vive se jogando na Lucy... que é, por sinal, a pessoa mais hétero que já vi na vida. Nenhuma dessas pessoas pode dar o que você quer, e nunca poderá. Você é tão solitária que é um buraco negro emocional. E, sem mim, está sozinha.

O rosto dela endureceu em uma máscara de fúria concentrada.

— Então, seja legal com a Kat, tá? — concluí.

Evangeline lambeu os dentes e ajeitou a caneta atrás da orelha.

— Tanto faz — falou, voltando ao palco. — Me encontre no camarim daqui a uma hora.

20

KAT

Parei na passarela fria e frágil, olhando para o cubo de vidro da Estante. Eu tinha ido sem Galen para ver se desenterrava alguma informação sobre o passado da minha mãe. Para isso, e também para escapar dos cochichos e olhares. A semana estava sendo pesada e solitária, e, para piorar, alguém (provavelmente Evangeline) espalhou aquela foto. Depois de tanto temer que a verdade sobre meu presancestral, ou sobre a morte do meu pai, ou sobre meu passado destruísse minha vida social, eu consegui o mesmo resultado do jeito clássico: passando vergonha em uma festa. Eu me sentia inteiramente sem amigos — exceto por Taylor, claro, em quem eu me apoiava mais do que gostaria de admitir.

Eu não estava tão sozinha quanto esperava. Pelo vidro, vi que a mesa que tínhamos escolhido como espaço de trabalho e as prateleiras que a cercavam eram o único foco iluminado no vácuo do cubo. Galen estava com um joelho dobrado, a calça preta justa na coxa, e a outra perna comprida esticada. Parecia perdido em pensamentos, apertando de leve o lábio inferior carnudo com o polegar, os cachos escuros descendo pelo rosto.

Apesar de querer evitá-lo, fiquei impressionada de novo com a beleza dele, mesmo na variação inteiramente preta do uniforme que ele preferia. Ele não era bonito de um jeito que gerava um anseio, como Evangeline, por exemplo — tão bonita que dava vontade de tocá-la só para confirmar que era de verdade. Também não era como a beleza de Taylor: os traços dela eram como um mapa impossível de aprender, por mais que se estudasse. Galen era bonito de um jeito que me fazia querer evitar tocá-lo — me fazia querer examiná-lo de todos os ângulos e guardá-lo em uma caixa protetora. Ou seja, apesar de ser o único ser vivo dentro do cubo mal oxigenado da Estante, ele parecia pertencer ao lugar.

Passei meu cartão no leitor e o lacre da porta se abriu com um *shhhh*. Peguei a cadeira na frente dele.

Ele se endireitou no assento.

— Como você está? Quer dizer, está tudo...

— Uma merda? Basicamente — falei, sem conseguir soar tão leve quanto pretendia. — Você ouviu o que andam falando.

Ele abriu um sorriso suave.

— Até parece que *você* liga para o que andam falando.

Mas eu ligava, *sim*. Ligava mais do que deveria, e queria parar de ligar, mas não conseguia. Sempre que Evangeline ou Lucy faziam algum comentário cruel, parte de mim queria morrer. Essa parte não se consolava pelo fato de Evangeline e Lucy serem lixos ambulantes.

Galen estava me olhando com certa admiração.

— Não acredito que você escreveu aquilo.

— Mas eu *não* escrevi.

— São todas as suas ideias.

— Devem ser as ideias de mais alguém.

Ele me deu uma piscadela conspiratória.

— Enfim, achei a coluna, que foi escrita por outra pessoa, muito boa. Fiquei pensando que a Fundação vai curar a DFaC num futuro próximo. A gente deveria falar do tipo de mundo em que queremos viver quando isso acontecer.

Mordi a língua. Eu precisava parar de ficar com raiva dele por não ter chegado àquelas conclusões mais cedo, e me concentrar em ficar feliz que tivesse chegado a elas, ponto.

— Então que tipo de mundo você quer que seja? — perguntei.

Ele franziu a testa.

— Acho que... teremos que proteger a Vampiria, em primeiro lugar.

Joguei a caneta nele. Bateu no ombro, e ele tentou pegá-la.

— Não pedi uma imitação de Victor Castel. O que *você* acha?

Ele jogou a caneta de volta.

— Não sei mesmo. Às vezes me pergunto se a Vampiria não é muito... muito *pequena*. Rígida demais. Victor e Atherton falam da Vampiria como se fosse frágil. Como se pudéssemos destrui-la se fizéssemos a coisa errada. Mas não é isso que sinto. Sabe aquela grade que cerca o campus... a grade de ferro?

Confirmei com a cabeça. A cerca que marcava os limites do campus tinha até remates pontudos no alto, percorrendo o bosque, e o único portão que eu conhecia era aquele pelo qual entrara no primeiro dia.

— Na maior parte do tempo, nem penso na grade. Normalmente só a vejo quando estou no campo de lacrosse, e, mesmo então, nem sempre me incomoda. Não é um *muro*. Eu vejo o outro lado. Mas, outras vezes, penso na cerca e sinto uma *pressão*, uma claustrofobia. Como se a cerca estivesse nos enjaulando aqui, além de manter o resto do mundo lá fora. Às vezes é isso que sinto sobre Vampiria. Desenharam limites e agora estamos todos presos por eles — disse ele, abaixando a cabeça. — Sei que isso soa idiota.

— Não soa, não — falei, firme. — De jeito nenhum. Acho que sinto o mesmo, na verdade.

De repente, notei que ele estava me olhando de um jeito diferente. Os olhos cinzentos estavam mais calorosos, quase carinhosos, e ele entreabrira a boca. Um formigamento subiu pela minha nuca até meu rosto. Não queria que ele me olhasse assim — com tanta *atenção* —, então peguei meu notebook.

— É melhor trabalhar.

Ele esticou a mão por cima da mesa para me impedir de abrir o computador.

— Vá ao baile comigo — falou.

— Ao Baile da Fundação?

Ele arqueou a sobrancelha.

— É normalmente isso que chamamos de *o baile* por aqui.

— Honestamente, eu não planejava ir, depois de tudo que aconteceu. Vai ser mega constrangedor.

— Não se formos juntos.

Uma sensação radiante fervilhou em mim. O menino mais desejado da escola estava *me* convidando para o baile. Era para eu aceitar, mas acabei sacudindo a cabeça em negativa.

— E Evangeline?

Ele pegou a caneta e começou a brincar com a tampa.

— O que tem ela?

— Ela já está me infernizando. Achei que você iria com ela, se fosse com alguém.

— De onde tirou essa ideia?

— Você deve saber o que falam de vocês.

— Vão continuar falando, não importa se ela vai ao baile comigo ou não — disse ele, passando a mão pelo cabelo. — Aqui, vivo sob um microscópio. E nem é por minha causa... é o Victor, meus pais, coisas além do meu controle.

— É por isso que você não namora?

— Assim é mais fácil — disse ele, tampando a caneta de novo e se recostando na cadeira. — Olha, deixa pra lá.

Fingi trabalhar, mas não conseguia parar de pensar no convite. Se eu fosse ficar em Harcote e virar a líder que Victor Castel acreditava que eu poderia ser, não podia passar dois anos encurralada num cantinho, esperando que Taylor aparecesse para me fazer companhia no jantar.

Quem não arrisca, não petisca.

Tinha sido besteira achar que dava para ser amiga de Evangeline e Lucy. De qualquer forma, amizade não protegia ninguém da fúria delas. No entanto, eu também não podia passar o resto da minha vida sempre-viva, nunca-morta me escondendo delas.

Eu vi que elas passaram a me tratar diferente depois de eu ganhar a mentoria com Victor, depois de cansarem de tentar me convencer que eu não merecia. Para repetir aquilo, eu precisava me tornar impossível de ignorar.

Bem na minha frente estava outro prêmio que Evangeline queria, mas ainda não tinha conseguido.

— Sim — falei.

Galen levantou o rosto do computador.

— Sim, o quê?

— Sim, vou com você ao Baile da Fundação. Mas tenho uma condição — falei. — Vamos manter segredo até o baile. Você diz que vai sozinho, eu finjo que nem vou, e aí a gente aparece juntos. Assim, Evangeline não vai encher o meu saco. E pode ser meio divertido.

Ele hesitou, os olhos cinzentos meio escondidos pelos cílios grossos, como se olhasse para algo que não podia ter e queria muito. Por algum motivo, eu não tinha nenhuma certeza de que fosse eu.

— Deixa para lá — falei. — Ideia idiota.

— Não, é perfeito, na real.

O sorriso de Galen, largo e sincero, quase iluminava o arquivo sombrio.

À noite, com a luz apagada, escutei o vento fustigar as árvores na frente da nossa janela alta e passei a língua pelas pontas afiadas dos meus dentes, sem conseguir dormir. Minha cabeça estava dando voltas, repetindo os acontecimentos do dia sem parar.

Era bom, insisti comigo mesma. Galen gostava de mim e, mesmo que eu não o visse como as outras meninas viam, eu veria, quando o conhecesse melhor. No entanto, quando me imaginava no baile, lado a lado com aquele grupo, só conseguia ver as bocas manchadas de sangue. Tive a sensação distante e perturbadora de que seria outra pessoa no baile, outra pessoa como par de Galen. Ainda faltavam alguns dias para a festa — era só no sábado seguinte —, mas eu já tinha um nó do tamanho de um punho na minha barriga.

Do outro lado do quarto estreito, ouvi o lençol de Taylor farfalhar.

— Taylor? — cochichei. — Está acordada?

Depois de alguns murmúrios incoerentes, a cabeça desgrenhada de Taylor saiu de debaixo da coberta.

— Claro. O que houve?

— Nada. Só queria perguntar uma coisa.

— Pode perguntar.

No luar frio que enchia o quarto, eu via apenas o brilho de seus olhos, sua boca sutilmente entreaberta.

— Você iria ao Baile da Fundação?

— Tipo, com você?

— Ah, não, não... não era isso — falei, rápido. — Só quis saber se você estaria lá.

Ela se levantou um pouco, apoiada no cotovelo.

— Até onde eu sabia, você não ia ao baile. Está planejando algum massacre estilo Carrie?

— Não... é difícil explicar. Eu vou, mas ninguém pode saber. É meio que surpresa.

— E como isso me envolve?

— Não envolve... Eu só...

Eu não sabia explicar por que queria que ela fosse. Talvez nem soubesse bem o motivo.

— Você não me deve uma? — perguntei.

Taylor caiu de volta na cama. Estava com o olhar fixo no teto, os cachos espalhados no travesseiro. Eu não parei de olhar. Estava escuro demais para enxergar direito, mas eu conhecia o rosto dela bem o bastante para identificar o padrão de sombras que marcava a subida e descida das maçãs do rosto, a ponta do queixo, a garganta ondulante. Ela era bonita de um jeito sinistro, como uma espécie de criatura mítica. O que, como vampira, ela era mesmo.

Depois de um longo silêncio, ela respondeu baixinho:

— Tá bom. Eu vou.

Quando a tensão em mim começou a se desfazer, eu cochichei:

— Obrigada.

21

TAYLOR

Quando acordei na manhã seguinte com o barulho do chuveiro de Kat, levei um segundo para lembrar por que estava tão exausta. Até que rolei para o lado e gemi com a cara no travesseiro.

Tipo, com você?

Como eu poderia ter pensado que Kat me convidaria para ir com ela a um baile no meio da madrugada?

Apesar de ela *ter* feito mais ou menos isso. Platonicamente. Como amigas.

Pior ainda, como a idiota completa que eu era, eu tinha *aceitado*.

Peguei o outro travesseiro e o esmaguei em cima da minha cabeça, criando um sanduíche de cabeça e travesseiro, mas nem mesmo a situação sufocante mudava a verdade inegável:

Eu ia ao Baile da Fundação.

Eu havia prometido a mim mesma que nunca iria de novo. No ano anterior, Kontos me convencera a ir: bailes eram constrangedores, mas eram um ritual de passagem! No entanto, depois de uma hora, eu tinha voltado ao quarto (tecnicamente violando o Código de Honra). Estava acostumada a sentir que não me encaixava em Harcote. Só não esperava sentir aquilo de forma tão aguda — quase dolorida — entre todos os casais de menino-e-menina arrumadinhos.

O vestido que eu usara não ajudara. No cabide, era ótimo, mas, quando o vestira, me sentira... errada. Eu ficara parecendo um garfo de plástico envolto em um guardanapo. Ao chegar no quarto, eu o enfiara no canto mais fundo do armário e o deixara lá até o Dia da Mudança do fim do ano.

Eu não sabia como faria aquilo, mas sabia que não decepcionaria Kat. Estava curtindo o barato de fazer a coisa certa, ser uma pessoa melhor, uma pessoa que se importava com as coisas, e uma das coisas com as quais eu me importava era Kat.

Além do mais, eu meio que devia uma a ela, mesmo. Ela tinha aguentado muita chatice por causa da coluna.

Eu me joguei da cama e revirei o armário. Era um desperdício tremendo, porque sabia que nada ali serviria. Uma coisa era vestir calça e camisa de botão no Jantar Formal. Nem por isso tinha um armário inteiro de roupas formais adequadas para uma jovem caminhoneira.

Quando Kat desligou o chuveiro, eu chutei as roupas de volta para o armário e pulei na cama.

— Você vai se atrasar para a primeira aula — disse Kat.

Ela parecia um anjo, envolta no vapor do banho.

— Mais dois minutos — resmunguei, e peguei o celular.

Escrevi uma mensagem:

Emergência! Pode me encontrar depois da aula?

Não, ele ficaria preocupado. Editei a mensagem:

Emergência de moda!

Mandei para Kontos.

Quando voltei ao quarto à noite, Kat estava de pé, imóvel e ereta. Olhava para uma caixa grande na cama. Estilhaços de uma explosão de papel de seda estavam espalhados pelo quarto.

— É para o baile?

Larguei a mochila na cadeira — a roupa que Kontos me ajudou a comprar estava lá dentro. Eu penduraria no armário depois, mas não na frente de Kat.

— Achei que fosse vestir uma das roupas que já tinha — falei.

— Ia mesmo — disse ela, com um tom distante que fez meu peito acelerar. — Mas acho que agora vou usar isso aqui.

Devagar, Kat levantou o vestido. Ele escorregou do papel de seda, farfalhando que nem um animal com escamas. Era espetacular: fino, de alcinha, inteiramente coberto de lantejoulas vermelho-carmim, um modelo que desenharia cada curva.

— Uau — falei. — É um look e tanto, mas acho que você consegue sustentar.

Mas Kat segurava o vestido como se nunca o tivesse visto, como se fosse mordê-la. A barra se acumulava em uma poça vermelha cintilante no chão.

— Estou meio perdida — falei. — Quando você comprou isso?

A pergunta pareceu quebrar o encanto de Kat. Ela jogou o vestido na cama sem a menor cerimônia.

— Não comprei.

Ela remexeu na caixa e tirou um cartão cor de creme, que me entregou.

Querida Kat — Considere este presente uma recompensa por seu trabalho duro. O Baile da Fundação é uma tradição clássica de Harcote, e você deve se mostrar digna.

— Quem mandou isso? Tem toda a energia de um cara nojento.
— É da pessoa que financia minha bolsa de estudos.
— Você tem uma bolsa de estudos?
— Não precisa fingir que não sabia.
— É, eu não sabia mesmo. Achei que Harcote não oferecia bolsa. Por isso a escola é cheia de babacas.

Kat esmagou o papel de seda de volta na caixa como se o castigasse por ter escapado.

— Fala sério, acha mesmo que eu e minha mãe poderíamos pagar a mensalidade?

Senti um arrepio na nuca. Falar de dinheiro me deixava desconfortável. Era que nem tirar a calcinha em público — eu só sabia que não deveria ser feito.

— E daí? Agora você está aqui.
— *E daí?* — perguntou Kat, me encarando, boquiaberta. — *E daí* que não posso pagar pela vida que você e todo mundo daqui supõe ser natural?

E daí que não tenho dinheiro para comprar tênis novos toda semana, consertar o carro, nem mesmo Hema para sobreviver, porra? Esquece isso tudo. Agora estou aqui, né?

Dei um passo para trás, jogando as mãos ao alto.

— É só que, tipo, não penso nessas coisas quando penso em você. Dinheiro não é importante para mim.

— Você só diz isso porque tem dinheiro. Não é por não ser importante para você que deixa de ser *importante*. Já pensou em como você é sortuda de poder escolher o que acha importante?

— Você acha que sou que nem todos os idiotas daqui?

— Acho que, se você só se comparar com os babacas de Harcote, é fácil sentir que é um anjo. Sabe, se o diretor Atherton me culpasse pela coluna, eu poderia perder a bolsa, e acabaria completamente ferrada.

— Eu não pensei nisso. Eu não *sabia*.

Ela largou o vestido de novo na caixa, e a chutou. A caixa deslizou para baixo da cama.

— Por que você se importa, afinal? Provavelmente quer que eu vá embora mesmo.

Senti gelo nas veias — eu tinha sido burra, tão burra, de supor que os momentos juntas nas semanas anteriores poderiam significar uma amizade. Que os momentos eram importantes para ela como eram para mim.

— Como você pode dizer isso?

Eu queria desesperadamente não estar ali, estar em qualquer outro lugar, desaparecer no éter. Mas essa era a realidade. Segurei os ombros de Kat. O rosto dela estava vermelho, e ela respirava com dificuldade.

Tentei expressar toda minha honestidade na voz.

— Desculpa pela coluna. Eu deveria ter pensado na impressão que passaria... que todo mundo acharia que foi você. Não posso explicar o motivo, mas precisa continuar anônimo.

Kat procurou meu olhar, e eu me forcei a não me esquivar. Não sabia quanto tempo aguentaria ficar tão próxima dela quando ela estava assim: furiosa. Engoli em seco.

— Não quero que você vá embora. De jeito nenhum. Ter você aqui... nós duas juntas... quer dizer, tem sido legal, né?

— É — disse ela, rouca. — Tem sido legal.

Eu a soltei com cuidado e me afastei. Estava corando furiosamente.

— Não acredito que a secretaria mandou um vestido de gostosa para você.

Kat quase riu, e meu coração deu um salto mortal perfeito.

— O financiamento não é de Harcote de fato. É um benfeitor anônimo... ou pelo menos é assim que penso nele. Não é só a mensalidade. Ele pagou pelo computador, por essas roupas todas, pelo meu voo, por tudo. Mas nunca fez nada desse tipo antes.

Uma coisa era uma bolsa de estudos. Deixar um zilionário desconhecido escolher suas roupas para ocasiões especiais era totalmente diferente.

— Você não vai usar o vestido, né?

Kat olhou para a caixa meio enfiada debaixo da cama, e franziu a testa.

— Se couber, vou.

— Mas...

— Você leu o cartão. Preciso usar. Ele quer que eu me mostre *digna* das tradições de Harcote.

— Ou seja, usar um vestido que vai fazer você parecer um picolé de sangue.

— Ele nunca me pediu nada. E tenho que vestir alguma coisa no baile, né?

Torci o nariz para o vestido.

— Claro. É um preço baixo a se pagar.

O sábado inteiro girou em torno do baile: a contagem regressiva até a gente se arrumar, e depois até o baile em si. Quando Kat perguntou se eu queria ajuda com a maquiagem — "Tranquilo se não quiser usar nada, mas você ficaria ótima com um pouco de rímel e delineador" —, eu aceitei. O toque delicado dos dedos dela no meu rosto, enquanto ela torcia a boca de concentração, fez minhas costelas me apertarem demais. Eu esperava que Kat supusesse que era só animação para o baile. Depois, fui ao banheiro me trocar.

Eu me admirei no espelho. O terno era azul-real, e eu o vesti por cima de uma camisa social branca que encontrei no departamento masculino. Deixei o botão de cima aberto, sem gravata. Nunca tinha vestido um terno, e não sabia como deveria cair em mim, nem o que sentir. Mas Kontos disse que era perfeito, e, milagrosamente, não precisava de ajustes. Copiei o que as pessoas faziam em filmes: vesti o paletó, estiquei os braços para alinhar as mangas, conferi os botões do punho. Para minha surpresa, eu me senti muito bem.

Quando Kat me viu, e eu vi a expressão dela, me senti melhor ainda.

Ela estava sorrindo, os olhos brilhando de um jeito que eu não via fazia tempo. Aquela voz na minha cabeça, quase inaudível, me lembrou: *isso não quer dizer nada*.

— Você está fantástica — disse Kat.

— Jura?

— Sim. Juro, *mesmo*.

Para de ser boba, Taylor, suplicou a voz.

— Queria usar alguma coisa mais assim — disse ela.

Fui ao meu armário escolher um tênis.

— Mas você é tão feminina.

— Não sou *tão* feminina assim — protestou ela.

Peguei um par de tênis brancos impecáveis de cano alto e me sentei na cama para amarrá-los.

— Ka-the-ri-ne, já viu seu armário?

— São só *roupas*.

A frustração na voz de Kat me fez questionar se eu tinha entendido mal alguma coisa. Além do uniforme, o armário de Kat era cheio de vestidos e saias, plissadas e frufrus e esvoaçantes, e podia pertencer à Barbie Gótica.

— São *suas* roupas.

— Mais ou menos. O Benfeitor queria que meu guarda-roupa fosse *digno de uma jovem vampira*.

Levantei o olhar. Então não era só a roupa da festa.

Kat estava roendo a unha pintada de vermelho. Para algumas pessoas, roupas podiam não parecer grande coisa. O código de vestimenta de Harcote era bem tradicional, e algumas garotas gostavam daquele estilo. No entanto, a questão não era só ficar bonita. Era forçar a gente a *ser* de determinado jeito, ensinar a gente a ser menino ou menina. Garantir que nossa aparência expressasse o que eles queriam, em vez de qualquer coisa nossa de fato.

De repente, uma tristeza brotou em mim. Tristeza de ter perdido a oportunidade de conhecer Kat fora desse lugar. E tristeza *por* ela também, por tudo que ela sofria por causa daquela escola idiota cheia de gente tóxica, por sentir que não tinha escolha além de se vestir de boneca todo dia.

— Você ficaria fenomenal de terno — falei. — Ano que vem, deveria usar um. Mas, hoje, vai se vestir que nem um copo cheio de molho picante, e vai ser incrível. Agora se troca logo, senão a gente vai se atrasar.

Kat entrou no banheiro, levando o vestido. Quando fechou a porta, eu voltei ao espelho. Conferi os ângulos todos, verifiquei que estava tudo ajustado, e que a ponta dos tênis aparecia debaixo das pregas marcadas no tecido azul. Um tremor sacudiu meu estômago. Eu tinha passado o dia tentando ignorar a ansiedade, fingindo não estar com medo de entrar no baile de terno. Meus pais surtariam quando vissem as fotos. Provavelmente me ligariam para mais uma conversa sobre como me amavam e me apoiavam como filha, e como estavam de acordo com minha *opção* (eca), mas eu precisava mesmo chamar tanta atenção?

O pior era que eles achavam honestamente que me apoiavam muito. Uma vez, minha mãe parabenizou a si mesma por *ser tão moderna nessa situação toda*. No entanto, não havia nada de moderno no fato de que nunca diziam a palavra *lésbica*, ou em como esperavam que ninguém soubesse que eu era gay ao me olhar. Ainda assim, era sorte minha não estar em uma situação pior, visto que meus dois pais tinham nascido antes da Constituição.

Porém, eles não estavam presentes ali. Enterrei os pensamentos sobre eles no fundo do depósito mental e me avaliei no espelho de novo. Quanto mais me olhava, mais o tremor se estabilizava em uma emoção firme, correta e sincera. Passei os dedos pelas lapelas e abri o paletó para enfiar as mãos nos bolsos retos da calça. Desabotoei mais um botão da camisa — dane-se o que Radtke diria a respeito de me vestir que nem mocinha —, sacudi os cachos do cabelo e sorri. Foda-se o que *qualquer pessoa* diria: eu me sentia bem de terno, e ninguém tiraria aquilo de mim. Kat e eu entraríamos juntas no baile e faríamos todo mundo surtar.

Até que Kat saiu do banheiro, e eu mesma surtei. O vestido... já era grande coisa na caixa, mas, em Kat, ficava *incrível*. Caía meio frouxo nos ombros, revelando o arco suave das clavículas, e descia delineando o corpo, justo nos lugares certos, as lantejoulas vermelhas refletindo a luz e destacando o cabelo ruivo, que ela prendera em um coque desgrenhado.

— Uau. Você está... hum, linda — murmurei.

O vestido realmente não era nada parecido com as roupas espalhafatosas que o Benfeitor dera para ela usar no Jantar Formal. Não deixava nada para a imaginação. Por mais bonita que ela estivesse, também parecia desconfortável, e com frio.

— Está se sentindo bem? — perguntei.

Kat levou as mãos aos ombros, como se quisesse se esconder.

— Só fico pensando... por que *esse* vestido?

— Não precisa usar. Tem tempo para se trocar — falei, e ela tentou me olhar com irritação. — Sei o que você vai dizer, mas ele não pode tirar sua bolsa por causa de um vestido ridículo.

— Vou usar, sim — disse ela, firme.

Ela calçou sapatos de salto fino e se ajoelhou para afivelá-los. A luz brilhou em sua maçã do rosto, na curva de sua orelha, na linha de seu pescoço, e, apesar de tanta beleza, ela ainda parecia nervosa.

— Não é só por causa dele, né? — falei, devagar. — É por causa *delas*. Achei que você tivesse desistido dessas garotas...

Ela me olhou. Não negou.

— Qual é o propósito de hoje, na verdade? Você me pediu para ir, e eu falei que iria, mesmo sem querer. Prometi que deixaria todo mundo acreditar que você não ia. Mas, honestamente, não fico totalmente confortável de não saber de nada.

Ela se levantou e ajustou o vestido.

— Eu vou com Galen.

Um soco gelado atingiu a boca do meu estômago.

— É o *quê*?

— Galen vai ser meu par. Planejamos em segredo, como surpresa.

— *Galen?* — perguntei, dando um passo para trás. — Você nem gosta dele!

Kat levou um susto.

— Você não sabe disso.

Eu a olhei, irritada.

— Achei que, quando visse como esses idiotas são de verdade, você fosse parar de desperdiçar tanto tempo tentando se encaixar. Mas cá está de novo, tentando subir a escada social que leva ao inferno.

— Não estou fazendo isso para ser amiga deles.

— Espera que eu acredite nisso, depois da Operação Puxa-Saco?

— Juro que às vezes você é quem mais julga as pessoas nessa escola toda, Taylor.

Sou obrigada a admitir que essa doeu.

— Essa não é *você*.

— Como se você soubesse quem eu sou.

Meu coração estava a mil, meu sangue, quente demais. Cerrei as mãos em punho para Kat não ver que estavam tremendo.

— Então por que quer que eu vá? Só para eu ver quem você é *de verdade*, de braços dados com o maior babaca do colégio? Ou é para me fazer passar vergonha de algum jeito? Isso sim deixaria Evangeline feliz.

— Não! Não vou fazer você passar vergonha. Eu só... Sei lá, estava nervosa, e queria que você estivesse lá, tá?

— Porra nenhuma. Você provavelmente planeja me usar para se engraçar com aquele pessoal.

— Eu nunca faria isso.

— Ah, *como se eu soubesse quem você é* e o que você faria ou não — cuspi.

— Então não vai. Se não quiser. Não quis magoar você. Desculpa.

Antes que eu pudesse dizer mais alguma coisa, Kat saiu pela porta e desceu a escada de salto alto, indo ao salão onde as outras garotas estariam esperando, prontas para julgar cada detalhe dela — e vê-la dar um golpe que me machucaria mais do que jamais as machucaria.

KAT

Meu coração estava batendo tão rápido que mal mantive o equilíbrio ao descer a escada da Hunter. Lá embaixo, as meninas estavam às risadinhas, na excitação do baile. Tinham se aglomerado no salão, esperando os garotos virem buscá-las — outra tradição típica de Harcote. Eu precisava me concentrar nelas, em Galen, que provavelmente estava a caminho das residências femininas, em não pisar com o salto fino na cauda daquele vestido vermelho horrível.

No entanto, só conseguia pensar em Taylor.

Taylor sentada sozinha no nosso quarto, fervendo de raiva porque não sabia apenas ficar chateada. Eu quase não tinha palavras para descrever o que sentira ao ver Taylor naquele terno. Algo como orgulho, êxtase, inveja. Taylor estava radiante. O sorriso dela era raro — um sorriso que nada nem ninguém, nem mesmo a própria Taylor, conseguiria suprimir. Eu poderia ter olhado para ela a noite toda. Por um minuto, eu me pegara pensando que íamos mesmo ao baile juntas, não só como amigas.

Até que tudo desmoronara.

Parei ao chegar no primeiro andar, agarrada ao corrimão.

Eu deveria subir de volta. Ver se Taylor estava bem. Pedir desculpas — mas por quê, exatamente? Por fazer algo de que Taylor discordava? Ela discordava do que eu e a maioria das pessoas na Terra fazíamos. Os padrões dela eram inatingíveis, não deixavam margem para compreensão, acordos ou perspectivas diferentes. Taylor achava que eu não estava sendo eu mesma, e estava certa.

Não era sem querer, e nem era uma fraqueza. Era uma escolha.

Porém, ao lado de Taylor naquele terno, com esse vestido que me fazia sentir como se vestisse a pele de outra pessoa, esperando o par que eu arranjara apenas para impressionar garotas que eu não respeitava, não era bem o que sentia.

Lá embaixo, a porta da casa se abriu. Os passos de sapatos masculinos encheram o saguão.

Apertei a boca com força para conter a náusea. O som cantarolado do nome de Galen flutuou escada acima até onde eu estava.

Você nem gosta dele.

Eu quase ri quando Taylor falou isso. Não por ser engraçado, mas por ser verdade. Taylor conseguiu ver o que todo mundo — Evangeline e Lucy, o próprio Galen, mesmo que apenas um pouco, até eu — não notou: que eu apenas fingia gostar de Galen além da amizade.

Eu não podia mais voltar atrás. Meu futuro estava lá embaixo da escada. Não no quartinho do sótão que deixara para trás.

Por isso, ajustei o vestido uma última vez e me forcei a ir encontrá-lo.

Entrei no salão. Por um segundo, foi como naquele primeiro dia: dezenas de lindos olhos de vampiro voltados para mim, me admirando, me avaliando.

No entanto, era diferente. Eu estava enfeitada com dez mil lantejoulas, e sabia que, se eu estivesse literalmente vestida para matar, todo mundo ali estaria morto. Do outro lado da sala, com o ombro elegantemente encostado na lareira, um garoto esperava por mim. Quando Galen me viu, sua pose desinteressada de sempre se desfez em surpresa, a boca perfeitamente desenhada aberta, os olhos metálicos arregalados. Então, de repente, ele se recompôs: afastou o ombro da lareira e se empertigou, o rosto de volta à expressão elegante. As bochechas, contudo, continuaram coradas.

E daí se eu não sentisse frio na barriga ao vê-lo? A vida não era uma comédia romântica. Eu gostava quando ele me olhava assim, e gostava do fato de que, quando ele o fazia, todo mundo me via de outra forma. Não bastava?

Quando atravessei a sala, minha respiração estava curta e ofegante, mas acho que ninguém escutou em meio ao farfalhar do vestido. Lucy — abraçada com Carsten — soltou um assobio baixo. Evangeline estava ao lado dela, sem par. Havia um sorriso na boca dela, mas não distraía do seu olhar cada vez mais apavorado ao se virar de mim para Galen, e de novo para mim.

Evangeline levou a mão ao meu braço.

— Kat! Que boa surpresa... Achei que você não iria.

— Mudei de ideia.

Eu me desvencilhei da mão dela e me aproximei de Galen.

— Oi — falei para ele, baixinho.

Sob o olhar de todos, o frio na barriga surgiu — mesmo que não fosse por ele.

— Oi — disse ele, um pouco rouco, antes de se curvar e me beijar na bochecha. — Você está linda, Kat.

Abaixei o olhar e mordi o lábio, tomada por uma onda de constrangimento — porém, todos veriam apenas como eu estava feliz com Galen. A sala vibrava de cochichos sutis quando dei a mão para ele.

A sra. Radtke, que nos monitorava com um pouco menos severidade do que de costume, anunciou que, se todas estivessem presentes, era melhor seguirmos para o Salão Principal. Olhei para a escada. Taylor não iria mesmo? Ela realmente achava que eu pudesse usá-la para alguma pegadinha horrível? Era tarde demais para me preocupar com isso — tarde demais para parar o que eu comecei.

Caminhando pelo frio de outubro até o Salão Principal, eu e Galen continuamos de mãos dadas, uma camada fina de suor entre as palmas.

— Acha que ficaram surpresos? — perguntei.

Ele me olhou, os cachos misturados às sombras, o rosto iluminado em um dourado químico pelas luzes da trilha.

— Não me importa o que pensam. Hoje, só me importo com você.

Ele estava sendo sincero, notei, e de repente achei a proximidade das nossas mãos um exagero. Rangi os dentes. Estava apenas me acostumando a estar com ele dessa forma, pensei. Quando chegássemos ao baile, eu relaxaria.

— Vem, estamos ficando para trás — falei.

A entrada do Salão Principal estava cheia de alunos. Todo mundo nos via, nos notava, falava de nós: o Menino de Ouro que ninguém podia ter, a menina nova que apenas agora se davam conta de desejar. O Rei e a Rainha Vampiros da noite. Era aquilo que eu queria, me lembrei. Repeti isso sem parar em pensamento ao subir a escadaria do Salão Principal, tomando cuidado com o salto, segurando a saia para não tropeçar. Galen subiu, galante, ao meu lado, segurando meu braço como se eu não desse conta sozinha.

No topo da escada, não me contive: olhei para trás, para o caminho que tínhamos percorrido.

— O que está procurando? — perguntou Galen.

— Nada — falei.

Os outros alunos abriram caminho quando eu e Galen passamos pelo portão. Ninguém nos dirigiu a palavra.

22

TAYLOR

Fiquei sentada na cama com a cabeça entre as mãos, os dedos enfiados no cabelo, por mais tempo do que gostaria de admitir — muito depois do ruído dos saltos de Kat na escada acabar, do frenesi do térreo crescer e explodir pela porta, e da Hunter voltar ao silêncio. Eu estava me lamentando, e odiava me lamentar, e meu rosto estava manchado daquele maldito delineador que deixei ela passar em mim, mas não conseguia parar.

Que otária do caralho que eu era.

Todas as minhas barreiras deveriam me proteger dela, mas ela deu um jeito de atravessá-las, se esgueirando até meu coração. Eu me permiti acreditar que aquela sensação que eu tinha quando ela me olhava, como um balão de ar quente, era parcialmente porque ela não queria me aniquilar. Que ela não era que nem o resto dos alunos daquele colégio, provas vivas da teoria de que vampiros vendiam a alma ao diabo em troca da imortalidade. Então ali estava eu, de novo, como sempre: sozinha e me odiando por dar a mínima para a merda da Katherine Finn.

Em minha — frágil, admito — defesa, fazia sentido achar que as coisas mudariam depois de Kat voltar da festa de Lucy, destroçada e coberta de sangue seco. A Kat que eu conhecia, a Kat que eu não conseguia deixar de lado inteiramente, nunca teria se convencido a aceitar aquilo. Mas, agora, não só Kat ia ao baile com o maior cuzão de todos — com aquele topetinho idiota e aquela cara de desenho animado, ele parecia um jovem alcoólatra francês, o tipo de pessoa que passaria clamídia para metade da turma da faculdade e se recusaria a admitir —, como o faria para conquistar exatamente as pessoas que tinham montado aquela festa.

Passei as mãos pelo tecido azul esticado nas minhas coxas. Queria arrancar meus olhos só de pensar em como estive ridiculamente feliz meia hora antes. Como me convencera de que, se não fôssemos como um par, iríamos como amigas, e que isso bastaria. Que eu morava em um mundo no qual poderia entrar no Baile da Fundação, usando aquele terno, e não daria merda — que o que eu sentia era importante e que, pelo menos uma vez, eu me sentia bem. Que o filho da puta do universo me deixaria sentir aquilo por algumas poucas horas.

Se eu era alguém para Kat, era só outra pessoa que ela pretendia esmagar em seu caminho a passos firmes até o topo.

Vampiros eram assim — não podiam mudar, e sua natureza era egoísta. Eu sempre soube, mas, nas últimas semanas, ainda me permiti acreditar — esperar — que era possível ser diferente.

Passei os dedos pelo cabelo.

Eu iria ao baile. Não pela Kat — não por nenhum deles.

KAT

O Salão Principal tinha sido transformado: os bancos foram removidos para abrir espaço para a pista de dança, os lustres refletiam luzes coloridas que formavam padrões estranhos no teto gótico e o baixo de uma música pop estava vibrando nas paredes esculpidas e elaboradas. Apesar de tudo, eu ainda senti aquela emoção cheia de expectativa ao entrar, como sentia nos bailes na minha cidade. Nosso grupo deu uma voltinha rápida no espaço para Lucy, que fazia parte do comitê de organização do baile, mostrar as decorações que tinham escolhido com dificuldade. Desde que Galen beijara minha bochecha, as meninas agiam como se as duas semanas anteriores nem tivessem acontecido.

Nós nos aglomeramos em uma das capelas escuras, e Carsten passou para o grupo um cantil de bebida que escondera no paletó. Ele não tinha falado comigo naquela noite — nem nunca, desde que eu o jogara comigo na mesa de vidro na festa de Lucy. Quando aceitei o cantil de Evangeline, Galen me olhou interrogativo, mas eu virei a bebida na boca. O álcool estava quente do corpo de Carsten e me atingiu que nem ácido. Senti o estômago revirar, lembrando a última vez que sentira aquela ardência na língua, o som caótico do vidro estilhaçado, o fluxo quente de sangue pelas costas.

No entanto, o álcool deixava tudo um pouco mais suave, um pouco mais fácil de aguentar. Fiquei agradecida. Evangeline e Lucy fingiam que eu não sabia que elas tinham passado duas semanas sendo totalmente escrotas comigo, e eu permiti. Ficamos nos abraçando e nos elogiando sem parar:

— Estamos gatíssimas, esses garotos nem merecem a gente.

— Você está *literalmente* arrasando.

— Essa foto ficou quase sexy demais para postar.

Nós nos puxávamos para selfies, nos apinhando em uma foto só.

— Soltem as presas, meninas! — gritou Lucy, e deixou os dentes se alongarem, as pontas tão afiadas que eram quase translúcidas.

Saber como ela usara aquelas presas causou uma onda de repulsa no meu estômago, mas eu me obriguei a ignorar. Mais do que ignorar. Soltei as minhas presas também, copiando o sorriso das outras meninas, as bocas abertas em um esgar de desprezo sexy, para não estragar o batom. Botei a língua para fora quando elas botaram. Imitei as poses delas, de peito para a frente, de ombro inclinado. E não me senti mal — não a sério —, porque eu estava ali para aquilo.

Evangeline estava ainda mais estonteante do que de costume. Tinha pintado a boca de vermelho-vivo e arrumado o cabelo em ondas ao estilo Veronica Lake, e era difícil não olhar a pele pálida dos ombros e a curva do decote naquele vestido preto, longo e justo. Em qualquer outra pessoa, o look seria cafona, exageradamente vampírico. Em Evangeline, dava vontade de me ajoelhar e implorar para ela chupar meu sangue.

Todo mundo em Harcote sabia que Evangeline não tinha medo de ser má, até mesmo cruel, até mesmo com seus amigos. Era por isso que a opinião dela era importante: ela determinava um padrão que quase ninguém alcançava, então as pessoas se arrastavam para ganhar sua aprovação. Eu estava cansada de me arrastar.

Abri um sorriso confiante e puxei papo com um elogio clássico:

— *Amei* esse seu vestido.

— Fala sério, está todo mundo olhando é para você — disse ela, me olhando de cima a baixo. — Honestamente, onde você comprou essa roupa?

— Decidi vir de última hora, então não tive tempo de comprar nada novo. Por sorte, já tinha isso no fundo do armário.

Evangeline mudou de foco. Estava olhando os meninos, olhando Galen. Mantive a coluna ereta, esperando um ataque que deveria rebater, uma tentativa de me derrubar da qual deveria me esquivar. No entanto, ela perguntou, baixinho:

— Como você convenceu ele a vir com você?

Naquele momento, Evangeline parecia mais nova do que eu jamais a vira, de sobrancelhas franzidas, boca levemente torcida. Era uma expressão sincera de confusão e, no fundo, uma espécie de melancolia. Apenas a verdade já a magoaria.

— Como assim? Eu não *convenci* ele a nada. Ele só me convidou. Do nada.

A expressão vulnerável sumiu do rosto de Evangeline.

— Que fofo.

— Pois é — falei, sorrindo. — Fiquei a fim dele logo no primeiro dia, mas sou só a aluna nova, e todo mundo diz que vocês dois vão acabar juntos. Por isso, nunca nem tentei. Acho que ele queria o suficiente por nós dois.

Evangeline se virou para mim de braços cruzados, as unhas vermelhas e compridas apoiadas na pele pálida.

— Ele te contou? Antes de *só te convidar* para o baile?

Ela me pegara desprevenida, e sabia muito bem.

— Há motivo para dizerem que eu e Galen vamos acabar juntos — declarou, olhando para trás de mim. — Se cuida.

De repente, senti mãos na minha cintura. Dei um pulo.

— Oi, sou só eu — disse Galen. — Quer dançar?

Eu o deixei me conduzir à pista de dança, e deixei Evangeline sozinha.

TAYLOR

Quando fui batendo os pés a caminho do Salão Principal, notei que o lugar estourava de barulho, não apenas no ritmo daquela música idiota que estava tocando, mas também com gargalhadas, gritos, a energia dos mortos-vivos em uma festa de Halloween. Subindo os degraus, o HD no meu bolso batia pesado na minha perna. Rangi os dentes e empurrei a porta.

Eu não estava nem aí para o que estava acontecendo lá dentro. O vatra do Dorian estava de capa com gola alta e, juro, uma cartola, olhando para a pista com uma expressão de horror, como se decepcionado por não tocarem composições para órgão. Anna Rose e Jane Marie Dent, as duas parecendo jovens viúvas que tinham perdido os maridos soldados na Guerra de Secessão, estavam cochichando entre si. Luzes coloridas! Flashes da cabine de selfie! Meninas esfregando as bundas arrumadinhas em meninos que não as mereciam! Em outras palavras: um típico baile de merda.

Queria ter algum jeito de procurar Kontos sem ter que testemunhar aquela orgia de hormônios Sangue-Fresco, mas infelizmente...

Então, como em uma cena de filme, a multidão se abriu. Não tinha como deixar de vê-los: Galen e Kat, no meio da pista. A iluminação era perfeita. Estavam bem embaixo de uma das lanternas penduradas no teto da catedral, iluminados por um holofote próprio. O vestido vermelho de Kat brilhava como fogo, as lantejoulas justas no corpo e o decote nas costas mostrando a coluna. Meu coração pulou direto à garganta. Os braços idiotas do Galen estavam ao redor da cintura dela, e os de Kat, ao redor do pescoço dele. Ele era da altura exata para ela precisar olhar apenas um pouquinho para cima, e ele, apenas um pouquinho para baixo, os cachinhos idiotas penteados com pomada e só um pouco bagunçados pelo calor. Para todo mundo que os admirava — e era muita gente além de mim —, eles pareciam estar a um instante de um beijo.

Eu precisava admitir. Com aquela expressão deslumbrada e vidrada que Kat fazia para Galen, eu mal enxergava a mentira.

Até que eles se viraram, e vi as mãos dela cruzadas atrás do pescoço de Galen. Kat estava enfiando a unha na cutícula do outro polegar, com tanta força que doeria.

— Está espiando, é? — disse uma voz atrás de mim.

Eu me virei para Evangeline, especificamente para que ela me visse revirar os olhos.

— Eu estava olhando respeitosamente.

Evangeline levantou uma sobrancelha, fazendo beicinho com a boca pintada de vermelho. Eu a olhei de cima a baixo: ela estava de matar, uma pinup vampira de vestido preto justo que descia até o chão.

Em troca, ela me olhou também.

— Você está bem Parada Gay.

Parecia uma ofensa, mas o tom e o brilho no olhar dela indicavam que não era o caso.

— Você está bem Mortícia Adams de permanente no cabelo, então acho que empatamos.

Evangeline fez algo que eu não esperava: ela sorriu, sorriu de verdade, ao me ouvir. Eu já vira Evangeline mexer a boca de todo tipo de jeito, em sorrisinhos condescendentes, biquinhos manipuladores, curvas de desdém. Mas aquilo — o sorriso de verdade dela — eu não via desde o primeiro ano.

— Vim só procurar o Kontos — falei, rápido. — Você viu ele?

— Ele está lá na mesa de Hema.

Evangeline inclinou a cabeça, apontando uma mesa do lado oposto da sala, no centro da qual estava um chafariz borbulhante de Hema, servido em taças de coquetel elegantes por um servente humano. Kontos estava dançando que nem um bobo, de vez em quando se aproximando para escutar melhor o que Radtke dizia — ela provavelmente estava apontando as garotas cujos vestidos tinham passado do limite da Feminilidade Aceitável e entrado na Cidade das Piranhas. Deixei Evangeline para trás e dei a volta na pista até eles.

— Kontos, precisamos conversar — gritei mais alto que a música.

— Taylor! — exclamou ele, sorrindo. — Uau, você está linda!

Lutei contra o impulso de fazer uma careta, apesar de sentir minhas entranhas se retorcerem, quando Kontos chamou Radtke para ver meu terno.

Outra candidata para a maior surpresa da noite: Radtke me avaliou e reagiu com um sorriso tenso e um aceno seco de cabeça — não chegava a ser um elogio, mas também não era o contrário. Bom. Era uma mudança agradável.

— Posso conversar com você lá fora? A sós? — perguntei.

— Podemos conversar amanhã! Divirta-se hoje. Vi Kat e Galen juntos aqui. Os dois estão na minha mesa do Jantar Formal e juro que não tinha reparado em nada.

— *Kontos*.

O bigode dele murchou, então ele gritou alguma coisa para Radtke, e saímos juntos.

Longe da música, a noite me parecia estranhamente silenciosa, envolta em algodão. Conduzi Kontos à lateral do prédio. Não queria que ninguém nos interrompesse.

— Vou cair fora — falei.

— Cair fora? Do quê?

— Do seu grande plano secreto! — falei. — Não quero mais nada com isso.

— Taylor... o que houve?

Cocei a testa com o os nós dos dedos.

— Por que sempre tem que ter acontecido alguma coisa?

— Você obviamente está chateada com alguma coisa.

— É, estou chateada de ter acreditado na sua baboseira.

A expressão dele murchou. Eu continuei.

— Esse projeto todo é um desperdício do caralho. Mesmo que você não veja, eu vejo.

Minha voz estava tremendo um pouco, as palavras soavam brutais, mas não consegui me conter. Que ele se fodesse, que todo mundo se fodesse — eu estava furiosa, e a raiva precisava de um alvo, e talvez Kontos não merecesse, mas tinha sido pego no fogo cruzado na hora errada.

— Vampiros não podem agir de forma moral — continuei. — Especialmente os Sangue-Frescos. É impossível. E, mesmo se pudessem, não fariam isso. Sem isso, seu plano todo vai entrar em colapso e virar literalmente um massacre. É uma causa perdida.

— Tenho fé que não vai acontecer.

— Como?

De repente, eu quis que ele me respondesse sinceramente. Depois de tudo que ele vivera, ainda acreditava na bondade. Eu queria o mesmo — ter fé nas coisas, acreditar nas pessoas, olhar o futuro imortal sem fim que se estendia à minha frente e imaginar que poderia ser qualquer coisa além de uma merda total.

— As pessoas podem surpreender a gente, se deixarmos — disse ele, sincero.

— Surpreender com uma estaca nas costas — resmunguei.

— Há humanos e vampiros por aí que precisam da nossa ajuda. Eu vejo isso. Sei que você também vê. Se há dois de nós, há mais.

Eu ainda via o horror e o nojo no rosto de Kat na noite em que voltara da festa da Lucy. Era muito distante da aparência dela no baile, puxando o saco das pessoas que chamara de hipócritas.

— Você está errado — falei, seca. — Eu não vejo.

Quando a expressão dele desmoronou, eu soube que me lembraria daquele momento por muito tempo. Porque aquele olhar era pior do que decepção — era mágoa.

— Se mudar de ideia...

Eu não aguentava vê-lo olhando assim para mim, como se eu o tivesse abandonado. Não era culpa minha ele querer algo de mim que eu não podia dar. O pior era que eu sabia que ele não desistiria de mim, mesmo depois disso. Continuaria com o cineclube, perguntaria de mim, talvez até voltasse a me convidar para me juntar aos reunionistas. Kontos me perdoaria várias vezes mesmo que eu não merecesse, porque esse era o jeito horrivelmente lindo dele: perdoar pessoas que não tinham feito uma coisa boa sequer em toda sua vida imortal.

— Não vou mudar de ideia. Nunca acreditei mesmo que isso fosse funcionar. Sempre foi uma mentira.

Para confirmar, empurrei o HD para ele.

— Pode pegar isso de volta.

— Taylor...

Eu precisava que ele parasse de me olhar como se tentasse desvendar o que tinha acontecido comigo.

— *Quê?* — perguntei, feroz.

Ele não continuou.

— Vou guardar isso na minha sala. Talvez a gente possa conversar na segunda-feira.

— Não tem o que conversar.

Ele abriu um sorriso triste.

— Espero que você ainda possa se divertir no baile. O terno ficou perfeito — falou, e foi andando para o Prédio de Ciências.

Eu fiquei parada na sombra à beira do Salão Principal, ardendo com um sentimento que não entendia. Estava furiosa, com uma raiva de acelerar o coração — raiva de Kontos, de Kat, de mim, da porra toda da Vampiria —, e, por algum motivo incompreensível, havia lágrimas nos meus olhos, apesar de eu ter banido lágrimas de se aproximarem dos meus olhos sempre que estava em público. Parecia que eu tinha me rasgado em duas. Metade queria voltar correndo para o quarto, enterrar a cara no travesseiro e tentar esquecer a noite. No entanto, se fizesse isso, acabaria sozinha com aquele turbilhão enjoativo de emoções até Kat voltar e eu ficar pior ainda.

Ou eu podia voltar ao baile, onde fazia tanto barulho que não dava para pensar. Podia fingir ser que nem todo o resto, alguém que não dava a mínima para ninguém nem nada além de mim mesma.

Foda-se. Eu estava linda de terno. Seria um crime não me exibir. Não ia deixar a porcaria da Katherine Finn me impedir.

KAT

É claro que, logo depois de começarmos a dançar, tocou uma música lenta. Galen passou as mãos pela minha cintura e me puxou para perto com a maior naturalidade do mundo. Apoiei as mãos nos ombros dele, meus dedos se unindo na base do pescoço.

Só que, para mim, não parecia natural.

Parecia *errado*. Como se o mundo estivesse desalinhado. Como se quem deveria estar ali comigo não fosse ele, as mãos na pele nua das minhas costas não deveriam ser as suas, os olhos que ele admirava com aquela expressão suave não deveriam ser os meus. Ele me olhava com tanta gentileza, um sorriso de esperança brincando no rosto. Eu deveria ter me apaixonado por aquele olhar. Deveria ter retribuído. *Queria* retribuir.

Porém, só fazia com que eu me sentisse pequena e perdida.

— Tenho uma surpresa para você — disse ele, me puxando ainda mais perto.

Soltei o pescoço dele para ajeitar meu cabelo, mesmo sabendo perfeitamente que não precisava ajeitar nada.

— Não preciso de surpresa nenhuma, Galen.

— Acho que você vai gostar dessa. Lembra dos humanos da festa da Lucy?

Um nó apertou minha garganta.

— Claro.

— Eu sei que você estava preocupada com eles. Então eu fui atrás deles...

— Você *foi atrás deles*?

— Eu tenho muitos, hum, recursos? — disse ele, sem jeito. — Achei que você gostaria de saber que eles estão todos bem.

— Que bom.

Eu não sabia o que dizer além disso. Aquelas pessoas não estavam bem, não importava o que Galen achasse, ou quisesse acreditar. Elas tinham sido hipnotizadas e traumatizadas por vampiros adolescentes famintos. Aquilo deixaria uma assombração leve para trás, mesmo se não lembrassem.

— Mas a surpresa não é essa. Você falou que eu teria poder de fazer a diferença se quisesses, e não consegui parar de pensar nisso. Por isso, mandei um pouco de dinheiro para cada um deles. Anonimamente, é claro. Mandei quinhentos dólares para cada.

Senti um aperto no peito.

— Você deu quinhentos dólares para cada um deles?

— Era importante, sabe, fazer alguma coisa. Foi o que você disse, não é inofensivo beber sangue de humanos.

Atrás do pescoço dele, enfiei uma unha na cutícula do polegar.

Mal conseguia respirar.

Quinhentos dólares.

Não era nem um mês de aluguel. Não era nada, não significava nada — especialmente vindo de alguém rico como Galen, que poderia surgir na vida deles e mudá-la com dinheiro. Como o Benfeitor fizera com a minha.

Nenhum dinheiro compensaria o quanto aquelas pessoas tinham sido violadas.

E Galen... eu mal conseguia olhá-lo. Quando o conhecera, eu achara que ele era apaixonado por si mesmo. No entanto, finalmente vi que não era esse o problema: era que o mundo inteiro estava apaixonado por ele, e ele ainda não entendera. As pessoas o ouviam, cediam a ele, antecipavam suas necessidades para que ele nunca as sentisse direito. O mundo respondia ao poder dele de um milhão de jeitos tão sutis que ele nunca precisava notar. Era exatamente por isso que Victor Castel o escolheria como voz da geração Sangue-Fresco, um papel que ele nascera para desempenhar, e ao mesmo tempo Galen acreditava que o melhor que poderia fazer para defender humanos era distribuir dinheiro em segredo.

De repente, o Salão Principal me pareceu apertado e sufocante, o ar fervendo com o calor dos corpos na pista, a vibração reverberante da música, as luzes piscando. Os Sangue-Frescos, de sapatos polidos e olhos pintados, *inofensivamente* enfiando os dentes em qualquer veia limpa.

Eu queria acender um fósforo e vê-los todos pegar fogo.

Galen me olhava feito um cachorrinho pidão, esperando que eu lhe dissesse como ele se comportara bem.

E o que eu fiz?

Inclinei a cabeça para trás, como se ele fosse meu herói. Ignorei a gosma preta que me consumia por dentro. Enfiei a unha na cutícula com mais força, deixando a pontada de dor me manter firme.

— Que generosidade — ouvi minha voz falar. Mas eu estava muito, muito distante.

TAYLOR

Voltei decidida ao Salão Principal, como se fosse Keanu Reeves em *Matrix*, ou Keanu Reeves em *John Wick*. Deixei a Taylor que se sentia mal pela conversa com Kontos lá fora; a Taylor de agora estava curtindo a onda de ter sido escrota com a única pessoa cuja opinião era importante.

Obviamente, notei de imediato que Kat ainda estava agarrada a Galen. Não me causou reação alguma. Na verdade, foi uma reação inversa: senti ainda menos. Ele era um cuzento, ela era uma cuzenta, nada daquilo era problema meu.

Evangeline também estava na pista, rebolando em uma rodinha de garotas. Lucy estava no centro, mostrando como sabia "rebolar a raba" (ela falava disso sem parar havia semanas). Nem mesmo o ato completamente heterossexual de assistir à melhor amiga linda mexer a bunda com competência fez Evangeline Lazareanu sorrir.

Ela ainda estava emburrada por seu Príncipe Vampiro escolher outra Princesa.

Isso me deixou mais otimista quanto ao que estava prestes a fazer.

Eu dissera que queria que ela me tratasse melhor tantas vezes quanto ela me dissera que não gostava de verdade de mulher. Nenhuma dessas declarações fizera diferença alguma no que a gente fazia de fato. Era sempre Evangeline que dava as ordens — que me mandava mensagem, que me encurralava no camarim. Tudo que eu fazia era obedecer, só para ter a chance de sentir o corpo dela junto ao meu e fingir que era carinho.

Naquela noite, não.

Eu estava livre: não dava mais a mínima para Kat, para as esperanças iludidas de Kontos, para aquela imitação idiota de escola.

Enfiei as mãos nos bolsos do terno e dei a volta na pista de dança. Parei exatamente onde Evangeline me veria. Normalmente, eu não era boa de flerte — era raro ter oportunidade de treinar —, mas, naquele momento, me veio com naturalidade. Evangeline ergueu o rosto e me viu, nossos olhares se cruzaram, e algo ocorreu involuntariamente: havia um fogo em mim, um fogo que exigia ser alimentado. Que exigia *ela*.

Evangeline arregalou os olhos, entreabrindo a boca. Quase no mesmo instante, deu alguma desculpa para Lucy, revirando os olhos porque todo mundo sabia que Taylor Sanger era a maior chata. Nem ouvi o que Evangeline disse quando as amigas perguntaram o que ela queria comigo. Tudo que me importava era que, quando caminhei na direção de uma capela sombria no fundo do Salão Principal, ela veio atrás.

KAT

Quando Taylor entrou no Salão Principal, foi difícil não notar — como de costume, ela era uma faísca no escuro. Eu sempre parecia saber onde ela estava.

Por isso, vi quando ela olhou *daquele* jeito para Evangeline. Como se tivesse cansado de despi-la com os olhos, e estivesse pronta para fazê-lo com as mãos. Ela apontou com o queixo para uma das capelas, e Evangeline foi logo atrás.

Elas não podiam... Não pode ser... Taylor odiava Evangeline, e Evangeline não suportava Taylor. Era impossível, completamente *impensável*, que elas fossem sair de fininho juntas. Evangeline era uma cobra, e magoaria Taylor no segundo que fosse de seu interesse. Ela deveria estar planejando algum esquema, algo para meter Taylor em encrenca, ou, pior, humilhá-la, e era minha culpa Taylor ter ido ao baile para começo de conversa.

Considerei ir atrás delas, segurar Taylor e adverti-la, mas elas sumiram nas sombras.

Outra música lenta começou a tocar, e Galen voltou a me abraçar. Automaticamente, subi as mãos pelo terno dele, as apoiando em seus ombros. Assim, eu nem via mais aonde Taylor e Evangeline tinham ido.

Não conseguia parar de pensar no que aconteceria quando elas estivessem sozinhas, no que Evangeline faria — no que deveria estar fazendo, naquele instante...

As mãos de Evangeline em Taylor, deslizando por baixo do paletó.

Os dedos de Evangeline enroscados nos cachos de Taylor.

Taylor empurrando Evangeline na parede.

As bocas, os lábios, colidindo em um beijo faminto ao qual tinham resistido por tempo demais...

Galen subiu a mão na minha cintura.

— Ei, Kat?

Dei um pulo, perdendo o fôlego, e levantei o olhar bruscamente. Parecia que meus olhos estavam abertos demais, que eu via com clareza demais, de repente — meus sentidos ligados no que acontecia naquele canto escuro.

— Oi?

Tentei afastar a imagem de Taylor e Evangeline. No entanto, apesar de tudo que eu tentara me forçar a ignorar naquelas últimas semanas, aquilo não me largava. Meu corpo inteiro parecia quente demais, retesado demais.

— Você só pareceu distraída.

Ele me puxou para mais perto — estava sempre *me puxando para mais perto*, por mais que eu tentasse manter alguns centímetros de distância. Ele passara a noite toda fazendo isso, me tocando daquele jeito cavalheiresco: a mão nas minhas costas me conduzindo pela multidão, os braços na cintura enquanto dançávamos, um toque no meu ombro nu quando falava comigo. Ele o fazia com uma confiança que seria atraente se eu o visse tratar outra garota assim. No entanto, eu me sentia pequena, diminuída, como se me desfizesse em nada. A noite toda, ignorara a sensação, mas, agora que estava ardendo de repente, queria o toque dele ainda menos.

Eu me afastei.

— Está meio quente aqui, né?

— Quer sair um pouco?

Ar fresco melhoraria as coisas. O que quer que Evangeline e Taylor estivessem fazendo não era da minha conta. Era cem por cento provável que nada estivesse rolando, que fosse só coisa da minha cabeça.

Mas por que era *aquilo* que vinha à minha cabeça?

— Sair parece uma boa — falei.

Galen me abraçou e precisei de todas as forças para não me encolher.

TAYLOR

Evangeline mal esperou sumirmos de vista antes de esmagar meu rosto com o dela, enfiar a língua na minha boca, apertar as unhas afiadas no meu pescoço. Foi o melhor dos choques: Evangeline nunca me beijava assim, como se eu fosse água e ela estivesse morrendo de sede. Abri um sorriso enorme junto à boca dela.

Isso. Era exatamente o que eu queria.

Evangeline segurando a lapela do meu paletó, me puxando até bater as costas na pedra da parede da capela.

Evangeline se curvando contra mim quando sussurrei ao pé do ouvido:

— E se alguém ver a gente?

Evangeline estremecendo ao responder:

— Foda-se esse baile e todo mundo aqui.

Talvez eu tenha estremecido também.

Eu a beijei de novo, com mais força, passando as mãos pela pele exposta de seus ombros, e descendo. Ela arqueou o corpo contra o meu.

Evangeline me desejava. Ela me desejava, mesmo que às vezes fingisse que eu não existia, e não dava a mínima para ser vista. *Eu* tinha aquele poder sobre *ela*.

Ela interrompeu o beijo quando estávamos as duas ofegantes, minha perna pressionada entre as dela. Com o polegar, limpou o batom que tinha borrado na minha boca.

Eu estava considerando chupar aquele polegar quando ela disse:

— Você está tão gata de terno que, por um segundo, achei que fosse um cara.

Congelei.

— Você *o quê*?

— Quase achei que fosse um cara. Ei...

Eu me afastei, mas Evangeline segurou meu braço. Se me afastasse mais, não teríamos mais privacidade alguma. Precisei me contentar com me desvencilhar da mão dela.

— Não me fala uma merda dessas — sibilei.

— Fala sério, Taylor. Foi um elogio.

— Fala sério *você*, porra. Se quer agarrar um homem, por que não vai atrás de algum?

Ela fechou a cara, e eu quase me senti culpada. No entanto, quando Evangeline estava magoada — honestamente, quando sentia qualquer coisa —, era a hora em que botava as manguinhas de fora.

— Deixa eu adivinhar o que vai falar agora: *cansei de você, Evangeline, essa foi a última vez.* Mas nós duas sabemos que só vai ser a última vez quando *eu* disser que é a última vez.

Eu queria empurrá-la contra aquela parede e beijá-la até ela não conseguir mais falar. Queria aquilo quase tanto quanto queria dar as costas a ela e nunca mais voltar. No entanto, mais do que tudo isso, aparentemente eu queria ficar ali parada e deixar ela me machucar.

Porque foi o que fiz.

— Você não tem a menor chance com a Kat — disse Evangeline, passando um dedo pelo meu paletó, a unha vermelho-rubi refletindo a luz da pista de dança. — Mas não precisa que eu diga isso. Você viu ela com ele.

Eu queria vomitar por Evangeline saber tanto sobre mim a ponto de mencionar Kat exatamente nesse momento. No entanto, eu também sabia que, do jeito bizarro dela, Evangeline estava sendo compreensiva. As duas pessoas que nós desejávamos se desejavam. Seria quase trágico, se tivesse acontecido com pessoas melhores.

— Aí está você! — disseram duas vozes em uníssono. — A gente estava procurando!

Eu me afastei de Evangeline em um pulo, esfregando a boca com o dorso da mão. Na mesma velocidade, Evangeline cruzou os braços, com uma expressão de tédio, como se seu olhar impaciente fosse capaz de fazer desaparecer Anna Rose e Jane Marie Dent, do mesmo jeito que crianças queimavam formigas com lupas.

— O que vocês querem? — perguntou Evangeline.

— Não estamos procurando você — disse Anna Rose.

— Estamos procurando Taylor — disse Jane Marie.

Eu já tinha chegado no lado oposto da capela, a caminho de dar no pé.

— Eu?

— É a Kat — disseram as duas ao mesmo tempo.

23

KAT

Deixei Galen me conduzir pela escadaria do Salão Principal até o gramado, distante o bastante para ainda sermos vistos pelos professores responsáveis. O ar frio ardia, mas não serviu para relaxar o aperto no meu peito, nem a tensão na minha barriga.

Galen tirou o paletó.

— Você deve estar com frio.

Ele cobriu meus ombros antes que eu tivesse a chance de dizer qualquer coisa, como se ele quisesse sair exatamente para fazer isso, e não porque eu estava ansiosa. Cheirava à loção amadeirada dele e, no fundo, ao seu suor.

Eu me obriguei a me concentrar nele. Eu costumava fantasiar com alguém com a aparência de Galen — não exatamente, mas do mesmo tipo certo, como se ele tivesse saído de *O morro dos ventos uivantes* ou de uma propaganda de perfume masculino. Ele era bonito de um jeito impecável, requintado, e quase irreal. Pelo jeito que me olhava — que me olhara a noite toda —, eu sabia que, se eu permitisse, ele seria meu. Ao lado de Galen, a vida em Harcote seria fácil. Eu teria um lugar na Vampiria. Nunca seria esquecida, nem deixada para trás.

No entanto, por mais que eu desejasse aquilo, não conseguia me convencer a desejar *ele*.

— Está se divertindo? — perguntou ele.

— Estou — falei, fraca.

— Fiquei muito feliz de termos vindo juntos. Todo mundo ficou chocado. Foi ótimo vê-los assim.

A reação de Taylor no nosso quarto mais cedo, quando eu contara que iria com Galen. A explosão brusca de decepção, de mágoa que ela tentara esconder.

Será que escapar com Evangeline tinha sido uma espécie de vingança?

Não, que ridículo.

Os dedos de Galen roçaram meu rosto, e ele levantou minha cabeça.

— Ei, tem certeza que está bem?

Procurei uma desculpa qualquer.

— Eu... eu estava pensando na minha cidade, na verdade. Acabei de notar que não vou poder ir ao baile de inverno nem de formatura com meus amigos esse ano.

Inesperadamente, vi tudo com clareza: Taylor no ginásio comigo, com Guzman e Shelby; Taylor e eu dançando juntas, a mão dela na minha; Taylor sorrindo, rindo, livre daquela carranca rígida que mantinha sempre em Harcote.

Galen levantou a sobrancelha.

— Não me diga que você tem um namorado lá?

— Ah, não. Não quis dizer isso.

— Que bom.

A voz dele soou mais rouca do que um segundo antes. Notei que ele estava mais próximo do que estivera a noite toda, o rosto perto do meu. Eu sabia o que viria. Deixei ele prosseguir. Levantou meu queixo com os dedos, levou a boca à minha, e me beijou.

Fiquei de olhos abertos enquanto ele os fechou, e uma voz gritava na minha cabeça: *aja normalmente, pense no que uma pessoa normal faria nessa situação, e faça isso.*

Devagar, mexi a boca junto à dele.

Eu me forcei a fechar os olhos.

Galen passou as mãos debaixo do paletó, os dedos gelados apertando a pele das minhas costas. Puxando-me para mais perto. A língua dele na minha boca. A minha, na dele.

Não senti nenhuma emoção, nenhum calor, nenhuma excitação. A única sensação que me tomava era uma espécie de entorpecimento desesperançoso.

Parecia que eu estava fora de mim, vendo uma linda garota beijar um lindo garoto, como se fosse um filme e eu estivesse sentada nas poltronas de veludo vermelho, os tênis presos ao chão, vendo uma atriz que não era eu, que eu nem conhecia.

Só que eu não estava fora de mim.

Ninguém nunca estava.

Abri os olhos e, de repente, a estrutura frágil das semanas anteriores estremeceu e desmoronou, e o chão se aproximou com rapidez: puxar o saco de Evangeline e Lucy, beijar Galen, ignorar as mensagens de Guzman e Shelby, a saudade da minha mãe e de tudo que eu era antes. O que eu estava fazendo comigo?

Notei que estava chorando.

Até que foi além do choro. Estava tremendo inteira, o empurrando, os ombros grudados nas orelhas, o paletó dele no chão…

— Desculpa, desculpa, não dá — eu dizia, sem parar.

Ele me perguntava o que tinha acontecido, com medo de verdade no olhar…

— Não é nada, desculpa, desculpa.

Falei de novo, e de novo, e de novo, até mal conseguir respirar, só os soluços e assobios dos meus pulmões puxando ar. Será que eu estava morrendo, ia mesmo morrer, de verdade, em um baile da escola? Caí de joelhos, a grama úmida nas minhas mãos, as lantejoulas daquele vestido idiota me arranhando, e eu nunca achei que vampiros pudessem sufocar, mas será que podíamos? *Será?*

— Chame a Radtke! — gritou alguém.

Até que, não sei como, eu estava sentada em um degrau, dezenas de pernas me cercando, e a sra. Radtke ao meu lado.

— Inspira, e expira — dizia. — Devagar, devagar…

Respirar. Outra coisa que eu esquecera naquelas semanas.

— Nossa, Galen, o que você fez com ela? — riu alguém.

O punho de Galen encontrou o rosto do outro, e caos irrompeu ao nosso redor. A sra. Radtke se levantou aos tropeços para afastá-los, e gritou:

— Cadê o sr. Kontos?

Olhei para minhas mãos, manchadas do rímel que secara do rosto. As lágrimas não paravam, mesmo enquanto eu recuperava a respiração. A sensação não ia embora — como se eu não fosse ninguém, como se pudesse desaparecer completamente. Como se já tivesse desaparecido. Como se talvez isso fosse uma coisa boa.

Algo azul surgiu à minha frente. *Taylor* se agachou na grama.

— Ei — disse ela.

Ela não me perguntou o que tinha acontecido, nem se eu estava bem. Só *ei* — mas eu entendi. Queria dizer: *estou aqui*. Queria dizer: *vou cuidar de você*.

Eu precisava dela. E ela estava ali.

De repente, aquela sensação horrível de vazio se foi.

— Então, sei que você deve estar se divertindo — disse ela —, mas eu me machuquei na pista de dança, e Radtke quer que você me leve de volta ao quarto. Ela está meio ocupada com esse desfile de masculinidade tóxica.

Taylor apontou com a cabeça para a esquerda. A sra. Radtke tinha enfileirado vários garotos para passar sermão neles. Galen estava sacudindo a mão.

— Você se machucou dançando? — perguntei, baixinho.

Taylor confirmou com a cabeça, séria.

— Parece um caso grave de tornozelo de baile. Poderia acontecer com qualquer pessoa.

Ela se levantou e ofereceu a mão.

Eu aceitei.

TAYLOR

A caminhada de volta à Hunter foi lenta e fria, e o único som vinha do vento soprando folhas das árvores e dos saltos de Kat pisando nos ladrilhos. Fiquei atenta a ela pelo canto do olho. Tudo que Anna Rose e Jane Marie disseram foi que ela saiu com Galen e teve algum tipo de ataque de pânico. As pessoas diziam que eles estavam se beijando. Ao ouvir isso, quis matar Galen, apesar de ainda ser muito cedo na minha imortalidade para me tornar assassina. No entanto, me afastando dos sons do Salão Principal, comecei a me perguntar se era tudo parte do plano de Kat. Estava todo mundo no baile falando de Kat e Galen. Se Harcote tivesse aderido à cafonice da tradição humana de rainha do baile, ela teria ganhado de lavada. Estavam todos nos vendo nos afastar, como se Kat fosse um passarinho machucado. Será que a respiração ofegante e o rímel borrado eram parte do teatro?

Será que *eu* era parte do teatro também? Kat dissera que não me envolveria. Eu jurara que não acreditava, e jurara de novo que não me importaria mais com ela. Ainda assim, eu literalmente saí correndo pelo Salão Principal atrás dela. Nunca deixei de me importar. Nunca deixaria. Era aquele o meu problema. Estar apaixonada por Katherine Finn era a pedra que eu passaria a imortalidade toda empurrando colina acima, só para descer rolando e me esmagar, de novo, e de novo, e de novo.

Fechamos a porta da Hunter ao entrar. Como todo mundo estava no baile, a residência estava silenciosa e quieta. Kat tirou os sapatos e subiu a escada. Eu fui atrás.

No quarto, Kat foi direto ao armário e começou a procurar alguma coisa no fundo.

Eu andei em círculos no pequeno espaço entre a mesa e a cama, esperando que nem uma idiota que ela explicasse o que tinha acontecido, ou dissesse que estava bem, ou revelasse que era mesmo uma sociopata. Eu ainda sentia o gosto de Evangeline, sentia a crueldade de suas palavras. Quanto mais tempo Kat passasse em silêncio, mais fácil seria acreditar que ela me enganara, que me tratara tão mal quanto Evangeline e que, por uma lógica que eu não acompanhava bem, as duas estavam certas de fazê-lo. Quando Kat abaixou as alças daquele vestido lindo idiota e o deixou cair farfalhando no chão, eu me virei e pendurei o paletó no armário, só para ter o que fazer.

Quando me virei de volta, ela estava usando uma blusa de moletom larga da antiga escola e uma bermuda esportiva que descia abaixo dos joelhos. Eram as roupas *dela*, não de Harcote, nem do Benfeitor. Roupas que eu não a via usar desde o Dia da Mudança. Ela ainda parecia abalada e meio triste, mas um pouco mais à vontade. Na verdade, parecia muito a garota de quem eu me lembrava. A garota que eu imaginava que ela ainda era.

Finalmente, falei:

— Se não for me explicar o que aconteceu, pelo menos me diga se ele machucou você.

— Não foi nada disso — respondeu ela, a voz pesada.

Apoiei o quadril na beira da mesa.

— Você fez um bom trabalho em passar essa impressão.

— Como assim?

— Era esse seu plano, né? Ir ao baile com Galen, fingir o ataque de pânico, e ganhar pontos por pena pelo ano todo. Honestamente, sou a favor de dar um golpe em Galen, já que ele é um porre. Devo admitir que estou impressionada. É, tipo, manipulação no nível de Evangeline Lazareanu. Não achei que você fosse capaz.

— Não foi isso que aconteceu.

Eu me forcei a ignorar como ela soava exausta.

— Foi por isso que você quis que eu fosse, né? Para sua saída ganhar mais destaque.

De repente, ela se virou contra mim.

— Uau, Taylor, você desvendou o plano. Eu *obriguei* você a ir ao baile. Depois, fiz você se agarrar com Evangeline, só para aumentar o drama.

Eu congelei.

— Eu não... estava fazendo isso.

— Eu vi você sair com ela.

— Não viu mais nada — falei. — Não sabe o que aconteceu.

Ela cruzou os braços.

— Então o que aconteceu?

— A gente... — comecei, mas mentir bem é sobre mentir no momento certo, e eu demorei demais.

Kat sacudiu a cabeça.

— Ah — retruquei —, até parece que você pode me julgar, sendo que estava se agarrando com o *Galen* na frente da escola toda!

O nome dele tinha gosto podre na minha boca.

— Exatamente! E eu odiei cada segundo.

Ela odiou beijar Galen? Odiou tanto que quase parou de respirar?

— Achei que você fosse melhor que Evangeline — ela continuou.

— Por que você se importa com quem eu beijo, *Ka-the-ri-ne*? Você não sabe como eu me sinto. Não sabe como é a solidão e o isolamento de ser a única aluna queer em uma escola dessas. Todo mundo acha que sou uma aberração por não ser exatamente que nem eles...

— Você não é uma aberração...

— Porra, valeu, mas eu sei, tá? Não preciso dessas suas tentativas de validar minha identidade. Eu sei me cuidar.

— Ou deixar Evangeline cuidar de você — disse Kat, com desdém. — Quando ela não está ocupada xingando você na frente da turma toda.

— Por que você liga para ela, afinal? Até onde eu sabia, era *você* que estava ávida pela atenção dela, e não eu. Está com ciúmes? Porque ela é uma doida total quando você a conhece melhor, e...

E nada. O *e* desapareceu no ar, porque, de repente, Kat me beijou.

Kat me beijou.

Nem notei que ela estava diminuindo a distância entre nós. Foi tão abrupto que eu ainda estava com as mãos na beirada da mesa, apertando o laminado de madeira, os cotovelos travados. A boca de Kat era quente, aveludada e doce na minha. O cabelo dela caiu no meu rosto, cheirando a xampu de jasmim. A mão dela acariciou minha mandíbula, os dedos leves no meu rosto. Quase não consegui retribuir o beijo — até que consegui. Ela estava de olhos fechados, nariz apertado na minha bochecha, e foi sutil e frenético ao mesmo tempo, como a sensação logo antes de finalmente se permitir chorar.

Ela se afastou. Os olhos estavam arregalados como a lua cheia, o rosto corado. A boca estava entreaberta em uma espécie de choque, ou nojo, ou confusão. Eu não tinha como saber, nem tempo para desvendar, antes de ela levar a mão à boca — provavelmente não queria mais que eu olhasse.

— Meu deus do céu — disse ela.

Meu coração reverberava até as orelhas. Estava congelada pelo olhar de Kat. Minhas mãos ainda apertavam com força a beira da mesa, os dedos começando a doer. A pedra pronta para descer a colina e me obliterar. O quarto todo, o universo todo, pareceu suspenso, à espera, esticando o momento mais e mais. Parecia que minha vida imortal inteira se desenrolara, apesar de provavelmente ter passado apenas um segundo até Kat dizer:

— Eu sinto muito.

24

TAYLOR

Eu corri.

No segundo em que o ar gelado bateu em meu rosto, mesmo antes que a porta da Hunter se fechasse, eu comecei a correr.

Se alguém me visse, me acharia uma idiota, e se alguém me pegasse, provavelmente me denunciaria por alguma violação do Código de Honra. Mas eu não ligava, porque, enquanto corresse, não podia chorar.

Ou deveria ser assim.

Eu não sabia aonde estava indo, mas, se fosse chorar, desabar ou sumir da face da terra, pelo menos o faria sozinha. Quando cheguei ao campo de lacrosse, as lágrimas escorriam pelo meu rosto — como se a única coisa que a corrida tivesse feito fosse roubar a energia da minha defesa antichoro.

Não era nem que eu estivesse pensando no beijo. Não *conseguia* pensar no beijo. Havia uma mancha preta no meu cérebro que apagava tudo exceto a voz que repetia: *Eu sinto muito*. A cada passo na grama macia: *Eu sinto muito, eu sinto muito, eu sinto muito.* O momento em que ela notou o erro. Eu já sabia que, quando me pedisse, depois, para manter segredo, eu aceitaria. Fingiria que nada aconteceu. Nunca mais mencionaria. Nada teria que mudar.

— Taylor!

Merda.

— Fala sério, não corro rápido que nem você.

De tudo que Kat poderia dizer, não era aquilo que deveria ter me feito desacelerar, mas fez. Kat não corria rápido que nem eu, nem perto, e o fato de que ainda assim conseguira vir atrás de mim até o campo de lacrosse era surpreendente o bastante para me fazer parar. Não me virei — não me viraria com o peito ofegante e o rosto encharcado de lágrimas.

Por que ela veio atrás de mim, afinal? Como se eu já não soubesse, melhor do que ninguém, quão pouco um beijo podia significar, especialmente comigo. Esfreguei a mão no rosto, tentando secar as lágrimas.

O beijo *certamente* não teria importância nenhuma para ela. Se tivesse, como ela teria atravessado o quarto e me beijado, simples assim? Ela podia fazê-lo porque não passara anos sofrendo com aquilo, sonhando com uma causa perdida, como eu. Não se importava o bastante para se perguntar se tinha esperado o melhor momento, se seria exatamente como ela imaginava, se eu ficaria completamente enojada e contaria para a escola inteira. A partezinha esmigalhada da minha alma ainda viva deveria ter ficado feliz. Em vez disso, eu me sentia traída, e usada. E muito, pateticamente, triste.

— Olha para mim?

A voz dela soou mais distante do que eu esperava. Eu tinha acabado de passar do meio de campo, mas, quando me virei, devagar, ela ainda estava perto do gol.

O campo era diferente à noite, as árvores nos cercando como renda preta, cada folhinha de grama visível na luz cinzenta da lua cheia. As linhas brancas do campo pareciam brilhar no escuro. Naquela luz, Kat estava mais para fantasma do que vampiro: a pele prateada e o cabelo solto, a bermuda e os pés descalços, as mangas do moletom engolindo as mãos.

Eu queria me aproximar e beijá-la. Saber que eu *não podia*, que *nunca poderia*, me fazia querer desaparecer para sempre.

Kat avançou devagar, como se tentasse se aproximar de um animal selvagem que não queria assustar. Justo. Ela parou a poucos metros de mim com as mãos cerradas dentro das mangas do moletom.

— Você está bem?

Cruzei os braços com força no peito. O frio já entrara pela minha camisa, solta da cintura da calça, havia muito tempo.

— Foi *isso* que você veio até aqui perguntar? Estou só sucesso. Melhor dia da minha vida.

— Eu vim aqui porque você *fugiu*. Era para eu deixar você sair aí vagando pela noite, obviamente chateada?

— Sou vampira, porra. Nada de grave vai acontecer comigo.
Ela apertou os lábios antes de falar:
— E eu queria me desculpar. Não deveria ter feito aquilo...
— Já saquei. Relaxa. Também não mudou minha vida.
— Não, eu...

Kat hesitou, mas atravessou o meio de campo. Os pés descalços marcavam a grama úmida de orvalho.

— Tá — continuou. — O que eu quis dizer é que não deveria ter te beijado sem perguntar. Foi um erro. E agora notei que, se tivesse perguntado, você obviamente teria dito que não, então eu não deveria ter te beijado — a voz dela ficou trêmula. — Nunca imaginei que eu fosse fazer uma coisa dessas. Estou muito decepcionada comigo mesma. Mas, mais do que isso, peço desculpas sinceras, Taylor.

Minha boca ficou seca. O que era para eu responder para *isso*? Que eu queria dizer sim para beijá-la um milhão de vezes. Que provavelmente teria dito não se ela perguntasse, porque não conseguiria admitir. Em todas as cenas que imaginara para beijá-la, depois de todas as vezes que as meninas héteros de Harcote me encurralaram para pedir uma sessão na Barraca do Beijo da Taylor, eu nunca antes considerara que eu podia simplesmente perguntar a ela. Só pensar nisso me fazia querer vomitar de vergonha.

— Posso pedir para Radtke me mudar de quarto amanhã — disse ela. — Ou, como você disse, podemos fingir que nada aconteceu. Se você quiser.

— Se *eu* quiser? — perguntei, devagar. Os dois metros entre nós pareciam duzentos, e também dois centímetros. — Sabe o que eu quero de verdade? Saber por que você me odeia.

A ruguinha no meio da testa de Kat anunciava que ela estava consternada.

— Eu não te odeio, Taylor.
— Mentira.
— Mas eu odiava — disse ela, mudando o peso de lado a lado, os pés afundando na grama molhada. — Quer mesmo que eu fale?

Não.
— Sim.
— Quando seus pais nos expulsaram, minha vida toda virou de ponta-cabeça. Levou muito tempo para eu e minha mãe voltarmos a... um lugar estável.

— Meus pais não expulsaram ninguém. Vocês só foram embora.

— Quer mesmo insistir *nisso*?

A voz dela soou dura, como se eu a tivesse decepcionado exatamente como ela esperava.

— Não estou insistindo em nada.

— Então admita o que aconteceu.

Ela apertou o maxilar, me olhando com raiva. A mesma raiva que eu vira nos olhos dela ao entrar no nosso quarto no Dia da Mudança, como se ela quisesse botar fogo no planeta, e especialmente em mim.

— Você sabia da transformação da minha mãe — disse ela. — Eu contei para você, e você prometeu guardar segredo. Logo depois, sua mãe nos expulsou porque não queria que sua família se misturasse a vampiras que nem a gente... especialmente você e seu irmãozinho. Como se a gente fosse contaminar vocês.

Senti uma vibração estranha nos ouvidos. Eu me lembrava do dia em que Kat confidenciara a mim a história do presancestral da mãe. Naquele inverno, enquanto eu preenchia a inscrição para Harcote, a ficha tinha caído para nós duas de que eu iria embora no outono. De algum modo, tínhamos ficado ávidas por proximidade. A gente vivia tão juntas que fazia com que a ideia do internato parecesse inimaginável. Certa noite, eu fizera uma piada boba sobre sabotar a inscrição e mentir que não tinha presancestral nenhum. Kat congelara. Tinha alguma coisa errada.

— Sem segredos — eu dissera.

E então ela caíra no choro.

Kat me contara tudo: que o presancestral da mãe a transformara sem querer, e a deixara para morrer. Eu entendia por que ela precisava mentir, e por que sentia, às vezes, que não sabia quem era de verdade. Tanta coisa da Vampiria girava em torno do pedigree, dos pais, dos presancestrais. Minha mãe sempre comentava que era uma pena Kat ter perdido os presancestrais no Perigo. Mas nem saber *quem era* o presancestral materno? O fato de que ele deixara a mãe de Kat para morrer? Vampiros não falavam muito daquilo diretamente, mas era claro o que achavam: sem pedigree, se era *inferior*.

Kat e eu tínhamos jurado de dedinho, pela nossa vida imortal e nossa amizade, que eu guardaria seu segredo. Eu lembrava de pensar que não era necessário. Naquela época, já teria preferido morrer a quebrar a confiança de Kat. Mas ainda assim tínhamos entrelaçado os dedinhos e os beijado para selar a promessa.

— Eu mantive a promessa — falei.

Ela sacudiu a cabeça.

— Não minta para mim. Agora, não.

Eu me aproximei, perto o bastante para olhá-la nos olhos.

— Não é mentira. Eu nunca contei.

Eu quase sentia a boca suave dela na minha, a confiança ousada da mão dela na minha mandíbula. Eu me obriguei a ignorar o calor que imaginava existir entre nós. Era mais importante deixá-la me avaliar e encontrar um jeito de confiar em mim.

— Mas nesses anos todos, eu achei... — sussurrou ela. — Como eles descobriram?

— Bom... Tem certeza que descobriram? Eles nunca me disseram nada sobre isso.

— Então por que você acha que a gente foi embora?

Engoli em seco. O que até um segundo antes fora verdade tinha se tornado algo estranho e amargo.

— Minha mãe disse que vocês só foram embora. Fugiram do nada, na calada da noite, como se *toda nossa caridade* não fosse nada. Eu queria mandar mensagem para você. Devia mandar. Mas esperei. Acho que eu senti...

Queria dizer que senti raiva. Era assim que gostava de lembrar: se eu me importava o bastante para sentir qualquer coisa, era isso. No entanto, quando pensava naquele momento — o rosto enterrado no travesseiro, ver a bicicleta que Kat deixara para trás enferrujar atrás da garagem, e a mensagem que ela mandara —, via que não era raiva.

— Senti que você tinha me abandonado — completei.

Estávamos tão próximas que precisei desviar o olhar ao dizer aquilo — aquela história de abandono. Quando voltei a olhá-la, ela estava com as sobrancelhas franzidas.

— Eu achei que você tivesse me traído.

Fazia sentido Kat não ter escrito, não ter confiado em mim. No entanto, se meus pais as tinham expulsado, não tinha nada a ver comigo, nem comigo e Kat. Era demais tentar entender aquilo no momento. Eu acreditara em outra versão da história por tanto tempo. Sempre que sentia saudade dela ou me sentia sozinha, aquela ideia, a história que eu contara a mim mesma, parecia verdade, uma pedra lisa de tão gasta, os sulcos lixados por anos de uso. Naquela história, eu era alguém de quem se fugia, alguém que se abandonava — e era uma história que eu mesma inventara.

— Desculpa — falei; uma pessoa melhor já teria pensado em dizer aquilo. — Queria que nada disso tivesse acontecido. Nunca deveriam ter expulsado vocês, e a gente ainda seria...

Deixei a frase no ar. Nunca tínhamos falado daquela época. Eu não podia supor que ela sentira minha falta.

Até que ela disse:

— Melhores amigas.

Não tive mais nada a responder, além de:

— É.

— Obrigada. Pelo pedido de desculpas. Por tudo hoje.

— Ah, *Ka-the-ri-ne* — suspirei. — Hoje não foi nada. E não me agradeça pelas desculpas. Não faz diferença nenhuma.

— Talvez não faça diferença para você, mas também peço desculpas.

O luar deslizou pela têmpora dela, pela curva da orelha, pela linha do maxilar. Com aquela expressão, os olhos suaves, os lábios só um pouco apertados, era fácil imaginar beijá-la. Mais fácil do que jamais fora. Eu podia acabar com o espaço entre nós, me inclinar e passar a mão no rosto dela, meus dedos em seu cabelo, e beijá-la. Mal respirava ao pensar naquilo.

No entanto, eu tinha gastado toda minha energia para desconforto daquele dia. De repente, ficou muito notável o fato de eu e Kat estarmos naquele campo, ela de pijama e eu de terno, e logo nós duas estávamos mudando o peso de pé, nos perguntando como tínhamos ido parar ali.

— Hum, vamos voltar? — perguntou Kat.

— Espera.

Eu me abaixei para desamarrar os tênis, os tirei, e os ofereci a ela. Ela os calçou. Andamos de volta à residência assim, ela com meus tênis, e eu de meias de dinossauro.

Hunter, felizmente, ainda estava vazia quando voltamos. Ao apagar a luz, ouvimos a porta lá embaixo abrir com um estrondo. Ficamos deitadas no escuro, ouvindo quinze garotas tirarem os sapatos aos chutes e baterem os pés até os quartos.

Eu não queria olhar para ela, mas ainda assim olhei. Não consegui me conter.

Kat também estava me olhando.

25

KAT

Andei em círculos pela Coleção Estendida. As luzes esverdeadas com sensor de movimento iam se acendendo nos corredores conforme eu passava.

Eu tinha acordado, visto Taylor desmaiada na cama do outro lado do quarto, e ido embora assim que possível. Dar um pouco de espaço para Taylor era a decisão mais decente e, de qualquer forma, eu também precisava pensar.

No entanto, ali sozinha na Estante, só conseguia pensar nela.

No alívio que me tomara quando ela se ajoelhara na minha frente na escadaria do baile.

Na aparência dela naquele campo, a camisa branca como um farol ao luar e o peito ofegante, quando uma parte de mim tivera certeza de que ela estava perdida e que eu a encontrara bem a tempo — apesar de ser de mim que ela fugia.

Naquele *beijo*.

Em um momento a gente estava brigando, a raiva praticamente fumegando, até que de repente parecera que a única coisa importante era a curva dos lábios dela, que Evangeline não deveria beijar aquela boca, e eu não conseguira mais *pensar*. Nem me lembrava de decidir tê-la beijado; de repente, já estava beijando. Os cachos roçando meu rosto, a pressão leve da boca, o momento em que ela me beijara de volta, o corpo dela junto ao meu. Minha pele formigara com calafrios — mais que minha pele, mais fundo, como uma fome, algo dentro de mim me atraindo a ela. Como se eu quisesse chorar ou rir, mas não conseguisse. Eu poderia beijá-la para sempre. Mesmo naquele momento, eu sentia que *ainda* deveria estar beijando ela.

Sacudi a cabeça para desanuviar.

Não era certo. Eu nunca deveria ter forçado aquele beijo, sem fazer ideia do que ela queria. Eu não era assim. Eu me importava com consentimento. No entanto, naquele momento, eu não me perguntara o que ela sentia. Tinha certeza de que ela sentia o mesmo que eu. Porém, não sentia. Ela tinha *fugido*.

Meu celular vibrou com uma mensagem de Evangeline:

E aí, gata festeira! Vem pro refeitório, estamos bebendo o café da manhã.

De repente, o ar da Estante pareceu rarefeito.

Evangeline.

É claro que Taylor não me queria. Ela tinha alguém, mesmo que fosse um pesadelo disfarçado de rostinho bonito que nunca a trataria como ela merecia. Uma pessoa de quem eu sentira tanto ciúme na noite anterior que praticamente desmaiara.

Como eu podia estar obcecada por *Taylor Sanger*, a pessoa que me entregara e quebrara minha confiança? Não, lembrei, não era verdade. Ela me contara na noite anterior, e eu acreditara nela, que nunca dissera nada para os pais. Então ela era só Taylor Sanger, minha ex-melhor amiga e colega de quarto. Parecia totalmente diferente.

Na verdade, não fazia diferença. Porque eu não era queer.

Eu saberia se fosse.

Definitivamente saberia.

Pensei em ligar para Guzman ou Shelby, que surtariam completamente quando eu contasse.

Contasse *o quê*, exatamente? Como eu podia explicar algo que eu mal entendia?

A ideia de contar aquilo era tão aterrorizante que quase vomitei no meio da seção de Vampiros da América Antiga na Estante.

Eu precisava de uma distração, outra coisa na qual me concentrar. Era a primeira vez que eu estava sozinha na Estante, sem Galen. Deveria estar pesquisando informações sobre a época da minha mãe na CasTech.

Minha mãe, ou *Meredith Ayres* — Galen a chamara assim, e era o que dizia a legenda na revista. Não era tão raro que vampiros mudassem de nome, mas minha mãe nunca nem mencionara o fato. A Estante não tinha catálogo digital, então eu precisava descer à seção de referências e verificar as fichas em busca do nome.

Nada. Claro.

Chutei o arquivo, frustrada.

Odiava não ter respostas. Odiava *não saber*.

Se eu fosse queer, eu saberia.

Mas não sabia. Então eu *não era* queer.

Eu não tinha motivo para ter medo de quem eu era. Não tinha crescido em um lugar como Harcote, onde Taylor era a única bandeira de arco-íris em um raio de dez quilômetros. Minha antiga escola tinha um milhão de alunos queer, não-bináries e trans, organizações estudantis que os representavam, e vários treinamentos sobre diversidade e aceitação. Eu não tinha medo do que minha mãe pensaria (mesmo que Harcote aparentemente ultrapassasse seu limite de tolerância). Minhas duas amizades mais próximas eram queer. A gente ia à parada do orgulho, a shows de drag e a matinês, e eu era chamada de a principal aliada cis-hétero. Até *Guzman e Shelby* tinham certeza de quem eu era.

Uma vez, eu perguntara a Guzman como ele soube que era gay, e ele fizera uma careta.

— Odeio essa pergunta. Como você soube que era hétero?

Como eu não conseguira responder, ele dissera, cheio de si:

— Viu? Héteros sempre acham que é alguma coisa que se *descobre*, mas eu nasci assim.

Shelby era igual: tinha saído do armário como trans para os pais aos nove anos, e começara a usar o pronome elu alguns anos depois. Guzman e Shelby davam a impressão de que toda pessoa queer era assim: sabia sua identidade desde sempre, e depois decidia como e quando compartilhá-la com o mundo.

Não era assim que eu me sentia. Se eu nascera assim, estava mentindo para mim mesma esse tempo todo? Ou eu era hétero mesmo, e a noite anterior tinha sido só um acaso?

Desisti das referências e voltei à seção da CasTech. Talvez tivesse outros documentos do início da empresa que pudessem falar de uma mulher chamada Meredith Ayres.

Mordi a bochecha por dentro. Era verdade que eu nunca tivera tanto interesse em garotos quanto deveria. Não que *devesse*, mas, desde que eu era pequena, sempre me diziam que eu ia enlouquecer os garotos, que não iam me deixar em paz. Até Guzman e Shelby falavam esse tipo de coisa, como se minha aparência fosse projetada para atrair garotos.

Eu ficara com garotos na antiga escola, e não tinha sido *ruim*. Era mais que eu vivia esperando ficar bom. Nunca me envolvia muito, mas é que, se eu perdesse o controle, poderia acabar em sangue. Ou pelo menos era aquilo que eu sempre pensara. Talvez fosse sinal de outra coisa, o fato de eu nunca ficar muito excitada. Por outro lado, podia ser nervosismo, falta de experiência. Existir fisicamente junto a outra pessoa já era esquisito com todo mundo vestido, e de repente era para saber o que fazer parcialmente pelada?

Abri outra revista e vi o rosto de Victor. Fechei. Pensei em como Galen ficava perfeito de terno — como parecia *sempre* perfeito. Galen era uma estátua grega: inegavelmente, empiricamente estonteante. No entanto, eu nunca conseguira sentir o que Evangeline e Lucy sentiam por ele. Na minha cidade, era igual: Guzman ou Shelby sempre apontavam caras gatos para mim, mas eu nunca os notava sozinha. Mas garotas... eu não precisava de ajuda nenhuma para notá-las. Lucy e Evangeline eram lindas de um jeito que me dava vontade de me ajoelhar a seus pés. Era o que eu sentira quando as conhecera, quando elas abriram a porta do quarto e senti o peito apertar. Elas queimavam de um jeito que fazia Galen parecer que já era cinzas.

Mas *todo mundo* achava garotas lindas. Essa palavra foi basicamente inventada para descrever garotas. Não era gay derreter em uma poça de gosma quando uma garota bonita me olhava.

A não ser que fosse, sim, completa e absolutamente.

Tirei um livro da prateleira que continha materiais sobre a fundação da CasTech.

Eu não podia ser queer. Eu me conhecia bem. Sabia o que queria. Podia ter passado a vida toda questionando meu pedigree e procurando um lugar na

Vampiria, mas isso era mais profundo. Se eu fosse queer, eu não podia ser a garota que achava ser. E, então, quem eu seria?

Fiquei tonta. Guardei o livro na prateleira e peguei mais um.

Talvez fosse só Taylor, algo especificamente nela. Na nossa antiga amizade, naqueles sentimentos todos. Na loucura da noite anterior.

Taylor.

Até pensar no nome dela fazia meu peito doer com uma espécie de desejo.

Não fora sempre assim entre nós? Como se o mundo fosse parar de girar sem ela, como se ela iluminasse todo ambiente. Mesmo quando eu a odiava, aquilo ainda era verdade.

Éramos amigas — ou não — ou eu queria algo mais dela — ou talvez não. Era só *ela*, com aquele sorriso torto, as piadas inadequadas, o fato de que sempre me enxergava completamente.

Sempre era ela.

Sempre éramos ela e eu.

Eu nunca beijara ninguém como a beijara.

Desisti dos livros e abri um arquivo.

A náusea da noite anterior estava voltando, o enjoo de quando Galen me acompanhara ao baile. Era coisa demais para desembolar. O que a gente era. Quem eu era.

Uma noite — um beijo — não podia mudar tudo.

Minha mão parou em uma lista de funcionários de 1979, mais ou menos cinco anos depois do início do Perigo. Registrava todos os funcionários da CasTech, seus cargos e as datas de trabalho na empresa, além de uma coluna indicada com "status". Ela estava bem no início: Meredith Ayres, pesquisa e desenvolvimento, 1944–1975, desconhecido.

Galen estava certo: Meredith Ayres trabalhara na CasTech desde o ano de fundação da empresa. Desci a página. Mesmo os pais de Galen só tinham entrado em 1947. Eles também saíram da CasTech para abrir a Fundação Black em 1975, quase imediatamente depois de descobrirem a primeira morte de vampiro por DFaC. Minha mãe trabalhara lá por *trinta anos*, e depois desaparecera.

Levei a lista de volta à mesa e analisei as datas de contratação dos outros funcionários. O único, além de Meredith Ayres, que estava na empresa desde 1944 era o próprio Victor. O status dele era "vivo". Senti um calafrio ao me concentrar na coluna de status. A maioria dos vampiros trabalhando na Cas-Tech antes do Perigo não tinha sobrevivido à epidemia, e o status era "falecido". Como era possível? O Perigo matara milhares de vampiros, mas aquelas pessoas tinham ajudado a *desenvolver* Hema. Deveriam ter o acesso mais fácil durante o Perigo.

Meredith Ayres era a única de status desconhecido. Galen dissera que ela tinha desaparecido. Por quê? Quão diferente seria nossa vida se ela tivesse ficado lá? E por que ela nunca me contou que passara trinta anos trabalhando com o homem mais importante da Vampiria?

Claro que eu não podia apenas *perguntar*. Era uma mentira enorme, uma história de vida completamente inventada. Não confiava que ela fosse me contar a verdade.

— Achei que fosse encontrar você aqui.

Quase pulei. Tinha uma pessoa alta atrás de mim, de ombros encolhidos. Galen parecia mal ter dormido, os cachos desgrenhados, a pele abaixo dos olhos mais escura do que de costume.

— Podemos conversar? — perguntou.

Enfiei a lista em meio às minhas coisas. A última coisa que queria era conversar com Galen.

— Claro.

— Eu nunca deveria ter convidado você para o baile — disse ele.

— Ok. Tá. Eu não queria estragar a festa para você.

— Não, não foi isso que quis dizer. Não precisa se justificar.

Ele se sentou na minha frente e apoiou as mãos na mesa.

— Deixe eu explicar — falou. — Tudo que faço é observado. Eu sabia que não era justo expor você a isso, mas queria uma noite para fingir ser normal. E achei que pudesse ter isso com você. Mas não pude.

Engoli em seco. *Normal*. A Menina de Lugar Nenhum. Galen só me queria pelo mesmo motivo que eu recebera a mentoria.

Comecei a organizar minhas coisas.

— Eu entendo. Tranquilo.

Ele esticou o braço por cima da mesa e segurou minha mão.

— Quis dizer que não pude por *sua* causa — falou, me observando com seus olhos cinzentos. — Quem é você, Kat?

TAYLOR

Olhei a bandeira do orgulho LGBTQIAP+ pendurada acima da minha cama e sutilmente me dei permissão para pensar sobre a noite anterior. Eu pensaria no beijo uma vez, e nunca mais. Esqueceria tudo, como Kat queria. Pelo menos ela não começara toda uma conversa, como algumas das clientes da Barraca do Beijo da Taylor, que queriam deixar extremamente claro que era só um experimento, e eu tinha que ficar ali concordando, claro, entendia bem. Tentar beijar uma garota, não gostar, acontecia com todo mundo — menos comigo.

Eu podia banir o beijo da memória, mas uma coisa da noite eu não esqueceria: o que Kat dissera a respeito de quando fora embora da Virginia. Aqueles anos todos, Kat achara que eu quebrara sua confiança, enquanto eu achava que ela tinha me abandonado. Finalmente, sabíamos que nenhuma dessas coisas era verdade, e que as histórias que tinham nos contado não se encaixavam. O que acontecera de fato?

Havia apenas uma pessoa no mundo em quem eu confiava para me ajudar a entender aquilo. Era a mesma pessoa que eu mandara à merda na noite anterior.

Eu nunca deveria ter falado com ele daquele jeito. Kontos era meu padrinho gay. Ele merecia meu respeito, e eu queria merecer o dele. Jurei que contaria tudo a ele: falaria de Kat, de como ela me enganara para eu ir ao baile, e até do que acontecia com Evangeline. Esperava apenas que, em troca daquela honestidade, ele me perdoasse.

Seria muito atípico de Kontos não me perdoar.

Encontrar Kontos, mesmo em uma manhã de domingo, não era exatamente um trabalho de detetive. Ele estava sempre no escritório.

Desci o labirinto dos corredores do Prédio de Ciências, meus tênis guinchando no chão. Torci o nariz. Tinha um cheiro esquisito, como se tivessem esquecido de guardar um espécime de dissecção. E o cheiro ia piorando.

A porta da sala de Kontos estava aberta. O cheiro ali era impossível de ignorar. Talvez uma das geladeiras do laboratório de biologia tivesse pifado, e os sapos e fetos de porco estivessem começando a apodrecer nas jarras de formol.

— Kontos, como você consegue trabalhar nesse fedor...

Até que não consegui pronunciar mais nenhuma palavra, apenas um uivo esquisito, engasgado, que não parecia nada comigo. Era como correr em um sonho, um sentimento emperrado e abafado e irreal, mas apavorante pela urgência, pela constatação inevitável de que nunca seria suficiente.

Havia uma poça de sangue escurecido, meio seco. A ponta do meu sapato encostava naquilo: metade do meu pé no sangue dele.

No sangue de *Kontos*.

Ele estava no chão, caído de lado. O peito afundara, como se os ossos lá dentro não tivessem força para sustentá-lo. Os ombros estavam levantados em um ângulo esquisito, empurrando o rosto dele no chão — no sangue. O sangue escorria de todos os lugares, da boca, do nariz, até dos ouvidos e dos olhos.

Ao lado dele — morta, ao lado dele — estava uma mulher. Ela tinha uma tatuagem no ombro, colorida e marcada demais em contraste com a pele azulada. Os olhos estavam vazios, foscos. O cabelo loiro sem vida, espalhado pelo linóleo. Dois furos no pescoço deixavam escorrer um rastro seco de sangue pelo chão.

Eu ainda estava fazendo aquele barulho, aquele grito pavoroso e arrastado que não conseguia desligar, ao recuar de volta ao corredor. Foi então que lembrei do cheiro, do que era o cheiro — era Kontos, morto pela DFaC, e a mulher de quem ele se contaminara, morta a seu lado. O que eu tomara de Hema no café da manhã agora estava no chão reluzente do corredor com seu tom vermelho-granada, um jorro de sangue falso derramado no chão, e isso era uma *merda tão bizarra*, esses três tipos de sangue, todos misturados, que eu precisava deixá-los para trás e buscar ajuda.

Os hexágonos da sola do meu tênis foram marcando o chão, minhas próprias pegadas vermelhas me perseguindo corredor afora.

26

TAYLOR

Fui levada a um laboratório de física no segundo andar. Alguém me deu uma manta, porque eu estava tremendo — e nunca imaginei que a palavra "abalada" pudesse ser tão literal. A manta estava do meu lado, em um banquinho. Não sabia o que fazer com ela. De onde viera? Quem a levara?

Queria voltar ao quarto e me encolher na cama até acordar desse pesadelo.

Kontos.

Com seu bigode ridículo e suas calças cáqui engomadas, suas canetas retráteis e suas sinceras boas intenções. Sua fé boba na Vampiria.

Como Kontos poderia morrer se alimentando de uma humana? Ia inteiramente contra o reunionismo. O cerne de seu sonho era que vampiros podiam ser *bons*, podiam se controlar, podiam viver com humanos como iguais.

Ele quase me convencera. Porém, na noite anterior, eu tinha acertado: não dava para confiar em vampiros. Não dava para confiar em ninguém. Só em mim mesma.

Esfreguei o rosto com as mãos e as afastei bruscamente. Olhei minhas mãos, buscando sangue nas linhas das palmas e ao redor das unhas. Eu não tocara em nada, mas sentia que sim.

Atherton chegou com Radtke. Radtke parecia ainda mais ressequida do que de costume, exceto pelo nariz, que estava rosado e escorrendo. A pele ao redor dos olhos dela estava repuxada, como se os músculos finalmente tivessem tremido tanto que congelaram no lugar. Ela estava de cabelo solto, o que eu nunca vira, nem na Hunter. Vê-la assim me assustou um pouco: a situação havia sido suficiente para perturbar alguém tão fria quanto Radtke.

Por isso, olhei para Atherton, que parecia muito melhor. A notícia da morte de Kontos interrompera seu treino na academia. A cara de aspirante a playboy estava mais vermelha do que de costume, e ele usava uma espécie de camiseta justíssima de ginástica. Através do tecido, eu enxergava seus mamilos, o que a princípio quis apagar do cérebro, e depois não consegui parar de olhar.

Ele pegou um banco na minha frente.

— Você sofreu um grande choque hoje, Taylor — disse, em um tom que fazia o pior dia da minha vida parecer um tropeço infeliz. — Deve ter sido muito incômodo.

— Ele morreu.

Queria que fosse uma pergunta, mas não era. Sabia que ele estava morto. Atherton confirmou com a cabeça.

— Achamos que ocorreu ontem, durante o baile.

— Durante o baile? — gaguejei. — Mas ele estava *lá*. Eu falei com ele...

E depois ele voltara ao escritório para guardar o HD.

O HD que eu devolvera.

— Sei que isso é difícil. Mas eu... nós todos... — disse Atherton, com um gesto para a sala, apesar de só Radtke estar lá. — Nós achamos que seria melhor se você guardasse os detalhes para si. Não queremos que outros Sangue-Frescos saibam dessa notícia perturbadora por fofoca.

Como se os Sangue-Frescos não fizessem exatamente a mesma coisa que matara Kontos.

— Pode fazer isso por mim? — perguntou Atherton.

Fiz que sim com a cabeça.

— Sei que é difícil aceitar — continuou ele, parecendo achar que sabia muito do que eu sentia. — Mas o sr. Kontos estava enfrentando problemas com esse tipo de comportamento há algum tempo.

— Que comportamento, matar humanos?

Algo em mim resistiu à informação, como óleo na água ao se misturar ao meu conhecimento de Kontos. Como ele poderia me dizer que acreditava que a Vampiria podia ser melhor, se era ele sua pior parte?

— Estávamos tentando ajudá-lo — prosseguiu Atherton, com uma expressão preocupada que parecia copiada de um desenho infantil: sobrancelhas franzidas, olhos arregalados. — Infelizmente, foi tarde demais.

Olhei de relance para Radtke. Ela ainda estava com a mesma expressão. As bochechas fundas, a boca tão apertada que mal se via os lábios, se segurando pelos cotovelos. Ela estava fingindo muito bem a tristeza, sendo que provavelmente era exatamente o que ela queria naquela noite que ouvimos sua conversa com Atherton no Velho Monte. Ela provavelmente estava feliz com a morte de Kontos.

— Por que está me contando isso?

Atherton mexeu as sobrancelhas em uma dancinha que indicava que ele estava tentando entender os jovens.

— Você era próxima do sr. Kontos. É natural ter curiosidade.

— Ele era meu professor de ciências, só isso. Acontece.

A manta aproveitou o momento para escorregar ao chão. Não a peguei de volta.

— Posso voltar para o meu quarto? — perguntei. — Preciso me recuperar.

Atherton parecia desconfortável. Ele provavelmente esperava que eu chorasse. A única coisa que homens odiavam mais do que ver mulheres chorarem era quando não chorávamos quando eles esperavam.

— Pode ir.

Pulei do banco e saí do Prédio de Ciências. O sol brilhava no campus úmido. Parecia que tinha sido montado para uma sessão de fotos de propaganda, e fazia eu me sentir como se flutuasse. Como se estivesse sonhando, e nada daquilo fosse verdade, nem mesmo o cadáver de Kontos ainda largado no chão do Prédio de Ciências, liquefeito por dentro por causa da DFaC.

Não me sentia triste, chateada, nada do que Atherton dissera.

Só exausta. Parecia que três anos tinham se passado desde que eu saíra da Hunter. De volta ao quarto, desamarrei os tênis — os mesmos que usara no baile — e os joguei no lixo. Subi na cama e fiquei deitada que nem vampiros em caixões nos filmes, as pernas esticadas, os braços cruzados no peito, olhando o teto até minha cabeça ficar vazia.

KAT

— Quem sou eu? — repeti. — Não sou ninguém.

— É alguém para eles — insistiu Galen.

— Você não está fazendo sentido.

— Quando você sugeriu surpreender todo mundo no baile, eu não queria me esconder só dos outros harcotinhos — disse ele, cuidadoso. — Meus pais e meu presancestral têm muitas expectativas em relação a mim. É importante com quem sou visto...

— Victor certamente não liga para seu par em um baile da escola — bufei.

— Liga, *sim*. Para eles, tudo é uma declaração — disse ele, de um jeito que fazia eu me sentir boba e ingênua. — Estamos em Harcote. Somos Sangue-Frescos. O futuro da Vampiria está em nossas mãos e, nas minhas, está o futuro da Fundação Black pela Cura, talvez até da CasTech.

Ele nunca antes admitira aquilo para mim.

— Meus pais sempre deixaram muito claro que minha vida social tem impacto neles — continuou. — É meu dever respeitar isso. Quando me deixaram aqui no primeiro Dia da Mudança, eu sabia que preferiam uma garota específica para mim.

— Evangeline — falei, revirando os olhos. — O que todo mundo vê nela?

— É *o que* ela é, não quem é. Evangeline vem de uma das linhagens vampíricas mais antigas da Europa. Ela nem tem presancestral paterno, porque o pai dela é tão velho que pode ser um dos originais, um vampiro surgido sem presancestral. Ele mora em um castelo na Romênia. Ela mal o conhece, foi criada pela mãe e por babás, mas não faz diferença, visto que tem seu nome e seu sangue. E outra coisa sobre Evangeline... é que ela sempre sentiu que o que tem é insuficiente.

— Ela é rica, é linda, é da *realeza vampírica*. O que mais quer?

Ele levantou as sobrancelhas.

— Poder, claro. Poder *próprio*. Evangeline e eu começamos a namorar logo que as aulas começaram. Todo mundo ficou satisfeito. Mas, depois de algumas semanas, eu só... não consegui mais. Até pensar nela me causava um ataque de pânico — disse ele, e hesitou. — Já sentiu que estava passando pela vida como um ator, lendo falas de um roteiro escrito por outra pessoa?

Concordei.

— Era assim que eu me sentia com Evangeline. Terminei com ela. Ficaram furiosos comigo. Eu nunca me sentira como tamanha decepção. Meus pais e Victor ainda acham que Evangeline é meu par perfeito. Que a gente...

— Vai acabar juntos. Todo mundo aqui concorda.

Ele fez que sim com a cabeça.

— Esse é o efeito do marketing pessoal de Evangeline. Ela sempre contou a história do término como se fôssemos um casal desafortunado. O maior romance da geração Sangue-Fresco. Agora, nem sei mais se ela me odeia, se me ama, ou as duas coisas. Mas talvez ela não esteja errada.

— Em que sentido? Vocês vão voltar?

Ele passou os dedos pelo cabelo.

— Talvez. Se decidirem que devemos. Evangeline acredita plenamente que sim.

— Ah, Galen, meus pêsames.

Ele abriu um sorriso desanimado.

— Há destinos piores. Depois que terminei com Evangeline, me prometi que não namoraria mais ninguém. Não queria botar mais ninguém nessa posição. Eu me convenci que era minha própria rebeldia particular. Mas rebeldia não *é* para ser particular. Notei isso quando te conheci. Essa história da minha família não é nada comparada com o que você viveu. Sem dinheiro para Hema, crescendo sozinha. Você fez eu cogitar se era capaz de enfrentá-los. Eu sabia que você não era o tipo de pessoa com quem eles queriam que eu ficasse. Ninguém conhece seu pedigree. Você é um mistério... uma forasteira.

Eu me irritei ao ouvir aquilo.

— Você é exatamente o que *não* querem para mim. Acho que foi por isso que me interessei por você — continuou ele, pestanejando. — Meus pais me ligaram hoje cedo. Esperava que eles ficassem com raiva por eu ter ido ao baile com você. Mas não ficaram. Foi como se todas as vezes que gritaram comigo por isso...

— *Gritaram* com você por isso?

— ... nunca tivessem ocorrido. Eles disseram que você parecia simpática. Meu pai disse "boa escolha, filho". Ele literalmente nunca disse isso na minha vida, sobre nada.

— Talvez eu tenha impressionado Victor. Pode ser por causa da mentoria.

— Mas por que você foi escolhida para a mentoria? Era para ter só uma vaga.

— Exatamente *porque* sou forasteira. Sou uma história de superação, uma zé-ninguém que cresceu entre humanos.

— Quem quer que seja, eu gosto de você — disse ele, com uma nota de timidez. — Gosto muito de você, Kat. Você já conhece meu presancestral, mas eu queria saber se você gostaria de conhecer meus pais no Dia dos Descendentes, mês que vem.

Precisei morder a língua para não dizer nenhuma besteira. *Conhecer os pais dele?* Galen e eu tínhamos saído juntos uma só vez, e metade da noite fora um desastre.

Eu sabia que não gostava de Galen tanto quanto ele gostava de mim. Porém, quanto mais tempo passávamos juntos, mais eu simpatizava com ele, e era impossível não sentir pena depois do que ele contara. Eu tinha estragado o baile dele. Não devia a ele mais uma chance?

O que eu sentia por Taylor era só isso — um sentimento, nada concreto. Taylor tinha Evangeline, e estávamos apenas começando a retomar a amizade.

Porém, no fundo de toda aquela confusão, que nem lixo nuclear enterrado que nunca parava de emanar radiação e contaminar tudo a seu redor, eu tinha um desejo completamente claro: vingança. Se eu aceitasse, seria basicamente a namorada de Galen, a caminho da realeza vampírica, e enlouqueceria Evangeline.

— Claro — falei. — Seria um prazer.

Galen desceu o campus de mãos dadas comigo. Ele queria conhecer minha mãe no Dia dos Descendentes também, talvez almoçar com nossos pais, juntos. Falei que minha mãe quase certamente não iria. Aleguei que era por causa do trabalho, e não por seu desprezo pela escola, nem pelo fato de ser a mulher misteriosa que desaparecera da CasTech. Ele disse que sentia muito por eu não ter ninguém no campus — o que não ajudou em nada a me animar para o Dia dos Descendentes —, e aí, bem no meio do conjunto residencial feminino, na frente de todo mundo, me beijou. Foi um beijo rápido, com a boca fria, e eu não fiz nada anormal enquanto acontecia. Ele sorriu ao me ver abrir a porta da Hunter.

Lá dentro, Lucy estava largada em uma poltrona. Ela me olhou sem parar de bater na tela do celular com as unhas bem-feitas.

— Então os pombinhos se acertaram. Vocês agora estão, tipo, oficiais?

— Pode-se dizer que sim.

Lucy abriu a boca em um O de surpresa cruel.

— Evangeline vai *morrer*!

— Evangeline é imortal — respondi.

Eu estava prestes a subir, mas Lucy me impediu.

— Você não soube? Todas as residências têm uma reunião marcada para a tarde. Alguém provavelmente violou o Código de Honra no baile.

O salão começou a se encher de garotas. Procurei Taylor em seu lugar de sempre, sentada na janela que não era um assento. Ela não apareceu.

A sra. Radtke se postou na frente da sala, mas não estava com a aparência de sempre. Usava um cardigã abotoado todo errado.

Atrás de mim, a escada rangeu. Taylor se sentou no degrau mais alto que ainda a deixasse enxergar o salão por entre a grade do corrimão. Ela encolheu os joelhos quase até o queixo, como se quisesse se diminuir, e apertou o corrimão esculpido com força. Precisei me forçar a desviar o olhar.

— Meninas, tenho uma notícia triste a contar — começou a sra. Radtke, e, na mesma hora, eu soube que era algo mais grave que uma violação do Código de Honra. — É com profundo pesar que devo informar que o sr. Kontos faleceu ontem à noite.

Não foi silêncio, mas parecia silêncio: o rangido sutil do couro do sofá das quartanistas quando uma menina se endireitou, o zumbido da música que alguém havia deixado ligada em outro andar.

— É sério? — perguntou Evangeline.

A sra. Radtke estava falando alguma coisa sobre acolhimento terapêutico, sobre apoiar uns aos outros, sobre uma assembleia no dia seguinte, quando a escada rangeu de novo. Taylor se fora.

Não esperei a sra. Radtke nos liberar. Fui atrás de Taylor.

Nosso quarto estava estranhamente escuro, de cortinas fechadas.

Taylor estava sentada na beirada da cama, encolhida, com os braços esticados e os cotovelos apertados entre os joelhos. Quando se virou para mim, seus olhos estavam enormes e tristes.

— Você está bem? — perguntei.

Ela revirou os olhos, o que foi merecido.

— Eu encontrei ele — falou, baixo. — Tipo, encontrei o corpo dele. Hoje.

— Ai, meu deus, Taylor...

Eu me sentei na beirada da cama sem pensar, até que *pensei* que talvez fosse meio esquisito tanta proximidade depois da noite anterior, mas eu já tinha sentado, e não podia só me levantar de um salto.

Taylor não deu bola. Ela não estava me olhando, nem se atentando ao espaço estreito entre nós. Seu olhar estava fixo em um ponto do outro lado do quarto. Acompanhei seu olhar até a lixeira, da qual saía um pedaço do All-Star novo que ela usara na noite anterior.

— Ele estava largado no chão. Tinha sangue para *todo lado*. Todo lado. E uma mulher humana também estava lá, morta.

— O sr. Kontos morreu de *DFaC*?

— Uhum — respondeu Taylor, alongando o "m". — Você já viu? O sangue fica, tipo, sem cor de sangue. Fica meio preto... ou talvez fosse só porque tinha passado a noite toda ali secando, desde o baile. Então era velho. Sangue velho.

O sr. Kontos estava se alimentando de humanos? Eu não conseguia imaginar aquilo vindo do sr. Kontos que ficava animadíssimo com experiências químicas e sorria sem pudor em todo Jantar Formal.

— Nunca dá para saber, né? Qualquer um pode acabar sendo um escroto no fim das contas — completou ela.

Taylor estava mantendo a voz leve, como se tivesse alguma chance de me convencer que ela não se importava com aquilo, e de repente senti uma tristeza tremenda por ela — e a gente estava tão *perto*. Imediatamente, tudo que eu queria era acabar com o espaço entre nós e beijá-la até não doer mais, ou, se não pudesse fazer isso, abraçá-la enquanto ela chorava, até...

No que eu estava *pensando*?

Literalmente não havia hora menos adequada para agarrar alguém que não gostava de mim do que logo depois de ela encontrar seu mentor morto. *Óbvio*. Taylor não precisava de mim. Ela tinha Evangeline, que era dez mil vezes mais gata que eu, de um jeito assustador, e Taylor gostava disso, de garotas assustadoramente gatas, garotas que podiam devorá-la no café da manhã. Ela não ia querer ficar só deitada comigo, abraçada, e me beijar... meu deus do céu, por que meu cérebro não se *comportava*?

— Se quiser conversar...

Ela torceu a boca.

— Pode esperar sentada.

— Eu sei, você tem alergia a qualquer pessoa que tente cuidar de você.

Era para ser uma piada, mas então acrescentei:

— Mas eu não sou só qualquer pessoa.

— Ha. Esquece, Ka-the-ri-ne.

Alguém bateu na porta. Eu pulei para abrir.

Parte de mim (uma parte muito pequena) esperava que fosse Evangeline. Taylor precisava de alguém que não fosse acreditar quando ela dissesse que estava bem. Alguém que soubesse que ela lidaria com aquela situação devastadora tentando se arrastar à força, e, que, apesar de Taylor ser forte, todo mundo tinha limites. Ela merecia estar com alguém que fosse àquele quartinho no sótão abraçá-la. Eu duvidava que Evangeline fosse assim, mas, se era quem Taylor queria, eu esperava que fosse.

Porém, quando abri a porta, quem vi foi a sra. Radtke. Seu visual todo de preto e cinza nunca fora tão adequado.

— Srta. Sanger — falou.

Eu me afastei, mas Taylor não se levantou.

— Srta. Sanger... Taylor — continuou —, eu adoraria que tivesse sido poupada do que viu hoje de manhã. O sr. Kontos tinha imensa consideração pela senhorita, e sei que sua proximidade cresceu ainda mais recentemente. Só posso imaginar que esteja se sentindo muito isolada no momento.

Taylor fechou a cara.

— O que isso quer dizer?

— Simplesmente que, se desejar ajuda, estarei aqui.

Fechei a porta quando a sra. Radtke se foi, e me virei para Taylor. Ela tinha ficado pálida.

— O que foi? Achei gentil da parte dela.

Taylor franziu as sobrancelhas grossas, entreabrindo a boca (não que eu estivesse reparando em sua boca).

— Precisamos conversar.

— Ah, tá. Claro. É bom a gente falar de...

Ela corou, ficando escarlate.

— Não quis dizer...

— Ah, não, claro!

— É sobre o Kontos. Lembra o que ouvimos Radtke falar com Atherton?

— Que o sr. Kontos estava fazendo alguma coisa ameaçadora — falei. — Acho que devia estar falando de ele se alimentar de humanos.

— Não, acho que não — disse Taylor, cutucando a boca com o polegar. — Kontos estava mesmo metido em alguma coisa. Ele me contou, mas eu prometi guardar segredo.

Ela parecia carregar tanto peso ao dizer aquilo, tanta tristeza, que, antes mesmo de perceber, me vi falando:

— Sem segredos.

Ela me olhou abruptamente.

— Quer dizer, você não precisa encarar isso sozinha — acrescentei.

Vi que ela estava decidindo se podia confiar em mim. Eu sabia que não lhe era fácil, mas esperava que confiasse.

— Tem uma coisa na sala dele. Um HD. Preciso encontrar antes de Radtke.

27

TAYLOR

Eu tinha passado horas pensando naquilo. Kontos tinha mentido, e mentido, e mentido. Dissera querer um futuro diferente para a Vampiria, no qual pudéssemos ser livres, mas o que queria mesmo era um futuro em que podia voltar a se deleitar com sangue humano.

Vampiros eram todos iguais. Todos pensavam com as presas.

Só que isso não combinava com o Kontos que eu conhecia. Eu queria que se encaixasse, mas *não* se encaixava, e aí eu me senti nojenta de novo.

Kontos fizera eu me sentir menos sozinha ali. Fizera eu me sentir notada, de um jeito que mais ninguém me via. *Aquilo* não era mentira, mesmo que todo o resto fosse.

Se aquilo não era mentira, o que o resto queria dizer? Kontos podia ainda ser uma boa pessoa se fizesse coisas terríveis em segredo? E podia ser má pessoa se fizesse coisas boas em segredo?

Eu queria o futuro que ele descrevera: um futuro em que a Vampiria não estrangulasse nossa vida, em que a DFaC não destruísse humanos, em que ninguém morresse como Kontos e a coitada daquela moça.

Não chegaríamos lá se Radtke pusesse as mãos naquele HD. Eu não sabia o que estava nele, mas era importante o suficiente para Kontos querer escondê-lo. Eu prometera que o protegeria. A expressão de completa decepção dele quando eu devolvera o HD ficaria para sempre marcada no meu cérebro como nossa última conversa. Eu não podia deixar por isso mesmo.

Foi assim que acabei subindo o campus. Estava frio, praticamente já anoitecendo, o inverno que sempre caía com tudo depois do Halloween.

Kat era uma presença quente ao meu lado.

Eu não deveria ter pedido para ela me acompanhar. Não deveria ter dito nada a ela. Era injusto que ela pudesse me magoar na noite de sábado e no domingo agir como se tivesse fortalecendo nossa amizade. Eu jurara que reconstruiria minhas barreiras com o dobro de força, mas, bem, minhas barreiras tinham apanhado muito naquele dia e, quando ela me olhara com o rosto ainda mais bonito pela preocupação e dissera nosso lema — *sem segredos* —, eu não tinha mais como resistir. Ela dissera que eu não precisava encarar isso sozinha, mesmo que *precisasse, óbvio*. Só que, de repente, eu não queria.

Queria encarar aquilo com ela.

O Prédio de Ciências, com seu projeto molecular horrendo, ainda não tinha sido trancado. Entramos de fininho e seguimos para a sala de Kontos.

— Vamos ficar de olho nos serventes dessa vez — cochichei. — Ultimamente, parece que sempre tem algum à espreita.

Como se para provar o que eu disse, um servente apareceu no corredor, carregando uma vassoura, e me olhou de frente. Empurrei as costas de Kat e viramos a esquina para o corredor seguinte. Em poucos segundos, estávamos na sala de aula de Kontos, e, antes de ter tempo de pensar, fechei e tranquei a porta.

— O que foi isso?

— Tive um mau pressentimento — expliquei. Meu coração estava a mil.

Quando me voltei para a sala, perdi o fôlego. As luzes estavam apagadas, e o entardecer azul acinzentado jogava uma luz sinistra pelo ambiente. Não era justo. O que tornava mesmo o ambiente sinistro era o fato de eu ter encontrado dois cadáveres largados naquele mesmo pedaço de linóleo feito para esconder manchas. Os corpos não estavam mais lá, mas eu ainda conseguia sentir o volume, a forma, o cheiro, praticamente conseguia ver o pó cor de ferrugem do sangue seco nos rejuntes do piso. Queria sair correndo pela porta e fingir que nunca estivera ali. Em vez disso, dei a volta pelo local onde eles estiveram.

Na mesa na frente da sala, um tubo de ensaio fino estava preparado para uma experiência de titulação. Kontos sempre adorou titulação, como se pingar uma solução em um frasco fosse um dos grandes dramas da nossa geração.

Senti como se uma faca se cravasse no meu peito: ele era um homem que supostamente viveria para sempre e mesmo assim sentia tanto prazer com experiências de química a nível escolar.

— Isso vai deixar vocês de cabelo em pé — ele costumava dizer. — No fim da aula, vou precisar emprestar um pente.

Todo mundo resmungava.

Ele dizia aquilo sobre todas as experiências.

Pisquei para conter as lágrimas, sabendo que Kat me observava.

— Provavelmente está na sala dele — cochichei.

Parei por um momento na porta. As pilhas de papéis e de livros, a jaqueta de couro marrom gasta que ele amava (porque é claro que ele não escolheria uma jaqueta preta, muito mais estilosa), aquela estante enorme destacada da parede e lotada de DVDs e livros. O HD estava na mesa, a etiqueta CINECLUBE FRANCÊS nítida. O alívio me tomou quando o peguei e o enfiei no bolso. Deveria ter acabado. A gente deveria ir embora. Mas eu *não conseguia.*

Kat devia estar se perguntando o que eu estava fazendo, mas não me apressou. Eu me sentei na cadeira que ele nunca mais giraria. Cliquei as canetas que ele nunca mais clicaria. Abri uma gaveta que ele...

Um envelope estava bem por cima. *Taylor*, dizia, em sua letra.

Foi completamente e absolutamente ridículo, mas comecei a chorar bem na hora, antes mesmo de abrir. Chorar *de verdade*, meu rosto tão retorcido que doía, a carta amassada nas minhas mãos, a testa encostada na mesa. Eu precisava me recompor, parar de chorar por causa de um mentiroso, mas não conseguia recompor era nada.

Aquilo tinha me deixado de cabelo em pé; eu ia precisar de um pente.

Kat se ajoelhou ao meu lado e me puxou para um abraço. Foi todo o encorajamento que eu precisava para afundar a cabeça em seu ombro. Eu ia molhar o casaco dela de lágrimas, e provavelmente de catarro, mas ela estava ali, quente, sólida e *presente*. Eu não sabia mais como dizer, mas era como se, apenas por *existir*, ela provasse que havia uma saída, que eu tinha a força de trilhá-la, mesmo assustada, triste e magoada. Por isso, me apertei contra ela e chorei.

KAT

Era para eu fazer o quê? Ficar ali parada e deixar ela chorar?

TAYLOR

— Desculpa — falei, fungando, quando finalmente me endireitei.
— Olha quem está se desculpando por chorar agora.
— Tá bom — falei. — Quis dizer: obrigada.
Ela sorriu um pouco, e olhou a carta.
— Vai ler?
Rasguei o envelope com a caneta retrátil.

Querida Taylor,
Vejo que você está xeretando. :)
Perdão por não estar aqui para ajudá-la a encontrar o que você procura. Nem por isso você deve parar. Confie em si mesma. Mantenha o coração aberto.

Com amor,
Leo Kontos

Uma chave comprida e estreita estava colada à carta.
— O que ele achava que você estava procurando? — perguntou Kat, examinando a chave.
— Uma perspectiva mais positiva sobre a vida — falei, desanimada. — Acho que a chave não vai ajudar. Não faço ideia do que abre.
Kat guardou a carta de volta no envelope.
— Parece que ele esperava que algo acontecesse com ele.
— Tipo uma falência de múltiplos órgãos causada por uma obsessão com sangue humano? — falei, e Kat me olhou com dúvida. — Ele tinha o hábito de matar humanos. Atherton me contou.

Imediatamente, senti uma pontada de culpa. Na sala dele, cercada por suas Kontosices, parecia transgressor até pensar que ele morderia um ser humano.

— Ter uma sede de sangue incontrolável não parece a cara do sr. Kontos.

— Eu sei — admiti. — Mas eu a vi, morta e drenada, bem aqui.

Kat se balançou nos calcanhares.

— Então ele estava de responsável no Baile da Fundação, e aí, no meio da festa, veio à sala dele e, o quê, a mulher estava esperando? Ou talvez ela fosse uma servente?

— Não vi o rosto dela direito — falei —, mas ela não estava vestida de servente.

— Então não era servente. O que ela estava fazendo aqui?

— Ele provavelmente estava guardando ela para um lanchinho da madrugada.

— Mas por que se alimentar dela no meio do baile, se podia esperar a festa acabar e ir com mais calma?

— Eu tinha devolvido o HD. Foi por isso que fui ao baile. Ele veio guardá-lo na sala. Deve ter visto ela aqui e… bom. E foi isso.

— Então ele a viu sentada no laboratório…

De repente, eu não queria mais saber daquilo.

— Que diferença faz o que ele pensou e como aconteceu? Ele provavelmente tinha hipnotizado ela, que nem todos os outros humanos daqui, não é nenhum mistério. Não muda o fato de ele estar morto.

— Isso não é sua culpa, Taylor — disse Kat. — Você sabe disso, né?

— Dá para saber que algo não é minha culpa, e ainda assim me sentir culpada.

Eu estremeci. Estava quase inteiramente escuro, e ainda mais sinistro do que antes.

— Vamos meter o pé — falei.

Eu já estava quase na porta quando Kat falou:

— Quer levar alguma lembrança dele? Você também tem esse livro, *1000 filmes para ver antes de morrer*. Acho que ninguém vai se incomodar se você…

Fez-se um rangido, que nem uma engrenagem rodando arrastada, seguida de um baque. Com o livro na mão, Kat puxou a estante lotada da parede, abrindo por uma dobradiça lateral. Atrás dela estava uma porta de aço cinza sem maçaneta, apenas uma fechadura escura. Kat se agachou para olhar pelo buraco.

— Talvez a chave seja útil, afinal — falou.

A porta levava a uma escada com paredes de bloco de concreto. Aparentemente, Kat não estava assustada pela descoberta da passagem secreta, então fiquei feliz de deixá-la ir na frente. A escada acabava em um corredor comprido. Lá, o ar era frio e úmido. Lâmpadas fluorescentes expostas piscavam no teto, o que, em um covil subterrâneo misterioso, é assustador como em um filme de terror. Meu coração parecia estar tentando pular da garganta de tanto nervosismo. Eu não queria nem um pouco seguir aquele corredor. Especialmente, não queria descobrir o que estava do outro lado da porta na nossa frente.

— Talvez a gente não deva fazer isso — cochichei para Kat. — E se for, sei lá, uma masmorra cheia de humanos?

Ela me olhou com severidade.

— Se for uma masmorra cheia de humanos, aí mesmo é que devemos deixá-los quietos aí. Devem estar perfeitamente felizes.

Ela pegou minha mão e apertou.

Empurrei a porta.

A iluminação se acendeu com um zumbido, revelando uma sala sem janelas, cheia de equipamentos científicos.

Kat e eu demos uma volta cautelosa. Nada que indicasse uma masmorra, como jaulas e algemas, nem nada que pudesse prender alguém ali. Na verdade, havia outra porta indicada como saída de emergência, ao lado de um sofá e, estranhamente, uma cafeteira. A maior parte do espaço era ocupada por equipamentos de laboratório e arquivos. Algumas das coisas eu reconhecia das aulas de ciências — pipetas, microscópios —, mas muito do equipamento me parecia pedaços de plástico, que nem impressoras antigas e feias ou panelas elétricas muito chiques.

Também era óbvio que não éramos as primeiras a chegar ali depois da morte de Kontos. O lugar parecia ter sido saqueado. Contei exatamente zero computadores. Em uma das bancadas, havia um emaranhado de cabos, um teclado, um mouse e um retângulo sem poeira onde, claramente, ficava um notebook antes. Um arquivo estava escancarado que nem uma boca aberta e vazia. Alguns dos papéis que continha estavam espalhados pelo chão.

Kat examinava uma máquina que lembrava uma antiga caixa registradora, só que, onde normalmente entraria o dinheiro, havia uma bandeja de plástico que parecia fabricar uma centena dos cubinhos de gelo mais minúsculos do mundo.

— Kontos te contou no que estava trabalhando?

— Mais ou menos. Ele era reunionista. Estava tentando me convencer a me juntar ao grupo. O que... por que está sorrindo assim?

Kat me olhava com um sorriso que não conseguiu reprimir.

— Só estou imaginando você em uma organização rebelde — falou.

— Eu sei, é besteira. Tentei dizer isso para ele.

— Está brincando? Se eu fosse começar uma organização rebelde, você seria a primeira pessoa que convidaria. Você já quer botar fogo em tudo de qualquer jeito.

Fiquei corada.

— Eu não saberia o que botar no lugar do que queimei. Kontos nunca chegou a me contar os planos completos. Só sei que querem três coisas: a cura da DFaC, acesso livre a substitutos de sangue humano, e o apoio dos Sangue-Frescos.

— Então imagino que ele estivesse trabalhando nesse primeiro item aqui. Reconheço alguma das coisas.

Graças a deus, porque eu certamente não reconhecia.

— Parece o que tem na clínica da minha mãe, para teste de DFaC — continuou ela, arregalando os olhos. — É inacreditável que uma pessoa tentasse isso sozinha. A Fundação Black tenta curar a DFaC desde o início, e tem o orçamento do tamanho de um pequeno país.

Ela estava certa: era absolutamente, completamente ridículo sonhar com curar uma doença como a DFaC sozinho. Mas isso não impediria Kontos de tentar. Meu coração se encheu ao pensar nisso, mas não queria chorar de novo, então abaixei os olhos. Quem saqueara o laboratório espalhara documentos por todo canto. Cutuquei um com o pé.

Ensaio clínico humano 113A
Status de tratamento: tratado
Resultado do exame: vírus da disfunção do fator de coagulação — negativo

O *negativo* tinha sido circulado com marca-texto laranja.
Peguei o papel.
— Olha isso.
Ela perdeu o fôlego, e eu soube que tinha entendido bem.
Kontos tinha conseguido.
Tinha encontrado uma cura para a DFaC.
Nós duas nos ajoelhamos, recolhendo os resultados de onde tinham caído debaixo das bancadas e das cadeiras. O mesmo resultado em todas as folhas: *negativo, negativo, negativo.*
— Como é possível? — disse Kat, folheando os resultados.
— Talvez não seja.
Fechei mais uma gaveta de metal com força. Estava revirando os arquivos para ver se tínhamos deixado passar alguma coisa.
— Ele morreu se alimentando de uma mulher que provavelmente veio daqui, né? — continuei. — Ele devia achar que ela estava saudável, mas não estava. Talvez não fosse uma cura de fato.
— Isso não explica por que ele se alimentou na sala de aula, e não nesta caverna de pesquisa médica. Também não explica por que fez isso no meio do baile.
Abri a última gaveta, esperando que estivesse vazia como as outras, mas, bem no fundo, um fichário ficara preso. Eu o puxei e o abri. Estava repleto de envelopes plásticos contendo fotos Polaroid de humanos, com números anotados no espaço em branco. Eram numeradas como os resultados dos testes. 113A, um homem branco careca. 124B, uma mulher de pele marrom e cabelo preto grosso. Virei outra folha. 154B, uma mulher jovem de piercing no

nariz, olhos azuis e cabelo loiro. Ela estava de regata, e dava para ver uma tatuagem no ombro. Tirei a foto do envelope plástico para ver mais de perto.

Eu reconhecia o cabelo, a tatuagem.

Reconhecia do chão da sala de química.

— Você está com a 154B?

Kat passou pelos resultados.

— Negativo. O teste é da semana passada.

— Então talvez ela tenha sido contaminada de novo.

— Ou então ele não pegou DFaC dela.

Sacudi a cabeça.

— Não dava para confundir o que vi.

— Talvez seja de propósito — disse Kat, cautelosa. — Pense bem: um reunionista alega curar a DFaC, mas morre de um jeito que desmerece completamente seu trabalho. Pode ser bem conveniente para certas pessoas.

— Se foi armação, não foi acidente. Então Kontos não mentiu — falei, devagar. — Foi assassinado.

Bem nesse momento, uma das luzes piscou, e nós duas quase morremos de susto. Sem mais discussão, voltamos apressadas pelo corredor sinistro até a sala de aula. Mesmo trancando a porta de metal e empurrando a estante de volta ao lugar, meu coração não desacelerou.

Kontos estava morto — tinha sido assassinado —, mas nem por isso suas ideias precisavam morrer também.

28

KAT

Na segunda-feira, esperei cinco minutos muito longos depois de Taylor sair para correr e liguei para minha mãe.

Desde que eu chegara em Harcote, a gente se comunicava principalmente por mensagem, o que eu sabia que ela odiava. Eu não ligava para ela desde antes de ganhar a mentoria com Victor, o que fazia semanas. No entanto, precisava falar com ela, mesmo sem querer. Não podia conhecer os pais de Galen no Dia dos Descendentes sem saber qual era a relação dela com eles. Além do mais, eu precisava saber com certeza se ela planejava comparecer.

Além disso, eu estava me sentindo meio sensível. Não era só pelo que acontecera no Baile da Fundação, ou porque eu e Taylor estávamos basicamente investigando um assassinato, ou porque a cura da DFaC talvez estivesse guardada em um HD no meu quarto. Era também porque a morte do sr. Kontos me fizera pensar no meu pai. Eu nunca conhecera mais ninguém que morrera de DFaC. Pelo que Taylor descrevera — gosma preta escorrendo de todos os lugares —, era impossível não pensar nos últimos momentos dele.

Minha mãe atendeu no primeiro toque.

— Kat? O que houve?

Esfreguei a testa.

— Por que acha que houve alguma coisa?

— Não estou acostumada com você me ligando do nada — disse ela, fria.

E, assim, qualquer esperança que eu tinha de uma conversa reconfortante entre mãe e filha se esvaiu.

— Só queria saber se você vem para o Dia dos Descendentes. É daqui a duas semanas. Meu, hum, namorado quer me apresentar aos pais dele.

— Eu nem sabia que você tinha namorado, e já vai conhecer os pais dele?

— Seria mais estranho tentar evitá-los, já que estarão no campus. Além do mais, eu *quero* conhecer eles. São os líderes da Fundação pela Cura.

— Você está namorando o *filho* de Simon e Meera Black?

— Galen Black. A gente se conheceu na mentoria. Com Victor Castel.

— Não sabia que você tinha interesse em confraternizar com esse tipo de gente.

— Que exagero. Eu não sei como eles são. Ainda não os conheci. Você os conhece? — perguntei, parando um instante, mas ela não respondeu. — Tenho certeza que eles vão perguntar pelos meus pais e pelo meu pedigree quando nos conhecermos. É óbvio que contarei o que puder. Aí, quando vocês se conhecerem um dia…

— Quando eu conhecer os Black um dia?

— Quer dizer, eu e Galen… está ficando bem sério.

Fiz uma careta. A ideia de um relacionamento sério com Galen — nos formarmos juntos, levá-lo a Sacramento, apresentá-lo a Guzman e Shelby — me dava nojo de um jeito que não sabia explicar.

— Pensando bem, eu já os conheci. Há muito tempo. Duvido que lembrem de mim, então é melhor nem mencionar.

— Ótimo. Vou só dizer que sou órfã, então.

— *Kat.*

— Então é para eu dizer *o quê* quando perguntarem dos meus pais? Tenho seu sobrenome, eles vão reconhecer.

— Na época eu usava outro nome — admitiu ela.

— Qual era…

— Meu bem, meu horário de almoço é curto, e prefiro não gastar o tempo explicando por que não quero nada com Simon e Meera Black.

— Você não quer nada com eles?

— E prefiro que você também se mantenha distante. Eles não são boa gente.

— Como podem não ser boa gente? Eles têm uma enorme fundação beneficente.

— Eu sei — a voz dela soava sombria. — Preciso ir, Kat.

— Espera... você vem? Para o Dia dos Descendentes? — perguntei, minha voz ficando aguda de súplica. — Pode visitar o campus, conhecer meus amigos.

Eu sabia que ela não iria. Nem sabia se *queria* que ela fosse. Ainda assim, doeu quando ela disse:

— Eu adoraria, mas a clínica está sobrecarregada, e não temos como pagar por uma passagem agora. Mas vamos nos ver nas férias de inverno.

TAYLOR

Quando entrei no refeitório para almoçar na segunda-feira, minha cabeça estava latejando com o esforço de ignorar a maré de fofoca que a morte de Kontos tinha provocado. A gente não tinha recebido informações oficiais sobre a causa da morte, mas havia poucas formas de um ser imortal morrer de repente. Todo mundo estava falando de DFaC.

Kat estava sentada em uma mesa no canto. Ela acenou para mim e abriu um sorriso radiante. Meu estômago pulou até a garganta, uma idiotice tão grande que eu queria enfiar a mão no corpo e puxá-lo de volta para o lugar certo. Eu tinha visto Kat naquela manhã mesmo. Eu a via o tempo todo, mais do que era saudável, então não havia motivo para eu surtar sempre que botava os olhos nela.

A não ser o fato de que, como sempre, eu estava perdidamente apaixonada por ela.

Peguei uma cadeira. Kat imediatamente puxou a própria cadeira para perto de mim e se abaixou para cochichar:

— Então, estive pensando na sra. Radtke...

A gente tinha ficado acordada até de madrugada naquele debate, sem chegar a lugar nenhum. Mesmo assim, não me incomodava de debater de novo no refeitório, se Kat soprasse aquele hálito quente na minha orelha.

O verdadeiro problema era que não tínhamos ideia de quem mais sabia sobre a descoberta de Kontos, e isso tornava difícil limitar os suspeitos.

Para mim, Radtke era a opção mais óbvia. Tínhamos visto ela ameaçar Kontos diretamente *e* xeretar a sala dele. Kontos tivera certeza absoluta que ela não era problema algum. Mas isso não significava que ele estivesse certo.

— Ela não teve oportunidade de matar ele de fato — disse Kat. — A sra. Radtke passou a noite toda cuidando do baile. Por que suporia que ele estava no Prédio de Ciências? E ela parece muito... perturbada pela morte dele.

Do outro lado do refeitório, Radtke estava encarando a própria tigela de Hema. Eu precisava admitir que ela parecia mesmo muito abatida. Ainda assim, não sentiria pena de Radtke.

— Ela sempre tem essa cara.

— Tem mais uma coisa: ela não tem motivo. A sra. Radtke é vatra. Ela quer voltar ao estilo antigo, de se alimentar de humanos. Ela provavelmente quer uma cura acima de tudo.

— Talvez ela tenha invadido a sala dele para roubar a cura e espalhar por aí.

— Isso é motivo para roubo, não assassinato — disse Kat, tranquila, como se fosse uma detetive gostosa da televisão.

— Mas, se não for Radtke, quem sobra?

Kat franziu a testa, concentrada.

— Basicamente *todo mundo*. Se a DFaC fosse curada, a Vampiria mudaria completamente. Talvez nem *exista* mais Vampiria. Os hábitos antigos poderiam voltar... nos alimentando de humanos, não seria necessário vivermos onde Hema estivesse disponível. Nem mesmo Hema seria necessário.

— Então está sugerindo Castel.

Kat arregalou os olhos.

— Não foi *isso* que eu disse.

— Poderia muito bem ter sido. Ele fez uma fortuna com Hema e todo seu poder vem daí. A Vampiria é praticamente um monumento a ele.

Kat sacudiu a cabeça.

— Ele não armaria um assassinato assim.

— Por que não? Ele é perfeitamente bizarro. Uma vez ele apareceu lá em casa para visitar meus pais. Foi perto da época que você foi embora. Ele não parava de me perguntar sobre minha ida a Harcote, e o tempo todo sorriu de um jeito esquisito. E não é só isso.

Era o ar bajulador e o cheiro de colônia que emanavam dele. O jeito que ele me olhara de cima a baixo como se eu fosse um espécime, mais um Sangue-Fresco para sua coleção. O tom dele ao dizer que eu estava crescendo tão bem.

— Tem alguma coisa *errada* com ele — falei.

— Então, em suma, nossos novos critérios para assassino são: interesse na sua educação, sorrir demais, e ter um astral esquisito?

Girei minha caneca vazia.

— Não foi isso que eu quis dizer.

— Olha, eu não acho que Victor tem mesmo motivo. Ele já tem mais dinheiro do que consegue gastar. Isso não mudaria nem se vampiros parassem de beber Hema hoje mesmo.

— Mas é dinheiro o suficiente para *sempre*?

Kat desmereceu o argumento.

— Ele certamente tem um plano para quando descobrirem a cura. Ele está no conselho da Fundação Black, afinal.

— Tá — concedi. — Os dias dele estão contados. Se ele bloquear a cura agora, é só questão de tempo até ser descoberta por outra pessoa. Se Kontos encontrou uma cura sozinho naquele laboratório caseiro, a Fundação Black não pode estar muito atrás.

— Então por que ainda não encontraram a cura? Os Black controlam todo o dinheiro da pesquisa em DFaC. Minha mãe uma vez me falou que quase todo cientista que trabalha com DFaC depende de subsídios da Fundação Black.

— Quem curar a DFaC vai ganhar *muito* dinheiro com isso, né? Se os Black quase chegaram à própria cura, precisariam impedir Kontos de revelar a dele, porque iria contra os interesses deles.

Kat concordou com a cabeça.

— Então vamos descobrir quão perto eles estão da descoberta.

Atrás de Kat, se aproximava uma cabeleira de cachos perfeitamente bagunçados anexa ao corpo de um futuro Executivo Júnior.

— Olha, é o...

A mão de Galen já estava nas costas dela. Ele levantou a mão até o ombro, e *ficou ali*, tocando Kat casualmente, ao se sentar ao lado dela. Kat não o afastou com um tapa, não o mandou embora, nem mesmo recuou. Kat *sorriu para ele*. Kat *perguntou como foi o dia dele*.

Certo. Claro. Eu não deveria supor que o baile, que sábado, mudara qualquer coisa no que Kat sentia pelo Menino de Ouro das Sombras.

Peguei minhas coisas.

— Tô caindo fora.

— *Fique* — disse Kat.

— É, fique aqui — disse Galen, ainda abraçado no ombro dela.

Por que eu ficaria? Com Galen ali, não podíamos falar de nada importante, e eu já sentia que meu coração fora trocado por uma latinha esmagada. Até que Kat falou:

— Fala sério, Taylor. Por favor?

Larguei minha mochila no chão.

— Galen, eu estava me perguntando se a Fundação Black tem previsão para a cura — disse Kat. — A pesquisa já tem quase cinquenta anos. Devem estar perto de descobrir, né?

Galen jogou o cabelo para trás.

— Não sei se está *perto*. É uma doença muito complicada.

— Você não faz a mínima ideia, né? — falei.

Ele me olhou com irritação. Era um olhar muito sólido, bem ranzinza e sombrio, eu precisava admitir.

— Claro que faço. Tem muitas pesquisas rolando o tempo todo, mas a maioria não é pública. Não publicamos estudos que fracassam, e, se *descobríssemos* alguma coisa, também não publicaríamos, porque seria patenteado. Qualquer tratamento desenvolvido pertenceria à Fundação Black.

— Então não é bem uma *fundação*, né? — falei. — Está mais para uma empresa farmacêutica.

— Todo mundo faz desse jeito — disse ele, sem soar plenamente convencido.

— A gente não está, tipo, querendo lançar nossa própria cura para a DFaC — disse Kat, sarcástica, o que me matou de vontade de beijá-la. — Só queria saber se tem uma cura prevista, quais são os principais desenvolvimentos... esse tipo de coisa. Para o trabalho que o Victor pediu. Você deve ter acesso a todo tipo de informação. Acha que pode descobrir?

Ele concordou com a cabeça, rápido.

— Fácil.

Antes que eu pudesse implicar mais com Galen, Atherton entrou no refeitório com o entusiasmo de um pastor de ministério de jovens cheio de almas a salvar. Os serventes pararam de servir Hema e limpar pratos, e se postaram em posição de sentido. No entanto, em vez de seguir para seu lugar na frente do salão, Atherton veio à nossa mesa.

— Justamente quem eu estava procurando!

Obviamente não se referia a mim; ele sorria para Kat e Galen.

— Como posso ajudar, diretor? — perguntou Galen, educado.

— Gostaria que vocês fizessem uma rápida declaração na assembleia de hoje. Para ajudar os Sangue-Frescos a entenderem esse momento difícil. Todo mundo admira vocês dois como líderes estudantis. Um discurso curto para lembrar todo mundo de ficar de queixo erguido e presas afiadas cairia muito bem.

— Mas a assembleia começa daqui a meia hora — disse Kat.

— Não se preocupe, Kat! — disse Atherton, apertando o ombro dela, porque estava sempre procurando jeitos de me fazer gostar ainda menos dele. — Está tudo preparado, vocês só vão precisar ler.

— Seria um prazer — disse Galen suavemente. — Obrigado por pensar em nós.

Eu precisava admitir mais uma coisa em relação a Galen: ele era brutalmente bom em se relacionar com adultos, mesmo adultos que pareciam adolescentes.

Apesar de ser relativamente fácil impressioná-los, se você era do tipo que fazia exatamente o que eles queriam.

KAT

No Salão Principal, o clima estava sombrio. Taylor se despediu para encontrar um lugar junto com a turma do terceiro ano. Eu e Galen andamos juntos até a frente do salão. Parecia que todo mundo virava a cabeça para nos ver passar. Ao chegar, nos sentamos ao lado do diretor Atherton.

Eu me debrucei por cima de Galen para chamar a atenção do diretor.

— Posso ver as anotações do discurso, por favor?

— Está no púlpito, Kat — disse ele. — Vai dar para ler.

Franzi a testa para Galen.

— É para fazermos um discurso que nunca lemos antes?

— Não é nenhum pronunciamento presidencial — cochichou Galen. — Vai ser tranquilo.

— Tenho um mau pressentimento — falei, baixinho. — Por que você aceitou por nós dois?

— Achei que fosse inofensivo — disse ele, surpreso.

Eu estava começando a achar que Galen não sabia o significado de inofensivo.

O diretor Atherton se posicionou no púlpito. Mais uma vez, como na Convocação, pediu para nos levantarmos, soltarmos as presas e recitarmos o juramento. Obedeci com facilidade e pronunciei as palavras como todo mundo — assobiando um pouco por causa dos dentes alongados.

— Gostaria que estivéssemos nos reunindo em circunstâncias mais agradáveis — começou ele. — Contudo, este ano escolar começou com alguma agitação. Estamos de luto pela perda de um membro da nossa família vampírica, e de Harcote: Leo Kontos. A morte de qualquer vampiro é uma tragédia. Especialmente depois de perdermos tantos no Perigo. Nossas vidas, *suas* vidas, são uma dádiva.

O diretor Atherton escorregou os dedos para a beirada do atril. Sua pele branca, de tão manchada de rosa, parecia um iogurte de baunilha mofado.

— Quando a dádiva da vida eterna é desperdiçada, não devemos desviar o olhar dos reais acontecimentos. Leo Kontos foi responsável pela própria morte. Ele sabia o risco de exposição à DFaC, e decidiu apostar com a própria vida. Pior, ele o fez no ambiente escolar. As ações de Leo Kontos desrespeitaram cada um de vocês, o colégio, e toda a Vampiria. Ele desrespeitou a si próprio. Traiu os valores de nossa comunidade. Morreu patético e sozinho. Foi o fim que mereceu.

Um calafrio me percorreu. O Salão Principal estava em absoluto silêncio. Ninguém cochichava com o colega, nenhum celular apitava por acidente, nenhum banco de madeira rangia.

Abruptamente, o diretor Atherton voltou à postura de costume, a de monitor menos descolado em uma colônia de férias.

— Vixe, quanta coisa a se pensar, né? Mas não se preocupem, vamos superar isso como uma comunidade. Para começar, Galen Black e Kat Finn vão subir aqui e falar um pouco do que estão sentindo agora.

Galen me lançou um olhar tranquilizador quando subimos ao púlpito. Havia uma pequena pilha de papel no atril, e a primeira folha tinha o nome de Galen.

Ele pigarreou, passando os olhos pelo discurso, endireitou os ombros, e começou.

— Quando o diretor Atherton pediu que eu dissesse algumas palavras sobre o efeito da morte do sr. Kontos em mim, eu sabia exatamente o que queria dizer. Estou triste, como muitos de nós, porque gostava dele. Achei que ele fosse do bem. É isso que não consigo aceitar.

Eu sabia que Galen estava lendo um discurso que nunca vira antes, mas soava tão natural que parecia que ele mesmo escrevera o texto.

— O sr. Kontos traiu nossa confiança — continuou. — Agia de um jeito no Jantar Formal, ou na aula de química, mas na verdade era diferente. Ele arriscou a própria vida, e acabou morrendo — disse Galen, e pigarreou de novo. — Ele provavelmente achava que imortalidade o tornava invencível. Mas não funciona assim. O Perigo nos ensinou isso. Viemos de presancestrais e pais que sobreviveram a esse pesadelo. Então acho que isso tudo me faz valorizar ainda mais a sorte de estarmos aqui, e de termos uns aos outros.

Quando trocamos de lugar no púlpito, Galen se inclinou e cochichou:

— Viu? Não é tão ruim.

Eu me posicionei no púlpito, diante do Salão Principal, e por um segundo fiquei paralisada. Eu sabia que o discurso que o diretor Atherton escrevera para mim teria a mesma retórica pró-Vampiria, cheia de julgamentos, daquele que Galen acabara de ler. Eu sabia também que tinha um microfone e a atenção da escola inteira, e não precisava falar o que me mandavam. Podia falar da festa de Lucy, do que o sr. Kontos estivera pesquisando. Podia, no mínimo, falar a verdade sobre como ele morrera. Minhas mãos começaram a suar. Seria aquele o momento certo? E por onde eu devia começar?

Procurei Taylor na plateia, como se vê-la pudesse esclarecer tudo.

Quem encontrei foi outra pessoa.

Ele estava de pé, na sombra de uma das capelas, e me observava.

Victor Castel.

Respirei fundo. A mentoria podia até ter sido programada para elevar Galen, mas, naquele momento, a atenção de Victor estava voltada para *mim*. Mesmo que Victor já tivesse escolhido Galen como sucessor, havia milhões de formas de sua ajuda mudar minha vida — desde que eu mostrasse a ele que merecia. Não só durante a mentoria, não só em Harcote, mas pelo resto da minha imortalidade. Inesperadamente, imaginei Victor falando comigo depois da assembleia, dizendo que eu fizera um bom trabalho, que o impressionara. Não era uma aprovação que receberia da minha mãe, nem, óbvio, do meu pai, e, de repente, eu a queria tanto que chegava a doer.

Abaixei o olhar para o discurso e comecei a ler.

— Estudar em Harcote significa algo diferente para mim do que para os outros alunos daqui. É uma comunidade de pessoas que me entendem. Minha mãe me criou isolada da Vampiria. O único outro vampiro que eu conhecia era nosso fornecedor de Hema. O pior foi que eu perdi... perdi meu pai para a DFaC, e meus dois presancestrais no Perigo.

Aquelas eram minhas palavras, da redação que inscrevi para a mentoria. Eram *particulares*. Não queria anunciá-las para a *merda da escola inteira*. Eu me sentia usada, violada — mas, observada por todos, não sabia o que fazer além de continuar. Felizmente, as palavras aí divergiam do que eu escrevera.

— O sr. Kontos não sabia a sorte que tinha. Ele tinha uma comunidade, em Harcote e na Vampiria, que o apoiava e compreendia. Mas ele não tratou isso como o privilégio que é. Ele jogou tudo fora. Espero que todos os Sangue--Frescos saibam... como estaríamos perdidos sem a Vampiria.

Galen pegou minha mão quando saímos juntos do palco. Mal notei que ele ainda a segurava até voltarmos a nos sentar. Eu estava atordoada, meu cérebro embaralhado e abafado. O diretor Atherton me enganara para contar ao colégio inteiro os segredos da minha família — ou o que ele sabia desses segredos —, e para transformá-los em propaganda. Estudar em Harcote *era* um privilégio, muito maior do que os alunos dali notavam, mas eu dera a entender que, por isso, os Sangue-Frescos sempre dependeriam do colégio, e da Vampiria. Não era de forma alguma o que eu achava. Se eu tinha aprendido alguma coisa desde que chegara ali, era que as duas instituições precisavam de mudanças sérias.

— Teremos muitas conversas importantes sobre essas ideias daqui a pouco, meninos e meninas — disse o diretor Atherton. — Em primeiro lugar, lembremos que Harcote é uma instituição de ensino. Não é lugar para política. Qualquer discussão de teor político fora de sala de aula pode caracterizar infração do Código de Honra. Isso inclui discussões *por escrito*. Qualquer aluno que tiver informações sobre esse tipo de atividade deve se apresentar e relatá-la para mim. Vamos nos concentrar em nos recuperar e entrar com o pé direito no Dia dos Descendentes! Os Melhores dos Melhores, sempre juntos.

Quando fomos dispensados, eu estava pinicando de nervoso pela proximidade com o diretor Atherton. Queria encontrar Taylor, mas Galen voltara a segurar minha mão, e o diretor Atherton ainda não acabara com a gente.

— Esperem aí, meus líderes estudantis preferidos! Como presidente do nosso conselho, o sr. Castel veio ao campus hoje, devido ao *ocorrido*. Ele gostaria de conversar com seus mentorados.

29

KAT

— Por que ele quer falar com *a gente*, no meio disso tudo? — cochichei para Galen enquanto acompanhávamos o diretor Atherton ao Velho Monte.

Galen me olhou, resignado, mas não respondeu. Conforme nos aproximávamos do Velho Monte, sua postura ia se enrijecendo com aquele autocontrole de alta pressão que ele sempre demonstrava em relação a Victor Castel. Fazia ele parecer quase outra pessoa, toda a confiança arrogante envolvendo-o como uma armadura. Apertei a mão dele.

O diretor Atherton nos levou a uma sala onde Victor nos aguardava. O terno elegante e os sapatos engraxados dele faziam até a sala de aula impecável parecer meio vagabunda. A aparência dele era diferente de quando eu o conhecera em sua casa; de certa forma, agora ele parecia mais poderoso, mais intimidador. Como se fosse possível ver sua idade, mesmo que não fosse. Ele parecia maior, mais vasto, como se exercesse uma força gravitacional ao redor da qual tudo girava.

Victor olhou nossas mãos unidas.

— Muito bem, Galen.

Enquanto eu tentava não fazer uma careta, Galen abaixou a cabeça.

— Obrigado, senhor. Sabendo que o senhor via algo em Kat, eu também comecei a ver.

Nós nos sentamos ao redor da mesa de seminário. Victor nos observou por cima das próprias mãos cruzadas.

— Por que acham que vim visitar o campus hoje?

Olhei de relance para Galen. Ele não parecia pronto para falar, então eu respondi:

— O senhor é do conselho, e um professor aqui faleceu. Foi o que o diretor Atherton disse.

Era a resposta errada. Victor voltou a atenção para Galen.

— Há quatro outros membros no conselho. Dois são meus pais. Eles não estão aqui — disse Galen. — A morte de Leo Kontos é importante para além do fato de ser professor aqui.

— Correto — disse Victor, com precisão.

Vergonha ardeu no meu rosto. Galen não sabia nada do sr. Kontos, não como eu sabia. Ele só adivinhara aquilo porque Victor aparecera.

— Qual é essa importância? — continuou Victor.

Qual *era* o significado da morte de Kontos? Tentei formular uma resposta, mas eu não parava de pensar na dor no rosto de Taylor, no peso em seu olhar quando falava dele.

Victor me viu hesitar. Ele se debruçou na mesa e cerrou um punho.

— Deixe suas emoções de lado. O pensamento emotivo é inimigo do discernimento. Corrompe as decisões que devemos tomar pelo bem maior de todos os vampiros.

Não me parecia certo que emoções fossem inimigas da lógica e do discernimento. O que causava tristeza, raiva e ultraje eram as coisas com as quais nos *importávamos*, que valorizávamos. Substituir isso por uma racionalidade fria dava a entender que valores não eram nada.

Porém, engoli essas reservas. Victor estava certo — eu não podia me mostrar emotiva, e não apenas porque, de tanto querer impressioná-lo, estava suando. Eu também precisava descobrir o que Victor sabia do sr. Kontos. Quem saqueara o laboratório sabia da cura, mas ainda havia dúvida quanto a Victor ter tal informação.

— Há rumores de que o sr. Kontos era reunionista — falei, cautelosa.

— Era? — Galen me cortou com surpresa no rosto. — Mas reunionistas defendem integração. Como o sr. Kontos poderia ser reunionista e morrer se alimentando de um humano?

— Evidentemente, a moral dele era menos refinada do que ele acreditava — disse Victor.

Galen fez que sim com a cabeça.

— Então a morte dele demonstra isso. O sr. Kontos achava que humanos e vampiros pudessem viver lado a lado, mas estava tirando vantagem dos humanos. Era um hipócrita. Será um baque para o movimento reunionista.

— Achei que os reunionistas fossem fracos demais para representar uma verdadeira ameaça. Foi o que você me disse, Galen — falei. — Eles não podem curar a DFaC sozinhos, né?

— Claro que não — desdenhou Galen.

Ele pareceu sincero. Não fazia ideia do que o sr. Kontos descobrira.

O rosto de Victor não revelava nada. Sério, ele dirigiu seu olhar fundo para mim.

— Kat, em certo nível, a cura é irrelevante. O importante são as ideias. Os reunionistas preveem mudanças fundamentais no nosso estilo de vida. A Vampiria é uma arquitetura delicada. É um conjunto de circunstâncias que nos permite viver juntos. Foi preciso uma crise que quase aniquilou nossa espécie para criar a comunidade na qual os Sangue-Frescos tiveram a benção de nascer. Essa arquitetura poderia desmoronar. Não podemos permitir que isso aconteça.

— Mas é *mesmo* apenas questão de tempo até a DFaC ser curada — insisti, pois ele não revelara nada. — Pode acontecer logo. Especialmente com o trabalho da Fundação Black.

— Quando se chega à minha idade, *questão de tempo* tem um significado muito diferente — disse Victor, rindo da própria esperteza. — Todo ser humano vivo neste momento pode estar morto antes da cura ser desenvolvida.

Um calafrio me percorreu.

— O que acontecerá com a Vampiria, então? — perguntei. — O senhor nos pede para pensar no futuro, então deve ter um plano.

Ele me olhou com intensidade desconcertante.

— O que *você* faria em minha posição, Kat?

Eu sabia bem o que *eu* faria. Garantiria que todo vampiro pudesse ter acesso a Hema onde e quando necessário, o mais próximo de gratuito que fosse possível, como os reunionistas queriam. Eu criaria uma Vampiria na qual só precisasse me esconder de Guzman e Shelby se assim escolhesse. No entanto, não era aquela sua pergunta. Victor queria saber o que eu achava que *ele* faria. Eu podia até não desconfiar dele tanto quanto Taylor, mas nem uma molécula do meu corpo acreditava que Victor cederia às exigências reunionistas.

— Eu garantiria que houvesse outra coisa mantendo a Vampiria unida antes disso — falei.

Ele se recostou na cadeira, satisfeito.

— Então entende nossos objetivos.

— Como assim, *nossos* objetivos? Quem é o *nós*?

Victor e Galen se entreolharam com uma expressão que eu tinha bastante certeza de ser de concordância quanto à minha burrice.

— *Nós* somos a Vampiria, Kat — disse Galen, finalmente. — Quem mais seria?

Victor ajeitou a gravata.

— Kat, eu gostaria de conversar com você em particular. Galen, feche a porta ao sair.

Sem dizer nada, Galen obedeceu, e, de repente, eu estava a sós com Victor Castel. Minha boca secou. Os tentáculos do poder pareciam sair dele e envolver a sala, expandindo-a e preenchendo-a de pressão. Eu não me lembrava da última vez que ficara sozinha com um homem assim. Victor tinha centenas de anos, mas parecia poder ser meu pai, e eu me senti o mais jovem e faminta que jamais me sentira em sua presença.

Talvez ele pressentisse isso, pois abriu um sorriso para me tranquilizar.

— Não precisa ficar nervosa, Kat. Quero que você saiba que sua conduta hoje me impressionou muito. Estou orgulhoso de você.

Uma onda de choque deu lugar a uma sensação estranha e leve no meu peito. Victor Castel estava *orgulhoso de mim*. Minha mãe nunca me dizia coisas assim. Eu ainda ouvia o tom de desdém em sua voz quando eu contara de Harcote — *Sempre fico orgulhosa de você* —, como se fosse trivial demais para gastar a energia de dizê-lo. Eu sabia que tinha motivo para desconfiar de Victor, mas, ao mesmo tempo, ele parecia a única pessoa na minha vida que entendia por que eu fora a Harcote, para começo de conversa

— Eu, hum... obrigada — gaguejei.

— É um elogio muito merecido. Os Sangue-Frescos ficaram comovidos com suas palavras na assembleia, e seus comentários nesta reunião foram incisivos. Vejo muito potencial em você. Sei que esta oportunidade é mais importante para você do que para Galen.

O fato de Victor notar aquilo parecia uma validação, mas, ainda assim, senti o peito afundar. Aquela simples validação era tudo que eu podia esperar. O lugar à mesa de que Victor falara tinha o nome de Galen gravado desde que ele nascera. Nunca seria meu. Admitir que eu sabia disso era constrangedor, mas eu não aguentava mais Victor fingindo para proteger meus sentimentos.

— Só para deixar claro... eu entendo.

— O que entende?

Contive a vontade de fazer uma carranca.

— Galen é seu dentescendente. O senhor quer reconhecê-lo como sucessor, mas precisa parecer legítimo, merecido. Sem isso, ninguém vai respeitá-lo. Estou aqui porque não sou ninguém, para dar a impressão de verdadeira concorrência. Porém, acho que há outros modos de eu me beneficiar muito de, hum, aprender com o senhor. Sabe, não tenho mais ninguém com quem contar, nem mesmo com quem falar do meu futuro...

Larguei a frase no meio. Victor estava com uma expressão de leve humor, que fez eu me sentir infantil, o que me deixou irritada, de um jeito infantil. Eu podia ser ingênua quanto ao funcionamento da Vampiria, mas não era boba. Eu me endireitei para olhá-lo diretamente.

— Não vejo nada de especialmente engraçado nisso — falei.

— Perdão, Kat, não é engraçado. Mas não sei de onde tirou a ideia de que escolhi Galen como algum tipo de sucessor. Primeiro, não planejo ir a lugar nenhum tão cedo. Segundo, Galen nunca teve minha confiança total.

— Mas tudo que ele quer é impressionar o senhor.

Victor coçou o queixo, desmerecendo aquilo.

— Mesmo assim, ele ainda não provou ser capaz de ser independente. Mas você, Kat, é diferente dele. Eu tenho observado você. Vejo sua disposição. Vejo pistas, aqui e ali, da líder Sangue-Fresco que você poderia ser, se direcionássemos essa disposição no sentido certo. Você teria interesse nesse tipo de parceria entre nós dois?

— *Sim* — falei.

Eu não sabia exatamente o que ele oferecia, mas sabia o que queria dizer: a chave do futuro com o qual sonhava.

— Que bom. Continue a me impressionar assim, e minha decisão será fácil.

O tom dele era casual, como se fosse o fim de uma reunião de negócios, e não um acordo que poderia mudar a trajetória da minha vida.

— Uma última coisa: soube do diretor que sua mãe não confirmou presença no Dia dos Descendentes. Eu gostaria de me oferecer para acompanhá-la no fim de semana.

Eu definitivamente tinha desmaiado, e meu cérebro estava escorrendo pelos ouvidos. Pensar no Dia dos Descendentes me dava vontade de me enfiar na cama e hibernar até a primavera. Depois do que eu fora obrigada a admitir na assembleia, seria ainda pior do que eu esperava.

No entanto, se Victor me acompanhasse, eu não estaria sozinha. Passaria o Dia dos Descendentes com alguém que poderia sentir orgulho de mim. Eu só não sabia se merecia aquilo.

Hesitei.

— Não seria estranho?

— Por quê?

— Porque o senhor é presancestral de Galen. E porque eu... eu não sou ninguém.

— Prometa uma coisa, Kat: prometa que nunca mais dirá isso sobre você.

TAYLOR

Eu estava olhando o computador fazia muito tempo, porque era assim que eu queria que Kat me encontrasse: tranquila na internet, nada preocupada com ela.

Kat estava *namorando Galen*. Os sinais eram inconfundíveis. O toque dele no ombro dela no almoço. As mãos dadas no púlpito. Os olhares que trocaram, como se estivessem se comunicando em uma língua secreta bem na frente do colégio todo, como se nenhum de nós fosse ver — como se *eu* não fosse ver.

Evangeline estava certa: Kat era uma causa perdida. A pedra rolando colina abaixo para me esmagar, de novo e de novo, sempre que eu me postasse em seu caminho.

Quando ela passou pela porta, tinha o rosto corado do vento frio de outono e o cabelo arruivado embolado no cachecol, e, ao me ver, seus olhos castanho-claros pareceram ganhar vida.

— Você não vai acreditar no que aconteceu! — disse ela.

— Aimeudeus! Foi você cuspindo propaganda vampírica na frente da escola toda? Porque, infelizmente, tive que ver com meus próprios olhos.

Os ombros dela murcharam.

— Você sabe que o diretor Atherton escreveu os discursos e foi Galen quem aceitou ler. Acha que eu queria falar aquilo tudo sobre meu pai e meus presancestrais?

— E aquelas mentiras sobre Kontos, que você sabia que não eram verdade?

— *Shhh!* Tem uma servente no corredor — disse ela, irritada. — Ela pode escutar.

Antes que eu reparasse o que estava fazendo, peguei Kat pelo braço e a arrastei até o banheiro. Abri o chuveiro.

— Agora não vai ouvir.

Kat estava ofegante. Estávamos bem próximas. Admito que não considerara como o banheiro era pequeno ao pensar naquela solução.

— Você sabe que foi o diretor Atherton quem escreveu os discursos. Eu *precisei* ler.

— Ninguém estava com uma faca no seu pescoço. Você podia ter dito o que quisesse. Como a verdade, por exemplo.

— Então você pode se esconder no anonimato, mas eu tenho que me apresentar na frente da escola toda e inventar um grito de guerra de improviso? Estava todo mundo vendo.

— É, vendo você nos lembrar de sermos bons vampirinhos comportados. Fiquei surpresa de não terem arranjado coroas para nosso novo rei e rainha usarem ao se dirigir à plebe.

— O que você quer dizer com isso? — cuspiu ela, avançando um passo.

Mal havia espaço entre nós.

— Por que você não me contou que estava namorando Galen?

— Eu... eu não achei que você fosse se importar.

Torci a boca. Ela não achava que eu fosse me *importar*?

— Seria bom saber que metade dessa duplinha de investigadoras excêntricas estava dormindo com o inimigo.

— Eu não... ele não...

— Não lembra que — interrompi —, hoje cedo, nós duas concordamos que os Black tinham um bom motivo para querer matar Kontos? Caso você não tenha notado, Galen é Galen *Black*, e, portanto, é suspeito. Pela relação transitiva!

— Galen é um aluno do penúltimo ano do ensino médio, não parte de uma conspiração da Vampiria, e na verdade também não é uma pessoa horrível.

— Ele é um babaca metido.

— O que não o distingue em nada de todos os outros harcotinhos. Por que você odeia ele tanto assim?

Congelei. Eu odiava Galen por um milhão de motivos. Alguns, eu entendia: Galen agia como se tivesse sido criado por lobos em um chalé suíço, namorava a menina por quem eu estava apaixonada, e a menina com quem eu andava transando o escolhera para o papel de Marido em sua vida dos sonhos heterossexual. Mas a verdade era que eu me ressentira de Galen muito antes de Kat aparecer, antes mesmo de eu começar a me envolver com Evangeline. Era aí que minha compreensão ficava um pouco vaga. Por *que* eu o odiava tanto assim?

Eu odiava o cabelo incrível dele, muito parecido com o meu, mas, de certa forma, incomparavelmente *mais bonito*. Eu odiava o fato de ele estar sempre cuidadosamente arrumado, mas nunca parecer ter se esforçado para isso — odiava que ele ficasse perfeito de terno, enquanto eu precisara revirar araras na seção masculina da loja antes do Baile da Fundação, na esperança desiludida de vestir algo que não fizesse eu me sentir que nem uma espiga de milho. Odiava que ele soubesse arquear a sobrancelha como se estivesse presa a um fio de marionete, e eu não, apesar de eu ter mil fantasias de fazer uma menina bonita derreter apenas com um movimento de sobrancelha. Não era que eu quisesse ter sido criada por lobos em um chalé suíço, mas queria, uma vez sequer, parecer que tinha.

Eu não podia dizer isso. Kat estava me observando, hesitante. Ela sabia que eu ia mentir.

— Ele se recusa a me contar que produtos usa no cabelo. É imperdoável.

Kat suspirou.

— Se eu disser que seu cabelo é bonito que nem o dele, você vai superar?

Mordi o lábio.

— Não custa tentar.

Ela me encarou com aqueles olhos castanho-claros. Dava na mesma ter me segurado pela garganta.

— Taylor, seu cabelo é tão bonito quanto o do Galen. Na verdade, acho que ainda mais.

Apertei a boca com muita força, os dentes enfiados na carne no esforço de esconder o quanto aquilo me desmontara completamente.

Kat me olhava, cheia de expectativa. Eu sabia que estava pensando nele, mas queria que estivesse pensando em mim.

Eu queria *ela*.

De repente, doeu fisicamente, como se todo músculo do meu corpo sentisse cãibra por causa da pressão da presença de nós duas naquele banheiro minúsculo. Como Kat podia me amar o bastante para tentar fazer eu me sentir melhor, mesmo sem entender o problema, e ainda assim não *me amar*? A injustiça disso fazia até as coisas boas doerem. Tinha ficado tão grave que eu nem conseguia fazê-la rir sem sentir uma pontada brutal do que nunca teria dela.

Pensei, pela primeira vez, que não sabia por quanto tempo aguentaria fazer aquilo.

— Melhor? — perguntou Kat, esperançosa.

Sacudi a cabeça em negativa. Em seguida, dei meia-volta e saí do banheiro, deixando-a lá com o chuveiro ligado.

30

KAT

Já era meio de novembro e, todo dia, a grama reluzia com a geada. Fiquei agradecida pelos suéteres arrumadinhos e sobretudos que o Benfeitor botara no meu armário.

Pensei que o tempo ajudaria, mas os dias passados desde o beijo — o *beijo* — não tinham ajudado em nada para atenuar minha memória. Eu mal conseguia olhar para Taylor sem pensar em beijá-la. No dia em que ela me puxara para o banheiro, depois da assembleia, eu achara que ia entrar em combustão apenas por estar tão perto dela. A última coisa que eu queria era falar de *Galen*.

Infelizmente, os últimos dias também não tinham mudado o que Taylor sentia. Ela ainda estava irritada pelo que eu dissera na assembleia — o que me enfurecia, porque ela sabia que eu não acreditava naquilo — e por eu não ter informado que estava namorando Galen — o que também me enfurecia, porque ela não me contara que estava com *Evangeline*, que era pior do que ele literalmente de todos os modos.

Na aula, eu começara a notar Evangeline olhando para Taylor, como se não estivesse apenas sonhando em despi-la, mas em desmontá-la completamente. Provavelmente era muito sexy ter um relacionamento secreto. Apesar de eu não entender bem por que precisava ser secreto. Esperava que fosse por Evangeline ainda não estar pronta para sair do armário, porque se um pingo daquilo fosse por ela ter vergonha de Taylor, eu enfiaria uma estaca no coração de Evangeline pessoalmente.

Ultimamente, Taylor passava todo o tempo livre na produção técnica da peça de Evangeline, que estava sendo ensaiada em preparação para o Dia dos

Descendentes. Uma voz no fundo da minha mente insistia em perguntar se era mesmo ensaio, ou se estavam fazendo outra coisa juntas, mas não era da minha conta. Taylor era demais — sentimentos demais, encrenca demais, distração demais.

Eu tinha que me concentrar em outras coisas. Como em Galen. Que eu ainda estava namorando.

Galen e eu nos encontramos na biblioteca. No instante em que entramos na Coleção Estendida, antes mesmo de chegarmos ao cubo de gelo bizarro da Estante, ele me girou e me beijou.

Ele me pegou inteiramente de surpresa, o que me fez perder o fôlego. Inspirei o cheiro dele, um perfume bem de adulto e um toque de Hema no hálito. Ao retribuir o beijo, tentei me perder no ato, mas pensamentos de pânico me surgiram.

Gosto disso o bastante? Como exatamente é um beijo? É para eu relaxar mais ou já estou parecendo excitada? E por que estou pensando tanto nisso? Quando vai começar a ser bom? Por que não me sinto bem?

As mãos de Galen me tocavam inteira, e as minhas estavam só caídas que nem peso morto na ponta dos braços. Eu devia tocá-lo também, mas fazer isso me parecia impossivelmente estranho — *como* era para tocá-lo? De repente, meus olhos arderam com lágrimas traidoras. Eu me afastei. Foi a primeira coisa certa que fiz na vida inteira que se passara desde que ele grudara a boca na minha segundos antes.

Ele me fitava com seus olhos cinzentos, através de cílios tão densos que pareciam roubados de uma boneca. Eu tinha certeza que ele notaria, pela minha postura tensa, que havia algo errado ali.

Mas aí ele curvou a boca em satisfação.

— Passei o dia querendo fazer isso — falou, rouco.

Senti o peito afundar, de alívio, ou talvez decepção, e me desvencilhei de onde ele me pressionara contra a porta.

— É para a gente *trabalhar*.

Eu gostava dele. Gostava mesmo. Mais ou menos. O problema era que eu queria gostar mais dele, ou gostar de um jeito diferente, ou... eu não sabia bem. As afetações dele — a sobrancelha arqueada, a voz grave — tinham parado de me irritar há semanas. Eu as entendia agora como uma espécie de armadura, mesmo que ele não tivesse me mostrado exatamente o que estava protegendo. O rosto impecável, os ângulos perfeitos, como se a luz e as sombras tivessem sido inventadas para delinear perfeitamente o herdeiro da Vampiria. Ele tinha tanto, mas, ainda assim, nunca conseguira aquilo de que precisava, e estava feliz comigo. Ele merecia isso, não?

Contudo, quanto mais pensava assim, mais ouvia a voz fraca no fundo, que perguntava: e *eu*, o que merecia?

Quando Galen conseguiu uma permissão especial do diretor Atherton para passar o fim de semana fora do campus, foi um certo alívio. As provas de fim de semestre não estavam tão distantes, e eu fiquei feliz de ter a oportunidade de fazer lição de casa. Quando ele voltou, na noite de domingo, me mandou mensagem pedindo para eu encontrá-lo no conjunto residencial masculino. Fingi não notar o olhar irritado de Taylor do outro lado do quarto enquanto abotoava meu casaco para ir encontrá-lo.

Eu só tinha ido ao conjunto residencial masculino umas poucas vezes. Era exatamente igual ao feminino — quatro residências ao redor de uma praça central —, mas parecia menos preocupado com aparências. Alguém entalhara um pinto no tronco do carvalho no centro da praça.

Galen saiu da residência parecendo especialmente sedutor, o colarinho do sobretudo de lã preto levantado, as mãos enfiadas nos bolsos. O vento soprou uma mecha de cabelo em sua testa. Contudo, quanto se aproximou, vi que seu rosto estava franzido com rugas de tensão.

— O que houve? — perguntei.

Ele levantou as duas sobrancelhas de surpresa; talvez achasse que estava disfarçando melhor. Ele olhou para trás de relance. Alguns alunos do segundo ano andavam pela praça. Ele pegou minha mão.

— Vamos caminhar.

Galen me conduziu à área esportiva. Tentei não pensar em Taylor ao cruzar o campo de lacrosse, na direção da área em que a grama aparada encontrava as árvores e, logo atrás, a cerca que delimitava o campus.

— Você está me deixando nervosa, Galen. Fale alguma coisa.

Ele estava tão tenso que os ombros chegavam às orelhas.

— Você me pediu para ver o quanto a Fundação estava próxima da cura — começou ele. — Francamente, foi mais difícil do que eu esperava. Eu deveria ter acesso a tudo. É para eu assumir o lugar dos meus pais um dia. Nada deveria estar escondido de mim. Mas todos os meus pedidos tinham sido negados — falou, com um suspiro frustrado. — Esse fim de semana, fui pessoalmente à sede da Fundação. Teriam que me mostrar o que eu pedia, ou negar na minha cara. Mas a pessoa para quem ligaram pedindo para me explicar foi meu *pai*.

— O que ele disse?

Galen olhou para trás de novo. Achei um gesto paranoico, mas talvez necessário.

— Nada. Eles não têm nada.

— Fala sério, fala a verdade.

— A verdade é *essa*. Ele disse que eles não estão nem perto de achar a cura — disse ele, engasgando com uma gargalhada triste. — É a Fundação Black *pela Cura*, né? Temos todos os recursos da Vampiria. Você provavelmente está se perguntando como fracassamos completa e totalmente na *única merda pela qual somos responsáveis*.

De repente, ele abaixou o tom, e soou semelhante ao que eu imaginava ser a voz de seu pai.

— Eu não deveria te contar isso. Não deveria nem falar disso. É *coisa de família*.

Ele passou a mão pelo cabelo, como se o que quisesse mesmo fosse cerrar o punho e arrancar tudo. Peguei as mãos dele e o forcei a soltar o rosto.

— Galen, olhe pra mim.

Com certo esforço, ele me dirigiu os olhos frenéticos.

Quando pareceu um pouco mais estável, eu falei:

— Me explique. O que a Fundação está fazendo?

— Não está procurando a cura de verdade — falou, pesado. — Eles *estão* financiando pesquisas. Mas usam o dinheiro para manter os resultados particulares. Patenteados. Se um ensaio tem sucesso, nunca permitem a publicação. Trancam no cofre, mas daria na mesma jogarem no incinerador. Os cientistas todos são hipnotizados para guardar segredo.

— Então nada de pesquisa, de progresso, de cura — falei. — Não entendo. Eles não *querem* curar a DFaC?

— Foi o que pensei! Eu tinha orgulho de ser Black... do meu nome ser sinônimo da cura da doença. Sei que meus pais estavam nisso pelos vampiros, mas os humanos também eram importantes para mim. Era a marca que deixaríamos no mundo — disse ele, sacudindo a cabeça. — Mas a marca que eles querem deixar é... doença, sofrimento, morte.

— Mas por quê? — perguntei. — Por que fazer isso tudo?

— Meu pai não me contou. Disse que eu precisava confiar nele. Disse que *o mundo é complicado*. O que há de complicado em *curar uma doença*? Kat, o que eu faço?

Ele me olhava com uma vulnerabilidade tão dolorida que me fazia querer voltar correndo à Hunter. Eu não sabia o que fazer com aquela dor, assim como ele. O que eu queria, mais do que tudo, era encontrar Taylor.

Apertei a mão de Galen.

— Tire um tempo para pensar, e vai saber o que fazer.

Ele soltou um suspiro pesado.

— Acha mesmo?

— Com certeza — garanti.

TAYLOR

Eu estava no palco com Evangeline, marcando as posições dos objetos de cena, quando Kat veio correndo pela plateia.

— O que você está fazendo aqui? — gritou Evangeline. — O ensaio é fechado!

— Preciso falar com a Taylor — disse Kat.

— Não pode esperar uma hora sequer? — disse Evangeline.

— Se pudesse, eu estaria aqui? — gritou Kat.

— *Taylor!* — gritaram as duas, em uníssono, me causando uma convulsão.

— Vai ser só um segundo, prometo — falei, pulando do palco e indo até Kat. — O que foi?

Ela olhou muito intensamente para Evangeline.

— Tá, vem cá — falei.

Ela me acompanhou até os fundos do teatro, subindo a escada apertada e pintada de preto que levava à cabine.

— Ela não vai ouvir? — perguntou Kat.

— Só se você berrar — falei. — O que foi?

— Acabei de falar com Galen. Não tem cura.

— Tá, mas quão perto eles chegaram?

— Não, a Fundação Black *não está procurando cura para DFaC*. Estão é tentando impedir que alguém descubra.

Ela me contou tudo que soubera de Galen.

— Se a Fundação Black é falcatrua, então a cura de Kontos é uma ameaça ainda maior do que imaginamos — falei.

— Precisamos expor eles. Acho que devemos contar para Victor.

— Espera aí, não sou a favor de contar porra nenhuma para Victor.

— Bom, a gente precisa contar para *alguém*. Não acho que o diretor Atherton seja boa opção — disse ela.

— Nem o cara que transformou Simon Black, que é presancestral de Meera Black, e que literalmente *controla em segredo a organização que você acabou de descobrir que é uma fraude!*

— Ele não controla...

— Ele é do conselho e custeia tipo metade da fundação. Mas certamente é pura coincidência a Fundação Black esconder as pesquisas que acabariam com o mercado de Hema.

— Eu sabia que você diria isso. Só não acho *impossível* os Black terem feito isso sozinhos. Não há prova nenhuma do envolvimento de Victor.

— Por que você vive defendendo *seu querido Victor*?

Os olhos de Kat faiscaram.

— Porque ele me apoiou muito, tá? Ele acredita em mim. Não quero trair ele sem motivo. Além do mais, não acho mesmo que ele faria isso. Ele... ele é legal comigo.

Eu bufei.

— Você espera que eu acredite que um homem poderoso que nem ele, e um vampiro velho assim, é *legal*?

Ela começou a andar em círculos, o que não era muito possível numa cabine daquele tamanho, e estava me deixando tensa.

— A gente precisa voltar ao princípio — disse ela, insistente. — O que sabemos com certeza é que a sra. Radtke contou ao diretor Atherton que o sr. Kontos era uma ameaça.

— Faz *semanas* que digo isso!

Ela parou de repente.

— E o diretor Atherton? Ele sabia que o sr. Kontos estava fazendo *alguma coisa*. E, diferente da sra. Radtke, tem muito a perder se a cura for descoberta.

— E o que seria?

Ela abriu os braços.

— *Isso*. Harcote e os Sangue-Frescos são tudo para ele. Ele fala disso o tempo inteiro. Esse colégio é o sonho dele, e a convivência com vampiros jovens... ele gosta *muito* disso, sabe?

Fiz uma careta. Atherton tentava variar entre figura de autoridade e um dos jovens com entusiasmo assustador. No ano anterior, o clube de frisbee tinha sido forçado a competir fora do campus, para ele não se meter nos jogos.

— Ele é basicamente um adolescente desde a Guerra Anglo-Americana de 1812. Não há tantos outros vampiros transformados quando jovens — admiti.

Kat se agarrou àquilo.

— *Exatamente*. Se a DFaC for curada, vão voltar à transformação, e seremos os últimos Sangue-Frescos. A escola vai fechar. Ele vai perder tudo.

Era um bom argumento, mas eu não conseguia deixar de sentir que era só enrolação.

— Então o que quer fazer, invadir a sala do Atherton? Ver onde ele guarda arquivos secretos sobre assassinatos no baile?

— Podemos começar por aí — disse Kat.

Quase engasguei.

— Você está falando sério? Quer invadir a sala do Atherton?

— Por que não? — disse ela, indignada. — A gente invadiu o Prédio de Ciências. E tecnicamente a Hunter, na volta.

— Isso já está em outro nível.

— *Tudo* está em outro nível agora. É pelo sr. Kontos. Pela cura.

Parecia um pouco manipulador. Porém, eu prometera a mim mesma que faria justiça por Kontos. Não podia voltar atrás agora.

31

TAYLOR

Falei para Kat que topava, mas era ela quem teria que se virar para descobrir exatamente como entraríamos na sala de Atherton. Honestamente, não achava que ela seria tão eficiente. Meros dois dias depois, ela me chamou para sua escrivaninha no quarto. Tinha aberto no computador uma planta arquitetônica do Velho Monte.

— De onde você tirou isso? — perguntei.

— A Estante tem uma seção inteira de história de Harcote. Você sabia que o diretor Atherton na verdade comprou o colégio na década de 1960?

— Sério? Mas supostamente o aniversário de vinte e cinco anos é agora. Por que ele compraria um internato antes mesmo de nascerem os primeiros Sangue-Frescos?

— Não sei. O importante é que o Velho Monte é, como o nome indica, velho. Originalmente foi construído como uma espécie de mansão residencial para a família Harcote, e anos depois, transformado em um prédio da escola. Foi antes de ter aquecimento central. O luxo da época era construir passagens secretas entre as paredes, para criados aquecerem os quartos sem serem vistos. Quando o colégio foi instalado, fecharam as passagens.

— Mas elas ainda existem — falei.

Kat confirmou com a cabeça.

— Conferi ontem. Tem uma entrada perto do banheiro do segundo andar, que não seria difícil de abrir. Fica escondida atrás de um quadro. E deve nos levar diretamente a...

Ela fez o caminho com o dedo na tela. A passagem acabava na sala de Atherton.

Cocei a testa.

— E acha que vai estar aberta do outro lado?

— Vale tentar. Por que ele fecharia lá dentro, onde os alunos já não vão de qualquer forma?

— Tudo bem.

Talvez fosse só a ideia de andar por dentro das paredes do Velho Monte que me deixava incomodada, mas eu não gostava do plano.

— Quando vamos fazer isso? — perguntei.

— Durante o jogo de lacrosse de amanhã. Todo mundo estará assistindo, e o diretor Atherton vai ficar especialmente distraído com a presença de humanos no campus.

— Não é para você ir ao jogo de lacrosse? — perguntei. — Galen é capitão do time.

Ela desdenhou do comentário com um gesto.

— Ele vai estar tão concentrado no jogo que nem vai notar minha ausência. Além do mais, isso é mais importante.

E foi assim que acabei escondida no banheiro do segundo andar do Velho Monte até fecharem o prédio, para conseguirmos tirar um quadro de um metro e meio de altura da parede (mais difícil do que parece). Atrás do quadro, como Kat prometera, estava uma pequena porta, disfarçada pelos painéis da parede. Nem estava trancada.

— Viu? — disse Kat, satisfeita, ao abrir.

Olhei para dentro da passagem, sentindo arrepios. Diante de mim havia escuridão, poeira, e mais escuridão.

— Se seguirmos pela esquerda, devemos encontrar escadas para descer — continuou Kat.

Apontei o quadro.

— E vamos só largar isso aqui até voltar?

— Vai ser tranquilo, Taylor.

Eu odiava cada segundo naquelas paredes. Vampiros enxergam bem à noite, mas aquela passagem era inteiramente escura, exceto pela luz da lanterna do celular, e era muito estreita. Eu mal podia esperar para sair, mas, quando Kat chegou à porta que disse que levaria à sala de Atherton, eu hesitei. O nervosismo que eu sentia não era só de claustrofobia.

— Tem certeza disso? — cochichei. — A gente vai se meter numa encrenca séria se for pega.

— Desde quando você se importa com encrenca? — perguntou ela, irritada, e eu me encolhi. Não literalmente, pois não havia espaço, mas, por dentro, parte de mim queria se esconder dela. Eu tinha direito de me importar com os riscos que estávamos correndo. Eram meus riscos também, e aquilo era imprudente. Achei que Kat entendesse que eu não ia atrás de encrenca à toa.

— É a sala do diretor Atherton — sussurrou.

Havia algo de inconstante e descuidado nela. Naquele momento, eu não gostava nem um pouco dela.

— Eu sei que é — insistiu.

Ela empurrou a porta com todo seu peso. Ouvi um rangido, e um baque, e de repente caímos da passagem no chão acarpetado da sala de Atherton.

KAT

Eu me levantei, cambaleante. A sala estava escura. Estávamos sozinhas.

— Que palhaçada do caralho — resmungou Taylor, do chão.

A gente estava *a um passo* de solucionar o mistério, então é claro que Taylor estava agindo como se não desse a mínima. Ela odiava o diretor Atherton, mas tinha sido surpreendentemente difícil convencê-la de que ele tinha motivos, de tão insistente que ela estava com Victor. Eu também desconfiava de Victor, mas precisava pesar aquilo contra a pessoa que conhecia: a pessoa que prometera me ajudar, que falara da nossa futura parceria, que vira algo em mim. Eu não podia simplesmente dar as costas a alguém que me oferecera tanto. Além do mais, mesmo que Victor fosse contra os reunionistas, ele não parecia do tipo que sujaria as próprias mãos. Era impossível imaginá-lo invadindo o laboratório do sr. Kontos, ou armando uma arapuca para assassiná-lo. O diretor Atherton, por outro lado, emitia uma energia esquisita, e tinha tido oportunidade: nenhuma de nós o vira durante o baile.

A gente só precisava de provas.

Girei a lanterna do celular ao redor da sala. Eu nunca entrara na diretoria antes. O que quer que eu esperasse, não era *aquilo*. Por um lado, era totalmente vampírico. O brilho da lanterna atingiu uma pintura a óleo bizarra de um monstro morcego de terno atacando uma mulher magra, de pele de porcelana. Em uma prateleira, um troféu de cristal por Excelência em Educação Particular era exposto entre um molde odontológico de dentes de vampiro, e uma espécie de ave empalhada. Ao mesmo tempo, a sala definitivamente tinha certa atmosfera de *aspirante a playboy*. Um canto era lotado de equipamento esportivo: taco de lacrosse, frisbee de competição, uma bola de basquete toda autografada. Um console de videogame empoeirado fora deixado de lado. Na estante, notei uma lombada amarela de *Redes sociais para leigos*. Talvez fosse a coisa mais constrangedora que eu já vira.

— Vou olhar a mesa — falei.

— Legal. Eu vou só... xeretar aleatoriamente e esperar encontrar alguma pista.

Abri uma das gavetas de arquivo.

— Você não precisava ter vindo.

Taylor bufou em resposta.

Fui repassando as pastas de arquivo. Taylor estava certa: eu não sabia o que estávamos procurando. O diretor Atherton não era burro a ponto de ter colocado uma etiqueta de ASSASSINATOS COMETIDOS em uma daquelas pastas. Mas *alguma coisa* devia estar ali.

Quando uma pasta me chamou a atenção, não era o que eu esperava.

KATHERINE FINN

Meu coração martelava até os ouvidos quando abri a pasta. A primeira página era minha inscrição, com um comentário escrito à mão: *PRIORIDADE*. Que esquisito. Eu me inscrevera em janeiro, e demorara tanto para receber resposta que achava que tinham perdido o arquivo. O documento seguinte era meu pedido de bolsa, acompanhado de um e-mail impresso.

Para: Atherton@ColegioHarcote.edu
De: Castel@CasTech.com

Dê a Katherine Finn tudo de que ela precisa. Torne impossível sua recusa. Como discutimos, quero me manter anônimo.

— V

Empalideci. *Victor* estava financiando meus estudos. Era ele o doador anônimo, o Benfeitor que pagara minha mensalidade, minha hospedagem, minha alimentação, que enchera meu armário de roupas, que me mandara aquele vestido horrível para o Baile da Fundação. Ele queria que eu, especificamente, fosse a Harcote. Li *torne impossível sua recusa* de novo e de novo, mas não consegui entender. Uma coisa era ele estar interessado em mim depois de eu conseguir a mentoria e de ele me conhecer melhor. Mas por que ele quereria que eu fosse a Harcote antes mesmo de nos conhecermos?

— *Ka-the-ri-ne*... oi?

Levantei a cabeça. Taylor estava apontando a lanterna bem na minha cara.

— Encontrou alguma coisa?

Enfiei a pasta de volta na gaveta e a fechei.

— Não, nada.

— Pois eu, sim.

Taylor estava parada diante de um armário aberto. A lanterna iluminava um monte de notebooks, com cabos e fios pendurados para todo lado.

— Será que ele roubou uma loja de eletrônicos, ou...

— Os computadores do laboratório! — exclamei, pegando o notebook do alto da pilha, que tinha sido perfurado com furadeira. — Ele destruiu os HDs. Provavelmente achou que fossem a única cópia. Então ele definitivamente sabe da cura *e* do laboratório secreto.

— Você estava certa — disse Taylor, desanimada. — Tá feliz? Merda... ouviu isso?

Um som do corredor. Olhei a hora.

— Ainda está no meio do jogo de lacrosse.

— É, se chama intervalo — resmungou Taylor. — Minha vez de dizer que eu avisei.

— Como pode dizer isso, se achamos isso tudo?

— Se a gente for pega, *isso tudo* não vai fazer diferença!

— A gente definitivamente vai ser pega se ficar aqui discutindo em vez de fugir. Vem!

A gente se jogou de volta na passagem. Taylor puxou a porta e subimos com pressa a escada estreita em espiral e o corredor. Assim que saímos, chutei a porta para fechar e, juntas, penduramos o quadro no lugar. Estávamos correndo pelo segundo andar quando duas pessoas viraram a esquina.

Foi tudo muito rápido. Não pudemos fazer nada além de esperar a sra. Radtke e o diretor Atherton nos alcançarem.

32

TAYLOR

A gente tinha tomado no cu.

Depois de tudo que aguentei nesse colégio idiota, finalmente tinha explodido o Código de Honra e estava prestes a ser chutada porta afora.

O rosto de Atherton, cheio de cicatrizes de acne, estava vermelho do frio no jogo de lacrosse, e ele vestia um moletom da Harcote. Parecia ainda mais um aluno do que de costume, o que era confuso, já que eu estava bem convencida de que ele era também um assassino. O cabelo de Radtke estava preso no alto da cabeça em uma auréola de frizz. Ela apertava a boca em uma linha fina e pálida, e seu olhar ia freneticamente de mim para Kat.

— Boa noite, diretor, boa noite, sra. Radtke — falei, na minha voz mais educada. — Estamos ganhando o jogo?

A boca rosada de Atherton tremeu. Ele achava o espírito escolar irresistível.

— Está no intervalo. Estamos com um ponto de vantagem.

— Viva Harcote! — falei. — Bom, Kat e eu estávamos só…

— Sim, estavam só *o quê*? — perguntou Atherton. — O que traz vocês duas ao Velho Monte neste horário?

Kat pigarreou, enrolando.

— A gente, hum…

— Essas alunas fazem parte do Cineclube Francês — disse Radtke. — Assumi a liderança no lugar do sr. Kontos. Como o senhor sabe, diretor, ainda não somos um clube oficial, pois ainda precisamos de mais membros.

Nós três ficamos boquiabertos.

— Cineclube? — repetiu Atherton. — É inusitado para você, Miriam.

— É verdade que nunca me habituei ao cinema, mas sinto que já é hora de desenvolver conhecimento sobre esse tipo de arte — respondeu ela. — A srta. Sanger é uma grande cinéfila. Pedi para elas me encontrarem aqui para programarmos as exibições do resto do semestre.

Atherton nos olhava com desdém, procurando confirmação de que estava sendo enganado.

— Diretor, acredito que nosso assunto está resolvido — declarou Radtke. — Meninas, venham comigo.

Se eu queria acompanhar Radtke, minha arqui-inimiga vatra, um monumento vivo ao detergente de roupas sem cloro, pelos corredores do Velho Monte? Não queria. Porém, não tinha escolha. Kat e eu estávamos completamente à mercê de Radtke. Ela praticamente nos empurrou para dentro da própria sala e fechou a porta.

— Sentem-se — ordenou.

Nós nos sentamos.

Radtke ficou de pé do outro lado da mesa, massageando a pele finíssima das mãos e nos olhando com extrema consternação.

— Expliquem-se — falou.

Ao meu lado, Kat tremia que nem um coelhinho apavorado, a ousadia anterior completamente esgotada. Ela não parecia preparada para nenhum tipo de briga. No entanto, se fôssemos ser derrubadas, eu cairia lutando.

Enfim, às vezes é preciso ser direta.

Levantei o queixo.

— A gente sabe o que você fez. Você matou Kontos.

— *Taylor!* — gritou Kat, mas eu não a deixei me impedir.

— Mesmo que não com as próprias mãos, você ajudou a matá-lo. Acho que você é o próprio demônio — cuspi.

O rosto dela se contorceu em uma expressão azeda de quem chupava limão.

— Tenho meus defeitos, srta. Sanger, mas posso garantir que existem demônios piores do que eu.

— Não existem, não! — gritei. — Kontos achou que você fosse amiga dele. Ele *gostava* de você, porque era boa pessoa, e você o traiu.

Tinha começado como um bom discurso, mas de repente senti aquele vazio no peito, a ausência de Kontos no mundo, e me sentia capaz de chorar de tanto ódio de Radtke.

— Você não devia nem poder *falar* do Cineclube Francês. Era coisa *nossa*. Você não pode só fingir saber do que se trata.

— Ah, Taylor — disse Radtke, com carinho.

— Ah, Taylor, *o quê?*

Tentei soar indignada, mas minha voz falhou. Meu queixo tremeu.

Radtke deu a volta na mesa e se ajoelhou na minha frente. Não fazia sentido, mas seu rosto era o espelho do meu: uma bagunça de tristeza. Ela segurou minhas mãos. Eu deixei.

— Eu também sinto saudade dele.

Era *Radtke*, a anti-Kontos, a pessoa que eu acabara de acusar de seu assassinato, mas era impossível olhá-la sem reconhecer: nossos peitos tinham buracos idênticos, na forma de um bigode ridículo dos anos 1970.

— Eu sinto tanta saudade — consegui dizer, mas logo comecei a chorar mais do que chorara em semanas, como não chorava desde o dia em que eu e Kat tínhamos encontrado o laboratório secreto.

Eu tinha ficado bem quase aquele tempo todo, mas talvez o luto pudesse crescer do nada depois que entrasse na gente. E aí aconteceu a coisa mais esquisita: *Radtke me abraçou*. Ela me abraçou, chorando também. E mais esquisito ainda foi que eu me senti mesmo um pouco melhor, porque ela sentia a mesma tristeza que eu.

Ela se afastou e secou o rosto com um lenço de renda.

— Perdão por usar o nome do Cineclube Francês em vão, mas eu precisava afastar as duas de Roger, e Leo sempre falava com muito carinho de suas reuniões — disse Radtke, se endireitando. — Eu não matei Leo. Nós trabalhávamos juntos.

— Mas você é vatra — falei. — Olha só pra você.

Radtke estalou a língua.

— Eu imaginaria que a senhorita, entre todas as pessoas, srta. Sanger, pudesse compreender o fato de que eu não me importo especialmente com sua opinião sobre minhas vestes. Ou sobre mim, de forma geral. Não tenho concordância com os vatras. Os vatras falam de um estilo vampírico tradicional, mas imitam um passado que existiu apenas na ficção. Vampiros em castelos em ruínas, atraindo inocentes com seu charme irresistível. Eles esqueceram deliberadamente como a realidade era dolorida — falou, ajeitando a saia. — Eu me visto assim porque me ajuda a lembrar o que tinha quando humana.

Kat franziu a testa, com pena.

— São roupas de luto.

Radtke fechou a cara.

— Eu tive uma filha. Ela tinha dois anos quando fui transformada. Eu me forcei a nunca mais falar com ela. Ela faleceu há muito tempo, mas teve filhos, e agora seus bisnetos estão tendo filhos também. Francamente, parte de mim ficou agradecida quando surgiu a DFaC, pois assim os humanos estariam protegidos de nós. Até que um de meus descendentes desenvolveu complicações de DFaC crônica. Eu soube então que precisava fazer de tudo para impedir essa doença.

— Então a senhora é reunionista — disse Kat.

Radtke *concordou.*

— Srta. Sanger, Leo e eu conversamos sobre trazê-la para nosso grupo. Não sei o quanto ele comunicou à senhorita antes de falecer.

— Encontramos o laboratório — falei. — Sabemos da cura.

— O trabalho dele foi roubado antes que eu pudesse recuperá-lo.

— Por Atherton — falei. — Foi por isso que viemos aqui, para vasculhar a sala dele. Ele destruiu os computadores.

O olho de Radtke estremeceu.

— Espero que as duas percebam a tremenda tolice que é invadir a sala do diretor, e a sorte chocante que tiveram por eu estar presente aqui hoje. Porém, a destruição da pesquisa de Leo é uma notícia terrível. Com a perda de Leo e a perda de sua pesquisa, a causa reunionista será significativamente atrasada. Por décadas, provavelmente.

— O trabalho dele não se perdeu — falei. — Ou, pelo menos, acho que não. Ele me deu um HD para proteger. Ainda está comigo.

Antes de eu abandonar o Ação Climática Já!, exibiram uma compilação em vídeo de desprendimento de geleiras no mar — pedaços enormes de gelo simplesmente se soltando. Foi esse o nível de alívio absoluto que inundou Radtke. Chegou a fazer sua coluna retíssima relaxar, um pouco que fosse. Fiquei com medo de ela voltar a chorar, mas ela falou com sua compostura vitoriana característica:

— É mesmo uma ótima notícia. Entrarei em contato com minha rede para organizar uma entrega.

— Tem uma coisa que não entendi — disse Kat.

— Uma só? — perguntei. — Eu não entendi umas cinquenta.

Ela me ignorou.

— Sra. Radtke, a senhora não é vatra, mas deixa todos acreditarem que sim. A aula de Ética Vampírica fala sempre de sermos superiores a humanos, de humanos serem fracos. Por que ensinaria esse tipo de coisa?

— O que digo em sala de aula reflete o *currículo*, não minhas crenças pessoais.

Por dois anos, eu me arrastara a duras penas pela aula dela, imaginando que ela estivesse em uma missão pessoal de fazer lavagem cerebral com ideologia vatra.

— Deixa eu adivinhar: quem programa o currículo é Atherton.

Ela inclinou a cabeça.

— Roger é muito dedicado à ideia de nossa separação e superioridade. O currículo é programado para levar a certas conclusões. Posso garantir que eu adoraria contestar essa decisão, mas não posso arriscar minha posição no colégio. Construímos o laboratório em segredo, a grandes custos e tremenda dificuldade. O papel de Leo, como já sabem, era pesquisa. Ele era genial, o melhor em seu campo, talvez a única pessoa, entre humanos e vampiros, capaz de desenvolver uma cura sozinho. Meu papel é de representante do movimento em negociações, tais como ocorreram. Sempre foi uma vantagem nossa eu ser amplamente mal compreendida. Vampiros me percebem como tradicionalista, e, portanto, não me veem como ameaça à Vampiria. Em geral, acreditam quando digo estar apenas transmitindo uma mensagem dos reunionistas, e não ser parte do grupo.

— Ouvimos a senhora conversar com o diretor Atherton — disse Kat. — Semanas atrás... na noite do prazo da inscrição da mentoria. A senhora disse que o sr. Kontos era uma ameaça.

Outro tremor nos olhos.

— Essa conversa ocorreu *após* o toque de recolher, se me recordo bem. Victor Castel era a ameaça à qual me referia. Seu monopólio de Hema é perigoso e antiético. Eu estava pedindo a Roger para transmitir a Victor o recado de que os reunionistas tinham desenvolvido a própria cura. Estávamos dando a Victor a oportunidade de, antes disso, diversificar a produção de Hema. O movimento deu várias opções: quebrar a patente de Hema, montar centros de distribuição de verdade, vender a preço de custo, com subsídio para vampiros que não pudessem pagar.

— O que Victor disse? — perguntou Kat, em voz fraca.

— Ele nunca disse nada, mas acho que recebemos a resposta.

Engoli em seco.

— Foi Victor Castel quem matou Kontos, não foi?

Radtke torceu a boca.

— Alguém matou, certamente. O que fazemos coloca em perigo tudo que Victor Castel construiu. A riqueza dele, o império. A Vampiria em si. Acho que ele faria de tudo para se proteger.

KAT

Eu estava com a cabeça a mil quando a sra. Radtke nos mandou embora do Velho Monte. No entanto, não estava pensando nos computadores quebrados na sala do diretor, nem no que a sra. Radtke nos contara sobre os reunionistas, como deveria. Só conseguia pensar na mensagem de Victor.

Torne impossível sua recusa.

Qualquer que fosse sua motivação, ele e o diretor Atherton tinham conseguido: fora *mesmo* impossível recusar. A oferta do Benfeitor, de *Victor*, era tão boa que eu arriscara tudo para aceitar. Finalmente em Harcote, dependia dele para permanecer ali. Em todas as dezenas de vezes que me questionara para garantir que não violava o Código de Honra, por medo de dar ao Benfeitor um motivo para retirar minha bolsa, era em Victor que eu pensava. Além disso, ele me dera a mentoria e se oferecera para me ajudar a construir meu futuro — desde que eu continuasse a impressioná-lo. Ele sabia exatamente como entrar no vácuo deixado pelo meu pai e meus presancestrais. Até minha relação com Galen tinha seu toque. Victor se infiltrara em cada canto da minha vida. *Por quê?* Como ele sabia quem eu era?

Descendo o campus pela escada, Taylor interrompeu meus pensamentos.

— Então, voltando àquele papo de *eu avisei*...

— Você estava errada a respeito da sra. Radtke.

— Estou falando de *Castel*. Eu falei umas mil vezes que ele estava por trás disso, e Radtke acabou de provar.

Cocei a testa. Eu não sabia se encontraria as palavras para discutir com Taylor no momento.

— Ela não *provou* nada.

— Juro por deus, se você defender ele agora...

— A sra. Radtke disse que acredita que ele está envolvido! Pediram para ele tornar Hema mais acessível, e ele não respondeu. Isso não é crime.

Taylor parou no fim da escada e me olhou, boquiaberta.

— Não acredito. Castel fez lavagem cerebral em você? Você tem uma paixonite nojenta por ele, por acaso? Ele e Galen e esse lixo de mentoria... você não vê o que está bem na sua cara.

Rangi os dentes com tanta força que quase os quebrei. Taylor não fazia ideia do que estava *bem na minha cara*. Se Victor fosse *mesmo* tão ruim assim, o que aquilo significaria para mim? No melhor dos casos, eu perderia Harcote, o futuro que construía. No pior, poderiam achar que eu estava envolvida. Afinal, eu era mentorada por ele, assim como Galen, e minha mãe trabalhara na CasTech, assim com os Black — isso devia fazer parte da coisa, mesmo que eu não soubesse bem como.

— Preciso pensar, tá?

— Não tem no que pensar — cuspiu Taylor. — Ele é um canalha escroto metido num terno chique, e você se desdobra toda para protegê-lo.

— Porque estou tentando me tornar alguém, e ele... ele é parte disso.

Ela sacudiu a cabeça, como se estivesse muito decepcionada com o que eu dissera.

— Viu, é exatamente isso que odeio nesse lugar, porque força você a pensar assim. Você não precisa se tornar alguém. Você *já é* alguém.

— É a pior coisa do mundo querer mais, né? Você odeia que eu queira algo diferente da vida e não tenha medo de tentar. Quem não arrisca, não petisca.

— Essa é a maior burrice que já ouvi! Pelo menos, quem não arrisca, não se humilha e implora por restos.

— Imagino que você preferisse que eu estivesse pouco me fodendo para tudo, que nem você. Mas eu não sou assim... que nem você. Não vou deixar você me arrastar para o seu nível.

Taylor fez uma careta.

— Não se preocupe. Só tem lugar para uma pessoa *no meu nível*. Vou resolver toda essa *conspiração de assassinato* sozinha. Pode voltar a babar o ovo de Castel, Galen, Lucy e Evangeline.

— Acho que não sou só eu que fico babando na Evangeline.

— Ai, meu deus, você não tem porra nenhuma a ver com isso! — gritou ela. — Você está com o Galen! Por que se importa?

— Porque você é insuportável. *Sempre foi* insuportável!

Em um instante, Taylor me olhava intensamente, e, no segundo, não olhava mais.

Pois estava indo embora.

— Aonde você vai? — gritei.

Ela se virou para mim.

— Para o quarto. Que dividimos. E quando chegar lá, não quero falar com você. Sobre nada. Nada.

— Taylor...

— Já deu disso, Kat. Já deu de você.

33

TAYLOR

— O que você está fazendo aqui?

Abri os olhos e vi um teto pouco familiar — sem a inclinação do sótão, sem a bandeira colorida. O rosto de Evangeline Lazareanu pairava bem no meio.

A sensação em meu corpo era como se eu tivesse passado a noite toda imitando uma postura de velociraptor, e todos os meus músculos estavam duros de cãibra. Tentei esticar as pernas e bati em alguma coisa dura.

Ah. É. Eu tinha dormido no sofá no salão da Hunter.

Depois da briga, a última coisa que eu queria era voltar àquele quartinho idiota no quarto andar com Kat, mas era o que tinha *feito*, porque eu *morava lá*. Toda vez que a olhava, mais uma bolinha de uma raiva estranhamente trágica saía quicando dentro de mim, que nem uma máquina de pinball. Eu tinha tentado estudar. Tinha tentado ver um filme. Finalmente, tinha tentado dormir. No entanto, as bolinhas daquela raiva estranhamente trágica continuavam a me torturar. Porra, como Kat podia ainda estar tão investida no Victor Castel, em Galen, em Harcote? Como ela podia escolher aquilo tudo em vez de mim — quando eu estava *ali*, quando eu a *conhecia*?

Eu tinha ficado deitada, completamente acordada, no escuro. Tinha bastante certeza que Kat também estava acordada. Queria que ela quebrasse aquele silêncio ridículo de sono fingido mais do que jamais quisera que ela fizesse qualquer outra coisa. Queria que ela se explicasse.

Se desculpasse.

Prometesse que ficaria do meu lado.

O momento em que eu pensara naquilo era o momento em que abrira mão de tudo.

Kat *nunca* ficaria do meu lado — não do jeito que eu desejava, em que ela me amasse como eu a amava.

O tempo todo em que Kat estivera em Harcote, eu me iludira de que ela era alguém que não era. Eu me convencera de que ela estava fazendo pose para se encaixar, mas que a *verdadeira* Katherine Finn era a pessoa que eu via por trás daquilo. Porém, não *existia* ninguém por trás daquilo, não havia nenhuma diferença entre quem ela era e quem fingia ser. Kat me mostrara quem era, de novo, e de novo, e eu a ignorara. Eu estava agarrada a uma fantasia.

De repente, eu não estava conseguindo mais piscar, respirar, nem existir no quarto com ela. Certamente não conseguiria mais dormir.

Eu descera para a sala de estar, pegara uma das mantas esfarrapadas e adormecera no sofá.

O sofá em cujo encosto Evangeline estava debruçada.

— Se não me responder em dez segundos, vou chamar Radtke.

Eu me sentei. Músculos e articulações gemeram em protesto.

— Estou *dormindo*, caralho, o que parece?

— Tem algum problema na sua cama?

O dia ainda estava amanhecendo, e o brilho azulado iluminava a pele de Evangeline, pálida como gelo. Ela parecia um anjo — o tipo de anjo que ainda podia entrar no paraíso, e não o tipo forçado a governar o inferno. Devia ser tão cedo que mais ninguém estaria acordada, pois, se não fosse, Evangeline nunca estaria tão perto de mim.

— Me beije que eu respondo — sussurrei.

Ela virou o olhar azul brilhante para a escada por um instante, e levou a boca à minha. Eu me aproximei mais. Meu nariz estava cutucando a bochecha dela, e o dela, a minha, mas eu queria apenas a proximidade — como se parte de mim imaginasse que Evangeline pudesse ser quem me tiraria do fundo daquele poço, se soubesse que eu precisava ser salva.

Ela interrompeu o beijo.

— Alguém vai ver — repreendeu. — Sua vez.

Minha vez. Como se eu já não me sentisse patética. Eu já precisara negociar um momento de conforto, e o sol ainda nem nascera. Queria me encolher no espaço imundo, cheio de poeira e unhas quebradas, entre as almofadas do sofá.

— Kat e eu brigamos.

Havia um brilho de malícia no olhar de Evangeline. Eu cedi a meu desejo perverso de satisfazê-la.

— Foi por causa de Galen, de Castel, daquela palhaçada toda — acrescentei.

— Eu avisei.

Eu nem tinha energia para o sarcasmo dela.

— Eu sei.

Evangeline franziu a testa, torceu a boca. Abruptamente, arrancou a manta velha de cima de mim e a dobrou com agilidade.

— Pelo menos senta direito, antes que alguém mais desça. Não quero que ninguém veja *a garota com quem estou transando* numa fossa dessas.

Arregalei os olhos.

— Eu pesquisei, sabe — falou, levantando o queixo. — Como garotas transam.

E então ela foi embora, a manta debaixo do braço, me deixando para trás, acompanhando-a com os olhos.

KAT

Nossa investigação estava suspensa. Não que tivéssemos discutido o assunto. Taylor mal me dirigira a palavra desde o desastre no Velho Monte.

Passei a aula toda de Ética Vampírica vendo Taylor fingir que não estava pensando no que a sra. Radtke confessara para nós. Ela estava largada na cadeira: as pernas abertas, o braço enganchado no encosto como se fosse a única coisa que a impedia de cair no chão e os óculos escuros encaixados no cabelo, apesar do sol ter entrado em hibernação.

Porém, quanto mais a observava, menos convencida ficava de que ela estava mesmo fingindo. Afinal, qual era a diferença entre fingir que não se importava, e de fato não se importar? Ela estava sempre tão pronta para desistir, para deixar tudo para lá.

Era o que tinha feito comigo, afinal. Tínhamos ido embora da Virginia e eu nunca ouvira notícia dela de novo; tinha sido fácil assim ela acreditar que eu a abandonara. Eu só mandara aquela mensagem dizendo para ela não me procurar mais depois de duas semanas em que olhava para o celular a cada cinco segundos. Primeiro, esperava um pedido de desculpas por ter contado aos pais o segredo do meu presancestral, mas, depois, só queria alguma forma de contato — as desculpas podiam vir depois. Só que nada veio. Acabei brigando com ela porque achava que, no mínimo, ela responderia a isso.

No entanto, ela só me deixara para lá, como se eu nem tivesse importância. Era o que ela estava fazendo de novo. A mágoa dessa vez era diferente. Eu sabia que nossa separação anos antes tinha sido um mal-entendido, pelo qual nossos pais eram responsáveis, e que eu a culpara por me trair de um jeito que nunca traíra. Nas últimas semanas, tínhamos reconstruído aquela confiança, e algo ainda mais profundo, que eu não esperava.

Apertei a caneta com mais força. Mesmo depois de tudo, não conseguia parar de pensar na sensação de sua boca na minha.

Aquele beijo tinha sido apenas uma onda súbita. Viera do nada para me derrubar. Um dia eu voltaria a me levantar. Em breve.

— Tá tudo bem? — cochichou Galen para mim.

Eu me sobressaltei.

— Tudo, claro.

— Então você vai passar a aula toda encarando a Taylor?

— Não...

— Você deve ser uma santa para aturar ela — disse Galen.

Eu me forcei a olhar para a frente da sala.

— Eu *não* aturo ela.

Havia um motivo para eu não ter tentado explicar a Taylor o que descobrira sobre o passado da minha mãe na CasTech ou a identidade de Victor como Benfeitor. Ela iria julgar sem pensar, como sempre, antes mesmo de tentar entender o que aquilo significava para mim. Mesmo nas ocasiões (excepcionalmente raras) em que Taylor não dizia o que estava pensando, seu rosto a traía: aquele arco cruel da sobrancelha, o sorrisinho sarcástico que nunca conseguia conter. Uma versão de Taylor alugara um triplex na minha cabeça, abrindo aquele sorrisinho mesmo que ela não o fizesse na vida real.

O bizarro era que, nos últimos meses, eu achara seu julgamento quase emocionante. Pensara que era uma espécie de liberdade ser tão genuína assim. No entanto, julgar tudo ao seu redor não era um ato de coragem. Era crueldade, falta de generosidade. Era um jeito de se fechar com sua infelicidade. Era bem aquilo que Lucy dissera: achar que é melhor do que todo mundo não é personalidade.

Era melhor minha relação com Taylor ter acabado. Ela me afastava dos meus objetivos, fazia eu duvidar do que queria — duvidar de *mim*. Eu não podia me concentrar no mistério que era Taylor — tinha meu próprio mistério a decifrar.

Galen entrou correndo na Estante, vindo direto do treino de lacrosse. Ele ainda estava de roupa de ginástica. Desde que descobrira que a fundação da família estava mais dedicada a impedir pesquisas sobre DFaC do que a curar a doença, ele não era mais como antes. Seu cabelo estava grudado de suor. Ele se abaixou para me dar um beijo salgado e eu fiz uma careta. Ele estava fedendo. Quando interrompi o beijo, ele estava agitado demais para se sentar.

Eu sabia que Galen usava uma armadura cristalina. Eu nunca conhecera alguém com tanto controle de como se apresentava ao mundo. Se a armadura estivesse rachada, era porque algo estava errado. Uma boa namorada teria perguntado o que estava errado, ou tentado apoiá-lo.

Eu não era uma boa namorada.

Por isso, sorri.

— Pronto para as semifinais?

Ele coçou a têmpora.

— Não teremos competição nas semifinais, e nem mesmo na final.

— Claro, o time é muito bom.

— Não somos *bons* — falou, a voz pesada de frustração. — Somos vampiros. É um absurdo competirmos com esses times humanos, porque eles não têm a menor chance. Atherton age como se a atlética fosse ótima, como se a gente de fato vencesse de forma justa. Todo ano, o time treina como se fizesse sentido competir, sendo que a gente já ganhou antes mesmo do torneio começar. É uma palhaçada.

— É só um jogo.

— Não é *justo*, Kat. A gente diz que mereceu. É *mentira*. Você não acha que isso é grave? — perguntou, e se deixou cair, pesado, em uma cadeira. — Não responda. *Eu* sei que é grave.

— Isso é mesmo sobre lacrosse? Porque você pode largar o time e entrar em algum dos clubes sem torneio.

Ele abaixou os olhos de tempestade. Apoiou as mãos, cerradas em punho, nas coxas.

— Não é só sobre lacrosse — falou, a voz áspera. — Parece que está tudo desmoronando ao meu redor, e é tudo mentira. A Fundação é uma mentira, uma mentira que meus pais e Victor me contaram a vida toda. Eu não paro de me perguntar quando eles planejavam me contar a verdade. Imaginei mil possibilidades — ele me olhou de relance, sem conseguir sustentar meu olhar. — O pior é que, em todas as possibilidades, eu aceito. Eles pedem para mentir por eles, e eu aceito. Deixo eles me controlarem, como sempre.

— Você não pode se culpar pelas mentiras deles.

— Eu fui burro o suficiente pra acreditar.

— Não foi burro. Confiou nos seus pais. E ainda não aceitou nada, né?

— Não.

— Então ainda tem tempo de imaginar outra coisa.

Ele passou as mãos no cabelo, e então sua expressão relaxou, sua postura se soltou.

— Se meus pais soubessem como é nossa relação, não ficariam nada felizes de a gente namorar.

— Como assim?

— Desde que a gente se conheceu, tudo ficou mais claro e nítido. Que nem a história de se alimentar de humanos, nas festas da Lucy. Eu não entendia antes por que não me descia bem, mas, desde que conheci você, tudo fez sentido. Você me faz uma pessoa melhor — falou, com um sorriso triste. — Eu gosto muito, muito mesmo de você, Kat.

De repente, eu me senti ressentida para caralho com ele.

Aquele garoto lindo, que todo mundo desejava, que *gostava muito, muito mesmo* de mim, estava me olhando todo apaixonadinho, dizendo que eu fazia ele ser uma pessoa melhor — mas eu sentia que o ar estava sendo arrancado dos meus pulmões. Nunca deixaria de me chocar que alguém como Galen pudesse ser frágil assim. Alguém que tinha tanto poder que o mundo inteiro se curvava para servi-lo, e ele simplesmente acreditava que era assim que funcionava a gravidade.

Ao mesmo tempo, eu era a *namorada* de Galen. Era para eu ajudá-lo a superar a crise emocional. Eu sabia mais a respeito do privilégio dele do que ele provavelmente jamais saberia. Não era minha responsabilidade ensiná-lo? Ser a garota dos sonhos que o faria evoluir o pensamento?

Eu não queria ser a responsável por despertá-lo.

Quanto mais tempo eu ficasse com ele, mais ele tiraria de mim. Porque ele não sabia ser forte sozinho. Porque eu sabia que o estava usando, então sempre me sentiria em dívida. Porque eu deixaria. Galen nunca ia *me* tornar uma pessoa melhor. Ele nunca nem me compreenderia, mesmo que eu sempre o fizesse acreditar que sim.

Porque, enquanto a gente namorasse, eu seria parte do sistema que girava em torno do seu sol. Eu me atentaria ao que dizia, e como agia, e no que minha boca fazia ao beijá-lo, e aonde eu olhava — mesmo sentindo que estava esmagando parte de mim mesma no processo.

Notei com clareza repentina e chocante: eu nunca gostaria de verdade de Galen.

Não como deveria.

Não como gostava de Taylor.

— Exagerei? — perguntou Galen, tímido.

Eu o encarava, boquiaberta.

Era *tudo* um exagero. Eu não aguentaria mais um segundo dele me olhando assim, como se estivesse pensando em me *amar*.

— Eu só preciso ir. Tenho um compromisso… eu tinha esquecido, mil desculpas.

Eu me repreendi por mentir, mas precisava ir embora. Enfiei o notebook na mochila e saí correndo antes que ele pudesse me dar um beijo de despedida.

TAYLOR

Evangeline e eu nos encontramos, no sentido bíblico, quase todo dia daquela semana. Não era difícil arranjar pretexto; com a aproximação da estreia da sua peça, a gente estava no teatro toda tarde ou noite.

Nunca tinha sido assim entre a gente. Nunca tão frequente. A primeira vez tinha sido ótima. A segunda, no dia seguinte, também. Porém, na quinta vez, ela estava arqueando o corpo junto ao meu, e meio gemendo no meu ouvido — "*Ah, vamos, Taylor*" —, o que normalmente fazia meu corpo inteiro vibrar, mas, em vez disso, me veio uma sensação abismal, como se o chão tivesse se aberto e eu começasse a cair.

— Não *pare* — protestou.

Uma mecha de cabelo preto estava grudada em seu rosto.

Mas eu precisava parar. Rolei para o lado no carpete sujo do closet de figurinos. Normalmente, estar com Evangeline fazia eu me sentir bem. Pelo menos *melhor*. No entanto, parecia que, quanto mais a gente se encontrava, menos era assim. Ela nunca fazia nada sem um objetivo.

— Me diga o porquê, Evangeline.

Ela sorriu, travessa, e se levantou um pouco, apoiada no cotovelo. A camisa dela estava aberta, expondo seu peito ofegante.

— É algum joguinho?

— Não. Você anda se jogando em mim ultimamente. Não vou dizer que não dá tesão, mas quero saber o porquê.

— Porque eu tenho necessidades — falou, me puxando.

Eu me desvencilhei e vesti meu top. Nossa, como era difícil. Além do mais, sem Evangeline, eu não sabia quando transaria de novo.

No entanto, sempre que a beijava, pensava em Kat. Não só no que sentiria se fosse Kat no lugar de Evangeline — mas no que diria se eu precisasse explicar aquilo para ela. Que Evangeline fazia eu me sentir horrível e usada, e eu ainda voltava a ela sempre que ela pedia. Que ela me guardava em segredo, e eu me convencera a acreditar que não me importava, que assim era mais excitante. Que eu me convencera que ser escrota com ela e beijá-la em um baile da escola significava que eu tinha um pinguinho de controle, sendo que não tinha nada.

Ela se sentou e fechou a camisa.

— Porque agora você sabe como é. Sabe como é ter a *certeza* de ser insuficiente. Eu vi você correr atrás da Kat. Da mesma forma que eu corri atrás do Galen.

Sacudi a cabeça em negativa.

— Você só gosta do Galen pelo que ele é.

— Eu gosto do Galen *e* do que ele é. Não dá para separar. Você gosta da Kat *e* de ela ser diferente. Ela é deslocada daqui, e você sempre se sentiu assim. Você quer a validação dela, como eu quero a do Galen — disse ela, com um sorriso horrível. — Mas você nunca vai conseguir, e nem eu. Sempre vai existir essa ferida dentro de nós duas.

Ela tentou me tocar de novo, seu cabelo escuro caindo no rosto.

— Agora somos só nós duas, sabe?

— A gente se odeia.

Ela soltou uma gargalhada leve.

— E daí?

Era uma pergunta genuína, não furiosa, nem suplicante. Como se nosso ódio mútuo fosse o palco e, naqueles dois anos, tivéssemos montado uma peça sobre outra coisa. Momentos roubados de beijos, insultos, mensagens secretas, olhares de soslaio. Com dificuldade, meu cérebro reorganizou aquelas cenas em uma história diferente. Será que Evangeline... será que ela *gostava* de mim? A gente tinha um *relacionamento*? Era impossível imaginar, mas eu não precisava imaginar — eu via no rosto dela. Não era verdade que eu não era nada para ela. Naquele momento, eu era tudo.

Ela era uma pessoa infeliz, e eu também. Por algum jogo perverso do destino, tínhamos nos achado em uma série de encontros confusos e cruéis. Eu era a única pessoa naquela escola inteira que ela permitia chegar perto de entendê-la. Ela me mostrara partes de si que eu sabia que nem ela mesma entendia. Talvez eu tivesse feito o mesmo. Em um mundo diferente, poderia ter sido um relacionamento que *melhorava* nós duas, em vez de nos permitir ser nossas piores versões. E foi aí que eu soube, que, no mundo *real*, o que existia entre nós tinha chegado ao fim. A verdade disso era um pouco arrasadora.

Porém, arrasada ou não, eu me levantei.

— Não, não somos só nós duas.

Ela abriu um sorriso irônico.

— Tá, se quiser, podemos fazer aquela ceninha de *eu te odeio, essa é a última vez*.

— Eu não te odeio — falei, baixinho.

O sorriso dela murchou.

— Mas ficar com você faz eu me odiar — completei. — Essa ferida que você diz que nós duas temos... acho que fazer isso nos impede de curá-la, ou até a piora. Preciso que sare. Quero que a sua sare também.

— Era uma *metáfora*! — soltou ela, gaguejando. — Você não pode me trocar pela Kat. Ela não quer você, nunca vai querer.

— Isso não é sobre ela.

— Não sei se você acredita mesmo nisso, ou só espera que eu acredite. Pare de ser patética e volte aqui.

Eu queria muito que Evangeline não estivesse seminua, jogada no chão, quando eu dissesse aquilo. Eu estava terminando com ela, mas não queria humilhá-la.

— Desculpa, Evangeline. Essa foi a última vez.

34

KAT

Eu estava sentada à mesa, escrevendo o trabalho final da aula de Ética Vampírica da sra. Radtke, quando alguém esmurrou a porta do quarto.

— Inspeção! Arrumem-se, pois abrirei a porta daqui a dez segundos!

Era a voz do diretor Atherton. O que ele estava fazendo ali? Inspeções deveriam ser feitas pelos intendentes das residências.

— Dez... nove... oito...

Eu me arremessei na cama e puxei a revista que tinha roubado da Coleção Estendida. Enfiei a revista na cintura da minha saia e corri para o lado de Taylor do quarto.

— Sete... seis... cinco...

Taylor estava na biblioteca, mas o HD estava ali. Onde ela tinha escondido? Vasculhei a mesa dela, na esperança que o diretor não me ouvisse abrir as gavetas. Nada.

— Quatro... três...

Ali estava, encaixado na estante, bem ao lado de *1000 filmes para ver antes de morrer*.

— Dois...

Peguei o HD e escondi na manga do meu cardigã.

— Um.

Quando o diretor Atherton abriu a porta, eu estava de pé, em pose educada, no meio do quarto. Ao lado dele estava a sra. Radtke, com sua expressão típica de leve irritação. Ao encontrar meu olhar, a irritação virou alarme. Três serventes de olhar vazio os acompanhavam.

O diretor Atherton, preso naquele corpo juvenil, pela primeira vez pareceu ter a idade que tinha ao dizer:

— Recebemos uma denúncia anônima dizendo que *você* foi a autora daquela coluna de opinião.

Uma denúncia anônima? A coluna tinha sido publicada semanas antes, e o diretor Atherton nunca encontrara provas de que eu a escrevera... porque não escrevera. Por que ele tinha decidido vasculhar nosso quarto?

— Esta é sua oportunidade de praticar os valores de respeito de Harcote — disse o diretor. — Você escreveu aquela coluna, Kat?

— Não — falei, com a voz esganiçada.

— Espero que seja verdade. Aguarde no corredor.

— Este é meu lado do quarto — falei, apontando minha mesa. — As coisas são bem separadas por eu e Taylor.

— Por *mim* e Taylor — corrigiu o diretor Atherton. — Corredor, Kat.

Eu me apoiei no corrimão, me esticando para enxergar o quarto entre o diretor Atherton e a sra. Radtke, na porta, enquanto os serventes reviravam tudo. Eles passaram por todas as gavetas da minha escrivaninha, até folhearem os cadernos. Depois seguiram para a cama, revistaram debaixo do colchão e debaixo do estrado, como se o colégio fosse uma prisão, e o diretor Atherton, nosso carcereiro. Quando acabaram de mexer no meu armário, esperei que fossem embora. Não encontraram nada nas minhas coisas, já que não havia nada a encontrar. Era *eu* o alvo da busca, afinal.

Mas aí eles passaram para o lado de Taylor.

Um sentimento de pavor retorceu meu estômago. Era melhor Taylor não ter deixado nenhuma pista de que escrevera aquela coluna. Eu sabia que haveria evidências no computador, mas ela o levara à biblioteca. Se eu a encontrasse a tempo, ela poderia apagar. Daria tudo certo.

Ficaria tudo bem.

Taylor ficaria bem.

Não que fosse da minha conta, ela estar bem ou não.

Ouvi passos na escada.

— Inspeção? — perguntou Evangeline. — O que estão procurando?

Nos últimos dias, eu tinha deixado de me importar com o que Evangeline pensava. A aura de caos que ela carregava não me intrigava mais. Não era sedutora. Eram os conceitos de destruição e crueldade a serviço de si mesmos — a serviço *dela*.

— Uma *denúncia anônima* chegou ao diretor Atherton dizendo que eu escrevi aquela coluna de opinião, então estão vasculhando o quarto.

Evangeline soltou um ruidinho de satisfação que me provocou um impulso sério de cometer violência física contra ela.

— O quarto *inteiro* — sibilei, para o diretor Atherton não escutar. — Como você pôde fazer isso?

— Por que tem tanta certeza que fui eu?

— Ninguém mais apareceu para assistir, né? Sei que você não tem coração, Evangeline, então talvez não saiba disso, mas quando se está saindo com alguém, o mínimo que se deve fazer é cuidar dessa pessoa... proteger ela.

— De quem você está falando?

— Da *Taylor*! De quem mais?

— Eu não estou *saindo* com Taylor — disse ela, amarga.

Apesar do que estava acontecendo, meu peito se encheu de alívio.

— Eu vi vocês juntas no Baile da Fundação.

Ela afastou o cabelo do rosto, fingindo um gesto casual.

— Não sei o que você acha que viu, mas ninguém acreditaria em você.

Ela olhou para o quarto, e de volta para mim, franzindo a testa.

— Taylor não sairia comigo nem se eu quisesse — continuou. — Ela está completamente obcecada por você, que nem o Galen, e todo o resto do colégio. Mas você não vai ser um problema por muito tempo.

— Você está com *ciúmes*? Foi por isso que me dedurou para o diretor. Você não tem ideia do que fez.

— Claro que tenho.

Evangeline mudou de posição, desconfortável. Eu me apertei contra o corrimão para evitar o impulso de jogá-la escada abaixo.

— Você é a idiota mais egoísta do mundo, Evangeline!

Ela pôs as mãos na cintura.

— Com licença, se sou tão idiota, você precisa me explicar do que está falando.

— Eu *não* escrevi a coluna — insisti.

Finalmente, ela entendeu.

— Ah, não...

— O que vocês estão fazendo aí?

Taylor estava desabotoando o casaco no patamar abaixo de nós. O cabelo dela estava molhado de chuva.

— É o Atherton? — perguntou.

Quando me virei, vi o diretor Atherton segurando uma folha de caderno amassada e coberta pela letra rabiscada de Taylor.

— Taylor, venha comigo.

Ela levantou as sobrancelhas e abriu a boca, mas, rapidamente, se recompôs em uma expressão séria, ousada e resignada. Foi preciso toda minha força para não descer correndo atrás dela, abraçá-la e dizer que eu ainda estava do seu lado. Que, se ela fosse ser corajosa, não precisava fazer aquilo sozinha.

Porém, não fiz nada disso.

Apenas fiquei ali parada, com Evangeline e a sra. Radtke, e vi o diretor Atherton levá-la embora.

TAYLOR

Atherton e seus serventes me levaram à diretoria.

Aquela folha de papel amarrotada estava coberta pela minha letra, palavras rasuradas e linhas riscadas. Eu não deveria ter rascunhado a coluna à mão — quem *faria* isso? —, mas não escrevo muito bem, e escrever à mão me ajuda a pensar. Eu deveria, no mínimo, ter tido o cuidado de jogar na lixeira de verdade, em vez de arremessar a bola de papel vagamente na direção da lixeira e torcer para a gravidade ajudar.

Não que fosse fazer diferença no momento.

— Você escreveu isso, Taylor?

Abri a boca para soltar uma resposta sarcástica. Eu não ia dar a ele a satisfação de me ver ceder.

No entanto, lembrei do que eu dissera a Evangeline: que queria curar aquela ferida dentro de mim. Lembrei do que Kontos me dissera a respeito de defender o que eu acreditava. E, mesmo sem querer, lembrei de Kat. Ela sentira orgulho de mim por aquela coluna, mesmo que eu tivesse me escondido atrás do anonimato e, além disso, atrás dela. Eu acreditava no que tinha escrito, e estava cansada de fingir que não.

— Escrevi, sim — falei. — Kat não estava envolvida. Fiz sozinha. Ninguém sabia, nem Max. Eu disse a ele que um amigo estava me usando de mensageira para manter o anonimato.

Atherton apertou a boca bizarramente rosa. Seus olhos brilharam como os de um lobo, como se estivesse me encurralando. Ele não parecia em nada o diretor profundamente bobo que normalmente indicava ser. Naquele momento, foi assustadoramente fácil imaginá-lo perseguindo seres humanos como se fossem presas.

— É uma violação do Código de Honra, então o Conselho de Honra deve determinar as consequências, certo? — perguntei. — Vai chamar os outros membros?

— Desta vez, não. Levei esta questão para o lado pessoal. Eu levo *você* para o lado pessoal, Taylor. Nos últimos dois anos, você só causou problemas. Em toda oportunidade, insultou este colégio e o que ele representa. Você recebeu advertência atrás de advertência, oportunidade atrás de oportunidade. Toda vez, esperei que você fracassasse na melhora, e você se rebaixou exatamente à expectativa. Harcote nunca foi o seu lugar.

Quando ele sorriu, horrível e cruel, mostrou as pontas de marfim das presas.

— Taylor Sanger, você está expulsa.

35

KAT

Com o nariz grudado na janela da frente da Hunter, vi o diretor Atherton marchar com Taylor campus acima na chuva cinzenta. Evangeline se trancara no quarto no segundo andar. Eu me perguntei se poderia pregar a porta dela, para impedir que ela e Lucy saíssem e causassem mais destruição.

A inspeção deixara nosso quarto uma bagunça: roupas jogadas, livros espalhados. Os serventes tinham derrubado a torre cuidadosamente organizada de caixas contendo a coleção de tênis de Taylor. Até a bandeira LGBTQIAP+ dela tinha sido arrancada, mesmo que não pudessem de forma alguma esperar encontrar algo atrás dela.

Eu não podia deixar Taylor ver aquilo ao voltar. Peguei a bandeira de onde caíra, debaixo da cama, e a prendi de volta no teto, bem onde estava antes. Em seguida, alisei as páginas dobradas de *1000 filmes para ver antes de morrer*, pendurei as camisas que os serventes tinham arrancado dos cabides e empilhei as caixas de sapato.

Me sentei na cama de Taylor. Meu lado do quarto ainda parecia ter sido atingido por um tornado, mas nem me mexi para arrumar. Nada daquilo era meu de verdade.

Era tudo de Victor Castel.

Será que alguma coisa em mim era minha *de verdade*?

Torci as mãos no lençol de Taylor.

Aquilo era de verdade. O que eu sentia por ela. Eu queria vê-la em segurança. Queria que ela estivesse ali comigo. Era mais do que amizade, mais do que nosso passado, mais do que todas as nossas discussões bobas.

De repente, foi tão simples.

Foi como se uma porta se abrisse em mim e, atrás dela, esperasse um novo universo. Eu passara as semanas anteriores sentindo que estava deixando a desejar, de certa forma, com Galen e com Taylor. Na verdade, eu estava deixando a desejar comigo mesma. Andava tão convencida de saber quem eu era e o que queria — e gastara tanta energia em Harcote tentando fazer essas duas coisas se alinharem — que me parecia impossível existirem partes de mim que eu ainda não descobrira. Por que eu tinha tanta certeza de que era um defeito não me conhecer como acreditava, especialmente se eu já tinha errado em tantas coisas?

Quando deixei tudo aquilo de lado, a verdade que restava era a seguinte: eu gostava de garotas, e eu amava Taylor.

A forma como cheguei a essa conclusão não precisava ter mais importância do que o fato de que eu *cheguei*. Eu não sabia como me definiria, que rótulo usaria, como contaria para os outros, mas aquilo tudo podia ficar para depois. Eu não estava mais assustada. Era emocionante.

Era *eu*.

Alguém bateu na porta. Quando abri, Lucy estava do outro lado.

— Dia difícil, Kitty Kat?

Ela esticou o pescoço para tentar enxergar dentro do quarto, fazendo o rabo de cavalo comprido balançar.

— Lucy, se você me chamar de Kitty Kat mais uma vez que seja, vou cortar esse rabo de cavalo fora de um jeito tão absurdo que LucyK vai passar um ano sem fazer publi.

Ela estreitou os olhos.

— Honestamente, qual é a dificuldade de pedir com educação? Especialmente visto que subi aqui só para dizer que Galen está esperando você lá fora. Ele disse que você não respondeu às mensagens.

Peguei o celular da mesa.

Ei revistaram seu quarto?
Tá tudo bem? me dá notícias
???

Estou na frente da Hunter, desce
Vou falar com Evangeline ou Lucy.

— Obrigada — falei, a contragosto.
— De nada, *Kat*.

Ainda estava chovendo e frio. Galen estava parado debaixo de um guarda-chuva preto, as sobrancelhas escuras franzidas. Ele parecia ter saído de um filme da *nouvelle vague* francesa. Corri até ele pela chuva. O guarda-chuva dele não era grande o bastante para proteger nós dois, e um fio de água gelada escorreu pelas minhas costas.

Ele passou a mão no colarinho do meu casaco para me puxar para perto. Eu segurei a mão dele e me soltei.

— Não — falei, cruzando os braços.

— O que foi? — perguntou ele, a expressão ficando sombria. — Pode conversar comigo, Kat.

Isso fez meu coração doer: Galen queria cuidar de mim, me apoiar, me amar. Era exatamente o que eu acabara de criticar Evangeline por não fazer com Taylor.

Só que eu não queria que ele fizesse nada disso.

Galen era tão lindo. Talvez eu pudesse me perdoar por esperar que minha admiração por aquela beleza se tornasse algo mais forte. E eu poderia perdoá-lo por não notar que eu me encolhia quase sempre que ele me tocava, por eu sempre interromper os beijos primeiro.

Foi então que uma voz fraca na minha cabeça se perguntou: se eu não sentia atração por Galen, será que sentia mesmo atração por garotos, no geral?

Respirei fundo. Eu não precisava de todas as respostas. O que eu sabia *no momento* era que não podia continuar com aquilo.

Encontrei o olhar de Galen. Suas íris combinavam com as nuvens no céu.

— Não posso mais namorar você. Preciso entender umas coisas... coisas que não posso explicar agora.

— Podemos tentar entender juntos. Também estou passando por um momento confuso... essas coisas da minha família. Mas temos um ao outro.

Ele esticou a mão para mim.

— *Não* — falei. — Preciso fazer isso sozinha. Talvez você também precise. Você não precisa que eu diga o que é certo ou errado. Precisa é decidir sozinho. Eu ofereço meu apoio, mas como amiga.

— Mas eu conto com você, Kat. Eu *preciso* de você.

Sacudi a cabeça em negativa.

— Sei que você acha que sim. Mas não posso cuidar de você. Preciso cuidar de mim.

Uma expressão de dor surgiu em seu rosto, e ele passou a mão pelo cabelo molhado.

— Eu estava me apaixonando por você.

Eu sacudi a cabeça de novo.

— A verdade, Galen, é que você mal me conhece.

Voltei para a Hunter, e deixei ele na chuva.

Era Taylor. Sempre fora Taylor. Eu ia contar aquilo a ela assim que a encontrasse.

TAYLOR

Desci a colina arrastando os pés, mal sentindo a chuva.

Expulsa.

Depois de tantos anos odiando esse lugar, eu finalmente ia embora. Deixaria Harcote para trás, sua política idiota, suas pessoas falsas, seu ridículo vampírico. Voltaria para casa, para... para o quê?

De tanto pensar em ir embora, nunca me ocorrera o que de fato perderia se fosse.

Foi então que abri a porta da Hunter. Enquanto eu estivera na sala de Atherton, toda a população da casa sentira a necessidade de estudar no salão. As idiotas das irmãs Dent me olhando com curiosidade vatra. Lucy girando o celular, pronta para tirar uma foto da minha destruição. Evangeline, sentada na janela onde eu normalmente sentava, me observando com o rosto sério e tenso.

No patamar da escada, Kat me encarava.

Doía demais olhá-la. Em vez disso, sacudi o casaco para me secar um pouco e me virei para as meninas da Hunter.

— Vou poupar vocês do trabalho de inventar boatos — falei. — Eu escrevi a coluna de opinião. Não me arrependo, mas nunca deveria ter publicado anonimamente. Eu defendo o que disse. Atherton me expulsou, então, depois do Dia dos Descendentes, eu vou embora.

Antes que eu conseguisse acabar de falar, Evangeline estava na minha frente.

— Ele não pode *expulsar* você! — gritou.

Ela apertou minhas mãos, praticamente me puxando para um abraço — bem ali, na frente de todo mundo. Olhei as unhas bem-feitas apertando meus dedos.

— Me desculpa — continuou. — Não era para isso acontecer. Você precisa acreditar em mim, Taylor, não era isso que eu queria quando... era para ser *Kat*, não *você*.

Eu me repreendi. Eu deveria saber que Evangeline não abriria mão de mim tão fácil. Eu dissera que não tinha terminado com ela por causa de Kat, mas ela não acreditara. Kat tinha Galen; Evangeline não podia deixá-la ter a mim também. O plano dela para tirar Kat da frente tinha atingido o alvo errado.

Apertei as mãos dela de volta.

— Não estou com raiva de você. Está tudo bem.

— Não está *nada* bem! — retrucou, a voz oscilando como eu nunca ouvira, como se pudesse chorar, por *mim*, por algo que ela fizera de errado. — Seu lugar é aqui. Eu *preciso* de você aqui.

— Hum, você precisa dela? — disse Lucy, tensa. — É a Taylor Sanger. Você não pode estar realmente surpresa por finalmente terem expulsado ela.

Evangeline soltou minhas mãos e se virou para a sala, como se tivesse acabado de se lembrar de que não estávamos a sós. Então se transformou naquele demônio vingativo e glorioso que eu conhecia tão bem.

— Vou ficar surpresa com o que eu quiser, Lucy. Não podem expulsar ela por dar opinião. É, tipo, fascista. Taylor é a única pessoa neste colégio que chega perto de ser interessante, e fomos todas horríveis com ela — falou, se virando para mim, e o demônio sumiu de novo. — *Eu* fui horrível com ela.

Não era que eu não valorizasse o pedido de desculpas de Evangeline. Eu valorizava. Muito. Porém, havia um nó na minha garganta, e todo mundo me olhava. Uma coisa era confessar a coluna; outra era protagonizar uma novela no salão. Por cima do ombro de Evangeline, eu ainda via Kat, na escada, que nem uma esfinge bloqueando meu caminho para o doce alívio de um minuto sozinha para processar aquilo tudo.

Eu não aguentava estar ali.

Por isso, dei meia-volta e saí chuva afora.

Eu me sentei na arquibancada e olhei para o campo de lacrosse. A chuva diminuíra em uma garoa forte. Não parava de olhar para o meio de campo. Não parava de pensar em Kat. Eu tinha tentado esquecê-la. Tinha tentado ser amiga dela. Tinha tentado afastá-la.

Nada funcionara.

Não era justo eu precisar perdê-la de novo.

Ao mesmo tempo, eu não a tinha, para perdê-la. Nunca a tivera.

Abaixo de mim, a arquibancada ressoou. Uma silhueta molhada e vestida de preto levantava as saias volumosas e enlameadas para subir até mim. Quando Radtke chegou até mim, parecia um gato preto encharcado.

— Vou conversar com Roger — disse ela. — É tecnicamente quebra de protocolo expulsá-la sem reunir o Conselho de Honra.

Dei de ombros.

— Não vai fazer diferença. Ele quer me expulsar.

— Quer mesmo — concordou ela. — Sinto muito que tenha chegado a isso, Taylor.

Cutuquei minha cutícula. Queria dizer algo sarcástico, demonstrar que não precisava da pena dela. No entanto, não me ocorria nada. Será que eu tinha perdido até minha capacidade de azucrinar Radtke?

— Por que você sempre foi tão rígida comigo, se estava secretamente do lado do Kontos? — perguntei.

— Não fui rígida só com você. Aplicar o Código de Honra é meu trabalho. Por isso, não sou popular com nenhum aluno. Mas a maioria só precisa de uma advertência para entrar na linha. Você, não. Toda vez que a repreendi por violar o Código de Honra, só aumentei sua vontade de repetir. Você me lembra de mim mesma, antes de eu ter aprendido a ter paciência — falou, sorrindo diante da confusão horrorizada em meu rosto. — Admito que posso ter observado você com mais atenção, mas foi pela esperança de pegar seus pequenos atos de rebelião, em vez de deixá-la ser pega por alguém menos generoso.

— Atherton?

— Atherton — concordou.

Abaixei a cabeça entre as mãos. A água pingou nos meus olhos.

— Ele me deu até o fim de domingo para ir embora. Estou banida de toda atividade no Dia dos Descendentes, exceto pelo trabalho técnico na peça de Evangeline.

— O que planeja fazer até lá?

— Nada. Eu iria embora hoje, se desse. Para acabar logo com isso, em vez de passar dois dias fingindo que não sei que está todo mundo falando de mim. Provavelmente vou só ficar vendo filme no quarto, mas...

Meu quarto estaria ocupado pela porra da Katherine Finn. Olhei de soslaio para Radtke.

— As coisas estão meio esquisitas no quarto — falei.

Radtke secou gotas da saia.

— Se quiser meu conselho — começou, com afetação.

Na verdade, eu não queria o conselho dela. Ela provavelmente diria para eu meditar sobre as virtudes da amizade, ou algo assim.

— Você pode simplesmente contar a ela o que sente — continuou. — Você vai embora do colégio, e quem sabe o que pode acontecer antes de reencontrar Kat? Se eu fosse você, abriria o jogo.

Olhei para ela, boquiaberta.

— Acho que você não entendeu...

— Taylor, eu vivi dez vezes a sua idade. Acha mesmo que não sou capaz de compreender a homossexualidade? — ela bufou, exasperada. — Mesmo que não fosse, a forma como você olha para Kat deixa claro o que você sente.

Senti o rosto arder.

— Se é tão óbvio, por que dizer qualquer coisa? Eu só estaria dando a ela a chance de me rejeitar, e, se for assim, prefiro deixar para lá.

— Um dia, você vai perceber que, se quiser algo, quiser *mesmo*, é preciso correr atrás. Você deve isso a si mesma. É arriscado, sim, e constrangedor, e pode ser dolorido, mas você nunca conseguirá o que deseja se não souber pedir. Você é imortal, Taylor. Mas nem por isso tem tempo a perder.

36

KAT

Taylor tinha ido embora.

De novo.

Ela estava sempre fugindo, abandonando antes de ser abandonada. Era impossível alguém de fato ficar a seu lado.

Eu não podia fazer nada além de esperar que ela voltasse.

Eu estava olhando pela janela do sótão, vendo a chuva e mordendo com força a bochecha, quando a porta foi escancarada atrás de mim. Taylor estava inteiramente encharcada, o cabelo grudado no rosto, e pálida de frio. Meu peito pulou quando fui atingida como nunca antes — ou talvez porque eu nunca tivesse permitido — pela beleza absoluta dela: a covinha suave no queixo, os lábios subindo em um desenho perfeito, o leve arco das sobrancelhas escuras, o brilho dourado nos olhos. Um sopro de vento frio entrou com ela no quarto, mas meu corpo foi tomado de calor.

— Taylor, eu...

Ela me interrompeu.

— Eu tenho que...

— Não, eu primeiro — insisti. — Passei horas pensando no que quero dizer. Eu vim para Harcote para tentar ser uma pessoa diferente. Era o que eu queria, e achei que fizesse sentido. Só que acabei perdendo a noção de quem eu era de verdade. Eu fiz muitas coisas das quais me arrependo. Mas a única coisa da qual não me arrependo, da qual *nunca* me arrependeria, é você.

"Você é a única pessoa nesse lugar ridículo que faz eu me sentir normal. Como se eu fosse a pessoa que devo ser... quer dizer, quem sou de fato. Você sempre enxergou através do meu fingimento, das minhas mentiras.

"É por isso que decidi que, se você está sendo expulsa, eu também vou embora. Sei que não parece que resolveria nada, mas podemos dar um jeito. Talvez você possa ficar com a gente em Sacramento. Você gostaria muito do pessoal. E basicamente todo mundo lá é queer."

Quando eu falava assim soava muito bobo, sendo que eu imaginara um grande gesto: nós duas, *juntas*. Taylor estava só parada ali, a boca um pouco aberta, a expressão de que eu a deixara à deriva no mar.

Eu me aproximei um passo. Era melhor estar mais perto.

— Não posso sobreviver aqui sem você. Não entendo, agora, como imaginei que poderia. Nem entendo como passei os últimos três anos acreditando que te odiava. Você me lembra quem eu sou de verdade. Eu não vou abandonar você de novo.

O corpo inteiro dela estava tenso, como se algo que eu dissera a magoasse e ela estivesse se esforçando para não demonstrar. Ela coçou a sobrancelha e cruzou os braços com força no peito.

— Quer dizer, como amiga, né? — perguntou, cautelosa. — Quer ficar comigo, como minha amiga.

— Taylor!

Ela continuou falando por cima de mim:

— Preciso que você me diga se for só amizade, porque não aguento mais. Eu prometi a mim mesma que diria isso, e não sei como você vai reagir, e talvez você me odeie… mas eu vou embora de qualquer jeito, e não quero me arrepender de nunca ter falado.

Ela apertou os olhos com força por um segundo, suspirou e encontrou meu olhar.

— Eu estou, tipo, completamente apaixonada por você — falou. — Sempre estive.

— Eu…

— Não, não diga nada. Por um segundo, tá?

Os olhos dela brilhavam de lágrimas, mas aos poucos surgiu um toque de alívio, uma leveza nela, como se tivesse passado tempo demais carregando aquele peso e pudesse finalmente aliviá-lo.

Meu coração martelava no peito. Eu sentia a reverberação no corpo todo.

— Sempre?

Ela concordou com a cabeça.

— Sei que é muita coisa, e sei...

— Taylor...

— ... que você provavelmente está surtando totalmente, mas...

— Taylor, me escute! É isso que eu estava tentando dizer — exclamei. — Eu acho... acho que posso estar completamente apaixonada por você também.

— Você... é o quê?

Ela me encarou com os olhos arregalados, de um jeito que eu nunca vira, o branco do olho visível ao redor das íris.

— E Galen? — perguntou.

— Eu terminei com ele. Você mesma disse, eu nem gosto dele.

Ela estava boquiaberta. Parecia completamente indefesa e vulnerável, chegava a assustar. Por outro lado, eu sentia o mesmo.

— E *eu* beijei *você*, lembra? — acrescentei.

Ela sacudiu a cabeça em negativa.

— Foi um erro. Você se desculpou.

— Não pelo beijo, por surpreender você. Aí você ficou tão perturbada que eu tive certeza que não queria me beijar, e aí achei que você estivesse namorando Evangeline. Mas o beijo não foi um erro. Para ser honesta, eu não consigo parar de pensar nele.

— Ka-the-ri-ne.

A voz dela era rouca e grave, e arrastava meu nome de um jeito que mais ninguém fazia. Acendia um fogo em mim, soltando faíscas que ameaçavam incendiar.

— Eu também não — falou.

— Fale meu nome de novo.

Minha voz também estava mais grave.

— *Ka-the-ri-ne* — disse Taylor, curvando a boca em um sorriso, torto e faminto. — Posso beijar você?

— *Por favor.*

Mas ela não me beijou, não imediatamente. Primeiro, tirou o casaco molhado e o largou no chão. Por baixo, a camisa de botão estava encharcada, grudada nela. Eu me permiti admirar como a roupa colava em seu corpo, nas curvas, nas linhas e em todas as partes dela. Um calor que eu nunca sentira com garoto algum me invadiu. Não queria pensar em garotos naquele momento — não queria pensar em garotos nunca mais, não quando havia mil outras coisas de que precisava, e todas estavam ali: precisava tirar aquela camisa. Precisava colar minha pele na dela. Precisava que ela viesse logo me beijar.

Taylor pegou meu rosto nas mãos. Eu tentei não estremecer. Ela passou os dedos pelo meu cabelo. A expressão dela era quase de dor, mas um tipo de dor que eu reconhecia como o prazer surreal — *finalmente, finalmente, finalmente* — de conseguir o que se desejava, sem acreditar que era verdade. Passei as mãos por cima das dela, entrelacei nossos dedos, e ainda assim, por um segundo eterno, achei que ela não faria nada — que fugiria de novo.

Ela se aproximou e me beijou.

Sua boca na minha era quente e macia, o beijo hesitante, leve — como se ela testasse se eu queria mesmo aquilo. Ou talvez se *ela* queria. No entanto, no instante em que me ocorreu me preocupar, eu já a beijava com força, me aproximando dela, passando a língua em seus lábios.

O calor corria de onde meus dedos a tocavam, pela minha coluna, e para meu âmago, em uma atração magnética que fazia eu querer me esmagar contra ela até que nenhum sopro de ar conseguisse passar entre nós.

Era *desejo* de verdade, forte, quente e real, nada como o sentimento distante que eu antes chamara por aquele nome.

Passei as mãos pelos braços de Taylor, agarrando os músculos sob o tecido molhado da manga — então, surpreendendo até a mim mesma, a empurrei contra a porta. Apalpei seu tronco, sentindo os ossos das costelas, as costuras do top esportivo. Ela inclinou a cabeça para trás, e eu voltei a atenção da boca para sua mandíbula, seu pescoço. O canto mais sombrio do meu cérebro, o último pedaço ainda funcional, se perguntou se eu estava fazendo algo errado, se estaria certo tomar a liderança ou beijar a mandíbula — mas então Taylor arqueou o corpo junto ao meu e *gemeu* baixinho. Eu nunca ouvira um som como aquele antes, um som que entrava em mim, sacudia meu peito.

Pensar que ela estava gostando daquilo tanto quanto eu... isso me fazia tremer na base.

Sempre, Taylor dissera. Ela *sempre* me desejara.

Eu me afastei para olhá-la. A pulsação dela vibrava no pescoço. Ela estava me observando, os olhos escuros, a boca aberta.

— Isso foi bom?

Eu estava respirando com dificuldade, ofegante.

— Foi — sussurrou ela, rouca. — Muito bom. Bom demais.

Eu sorri e entrelacei os dedos nos dela.

— Cama?

Ela levantou as sobrancelhas.

— Tem certeza que quer isso?

Tinha? Eu nunca fora aquela pessoa, de insistir para tirar a roupa, de procurar a cama. Talvez eu devesse me sentir nervosa, mas não me sentia.

— Se for rápido demais, podemos ir com calma. Como você quiser — falei. — Mas eu quero você, Taylor. Disso, tenho certeza.

37

KAT

Eu estava no auditório com o comitê do Ação Climática Já! responsável pelo Dia dos Descendentes, discutindo a apresentação que deveríamos fazer na hora do almoço de domingo. Eu me oferecera para fazer os slides, na esperança, provavelmente fútil, da apresentação talvez falar de alguma coisa relevante.

Eu não estava prestando a menor atenção. Lá no quarto, Taylor estava fazendo as malas. Eu sabia que estaria, porque eu não estava lá, e ela não andava fazendo muita coisa quando eu estava por perto. Corei ao lembrar os dois dias anteriores. Eu não acreditava que chegara a cogitar que talvez só não tivesse tanto interesse em sexo. Porque eu tinha muito, sim.

Tinha levado um tempo para convencer Taylor de que minha oferta de abandonar Harcote e levá-la comigo para Sacramento era séria, mas, quando a convencera, ela rejeitara com firmeza. Ela entendia que Harcote era muito importante para mim. Doía pensar em tudo que não viveríamos juntas: noites de inverno aconchegantes, passeios de mãos dadas pelo campus, os olhares escandalizados do resto dos harcotinhos.

Fomos passando pelos slides que eu tinha feito com imagens de plástico oceânico e lixões.

— A apresentação não devia ser tão deprimente — disse um dos líderes. — Nossos pais e presancestrais vão estar presentes.

Eu revirei os olhos.

— Claro, eles merecem uma perspectiva mais alegre sobre as mudanças climáticas. Posso trocar por, tipo, fotos de passarinhos sendo resgatados de um derramamento de óleo.

A ideia não era séria, mas todo mundo gostou mesmo assim.

Senti um toque no ombro: era o vampiro de rosto pontudo que me acolhera no Dia da Mudança.

— Kat Finn — falou, e a vibração nasalada de sua voz me deu calafrios. — Alguém a aguarda no Centro de Visitantes.

O Centro de Visitantes de Harcote era um chalé perto do portão, com as paredes cobertas de hera. A fofura do lugar quase disfarçava que na verdade servia como centro de segurança para avaliar todos os convidados, especialmente os humanos que apareciam nos eventos esportivos e outros dias de visita que o colégio era obrigado a manter para ser publicamente visto como um internato de elite.

Quando o vampiro abriu a porta da sala de espera, minha mãe estava ali de pé.

Assim que me viu, ela veio correndo me abraçar.

— Mãe, o que você está fazendo aqui? — perguntei, com o rosto esmagado contra seu ombro.

— Decidi chegar mais cedo para o Dia dos Descendentes! Queria passar mais tempo com minha bebê.

— Você me disse que não viria.

— Surpresa!

Ela emanava uma energia agitada, abalada. Não parava de olhar de relance para o vampiro que me conduzira ali. Já ele não desviava seus olhinhos de nós.

— Peguei um quarto em um hotel no centro, para você poder passar a noite comigo — disse ela.

Um hotel?

— Mas eu não tenho direito a passar a noite fora no momento.

Ela sorriu de um jeito que não combinava muito com ela.

— Ainda sou sua mãe, Kat. Posso liberar você.

Enquanto minha mãe, tensa, manobrava o carro alugado pelo portão de Harcote, mandei mensagem para Taylor, mesmo sem saber bem o que estava acontecendo. Será que minha mãe estava me *sequestrando*? Quando saímos e fecharam o portão, minha mãe suspirou.

— Nossa, é sempre sufocante assim lá dentro?

— Mais ou menos — admiti. — Aonde a gente vai?

— Para casa. Vou levar você para casa.

— Não!

E Taylor? Se eu fosse embora assim, não sabia quando a reencontraria. A pesquisa do sr. Kontos, a sra. Radtke. O Dia dos Descendentes — Galen, os pais dele. Victor, e o que ele queria de mim. A gente tinha quase descoberto a conexão entre tudo, e minha mãe aparecia para me levar para *casa*?

— Você não pode fazer isso! — insisti.

— O que não posso fazer é deixar minha filha passar o fim de semana com os Black e *Victor Castel* — disse ela, praticamente cuspindo o nome. — Não posso perder você para ele. Quando você foi aceita aqui, tentei me convencer de que eles não se preocupariam com você. Foi tolice.

— Do que você está falando?

— Foi um erro deixar você estudar aqui, e eu pagarei por isso por muito tempo.

— Se você não parar o carro agora e me contar o que está acontecendo, eu vou abrir a porta e me jogar na estrada.

— *Kat*.

— Vou mesmo! Você sabe que vou sobreviver!

Ela encostou em um posto de gasolina da estrada, a poucos quilômetros do campus, e desligou o carro. Tinha começado a chover, gotas pesadas fustigando o para-brisas.

— Eu sei que você trabalhou na CasTech — falei. — Encontrei uma foto sua no arquivo, *Meredith Ayres*.

— Sério? — bufou ela. — Achei que tinham destruído todos os sinais da minha existência.

— É isso que tem a dizer? Você me disse que mal tinha contato com vampiros, sendo que, na verdade, conhecia todo mundo... os Black, Victor Castel! Você trabalhou na CasTech praticamente do começo.

— Não foi *praticamente* do começo. Victor e eu tivemos a ideia do substituto de sangue juntos.

Eu me encolhi.

— Do que você está falando? Victor inventou Hema, todo mundo sabe.

— Kat.

A voz dela estava seca. Ela me olhava com uma expressão dura conhecida, a expressão que usava quando precisava que eu levasse aquilo a sério e parasse de agir que nem criança.

— Victor e eu criamos a Castel Tecnologias juntos — disse ela. — Ele mudou o nome para CasTech depois, achou que soava mais *moderno* — falou, revirando os olhos. — Gosto não se discute.

Eu nunca pensara muito em Victor Castel antes de ser o salvador da Vampiria, antes da DFaC e de Hema. Antes de existir uma Vampiria para salvar.

— Você passou trinta anos com ele, e nunca me contou. Por quê?

— Você precisa entender, Kat, que eu fui embora assim que possível. Não foi sempre como é agora. *Victor* não foi sempre quem é agora. Eu não vi a mudança até ser tarde demais.

— Você está falando do dinheiro que ele ganha com Hema, né? O fato de, enquanto existir DFaC, a CasTech ganhar milhões vendendo Hema.

— Vamos dizer que sim, é disso que estou falando — disse ela, devagar.

Eu sabia que não parava por aí.

— Eu e Taylor...

Apesar do momento, eu corei. Minha mãe levantou as sobrancelhas ao ouvir o nome, mas eu a ignorei.

— A gente descobriu que a Fundação Black não está trabalhando na cura — continuei. — Estão tentando *impedir* a descoberta da cura. Achamos que Victor pode estar envolvido.

— *Pode* estar envolvido? Simon Black não toma uma decisão sem calibrá-la para agradar Victor desde o dia em que foi transformado. Por outro lado, faz séculos que não precisa mesmo tomar.

— Como assim?

— Neste momento, os interesses deles são os mesmos. O que é bom para Victor é bom para os Black, e vice-versa. Victor é o motivo para a Fundação Black existir, para começo de conversa.

Eu não sabia se entendia.

— Tipo, ele fez os Black fundarem a organização, para garantir que a cura não fosse descoberta?

— Sim, isso. Mas eu quis dizer que Victor é o motivo para *precisarmos da cura*. Ele é o motivo da existência da DFaC. Ele desenvolveu o vírus. Em laboratório. Na CasTech.

— Não pode ser verdade — falei, gaguejando. — DFaC foi transmitida de morcegos para humanos.

— De morcegos, para humanos, para vampiros — disse ela, estalando a língua. — Falei para ele que era um pouco óbvio, mas, se ele ouvisse minha opinião, nunca nem teria feito isso, para começo de conversa.

Arregalei os olhos para ela. Eu mal conseguia respirar, muito menos falar, e, mesmo se conseguisse, o que diria? O mundo parecia ter virado de ponta-cabeça: Victor Castel, engenheiro de um vírus fatal, e minha mãe, sua... sua *o quê?*

— Acredite, Kat — disse ela. — Eu não achei que fosse fazer mal a ninguém... não como fez. Você precisa entender.

— Não vou entender nada até você explicar do começo.

Minha mãe e Victor tinham um sonho em comum — tinham mesmo, no começo, ela garantiu. Ser um vampiro era solitário. Ao ser transformado, se deixava a vida toda para trás — a família, os amigos, a profissão, a religião, e finalmente, até o nome. Toda a identidade. O que se recebia em troca era a sede de sangue, a imortalidade, uma visão noturna melhor e alguns outros traços vampíricos dos quais ninguém reclamava, mas que mal compensavam o buraco vazio no centro da vida e do senso de si.

Ela e Victor eram solitários. Eles sabiam que outros vampiros também deviam se sentir assim: isolados, se esgueirando pelas cavernas úmidas e pelos castelos empoeirados que os vatra fetichizavam. Tinham vergonha da necessidade de caçar, ou de gostar demais daquilo. Se vampiros pudessem se unir, poderia ser melhor. Porém, uma concentração de vampiros levava a problemas na hora em que sentiam fome. Além do mais, se o objetivo de uma comunidade vampírica fosse recapturar parte do que tinham perdido como humanos, a matança precisava ser controlada.

Eles precisavam — *todos* os vampiros precisavam — ser libertados da necessidade de se alimentar de humanos. Precisavam de sangue sintético.

Era o começo da Segunda Guerra Mundial, que incentivara grandes avanços em hematologia. Victor e minha mãe tinham se dedicado a pesquisar o que seria necessário para desenvolver um substituto. Uma réplica de sangue para transfusão em seres humanos era incrivelmente complicada, mas recriar os componentes de sangue necessários para a sobrevivência de vampiros era mais simples. Em quinze anos, eles tinham um protótipo para teste.

— Da primeira vez que provamos, não sabíamos o que aconteceria — disse ela. — A gente tinha acertado? Se comida comum nos fazia mal, o que faria aquilo, se estivesse errado? Poderia nos matar? Éramos só nós dois, juntos, no laboratório. Victor trouxe taças de champanhe. Sabe, Hema tem aditivos para dar a aparência de sangue. Corante, flavorizante. Sem isso, a aparência é de xarope de chocolate, e o gosto é de... assim, não é bom. A gente brindou, e lembro da sensação da taça na boca. Como era estranho beber de algo *frio*.

— Eca, mãe!

Imaginar ela bebendo sangue de um humano era só um pouquinho menos nojento do que imaginar ela transando.

— Sei um pouco do que aconteceu depois — falei. — Vocês não conseguiam dar um jeito de distribuir Hema para os outros vampiros. Isso foi no fim da década de 1950, né?

Ela concordou com a cabeça.

— Você precisa entender que Victor é muito inteligente. Muito estratégico. Mas ele não tinha previsto aquilo. É essa a dificuldade dele: de tão apaixonado pelo próprio gênio, não imagina que alguém possa não reconhecê-lo. Ele não ficou apenas decepcionado. Não era nem o fato de ter praticamente exaurido seus recursos particulares, e ainda mais dos recursos dos Black, em nome do projeto. Ele passara anos alimentando a fantasia da comunidade de vampiros que uniríamos. Muito antes de provarmos o primeiro protótipo de Hema, ele tinha começado a falar de sua ideia de *Vampiria*. Quando os vampiros não reconheceram o que ele fizera, foi simplesmente inaceitável. Ele me disse uma vez que sentia que tinha levado uma facada no peito... e não que, naquele ponto, fosse lembrar a sensação de uma ferida qualquer. A ideia de termos filhos, como vampiros, foi dele também. Eu falei que ele nunca convenceria as mulheres vampiras, mas ele disse que veríamos só.

Ela fez uma pausa, a expressão sombria.

— Ele não pode ter filhos próprios — falou. — Nem todo vampiro pode.

Algo no tom dela me fez hesitar.

— Mãe, você e ele estavam, tipo... *juntos*?

Ela me olhou como se eu estivesse sendo pudica, o que significava que sim.

— Eca! E *meu pai*?

— Conheci seu pai só depois, e ele foi o verdadeiro amor da minha vida. Mas Victor e eu passamos muitos anos juntos. Na época, achei que o amasse — disse ela, e sacudiu a cabeça. — Mas não era amor, nem de longe.

— Quanto tempo? E aqueles anos todos que você disse que passou sozinha?

Ela deu um tapinha no meu braço.

— Pare de me distrair. A questão é que Victor tinha investido tudo na sua fantasia de Vampiria. E tinha dado no quê? Em nada. Ele ficou obcecado. Era insuportável: em um minuto, ele queria ser consolado, e no seguinte, ficava furioso por estar em posição de ser consolado — disse ela, flexionando as mãos no volante. — Admito, fiquei feliz quando ele voltou a passar tanto tempo no laboratório. Um dia, acabei descobrindo seu plano: se ele criasse uma doença que impedisse vampiros de se alimentar de sangue humano, eles teriam que depender de Hema para a sobrevivência. A Vampiria se tornaria realidade.

"Eu deveria tê-lo impedido, agora sei disso. Dizer que é meu maior arrependimento nem chega perto de expressar a culpa com a qual tive que viver. Mas a verdade é que, por muito tempo, não achei que ele fosse mesmo *conse-*

guir. Mesmo depois de infectar morcegos com o vírus e soltá-los, passaram-se dez anos antes de ouvirmos falar da primeira morte de um vampiro. Foi aí que finalmente entendi que ele tinha aberto a caixa de Pandora."

— Mas você não *ajudou* ele, diferente dos Black.

— Mesmo que eu não tenha mexido no vírus em si, eu sabia o que ele estava fazendo, e fiz vista grossa. Todos tivemos nosso papel. Os Black, os engenheiros e cientistas que trabalhavam com ele...

A lista de funcionários, todos aqueles primeiros cientistas indicados como "falecidos".

— Nenhum deles sobreviveu ao Perigo. Victor matou eles, não foi?

Ela empalideceu.

— Não diretamente. Ele cortou o acesso deles a Hema. Victor não queria passar a eternidade com medo de eles contarem a origem do vírus.

Engoli o nó na minha garganta.

— E você? Ele... ele tentou...

— Me matar? — perguntou, e deu de ombros. — Eu fiz o possível para dificultar. Fugi, me escondi, e vi o rosto dele em todo canto. Achei que tinha conseguido desaparecer, mas, na verdade, não havia como escapar; agora já sei. Se ele quisesse mesmo me matar, eu não estaria aqui. Acho que, de início, eu era importante demais para ele me matar, mesmo que ele me odiasse por ter ido embora. Foi só depois de você nascer que tive um pouco de segurança. Victor achava que sua dentescendente...

Ela se interrompeu.

— Sua dentescendente? — perguntei, sentindo um aperto na barriga. — Mãe, o que isso tem a ver comigo?

O silêncio daquele momento era insuportável, como naqueles filmes de bombas atômicas explodindo, o tempo que parece parar entre a detonação e a destruição.

Ela respirou fundo e se forçou a me olhar de frente.

— Você é dentescendente dele, Kat. Victor me transformou.

Eu saí do carro.

O ambiente era pequeno demais, o ar me sufocava, e, antes mesmo de pensar, eu já tinha me afastado uns quinze metros pelo estacionamento do posto de gasolina. Eu não sentia a chuva fria, nem o vento agitado pelos caminhões acelerando pela estrada.

Victor Castel era meu *presancestral*.

O presancestral da minha mãe não a tinha largado, morta, em uma vala. Ela não passara a vida de vampira sozinha, à deriva. Ela passara a vida com Victor Castel, como sua dentescendente e amante, até estar disposta a morrer para escapar.

E eu tinha me jogado no colo dele em Harcote.

Eu tinha inventado uma dezena de explicações para o interesse de Victor por mim: eu dava destaque a Galen, eu era esforçada, eu era suficientemente diferente.

O tempo todo, tinha sido porque eu era… eu era *dele*. Que nem Galen dissera.

Victor sabia disso desde o princípio.

Fiquei enjoada, me lembrando de Victor me fazendo prometer que eu nunca diria que não era ninguém. Ele devia odiar me ouvir dizendo aquilo.

Achei que tinha ido contra a corrente para entrar em Harcote e conseguir a mentoria, mas eu não tinha ido contra nada. Assim como Galen, eu nem notara que estava tudo a meu favor.

E *Galen*. Será que ele sabia desde o início? Era por isso que queria me namorar? Lembrei a expressão nojenta de aprovação que Victor fizera quando Galen pegara minha mão.

Seus dois dentescendentes Sangue-Fresco, finalmente juntos, prontos para obedecê-lo.

Era o que eu tinha feito, não?

— Kat! Pare, meu bem!

A chuva encharcava o cabelo da minha mãe, que corria pelo asfalto na minha direção.

— Ele pagou por isso tudo, sabia? A mensalidade, os uniformes, o voo para cá — falei, e as lágrimas se misturavam às gotas de chuva no meu rosto. — Ele me deu a mentoria. Ele fez eu precisar dele, e eu caí nessa. Eu… eu o defendi. Eu arranjei uma desculpa para todas as críticas de Taylor. Achei que Galen só sentisse rancor dele por ser ingrato. Eu *confiei* nele! Busquei a aprovação dele! Fiz tudo que ele quis… e ele é um *monstro*! O que sou eu, então?

— Não, meu bem. É *isso* que Victor faz. Ele teve séculos de prática para manipular vampiros, e você não sabia que ele era perigoso. Foi minha culpa. Eu deveria ter contado. Achei que, se escondesse a verdade de você, poderia proteger você de toda essa doença, de toda essa morte. Proteger você *dele*. Foi por isso que nunca quis que você viesse para Harcote. Aqui, eu não teria como protegê-la. Quando você me contou da mentoria... ah, Kat, eu nem sei explicar o que senti. Achei que tinha perdido você.

Eu a abracei com força. Não era suficiente para compensar as semanas de distância que Victor pusera entre nós, mas era um começo.

— Você não me perdeu. Estou aqui.

Ela secou lágrimas do meu rosto.

— Então você entendeu por que vamos para casa.

— Não — falei. — Não posso ir embora agora. Você já ouviu falar dos reunionistas, né?

38

TAYLOR

Radtke estava oferecendo à mãe de Kat uma visita guiada do campus, e Kat e eu estávamos acompanhando.

Era essa a desculpa.

Radtke dissera que era o jeito mais seguro de conversar sem sermos ouvidas. Deixar o celular para trás, não entrar nos prédios, ficar sempre em movimento, se atentar a quem nos seguia. Era parada de espionagem real. Radtke era uma espiã legítima.

— Tive que implorar para minha mãe voltar — disse Kat para mim.

A chuva gelada tinha acabado, e o cabelo dela brilhava em vermelho ao sol. Uma mecha caiu em seu lindo rosto, e não acreditei que não estava beijando aquele rosto no mesmo instante. Os músculos da minha mão estavam doendo por não segurar a mão dela, por estar a seu lado sem tocá-la. Bem então, ela cruzou o dedo mindinho no meu e me olhou com uma alegria travessa, como se tivesse sentido exatamente a mesma coisa.

Uma explosão de euforia atingiu meu cérebro, forçando meu rosto a abrir um sorriso bobo, e um pouco inadequado. Era surreal como eu me sentia *bem* com ela. Fazia tudo antes parecer opaco, cinza e triste.

Eu passara dois anos naquela escola, e quem sabe quantos anos antes, me escondendo. Não que qualquer pessoa *hétero* fosse descrever assim, mas é que não ouviam a voz na minha cabeça que duvidava e analisava cada coisinha que eu fazia, ou queria fazer. Quais eram as consequências? Valia o risco de me machucar? Por isso havia algo de levemente trágico na forma como Kat cruzara nossos dedos: ela parecia fazer aquilo sem sofrer toda aquela agonia.

Era a mesma tranquilidade com que me beijara depois do baile, e que me deixara tão furiosa — não, não era furiosa. Eu sentira tristeza, por não poder fazer nada sem encarar como uma manobra militar. Talvez, com Kat, pudesse mudar.

— Você contou para ela... da gente? — perguntei para Kat.

— Ainda não. Ela já está com muita coisa na cabeça. Mas não estou preocupada.

Quando chegamos ao campo de lacrosse, eu virei a mão e peguei a dela. Quando Kat sorriu para mim, seus olhos reluziram como âmbar, e ela era a pessoa mais linda que eu já vira.

À nossa frente, Radtke e a mãe de Kat pararam perto do gol e se viraram para nos esperar. Vi a mãe dela notar nossas mãos e senti um aperto na barriga.

Kat apertou minha mão com mais força.

Até que a mãe dela apenas *sorriu* e se virou para Radtke. Ela nem mencionou nada.

— É incrível conversar com a senhora — dizia Radtke à mãe de Kat. — Essa conversa confirmou desconfianças que temos há anos a respeito das origens de Hema e da DFaC. Agora, tenho uma descoberta a compartilhar também. Nós desenvolvemos com sucesso o que acreditamos ser uma cura para DFaC.

Era hora de comemorar, né?

Não.

O rosto da mãe de Kat se desfez em pavor.

— *Não!*

— Mãe! — exclamou Kat. — Você trabalha em uma *clínica de DFaC*. Você sempre quis uma cura.

A mãe de Kat tensionou os ombros até as orelhas e cruzou os braços como se quisesse se encolher inteira.

— Eu *quero* uma cura. O sofrimento é tanto. Mas vocês não entendem Victor. Uma cura ameaça tudo que ele construiu. A Vampiria. Hema. CasTech. Ele não vai deixar vocês simplesmente derrubarem tudo isso.

— Quando contarmos à Vampiria a verdade a respeito da DFaC, o que ele quer não fará diferença — disse Radtke.

A mãe de Kat lançou a Radtke um olhar absolutamente fulminante.

— Ele vai conseguir que faça diferença.

— Sra. Radtke, a senhora disse a ele em setembro que existia uma cura, mas, após o ataque ao sr. Kontos e ao laboratório, Victor deve acreditar que resolveu a situação por enquanto — disse Kat. — Ou seja, acredita que tem tempo de desenvolver outras estratégias. Ele me falou que tem pelo menos um plano para quando a cura for descoberta. Mas e se for algo ainda pior que a DFaC?

— Que diferença faz? — perguntei. — A gente está honestamente considerando esconder *a cura da DFaC* por causa do que Victor Castel pode fazer? Tem pessoas sofrendo pelo mundo todo. Vampiros morrendo. E é o legado de Kontos. Não podemos ceder aos desejos de Castel só porque ele é rico e assustador.

— Peço desculpas se a ideia de enfrentar Victor Castel me apavora até a alma — disse a mãe de Kat, puxando a jaqueta. — Passei tantos anos me escondendo dele. *Fugindo* dele. Ele me queria, e depois queria Kat.

Ela me olhou, e sua expressão se suavizou.

— Nunca poderei agradecer o suficiente pelo que seus pais fizeram por nós — falou.

— Meus… quê? — gaguejei.

— Seus pais nos deram um abrigo seguro por anos, quando Kat estava em uma idade que exigia estabilidade.

— Quer dizer que *meus pais* sabiam disso?

— Certamente não sabiam todos os detalhes, não. Mas sabiam que meu presancestral era abusivo, e que eu tive dificuldade de fugir. Sua mãe entendia. Eu a conhecia havia décadas, e ela sempre odiou Victor.

— Espera… quer dizer que os Sanger sabiam que Victor era seu presancestral? — perguntou Kat.

A mãe dela confirmou com a cabeça.

— Então por que nos fizeram ir embora?

— Não fizeram. Victor apareceu atrás de você.

— Quando visitou nossa casa — falei, sem fôlego. — No inverno em que vocês foram embora, eu só não lembrava se antes ou depois.

Ela fez que sim.

— Ele foi confirmar que Kat iria a Harcote no semestre seguinte. Tivemos sorte por ela não estar em casa. Sua mãe me contou na mesma noite, e nós fomos embora. Vocês duas eram tão próximas... Não podíamos permitir que esse vínculo levasse Victor a nos encontrar. Eu e sua mãe concordamos em desencorajá-las de manter contato.

Deixei aquilo se encaixar. Kat e eu tínhamos notado, semanas antes, que não sabíamos a história completa por trás do motivo para ela e a mãe terem ido embora, mas, sem outra explicação, não ajudara muito a sarar a ferida que eu guardava desde então — a culpa de ter sido por minha causa. Eu nem sabia de onde aquela certeza viera. Talvez me culpar tivesse sido minha única opção.

Só que nunca tinha sido minha culpa. Era culpa do Babaca Número Um da Vampiria.

— Pelo menos parece que essa ponte foi restaurada — disse a mãe de Kat, com um leve sorriso.

Kat corou em um tom lindo e brilhante de escarlate.

Esperamos a mãe de Kat ir embora de carro.

Radtke tensionou o maxilar, e se virou para mim e Kat.

— Agora, não façam nada de impulsivo. Lembrem-se de que devem agir normalmente, como se não soubessem de nada, e nada tivesse acontecido.

Era aquele o plano. Não queríamos descobrir o que Castel faria ao notar que tinha sido encurralado pelos reunionistas. Com a mãe de Kat de volta à ativa, não seria impossível recriar Hema. Precisávamos ir com cautela. O primeiro passo era Radtke entregar a pesquisa de Kontos para seus contatos — fora do campus. Aquilo deveria ocorrer durante as distrações do Dia dos Descendentes. A *nossa* tarefa imediata na Operação Revolução era evitar despertar suspeitas. Para Kat, isso envolvia passar o dia com Castel como se não soubesse que ele praticamente forçara a extinção dos vampiros para nos tornar dependentes de Hema, nem que ele era seu presancestral, nem que era o Benfeitor que a mandara para o Baile da Fundação vestida de Jessica Rabbit. Em comparação, meu dia seria bem tranquilo: eu ainda trabalharia na peça de

Evangeline, mas, fora isso, minha expulsão me dispensava de todas as atividades do Dia dos Descendentes. Eu só precisava acabar de fazer as malas.

Por algum motivo, ao deixar Radtke no Velho Monte e descer a escada do campus, a perspectiva era surpreendentemente deprimente. Kat finalmente estava ao meu lado, as coisas com Evangeline estavam acertadas, e, mesmo que Kontos não estivesse mais ali, eu estava começando a achar que tinha encontrado a parte de mim que ele sempre vira. A parte que *se importava*. E eu teria que deixar tudo para trás. Não era justo.

Kat pegou minha mão. Eu não estava esperando o gesto. Abaixo de nós, harcotinhos estavam andando dos conjuntos residenciais até o refeitório, então apertei a mão dela uma vez e a soltei.

— Exagerei?

— Não, é só que... — falei, e apontei com o queixo para as residências.

— Não entendi. Você já vai embora.

— Eu sei — falei. — Mas você, não.

Kat dissera que queria ir embora de Harcote porque eu fora expulsa, mas era ridículo. Ela vivia dizendo que as oportunidades dali eram mais importantes para ela do que eram para mim. Ela merecia ficar no colégio — pelo menos enquanto pudesse. (Radtke prometera procurar outras formas de financiar sua bolsa, por garantia.)

— Não vou fazer você herdar meu posto de Chaveirinho Gay — falei.

A gente estava no fim da escada, perto do refeitório. Kat se virou, parando na minha frente, para me olhar com irritação feroz.

— Primeiro, você *sabe* que tem outros alunos queer aqui. Mesmo que alguém não esteja pronto para sair do armário, ou talvez não tenha se aceitado completamente, a pessoa ainda é queer. E, segundo, qual foi a última vez que você me fez fazer alguma coisa que eu não quisesse?

Nossa, como ela era incrível, me olhando assim como se pudesse me beijar bem ali, na frente de todo mundo. Mesmo assim, não esperei que ela fosse dizer:

— Vou te beijar agora, tá?

Entreabri a boca de surpresa. Consegui fazer que sim com a cabeça. Então, ela se aproximou e me beijou.

Parecia que eu tinha sido totalmente despida. Doía se importar com alguém, mas não chegava nem perto do pavor de deixar alguém se importar comigo, de, diante do refeitório, deixar todo mundo que virasse o rosto ver como eu amava Kat — como ela me amava. Ainda assim, me forcei a fechar os olhos. A gente tinha tão pouco tempo juntas, que eu precisava saborear cada beijo.

Kat se afastou. Atrás dela, todo mundo fingia não estar olhando. Talvez não tivesse nada de errado ali.

— Não me importo que saibam — disse Kat.

— Nem eu — falei, sorrindo, entrelaçando nossos dedos. — Mas é uma merda só termos mais um dia juntas, e você precisar passá-lo com Castel.

Kat fez uma careta.

— Eu sei. Mas temos que fingir que está tudo normal.

— Você também não se sente bem com isso, né?

— Não — admitiu ela. — Mas que opção temos?

KAT

Eu sabia que tínhamos ajudado a atingir um progresso considerável: Radtke levaria a pesquisa de Kontos a pessoas confiáveis, e os reunionistas organizariam um plano para lançá-la. Um dia, humanos que sofriam de DFaC finalmente receberiam a ajuda necessária. Com o envolvimento da minha mãe, uma alternativa a Hema também se tornava possível. Ainda assim, na garoa fria da manhã no campo de lacrosse, esperando o helicóptero de Victor, era difícil sentir que tínhamos vencido. Especialmente quando pensar em passar o resto do ano sem Taylor me dava vontade de voltar correndo ao quarto e nos trancar lá dentro atrás de uma barricada.

Ao meu lado, Galen olhava as nuvens. As olheiras dele estavam especialmente escuras. A gente não tinha conversado desde o término. Eu devia supor que ele já fazia ideia do motivo. Senti o rosto esquentar, lembrando do beijo que eu dera em Taylor na noite anterior, na frente do refeitório.

Com um ruído distante, o helicóptero surgiu de trás das árvores.

— Preciso agradecer — disse Galen, de repente. — Você me fez notar muitas coisas... coisas nas quais deveria ter pensado antes.

O zumbido do helicóptero foi se aproximando. O vento nos fustigou, jogando os cachos de Galen na testa. Eu não tive certeza de ouvi-lo bem quando ele gritou, mais alto que o ruído:

— Sei que você vai fazer a coisa certa.

— Do que você está falando? — gritei de volta, mas já era tarde.

O helicóptero pousou no campo e a porta se abriu. Simon e Meera Black e Victor Castel caminharam na nossa direção.

O Dia dos Descendentes era o evento menos festivo que eu poderia ter imaginado. Começava com uma assembleia no Salão Principal, e a animação do diretor Atherton pelo aniversário de vinte e cinco anos do colégio era tamanha que temi que a cabeça dele fosse explodir do corpo. Depois disso, as famílias e presancestrais acompanhavam versões resumidas das nossas aulas. Levei Victor pelo Velho Monte, participei de um "debate" na aula da sra. Radtke com ele ao meu lado, e, no Prédio de Ciências que levava seu nome, expliquei o que o sr. Kontos ensinara sobre titulação. Mantive um sorriso respeitoso no rosto e reagi a tudo que ele dizia como se fosse uma pérola de sabedoria. Eu estava fingindo ser outra pessoa, mas, daquela vez, parecia diferente — mais como se eu estivesse interpretando um papel, e menos como se estivesse tentando mudar quem era.

Todo mundo se reuniu para jantar no refeitório. Um calafrio me percorreu quando olhei ao redor do salão. Aqueles vampiros eram os mais antigos e poderosos, os que não apenas tinham sobrevivido ao Perigo, como vivido décadas, ou mesmo séculos, antes disso. Victor e os Black se mantinham discretos, apesar de dividirmos a mesa com Lucy e Evangeline. A presancestral de Lucy era uma mulher magra de traços retilíneos, como uma modelo ilustrada, com uma mecha branca no cabelo preto e uma jaqueta complicada que lembrava uma armadura; ela parecia combinar mais com a *Vogue* ou com o Tribunal de Haia do que com um refeitório escolar. Evangeline era muito parecida com a mãe, que era tão bonita e parecia quase tão jovem quanto a filha; a diferença mais clara entre as duas era que a mãe de Evangeline não parecia interessada em participar de conversa nenhuma. Eu esperava que o presancestral de Carsten fosse algum tipo de lorde viking, mas ele estava mais para um sósia de Imperador Palpatine extremamente bizarro, de manto esfarrapado; felizmente, Lucy tinha terminado com ele, então ele não estava na nossa mesa. As gêmeas Dent, Dorian e os pais deles cercavam seu presancestral, que aparentemente era a mesma pessoa: uma mulher de aparência raquítica com cabelo loiro, volumoso e altíssimo, cílios falsos enormes e batom extremamente cor-de-rosa. Ela não retraíra as presas compridas e manchadas desde que chegara ao campus. Bem longe daquela mulher, as poucas famílias negras do colégio estavam sentadas juntas, com expressões desconfortáveis. Em uma mesa do canto, Taylor tomava Hema com os poucos outros alunos cujos ancestrais não tinham ido ao evento. Eu queria estar com eles.

O coral a cappella estava apresentando algumas músicas. A apresentação do Ação Climática Já! viria logo em seguida; eu não estava animada. Max Krovchuk estava andando pelo refeitório, distribuindo a mais nova edição do *HarNotas* em cada mesa.

Max botou uma pilha de exemplares na nossa mesa e cumprimentou a mim e a Galen com um aceno sério de cabeça antes de ir embora. Eu peguei um dos exemplares. Não era o *HarNotas*, afinal, mas um panfleto impresso em papel sulfite.

O Infiel estava impresso no alto da folha.

Eu sorri. É claro que Max lançaria uma publicação própria. Depois do escândalo da coluna de opinião, o *HarNotas* tinha sido posto sob supervisão direta do diretor Atherton; nada mais era impresso sem sua aprovação.

Então li a manchete da única matéria do panfleto.

FRAUDE NA FUNDAÇÃO BLACK, REVELA LÍDER DA DFaC:
Uma investigação de Galen Black

Não acreditei no que li. Olhei para Galen, boquiaberta. Ele estava analisando a mesa com muita atenção, mordendo o lábio. Silêncio caíra pelo refeitório enquanto os harcotinhos, seus pais e presancestrais, a elite vampírica toda, liam as palavras de Galen.

— O que é isso, Galen? — disse Simon Black. — É algum tipo de piada?

Galen levantou o queixo.

— É a verdade.

— Não é nada disso — se irritou o pai.

— Mas você mesmo me falou, pai — disse Galen, com a compostura de sempre, a preocupação revelada apenas pelo leve rubor em seu rosto. — *É o negócio da família.* Você que disse. *Nosso dever para com a Vampiria*, descreveu. *Curar a DFaC não se alinha com nossos objetivos.* São exatamente suas palavras. A Fundação existe para garantir que, ou dependemos de Hema, ou morremos. Não é verdade, Victor?

Victor o encarava com um olhar de ódio puro e ardente, como se alimentasse a fantasia de enfiar uma estaca no peito de seu dentescendente bem ali.

— O menino está doente? — forçou-se a dizer Victor.

Meera Black se levantou de um pulo e apertou o braço de Galen, puxando-o.

— Pois sim, sim, meu filho não está bem. Sua saúde mental... ele está sofrendo!

O diretor Atherton ia correndo entre as mesas, pegando exemplares do *Infiel*. Os serventes se espalharam pelo refeitório para recuperar exemplares não lidos. No entanto, quando o diretor tentou pegar o panfleto das mãos da presancestral de Lucy, a mulher disse a ele algo tão devastador que o Atherton recuou com as mãos ao alto, e seus serventes ficaram paralisados.

Nada daquilo impediria ninguém — nem eu — de ler o panfleto. O que Galen escrevera era persuasivo. Ele usara seu acesso à Fundação Black para recolher muitas provas, e o que descrevera deixava a conclusão bem clara. Enquanto Meera tentava arrastar Galen para fora do refeitório, alguns dos vampiros se ergueram das mesas, amassando os panfletos, exigindo explicação.

Quando Simon apertou o outro braço do filho, Galen parou de resistir. Enquanto os pais o arrastavam para fora do refeitório, Galen me olhou.

Ele sorria em desafio.

Sem a presença dos Black, a energia da sala se concentrou em Victor Castel. Sem pressa, ele se levantou, guardando um exemplar do panfleto no bolso do terno.

— Estou tão chocado quanto vocês. Os Black eram parceiros próximos e amigos de confiança...

Senti calafrios de ouvi-lo falar deles no passado.

— ... mas haverá uma investigação completa destas gravíssimas acusações. A Vampiria merece uma cura para a DFaC. A justiça será feita.

Com isso, Victor chamou o diretor Atherton e saiu do refeitório a passos tempestuosos. Enquanto eles se dirigiam ao Velho Monte, eu fui atrás de Taylor.

— Bem ousado para uma imitação de Timothée Chalamet, né? — disse ela.

— Pois é. E muda *tudo*. É exatamente o que Radtke e minha mãe queriam evitar. Não é uma coluna de opinião anônima: veio diretamente de *Galen*, seu pequeno príncipe. Victor não vai conseguir varrer isso para debaixo do tapete. Vai culpar os Black por tudo.

— Mesmo se não desmontar a Fundação, vai precisar ao menos publicar um pouco da pesquisa... algumas das coisas importantes que Galen disse que eles escondem.

— Então o prazo da cura acabou de acelerar. Pior ainda, Victor acabou de ser *humilhado*. Ele não vai deixar por isso mesmo.

Taylor passou as mãos pelo cabelo.

— O que a gente faz? Radtke ainda está entregando o material e não voltou ao campus, mas este parece um bom motivo para abandonar o plano anterior.

— Precisamos impedir ele de ir embora — falei. — As coisas só vão piorar quando ele entrar naquele helicóptero. Mas como?

— Como? — perguntou Taylor, torcendo a boca em um sorriso torto.

— *Você* é a solução. Peça para ele não ir. Castel é obcecado por você, Kat. Ele basicamente passou anos armando uma estratégia para trazer você para Harcote, exatamente para passar o Dia dos Descendentes do seu lado, bem desse jeito. Ele literalmente só está aqui por você.

— E por Galen.

— Não, ele se ofereceu para vir por *você*, no lugar da sua família. De qualquer jeito, acho que ele não dá mais importância para Galen.

Ela estava certa. Depois daquilo, Victor não daria mais importância para Galen. Victor passara anos moldando Galen em um sucessor obediente, mas nunca respeitara Galen por fazer o que mandavam. Sendo menos obediente, Galen finalmente tinha a chance de se tornar uma espécie de líder dos Sangue--Frescos, mas Victor nunca mais confiaria nele.

Galen estava morto para ele. A perda doeria, mas Victor se recuperaria rápido.

Porque tinha a mim.

Nas semanas anteriores, ele me testara, me treinara, me preparara, como fizera com Galen. Ele nunca me quisera ali para dar destaque a Galen. Sempre me quisera — sua dentescendente — para si. Visto que Galen já era, ele precisava de mim.

Eu me virei para Taylor, com os cachos caindo no rosto e os olhos brilhantes.

— *Ka-the-ri-ne*, não me olhe assim. Você só pode me beijar depois de ter uma ideia genial.

Fiquei na ponta dos pés e a beijei.

39

KAT

Eu esperei por ele no campo de lacrosse, perto do helicóptero. Estava com medo de não conseguir cumprir o plano. Estava com medo do que aconteceria com Galen. Estava com medo de não funcionar. Meu celular vibrou.

> Você vai arrasar, minha rainha vampira

Precisei morder a bochecha para manter a compostura quando Victor Castel surgiu do caminho que subia o campus. O diretor Atherton estava ao lado dele, feito um gatinho correndo atrás de um pit bull.

— Kat, siga para suas atividades. A visita do sr. Castel foi interrompida — disse o diretor Atherton.

Eu nem olhei para ele. Na verdade, sua presença irritante fez ser mais fácil eu encarar Victor, cortando o diretor da conversa inteiramente.

— Victor, o senhor me deu uma tarefa... analisar as ameaças à Vampiria. Uma dessas ameaças emergiu.

— O sr. Castel está muito ocupado... — começou o diretor.

Victor levantou a mão, e o diretor Atherton se calou.

— Pois não? — disse.

— Uma coisa que aprendi em sua mentoria é a importância de controlar quem sabe do quê — falei, olhando de relance para o diretor Atherton, que estava com o rosto vermelho, ainda perto demais. — Sei de um lugar onde podemos conversar em particular.

Victor me analisou com uma expressão ilegível. Tentei imitar sua postura pétrea. Ou seja, tentei muito parecer sua dentescendente.

— Mostre-me o caminho.

A porta se fechou atrás de nós com um ruído de sucção. A escuridão além da parede de vidro da Estante dava a impressão de flutuarmos no espaço. Eu estava inteiramente a sós com Victor Castel — o homem que causara o Perigo que levara à morte do meu pai, que transformara minha mãe, que calculara cada circunstância que levara àquele momento.

Mexi no meu celular.

— Não tem sinal, e o diretor Atherton não instalou Wi-Fi. Além do mais, o ar aqui tem baixíssimo oxigênio, para impedir incêndios. Nenhum dos serventes pode nos espionar. Podemos conversar livremente. Seu arquivo fica por aqui.

Luzes com detector de movimento se acenderam, revelando o Arquivo CasTech. Deixei meu celular, virado para baixo, na mesa em que eu e Galen trabalhávamos.

— Galen pôs o senhor em uma posição difícil.

— Os Black agiram por conta própria — disse Victor, calmamente. — Eu os teria impedido, se soubesse.

Sorri para tranquilizá-lo.

— Eu já falei, só estamos nós dois aqui. Não precisamos fingir que Simon e Meera Black jamais fizeram qualquer coisa por conta própria. Nem Galen, até hoje. Deve doer, depois do senhor ter dado tanto a ele. Afinal, o senhor precisou se esforçar por tudo que tem, e Galen mal percebe tudo pelo que deveria ser grato. Entendo por que nunca o respeitou.

Victor massageou a mão, franzindo a testa.

— Respeito deve ser merecido.

— Exatamente — falei. — Galen nunca seria quem o senhor queria que ele fosse. O senhor sempre soube disso. Para liderar os Sangue-Frescos, como o senhor lidera a Vampiria, ele deve ser independente. Se ele for independente, o senhor não pode controlá-lo, e agora mal pode confiar nele. O problema é que o senhor protegeu Galen demais.

— Você me fez vir até aqui só para criticar a criação de Galen?

— Só é um problema porque o senhor não precisa de um protegido. Precisa de um *aliado*. Alguém que queira as mesmas coisas que o senhor. Precisa de mim. Não foi por isso que me trouxe aqui?

Um sorriso arrogante se abriu no rosto de Victor, fazendo seus olhos fundos cintilarem.

— Você descobriu?

Confirmei com a cabeça, respirando fundo.

— A bolsa de estudos, a mentoria. Estou muito agradecida, mas, ao mesmo tempo, me parece um desperdício. Eu sempre deveria ter sabido que o senhor é meu presancestral.

Ele arregalou os olhos. Por um momento assustador, achei que ele pudesse tentar me abraçar, então continuei a falar.

— Sou a aliada de quem o senhor precisa. Passei a vida longe da Vampiria, então entendo por que precisamos dela para manter a força. É o que o senhor quer. Mas os Sangue-Frescos acham que sou diferente. Independente... porque não sabem como o senhor cuida de mim. O senhor viu como cresci nesses poucos meses. Posso liderá-los. Vou liderá-los exatamente como o senhor deseja.

Ele me observava, quase sem piscar, como se me visse pela primeira vez.

— Kat, eu... eu admito que não achei que você estivesse pronta. Eu não notei que você *sabia*.

— Eu desconfiava, mas só agora minha mãe me contou.

Ele sacudiu a cabeça.

— Eu nunca deveria ter deixado sua mãe ir embora. Eu a teria trazido de volta, mas ela se meteu com aquele homem, e você nasceu. Você deveria ser minha, mas eu fui forçado a acompanhá-la de longe.

As palavras dele me arranharam por dentro como um caco de vidro. Eu ardia de vontade de dizer que nunca fora *dele*, nem nunca seria. Em vez disso, falei:

— Até eu me inscrever em Harcote.

— Eu teria dado um jeito de encontrá-la.

Eu não queria ouvir mais nada daquilo. Mesmo se quisesse, nosso tempo estava acabando. A peça de Evangeline já ia começar, e precisávamos estar na plateia.

— Não temos tempo para pensar com as emoções agora — falei. — Se o senhor me quer como aliada, há algo de que preciso.

— Qualquer coisa. Por você, Kat, qualquer coisa.

— Preciso saber o que aconteceu de verdade. Não estou falando da Fundação Black. Estou falando de Hema, da DFaC. Descobri a maior parte, mas o senhor escondeu tudo tão bem... Há muitas peças faltando. Se quiser que eu seja sua parceira para lidar com o que Galen fez com a Fundação Black, preciso saber a verdade — falei, e o olhei, cheia de gratidão. — O senhor é meu presancestral. Tudo que sou, devo ao senhor. Acredite: eu nunca o trairia.

TAYLOR

Sentada na cabine técnica do teatro, eu não conseguia parar de quicar a perna. A peça de Evangeline ia começar em quinze minutos, e a plateia estava enchendo abaixo de mim. Tentei não pensar em Kat em uma caverna de livros subterrânea, puxando o saco do maior assassino de vampiros do mundo. Em vez disso, tentei pensar que era meu último momento em Harcote — meu último momento no teatro, e vendo aquelas caras idiotas de Sangue-Fresco. Em breve, seria como se eu nunca tivesse estado ali.

Ouvi passos na escada estreita. Eu me levantei de um pulo e abri a porta. Era Evangeline.

Ela estava radiante, fantasiada de Joana d'Arc. O cabelo tinha sido escondido por uma peruca curta, e ela usava uma camisa de cota de malha: pronta para a batalha, do jeito mais sedutor possível. Eu não a via desde seu acesso de emoção na Hunter; para sorte dela, entre eu e Kat saindo do armário e a matéria de Galen, o ciclo de fofocas estavam bem atarefado.

— Você precisa voltar para as coxias! — falei. — Assim vão te ver.

— Queria garantir que você sabe o que deve fazer — disse ela, irritada.

— Ah, nossa, eu nunca na vida vi uma mesa de iluminação, por favor, me explique como funciona — falei, revirando os olhos. — É claro que sei.

— Não é isso — disse ela, mexendo na barra da camisa. — Vão mesmo fazer você ir embora?

— Meu voo é hoje à noite.

— Não imagino o colégio sem você. Depois do que Galen fez, as coisas não vão voltar ao normal. Eu nunca deveria ter falado com Atherton. Achei que Kat tinha escrito a coluna, e estava com muito ciúme. Eu nem cheguei a pensar no que a coluna *dizia*.

Levantei as sobrancelhas.

— E?

— Falei para Lucy que, se ela arranjar uma *festinha* daquelas de novo, vou vazar as fotos dela bebendo sangue de humanos. Devo ter umas centenas. Ela vai ser cancelada tão rápido que nem o carisma vampírico vai salvar.

— Ah, Evangeline — falei, sorrindo. — Eu sabia que você tinha alguma consciência aí no fundo.

— Pois é. Surpresa! É melhor eu descer.

Ela não foi embora. Olhou de mim para o chão. Em seguida, avançou em um passo rápido e me abraçou.

— Tchau, Taylor.

Ela desceu a escada e se foi.

Eu coloquei os fones de ouvido e olhei pelo teatro. Faltavam cinco minutos para o início, e tocou o sinal. Lá embaixo, a plateia estava praticamente lotada. Uma silhueta fúnebre descia o corredor esquerdo. Radtke levantou o rosto para encontrar meu olhar e acenou brevemente com a cabeça: sinal de que tinha entregado o HD. Sem dúvida, ela já soubera o que Galen fizera. A última coisa que queria fazer era ver a peça de Evangeline. Porém, eu esperava que Radtke tivesse estômago para mais uma surpresa.

Eu esperava que Kat chegasse a tempo de surpreendê-la.

Faltando dois minutos, quando eu estava prestes a apagar as luzes da plateia, Kat e Castel desceram o corredor. Atherton guardara um lugar a seu lado, mas só um. Ele praticamente empurrou Kat para ficar sozinho com seu amigo Castel. Eu não sabia se aquele era um bom ou mau sinal, até que vi Castel olhar para Kat como se pedisse permissão. Ela abriu um sorriso perfeitamente gracioso, e foi só então que Castel se sentou.

Foi aí que eu soube: ele tinha caído.

Apaguei as luzes todas, as cortinas se abriram e acendi o holofote de Evangeline.

Um minuto depois, Kat irrompeu pela porta da cabine e praticamente me atacou com um beijo — ou teria atacado, se o microfone não estivesse no caminho. Ela bateu com ele nos meus dentes.

— Ai! — cochichei. — Conseguiu?

Ela confirmou com a cabeça e me entregou o celular.

— Já está pronto — suspirou Kat, e eu encaixei o cabo. — Evangeline vai matar a gente por estragar a peça.

— Que bom que somos os sempre-vivos, nunca-mortos — falei. — Pronta?

— Um beijo de boa sorte? — cochichou.

Eu a beijei.

E apertei play.

40

KAT

O holofote branco refletia na cota de malha de Evangeline enquanto uma criada, interpretada por Carolina Riser, a servia no palco (é, juro). De repente, a voz de Victor Castel encheu o teatro.

"*O problema dos vampiros é que a maioria passou tantas décadas preocupado com arranjar a próxima refeição que acabou ficando abobalhado. Eu dei a eles um presente com Hema, e eles foram burros demais para notar o potencial.*"

"*Que potencial?*", dizia minha voz.

"*Da Vampiria. Uma sociedade em que podemos nos livrar da nossa dependência patética dos humanos. Vampiros são seres superiores. Merecemos o direito de aceitar essa superioridade. Mas é preciso um visionário para imaginar um futuro diferente, e tornar o futuro real.*"

"*Foi aí que entrou a DFaC.*" Olhei para o teatro, ainda escuro, abaixo de nós. Victor estava apertando os braços da cadeira, as costas rigidamente eretas. Ele entendia o que vinha por aí.

"*DFaC foi minha ideia — talvez minha melhor ideia.*" Fiz uma careta ao lembrar o orgulho que irradiara dele, a satisfação arrogante de finalmente poder se gabar de sua terrível conquista. "*Você nem imagina como foi difícil acertar. Criar um vírus, na época, era praticamente impossível para humanos. Desenvolver a tecnologia, e depois elaborar uma doença transmissível por humanos que fosse fatal para vampiros? DFaC é uma obra de arte. É uma pena que tão pouca gente compreenda.*"

— Que monstro do caralho — cochichou Taylor, cujas sobrancelhas tinham chegado até o meio da testa.

— Essa aí nem é a pior parte.

Eu estremeci, sabendo o que ele diria a seguir, lembrando da expressão sanguinária com que dissera.

"*Então o senhor sabia que a DFaC mataria muitos vampiros.*"

"*Se eu sabia? A morte deles foi proposital. Era o custo necessário do progresso. A DFaC deu ainda mais certo do que eu esperava. Veja minha posição agora. Os vampiros me idolatram. Eles me consultam para toda decisão. Toda refeição que fazem enche minha carteira. E os Sangue-Frescos... uma geração inteira de vampiros, sem humanidade, em dívida comigo. Devo dar o crédito a Roger Atherton por montar este colégio: ele entendia que, se fossem existir Sangue-Frescos, precisávamos garantir que eles pensassem como nós.*"

"*E a cura da DFaC? O senhor sabe que os reunionistas desenvolveram uma cura.*"

Exclamações de surpresa soaram do teatro.

Na gravação, Victor fez um ruído de desdém. "*Não se preocupe. Os Black, claramente, não podem mais servir seu propósito comigo, mas tenho outras estratégias, outras doenças, outros aliados. E agora tenho você.*"

Fiz mímica de vomitar para Taylor.

"*Tudo que fiz levou a este momento: a Vampiria me pertence.*"

Parei o som, e Taylor acendeu as luzes do teatro. Os vampiros da plateia já tinham ouvido mais do que o suficiente. Alguns ainda estavam confusos, se perguntando se era alguma piada, mas outros — os presancestrais, os vampiros mais velhos — entendiam. Eles se levantaram, gritando com Victor, o encurralando. Victor se levantou para oferecer alguma explicação, de mãos ao alto, como se fosse apenas outra situação da qual ele conseguiria se safar. O diretor Atherton dera um jeito de escapar de fininho e sumir.

Os Sangue-Frescos — os harcotinhos — não sabiam o que fazer. Evangeline e Carolina ainda estavam no palco, inteiramente confusas. A sra. Radtke andou até a frente da plateia para tentar mandá-las de volta à coxia.

Foi então que Victor entrou no corredor e deu um minúsculo passo em direção à saída de emergência. Foi um erro crítico. O pai de Max Krovchuk — um homem careca tão grande que parecia um vilão de desenho animado — pegou os braços de Victor e os prendeu atrás das costas.

— O que acha que vão fazer com ele? — perguntei, fascinada pela cena.

— Espero que seja alguma coisa bem ruim — disse Taylor, se virando para mim. — O que ele quis dizer, sobre Atherton e o colégio... é que Atherton estava metido nisso desde o começo, né?

Naquele momento, a porta da cabine se abriu, e o diretor Atherton apareceu.

TAYLOR

— É claro que eu estava *metido nisso*, suas idiotas.

Atherton virou a chave, trancando a porta ao entrar. Eu me levantei, e Kat também.

— Victor colheria os louros por transformar o primeiro vampiro, se pudesse, mas ele não faz tudo sozinho. Vocês ouviram ele dizer que a escola foi minha ideia, mas fui *eu* que vi o potencial dos Sangue-Frescos. *Eu* vi que precisávamos da nossa juventude vampírica!

— Foi por isso que comprou o colégio antes mesmo do Perigo — sussurrou Kat.

— Então você estava obcecado pelos Sangue-Frescos antes mesmo deles existirem? Eu não me gabaria tanto disso.

Tentei soar sarcástica como sempre, mas estava com um nó sério na garganta. Atherton nos pegara a sós, e sua expressão estava desvairada. Olhei para o teatro lá embaixo: ninguém prestava atenção ao que acontecia na cabine técnica.

— *Cale a boca*, Taylor! — rugiu ele.

Não me contive: me encolhi.

— Você nunca aprendeu a fechar essa matraca ridícula, né? — continuou.

— Diretor... — interrompeu Kat.

Ele deu um tapa na cara dela.

A força do golpe jogou Kat contra a parede, e ela caiu ao chão. Eu me joguei ao lado dela, me colocando entre ela e Atherton. Meu coração estava martelando até os ouvidos quando Kat murmurou:

— Estou bem.

— Sua vagabunda ingrata! — gritou Atherton. — Victor estava preparado para dar *tudo* a você, e você cuspiu na cara dele! Vocês duas não fizeram nada além de tentar destruir o que as gerações mais velhas construíram para vocês. Vocês não fazem ideia da sorte que têm por nunca precisarem sofrer como nós. Não sabem apreciar os sacrifícios que fizemos, só para vocês terem uma boa experiência escolar!

Eu me levantei.

— Harcote é *seu* parquinho. O único lugar na Terra em que você não precisa escolher entre ser um menininho adolescente ou um monstro de quinhentos anos.

— Eu construí Harcote para os Sangue-Frescos!

— Mentira — disse Kat, se levantando. — Se foi pelos Sangue-Frescos, então por que não estão todos aqui? Deve existir dezenas, até centenas, de vampiros Sangue-Frescos que poderiam estar aqui, e não estão. E eles?

— Harcote é uma instituição de elite. É para os Melhores dos Melhores.

— Exatamente — disse Kat. — Você *quer* que o colégio seja exclusivo. Você determinou o valor da mensalidade e garantiu que não haveria bolsa de estudos. Você sabe que basicamente não tem vampiros racializados aqui, e não fez nada em relação a isso. Praticamente se esforça para os alunos queer se sentirem desconfortáveis, e anda por aí chamando a gente de meninos e meninas como se não existissem não-bináries. Esse colégio é só uma fantasia escrota.

— E você usou o colégio para fazer lavagem cerebral na gente, com suas ideias tóxicas de supremacia vampírica — acrescentei.

— Era Leo Kontos quem fazia doutrinação! Eu nunca fiz nada além de educar Sangue-Frescos... até vocês aparecerem e tentarem estragar tudo que criei.

— Seu imperiozinho já estava estragado de qualquer jeito — falei. — Kontos encontrou a cura.

— A *cura*? — riu Atherton. — Eu já cuidei disso. Cuidei dele também.

— Você matou ele? — murmurei.

Desconfiar era uma coisa, mas olhar para Atherton — um menino-moço imortal magrelo e obcecado por frisbee — e ouvi-lo admitir era outra.

— É tão difícil de acreditar? — rugiu ele. — Leo estava atacando as fundações da Vampiria, de tudo que desenvolvemos. Ele teve a audácia de fazer isso bem debaixo do meu nariz. Eu sabia do laboratório, dos experimentos. Das suas excursõezinhas noturnas.

— Eu sabia! — gritou Kat. — Você usou os serventes para nos espionar!

Atherton torceu a boca, enojado.

— É claro! Seria ridículo não usar! Nada acontece na minha escola sem que eu saiba.

Apontei o caos no teatro.

— Menos isso, né?

Atherton se jogou na gente. Kat e eu pulamos para trás, mas não havia aonde ir. Estávamos esmagadas contra a parede da cabine. Atherton estava tão perto que eu enxergava suas cicatrizes de acne e sentia o cheiro metálico de Hema em seu hálito.

Ele tirou do bolso uma seringa. O cilindro estava cheio de líquido vermelho.

O mundo se estreitou, concentrado no bisel da seringa. Encontrei a mão de Kat e a apertei.

— Isso é... — começou Kat.

— Sangue contaminado? É, sim. Que esperta, Kat — disse Atherton, soltando uma gargalhada horrível. — Para me livrar de Leo, só precisei de um pouco disso. Eu mesmo drenei a mulher, para armar a cena. A cura dele é mesmo incrível.

Kat se enfiou na minha frente e eu me agarrei ao ombro dela.

— O que está fazendo?

— Victor Castel é meu presancestral — disse Kat. — Quando ele descobrir...

— Você não entendeu? Isso não significa mais nada! Você acabou de garantir — disse Atherton, sua boca rosa demais repuxada em um sorriso cruel. — Ninguém vai vir salvá-las.

Estávamos literalmente encurraladas. Não havia saída. Atherton podia ser magrelo, mas era alto e tinha séculos de força vampírica a mais do que nós. Lá embaixo, o teatro era puro caos.

Ele estava certo.

Puxei Kat para mais perto e a abracei. Ela passou o braço pela minha cintura e enterrou o rosto no meu ombro. Pressionei meu rosto no cabelo dela e, uma última vez, inspirei fundo o perfume de seu xampu de jasmim. Aquilo tudo era uma merda, mas, se fosse para morrer jovem, pelo menos eu tinha conseguido resolver algumas coisas a tempo.

Tudo aconteceu muito rápido: Atherton avançou, a seringa em punho. A agulha estava apontada primeiro para mim, eu tinha certeza. Abracei Kat com mais força, pela última vez, e fechei bem os olhos.

Um estrondo tremendo tomou a cabine. Abri os olhos. O tempo pareceu desacelerar. A milímetros de mim, Atherton ficara paralisado no ar. Seu braço estava erguido, a seringa quase no meu ombro, mas seu corpo se enrijecera, interrompendo o movimento. Seu rosto era uma máscara dura, presa no momento de angústia antes de um grito. De repente, veias roxas e finas se espalharam pela pele avermelhada, como rachaduras no vidro.

Kat jogou seu peso contra mim. Caímos de lado, escapando da trajetória da seringa, bem quando Atherton tombou contra a parede. Ele caiu de cara.

Uma estaca de madeira comprida saía de suas costas.

Do outro lado da cabine, a porta que Atherton trancara tinha sido arrancada à força, a madeira espalhada em farpas grossas pelo chão.

Radtke estava parada na entrada, a silhueta cor de corvo salpicada de pedacinhos claros de madeira. O cabelo caíra para o lado e ela estava ofegante, empunhando um monte de lascas da porta, pronta para arremessá-las em Atherton.

Ela abriu a mão, e deixou tudo cair.

No chão entre nós, Atherton estava morto.

41

KAT

Ainda de pijama apesar de ser quase meio-dia, peguei uma caneca de Hema do micro-ondas e subi no balcão. Eu tinha esquentado demais, e o primeiro gole queimou minha língua. O sol californiano clareava tanto meu apartamento que era difícil acreditar que era dezembro. Eu não sentia saudade nenhuma do interior de Nova York.

Fazia três semanas que eu voltara para casa. Depois do ocorrido no Dia dos Descendentes, não fazia sentido manter Harcote aberta. Tantos pais tinham decidido levar os filhos para casa no mesmo instante que a escola provavelmente teria fechado de qualquer forma, mesmo que o diretor Atherton não tivesse morrido. A primeira coisa que a sra. Radtke fizera como diretora provisória fora decretar que as duas últimas semanas do semestre letivo estavam canceladas e que poderíamos fazer as provas finais de casa.

A sra. Radtke não tivera muita concorrência para o posto de substituta na diretoria de Harcote. A maioria dos associados mais íntimos do diretor Atherton, como o vampiro do Centro de Visitantes, tentara fugir do campus, mas fora apreendida pelo presancestral de Max Krovchuk, que começara uma patrulha do terreno antes do fim do drama no teatro, exatamente para aquilo; ele na verdade era um cara bem maneiro. Não tinha sido difícil para a sra. Radtke provar que só fingia ser aliada de Atherton, visto que acabara de matá-lo para proteger as duas alunas que tinham derrubado Victor Castel. Além do mais, Taylor e eu a tínhamos defendido.

A segunda coisa que a sra. Radtke fizera como diretora provisória fora fechar o colégio — pelo menos até o fim do ano letivo.

O Colégio Harcote era uma instituição construída com base em exclusão, exploração e morte, anunciara a sra. Radtke, passando pelo uso de humanos hipnotizados como criadagem, pela abismal falta de diversidade do corpo discente e pelo currículo ideológico. Se a escola fosse continuar a atender Sangue-Frescos, precisaria tomar uma forma muito diferente: aberta a todos, e construída com base na premissa de que vampiros e humanos eram inerentemente conectados. A sra. Radtke tinha sido honesta ao dizer que não sabia se tamanha reforma era possível. Por isso, encorajara todos os pais a matricular seus Sangue-Frescos em escolas humanas comuns no semestre seguinte, em vez de retomar os tutores particulares. Era um sinal claro de que nosso isolamento dos humanos não duraria.

Por isso, três meses e meio — e uma vida inteira — depois de ir embora, eu estava de volta a Sacramento.

Mesmo que Harcote reabrisse, eu não tinha certeza se podia voltar. Afinal, meu Benfeitor não-mais-anônimo estava sob custódia de um tribunal vampírico, e seus bens tinham sido apreendidos. A Vampiria não tinha um sistema de justiça funcional — com base no Código de Honra de Harcote, eu não me surpreendia —, então tudo fora um pouco *ad hoc*. Victor e os Black, assim como alguns outros, estavam detidos em um hotel de beira de estrada perto de Harcote, porque era o lugar mais conveniente para vigiá-los. Considerando a dimensão de seus crimes, vampiros do país e do mundo todo tinham se unido para lidar com a crise — inclusive vampiros que tinham sido excluídos de Harcote e dos limites que Victor determinara para a Vampiria. Eles não apenas organizaram investigações sobre os vários crimes de Victor e debateram castigos adequados para as pessoas responsáveis por tamanho horror. De repente, havia discussões verdadeiras e abertas a respeito de acesso a Hema, educação de Sangue-Frescos, e a vida após a DFaC. Pela primeira vez, vampiros estavam falando de como poderia ser uma Vampiria mais justa. Sorri de imaginar Victor trancado em seu quartinho barato de hotel enquanto sua amada criação evoluía para ultrapassá-lo.

Tomei mais um gole de Hema. Tinha esfriado um pouco, chegando à temperatura perfeita.

A pilha de cobertas no sofá se mexeu, e um gemido emergiu de lá. Taylor levantou a cabeça, os cachos desgrenhados e o rosto marcado pelo travesseiro. Abri um sorriso.

— Está com fome? — perguntei.

Ela esfregou os olhos para acordar.

— Muita.

— Então vem cá.

Taylor se levantou do sofá e veio, de meia, até a cozinha. Era seu terceiro dia ali. Ela fizera as provas em casa e viera passar as férias de inverno conosco. Como minha mãe arranjara um novo emprego, como cientista-chefe na Fundação Leo Kontos — antigamente Fundação Black pela Cura —, podíamos hospedá-la sem preocupação financeira.

Os pais dela tinham deixado ela vir com prazer. Taylor não contara que a gente estava namorando, exatamente, mas ela achava que a mãe desconfiava, considerando a quantidade de vezes que dissera estar feliz por nós termos nos acertado.

Eu tinha morrido de saudade dela naquelas três semanas, mas, ao mesmo tempo, não tinha sido tão ruim quanto eu esperava. Tê-la na minha vida, saber que ela estava ali e que eu a compreendia, desejá-la e ser desejada de volta — mesmo a distância era muito melhor do que a ausência. Eu tinha até perdoado minha mãe por obrigar Taylor a dormir na sala, porque encontrá-la ali de manhã era como ver o primeiro amanhecer depois de uma vida inteira no escuro.

Taylor ainda estava meio dormindo, passando a mão no cabelo até que ele estivesse todo de pé. Abaixei a caneca e a puxei para um abraço, até ela estar entre minhas pernas e eu poder encostar o rosto no dela. Ela suspirou, feliz, as pestanas fazendo cócegas em mim.

— Você sabe que estou com mau hálito e isso é meio nojento, né?

— Não ligo — murmurei junto aos lábios dela.

Então a beijei.

TAYLOR

Eu estava sentada no carro de Kat, roendo a unha e balançando a perna.

— O que é *bubble tea*, afinal?

— É um chá com sagu de tapioca.

Torci o nariz.

— E você chupa as bolinhas pelo canudo?

— Fala sério, você nem vai precisar beber. Shelby e Guzman são obcecados.

— Parece horrível — falei, apertando os olhos atrás dos óculos escuros para o sol que se punha do outro lado do estacionamento.

— *Taylor*.

— O que foi?

Ela esticou a mão e fez carinho no meu ombro.

— Vai ser tranquilo, tá?

Tentei deixar o toque dela me acalmar, mas, ainda assim, continuei a roer a unha.

— Mas... e se não for?

Se eu estava feliz em Sacramento, hospedada com Kat, que ainda era, inacreditavelmente, minha namorada oficial? Estava em êxtase, porra. Se eu queria que ela me ensinasse a andar de patinete elétrico, que me beijasse no cinema, e que me levasse de um lado para o outro de carro (o quê, por algum motivo, era muito sexy)? Incrivelmente, extremamente, sim. Se eu queria que ela me apresentasse? Em teoria, sim.

Mas na verdade, na realidade mesmo? Meio que não.

Meu cérebro estava preso em uma batalha para decidir que ansiedade venceria.

Era constrangedor admitir, mas fazia anos que eu não encontrava humanos da minha idade — desde antes das minhas presas descerem —, e eu estava nervosa. Não acreditava que humanos fossem muito diferentes de mim, e certamente não achava que eram uma espécie inferior, mas eu tinha passado basicamente a vida inteira ouvindo que sim. Será que eu acidentalmente os trataria mal? Será que *saberia* se tratasse?

Além do mais, Guzman e Shelby eram *as amizades mais próximas* de Kat. Ela prometia que iriam me amar, mas não era decisão dela. Dois anos de Harcote não tinham me condicionado a esperar que outras pessoas fossem tolerantes e amigáveis. Kat só saíra do armário poucas semanas antes, quando chegara em casa, e eu sabia que havia uma ansiedade para conhecer a garota responsável pelo grande despertar gay da amiga, mas ainda assim sobravam um milhão de formas de causar uma decepção.

Talvez a questão fosse essa: não eram só humanos, nem só amizades humanas de Kat, mas amizades humanas e *queer* de Kat. Eu sentia meus ombros mais tensos apesar do toque dela. A verdade era que eu tivera quase tão pouco contato com pessoas queer quanto tivera com humanos. E se eu não me encaixasse? E se eu não fosse queer o suficiente, ou do jeito certo? Por um lado, sabia que era ridículo — eu era quem eu era, independente da opinião deles —, mas, por outro, a maioria da minha ideia do que era ser gay vinha de filmes, televisão e da internet. Como eu me encaixava nessas ideias não era importante em Harcote, porque ninguém lá prestava atenção nessas coisas. Afinal, até eu tinha sido culpada de supor que o corpo discente inteiro era hétero, sendo que tinha provas concretas do contrário. (E quem sabia o que estava rolando no conjunto residencial masculino? Provavelmente tinha alguma coisa!) Ali, no mundo real — no mundo humano —, havia uma *comunidade* LGBTQIAP+ na qual me encaixar.

Kat apertou meu braço.

— Você não quer fazer isso? Não precisamos.

Levantei meus óculos escuros.

— Não, eu quero. É só que... muita coisa pode dar errado, sabe?

— Quer dizer, além das três mil outras coisas que já deram errado? — perguntou ela, os olhos castanho-claros brilhando. — Então acho que a gente vai ter que encarar.

Mordi o lábio. Ela estava certa, mas, ainda assim, parte de mim queria fugir. Tentei pensar no que Kontos diria. Ele diria que tudo bem estar nervosa, mas que o medo era sinal de que eu me importava. Não havia motivo para vergonha. Kat valia o risco de me magoar.

— Quer saber, estou meio curiosa com essa história de *bubble tea* — falei.
— Vamos lá.

Algumas horas depois, eu mal lembrava por que tinha ficado preocupada. Guzman e Shelby, no banco de trás do carro de Kat, eram incríveis. Eu ainda não estava acostumada a estar por perto de gente que nem eu — de poder segurar a mão de Kat, ou até beijá-la, se quisesse, sem medo de comentários ou olhares estranhos. Bem, Guzman e Shelby faziam comentários e olhares estranhos, mas era tudo de brincadeira, de provocação, de afirmação.

— Não acredito que vocês estudaram com a LucyK — dizia Guzman. — Estou chateadíssimo por ela estar em hiato. Ela era tão maneira quanto parece, ou ainda *mais*?

Eu não sabia se era por causa das ameaças de Evangeline, mas Lucy tinha sumido do mapa quando Harcote fora fechada. A presancestral dela, que comandava a investigação sobre Victor Castel e a origem da DFaC, talvez tivesse algo a ver com aquilo.

— Nenhuma das duas coisas. Muito menos maneira — disse Kat. — Na real, ela é bem problemática. Não vai dar pra explicar tudo agora, mas, honestamente, não me surpreenderia se ela fosse cancelada. Eu diria para deixar de seguir logo.

— Sério? Que tosco! — gritou Guzman.

Eu me virei no assento.

— Lucy fez várias merdas escrotas, mas por uma coisa preciso agradecer: ela deu um golpe na Kat para trocar de quarto. Foi assim que a gente acabou dividindo quarto.

Shelby olhou para Guzman.

— Ai, meu deus, elas moravam juntas!

— Ela não me deu golpe nenhum, tá? — protestou Kat. — Ela me *pediu*, e eu aceitei. Não esqueça que eu salvei você de morar com a Evangeline também.

Kat se endireitou no lugar. Eu encontrei seu olhar.

— É verdade... você me salvou também.

A desvantagem de amizades próximas como Guzman e Shelby era que eles estavam tão atentos às mudanças emocionais de Kat quanto eu.

— Quem é essa Evangeline? — perguntou Shelby. — Que tipo de nome é esse?

— É a ex da Taylor — disse Kat, virando a esquina.

Kat não gostava muito do fato de que minha relação com Evangeline havia se transformado em uma espécie de amizade. A gente conversava quase todo dia por mensagem. Kat dizia que confiava em mim, mas que Evangeline era basicamente um monstro. E que uma amizade com alguém assim, considerando nosso passado, era perigosa. Eu não discordava completamente, mas conhecia Evangeline de um jeito que Kat não conhecia. Evangeline estava só começando a aceitar as partes de si que compartilhava comigo, quando, assim como Lucy, tinha sido retirada de cena. Seu pai ultra-antigo a mandara passar o resto do ano, e talvez da educação escolar, no castelo dele na Romênia; nada de colégio público nos Estados Unidos para ela.

— Ela só é *mais ou menos* minha ex. Era só uma ficante — falei, de repente envergonhada. — Na real, ela era apaixonada pelo namorado da Kat.

Eu não sabia o que Kat contara sobre Galen, mas, antes que eles pudessem responder, o carro passou pela placa que dizia COUNTRY CLUB DE EL DORADO HILLS.

— Você tá com a chave, né, Shelbs? — perguntou Kat.

KAT

Seguimos de fininho para os fundos do Clube. Meses de trabalho de salva-vidas tinham levado Shelby a ganhar a chave do portão dos fundos. Já tinha passado das dez da noite, e a temperatura passava pouco dos dez graus, mas o Clube ficava aberto o inverno todo, então a piscina era aquecida — não que o frio fosse ser um problema para mim e para Taylor.

Atrás de Shelby, demos a volta no prédio e esperamos elu puxar a capa da piscina, revelando a água turquesa e fumegante. Taylor parou atrás de mim e me abraçou pela cintura, enfiando o nariz no meu cabelo, enquanto Guzman pedia licença para ajudar Shelby.

— Não precisa se sentir culpada por ele, sabe — disse ela. — Ele fez tudo aquilo por conta própria.

— Eu sei — falei, baixinho. — Mas me sinto mesmo assim.

Desde que Galen expusera a Fundação Black, sua vida virara um caos. Os pais não podiam mais cuidar dele: além de morar na prisão-hotel, tinham basicamente deserdado o filho. Ele não tinha mais família, nem tinha para onde ir, então acabara ficando em Harcote, sob os cuidados da sra. Radtke.

A gente se falara um pouco por mensagem desde então, principalmente por iniciativa minha, então eu sabia que ele estava passando por dificuldades, mas não queria muita conversa. Para ser sincera, era o que eu sempre quisera — que ele fizesse a coisa certa por conta própria, que se mostrasse independente —, mas eu desconfiava muito que ele não superara o fato de eu ter trocado ele pela única pessoa em Harcote cujo cabelo era mais bonito do que o dele. Ainda assim, era difícil ignorar a sensação de que eu podia, talvez até devesse, tê-lo ajudado mais.

Eu me virei de frente para Taylor.

— Não quero pensar nisso agora. Faz anos que espero para nadar nessa piscina.

Atrás de nós, ouvi um barulho de água. Guzman pulara com tudo na piscina, e Shelby mergulhara logo atrás.

Eu dei um passo para trás e tirei o moletom, largando-o no chão, e depois a camiseta. O olhar de Taylor se demorou, ávido, no meu sutiã, nas minhas clavículas, no meu pescoço. Ela esticou a mão para me segurar, mas eu me afastei com um passo, encontrei o olhar dela e desabotoei a calça jeans.

— Na piscina — sussurrei. — Vem, vamos entrar.

Taylor tirou a jaqueta e a camisa de flanela, ficando só de top, e fui eu que a olhei com avidez. Ela tirou os tênis e a calça cáqui. Ela era linda, era perfeita, e estava comigo. Eu estremeci um pouco ao pegar a mão dela. Juntas, pulamos e mergulhamos na água.

FIM

AGRADECIMENTOS

Eu concebi a ideia da história de vampiras lésbicas em um internato quando estava sofrendo de um *burnout* intenso ligado a meu trabalho criativo, morando temporariamente na Rússia, e passando por bastante, sabe, crescimento pessoal. Eu nunca tinha lido um livro sobre vampiros, mas estava exausta demais para pensar em um elemento de fantasia mais original. Já que beber sangue é nojento, eu criei um mundo em que vampiros não podiam fazer isso. Acabou que o começo de 2020 foi uma época esquisita para começar a escrever uma história sobre uma pandemia viral. Este livro não estaria em suas mãos sem o encorajamento e o trabalho árduo de muitas pessoas.

A equipe da Razorbill e da Penguin Young Readers ofereceu um apoio tremendo a este livro. Eu vivia esperando que alguém dissesse não para minhas ideias, mas parece que ninguém disse. Minha editora, Ruta Rimas, confiou tão completamente na minha visão que eu tive até dificuldade de aceitar. Fico muito agradecida por ela sempre ter entendido o que eu estava tentando fazer — e me dito quando eu não estava conseguindo. Também agradeço muito o trabalho de Casey McIntyre e Simone Roberts-Payne.

Jayne Ziemba, Krista Ahlberg, e Abigail Powers garantiram que este livro estivesse legível; peço desculpas pelos erros ortográficos, e por não saber usar vírgulas nem letras maiúsculas.

Kristin Boyle, Maria Fazio, e Rebecca Aidlin fizeram um trabalho incrível no design. Enquanto eu planejava este projeto, queria escrever personagens legais o suficiente para Kevin Wada ilustrar, mas nunca imaginei que isso fosse acontecer de fato. Fiquei impressionada por ele ter dado vida a Kat e Taylor ainda melhor do que eu as imaginara.

Felicity Vallence, Bri Lockhart, Vanessa DeJesús, e outras pessoas da Penguin Young Readers fizeram um trabalho incrível para este livro chegar a seus leitores, e fico muito agradecida por isso.

Stephanie Kim, minha agente, é uma defensora e aliada incansável, e fico muito feliz pelo destino ter nos unido. Na New Leaf, agradeço também a Veronica Grijalva e Victoria Gilleland-Hendersen, minhas agentes de direitos internacionais, e Pouya Shahbazian e Katherine Curtis, minhas agentes de direitos audiovisuais. Também, como sempre, agradeço Jennifer Udden por me tirar da pilha de manuscritos obscuros, mesmo que tenha mudado de agente para amiga em tempo integral.

Muito obrigada a Andrea Contos, Cale Dietrich, Kelly DeVos, Jessica Goodman, Jennifer Iacopelli, Cameron Lund e todas as outras pessoas que leram e avaliaram este livro, por seu apoio.

Amanda Zadorian me deixou tagarelar sobre questões gays e as dinâmicas românticas de personagens que ela não conhecia nos bares de Moscou, nas cervejarias de Kaliningrado, e nas ruas congeladas de Níjni. Ela também garantiu que eu não caísse em um buraco negro emocional durante meu trabalho de campo. Este livro não existiria sem ela, e sou uma pessoa muito melhor por tê-la como amiga. Ela quer que vocês saibam que um dos elementos de fantasia deste livro é o terno que Taylor comprou na loja caber nela sem ajustes.

Agradeço muito a amizade de Kylie Schacte, sua fonte incessante de excelentes conselhos de escrita, e sua disposição para responder minhas mensagens caóticas a qualquer hora do dia. Escrever este livro no isolamento da pandemia foi difícil, mas Kylie foi o grupo de escrita individual que me ajudou a sobreviver.

Devi e Stephanie, obrigada por torcerem por mim e por este livro a cada etapa. É uma sorte enorme ter vocês na minha vida. Erin Miles me deixou ocupar seu apartamento enquanto eu escrevia a proposta do livro no início de março de 2020, e de novo em novembro de 2021, quando finalmente escrevi o epílogo. Ashraya Gupta me deu o conselho sábio, logo no início, que Kat matar todos os vilões não daria um final satisfatório, e estava certa. Também agradeço a Katie Reedy, que sinto levantar as sobrancelhas para mim mesmo enquanto escrevo isto. Zander Furnas, Joe Klaver, Blake Miller, Steven Moore e Mike Thompson-Brusstar estiveram ao meu lado por tanta coisa, inclusive quando dei um jeito de acabar minha dissertação enquanto trabalhava neste livro; obrigada por sempre me apoiarem.

Nunca sei agradecer adequadamente aos meus pais, Ann e Ronald — as palavras nunca parecem suficientes. Minha irmã, Alissa, é minha pessoa preferida. Obrigada por seu amor e entusiasmo infalíveis por tudo que faço.

Obrigada a Adrienne Rich por escrever "Heterossexualidade compulsória e existência lésbica".

Impressão e Acabamento:
BMF GRÁFICA E EDITORA